MEMORY HOUSE
记忆坊文化

粥小九——著

今宵有酒

Carpe Diem

（全二册）

上

江苏凤凰文艺出版社
JIANGSU PHOENIX LITERATURE AND ART PUBLISHING

目录

Contents

第一章

任性

“银川，外套，我快冻成‘人棍’了。”

陈绯刚从电梯里出来，就被穿堂风撩得一个激灵。寒潮昨夜来袭，H市气温狂降，天气预报不是说说而已。活了二十五年，陈绯眼看着气候一年赛一年的反常，就像自己的脾气，说变就变，不晓得收敛。

紧跟着陈绯走出来的还有七八个年轻人，有男有女，共同点是个顶个的板正条顺，看着像某综艺选秀节目后台直接拉出来的一打流量小生。

男人中属宋银川个头最小，加上鞋子里的增高鞋垫，勉强够得着一米七。他瘦得皮都打皱，没半点抗寒资本，有点不情愿地拢了拢自己还算厚实的外套——那是经过他们全员票选通过的工作服，左胸处还有个飘逸的logo（徽标），边上绣着几个小字：尘嚣舞蹈。

宋银川说：“绯姐，真不是我不舍得给你外套。我里面就穿了个小汗衫，会露点的。”

陈绯刚结束一节爵士舞常规课，下了课还没来得及换衣服就急匆匆带着这帮“嗷嗷待哺”的员工去聚餐。舞蹈教室暖气足，陈绯上课一贯穿得少，上面露脐吊带配休闲开衫，下头就套了个牛仔短裤。

本来想着吃火锅的地儿就临着这栋秦方大厦，三分钟脚程，扭着腰就去了。哪晓得妖风一鼓，几乎顺着肚脐眼一路顶到喉咙口。

“你露点重要还是我露腰重要？白养你了。”

陈绯眉头一吊，还想发难，一件黑色男款卫衣外套就被人递了过来。

陈绯不看脸都知道，这是李潇。他穿卫衣好看，尤其是宽松款，跳舞的时候，甩起来贼带劲。

李潇今天有街舞综合课，私教一对一，学员是个二十出头的小姑娘。头发不多，话倒不少，自带扩音喇叭音效，叽叽喳喳吵得人头疼。要不是看在一节私教课六百块的份上，陈绯早让人滚蛋了。

李潇见陈绯一时没接，低声说：“老板，加绒的。”

陈绯其实很年轻，也就几个跟了她三年以上的老员工才叫她绯姐，像李潇这样才入职半年不到的新人，都叫她老板。

陈绯是这家尘器舞蹈工作室的唯一创始人，五年前带着宋银川和一笔钱从家乡小县城来到H市，一砖一瓦，一分一毛地挣到了今天，也算是站稳了脚跟。前段时间在大学城东边又开了一家分部，这不打算把团队里的得力干将大喵提拔过去主持大局吗，所以攒了个局给人鼓劲送行。

陈绯垂眼，还真是加绒的，瞅着就暖和。她没看李潇，把衣服拎过来，往身上一罩，登时被一股热气包住了。男人的外套，别的不说，是真长。俩袖子跟戏袍的水袖似的，衣服下摆直接截到她短裤下边。

出门的时候，陈绯瞄了眼玻璃门上的倒影，哼了声：“跟没穿裤子似的。”

大喵趁机说：“绯姐，这是流行，叫下半身消失穿法。而且你腿多好看啊，又细又白又直，这么穿绝了。”

流什么行哪，她十年前就晓得衬衫诱惑那一套了。陈绯没什么表情：腿好看她知道，对着练功房顶天立地的大镜子十几年了，看得清清楚楚——她哪儿不好看啊。

几个人小跑去了一条街之外的新世界广场五楼，那里新开了一家小龙坎，据说是来自成都的正宗连锁店。这年头，连锁就连锁，非要跟正宗杠上。连成都本地的火锅味道都千差万别，谁能辨得明白到底哪家的味道才是正宗呢？

宋银川提前预约过大包间，他们一行人寒气森森地扑进火锅店里，却被店员告知店里仅剩的那个大包间已经给了先他们一步而来的另一拨客人。

店里人气旺，他们进来的时候看到还有不少人在排队等小桌位，店员说：“您这边一共九个人，我们中包虽然标的是能坐八人，但加一张凳子还很空的。要不……”

宋银川觉得无所谓，刚点了下头说没关系，屁股就被人用膝盖在后头顶了下。

陈绯一路跑来，冻得脸发紫，她寒着脸说：“有关系。订的什么就要什么。”

店员面带难色：“主要是您这边来得实在有些晚，我们还以为……”

陈绯一听，来了火，她扒开前面挡着的宋银川，看着店员，问：“我们预订的几点？”

宋银川说：“大包间少，就怕订不上，所以一开放预订就打电话了，订的下午五点整。”

陈绯又说：“你们预订网站上写的保留多久？”

宋银川跟她唱双簧，拿出手机对照着看了，说：“三个小时。”

陈绯：“现在几点？”

宋银川：“19:48。”

陈绯给了店员一个“你看着办吧”的眼神：“为什么在我们没有逾期之前，把我们预订的包间给了别人？”

其他人都不吭声。就连才来半年的李潇都知道，自家老板这认死理的倔脾气——千万别让她占理，不然她能跟人较劲到天荒地老。

店员也看出来这是个不好惹的角色了，她只能甩锅：“预订的事项是前一位同事办的，我这边可能信息有误。真是抱歉。”

陈绯：“我不要抱歉，我要大包间。”

店员打心里觉得这女人是来找碴的，她手一摊，说：“现在大包间都满了，您说怎么办吧。”

陈绯：“简单。让刚刚那桌人腾地方。”

店员脸色一变，立刻道：“那怎么能行？他们有十个人呢。而且锅底已经上了。”

陈绯给她出主意，半点不打磕巴：“你说的，中包加一张凳子还很空，加两张也不会怎么样。先来后到，他们迟了，让他们去。锅底跟我们点的一样就不换，不一样就给他们端过去。”

那店员张口结舌，已经无法自行处理这种突发情况了，她小跑去找了分店长。

只有宋银川敢在这种时候跟陈绯搭话：“人家小打工妹，也挺不容易的……我加张凳子没什么。”

陈绯从鼻子里出了声气：“凭什么委屈我们？规则制定了是用来遵守的，我怕时间来不及连衣服都没换就往这里赶。他们今天根本就是故意把一个根本没预订的单子塞进了大包间。否则我跟她扯了这么久她怎么都不拿那桌人的预订信息说事？”

李潇站在陈绯这一边，他努努嘴，说：“那拨人应该是跟分店长有关系。”

宋银川和其他人顺着他努嘴的方向看去，刚才那店员正在敲里头一个包间的门，很快门开了，她在门口说了两句话，一个穿着工作服的女人跟她一起出来了。女人吊着个脸，看起来不太高兴，可能是觉得这么点小事那店员都处理不好，一边往他们这里走一边数落她。

走到他们跟前了，那张晚娘脸也没收回去，直接说了句："我是店长。谁在闹事，是不是要叫保安？"

完蛋。

宋银川在心里叹了口气，自动往后撤了一步。

陈绯虽说只有一米六五，但那仿佛母胎自带的睥睨目光自动给她的气势增高十厘米。陈绯语气缓慢，重复店长的话："闹事？"

店长说："拿时间说事是吧。你们看看，现在已经超过20:00了，你们来迟了。"又转头对店员说，"客人要是还想吃就给他们办中包，不吃的话就送客。"

话刚说完，就听见一声冷笑。陈绯像是看到什么新奇物种，自言自语："这种人，怎么当上店长的？"

大喵有一点犯怵，轻轻拽了拽陈绯的衣角，说："绯姐，犯不着跟这种人置气，要不咱们换一家吃？"

陈绯没理，目光在那店长和店员脸上来回打转，她说："大喵，以后你也要自己当家了。我今天就教你，跟有些人，必须置气到底。"

大喵一愣，听见陈绯说："银川，你带萌萌去。大喵你们几个跟我过来。"

银川应了声："我知道了。"又给站在人群后面的萌萌比了个手势，带她出去了。

陈绯也不解释让银川去哪儿，大步就往里走。她目的明确，直奔刚才那店长出来的包间，一伸手推开房门。

"菜虽然还没上来，我也要先领个酒！庆祝我这个年轻有为的学弟又向前迈出一大步——肖策，祝贺你荣升高工！”

屋里一团和气，陈绯刚推开门，就听见一个男人的声音。打眼看去，里头男多女少，十个人，六个都穿格子衬衫。

陈绯推门的动静使得里头所有人的目光都聚焦在了她一个人身上，同样的，陈绯也在一瞬间把屋里所有人的表情摄入眼底。

店内空调温度打得极高，加之包间里已经上了锅底——是红彤彤的辣锅，汤面上漂着数不清的花椒和尖辣椒。电磁炉提供的高温烘出火锅底料的香辣，刺得人眼睛发疼。

眼神游移至某处，定格半秒，陈绯额头青筋一颤，一时间竟然不知道要说些什么。

还是后面跟上的李潇先开了口：“不好意思，这间包房是我们提前预订过的。现在跟店家有了一些分歧，我想，如果你们没有提前预订的话，是不是应该跟我们进行调换。”

陈绯在心里说你对他们太客气了，这种态度人家不可能把你的话听进去。但她没动，像是被施了某种定身咒。

刚刚站起身祝酒的男人不高兴地嘀咕：“这小张怎么回事？”又对李潇道，“找我们没用，你们得去跟店长沟通。”

这个时候，跟着陈绯一路小跑而来的店长小张也到了，她脸色难看，冲着祝酒那人道：“韩老师，实在不好意思，我马上处理！”

“韩越，这不太好吧。早就跟你说要提前预订了……”旁边一个穿着奶白色毛线连衣裙的女孩子拉了拉说话的男人胳膊，说完又笑着冲进来的几人道，“真的不好意思。我们尽量协调好不好？”

小姑娘说话声音细细的，语气像她的衣料那样软。相比之下，陈绯简直像个杀入文明社会的原始人类。她心头一阵燥火，硬邦邦地开口：“没什么好协调的。”

李潇说：“我们为了赶这个预订，一下班就跑过来，你们也看到了，她连衣服都……”

“别说了。”陈绯蹙眉，打断李潇的话，她的目光落在屋内的一角，谁也不看，“你们给个准话，换还是不换。”

“收拾一下吧，我们走。”

隔了会儿，主座的男人开口了。他先站起来，从椅背上拿起自己的外套，脸上看不出任何情绪。男人个子很高，长腿几迈就来到门口。

“肖策，你手机忘拿了。”

还是刚刚的女孩子，念他名字的语气温柔得好像下一秒就能溢出奶油来。她小步跑来，挨着肖策站，两人一个穿了一身白，一个穿一身黑，个头也般配。肖策要是再打个红领结，非得奏响《婚礼进行曲》才能衬托此情此景不可。

肖策垂眸看了陈绯一眼——她身上穿着明显不属于她自己的外套，雪白的两条腿光着露在外面。而她身边那个两次代她说话的男人只穿一件单薄的长袖T恤，显然，是他的衣服。

肖策说：“让一让。”

陈绯往左边跨了一步。

他们一行人陆续从陈绯身边走过。韩越在最后，他看了陈绯好几眼，堆着一脸的笑凑过来，说：“美女加个微信呗？”

大喵翻了个白眼，刚想开口替陈绯回绝，就看见陈绯从口袋里掏出手机。

陈绯调出二维码递过去：“喏。”

李潇就站在旁边，看见她给他的是工作号。微信名是“尘嚣舞蹈工作室——飞飞”。

他们顺利入主大包间。宋银川和萌萌没过一会儿也归了队。

宋银川和大喵左右护法似的傍在陈绯两侧，萌萌则挨着大喵坐。陈绯把菜单递给李潇，让他看着点，自己低头翻韩越的朋友圈。

这会子气氛不像在外头那么僵，大伙很快就各自聊起来。

大喵小声问身边的萌萌："你们刚刚去哪里了？"

萌萌说："去商场服务台总机投诉。现在商场客服人员来了，在外面跟店长交涉。"大喵缓缓点头，一脸的敬服，觉得自己一会儿要跟绯姐多喝几杯讨教讨教经验才行。

韩越的朋友圈全部对外开放，一个月三四条的频率，从头划到尾，于陈绯而言，只透露着"无趣"二字。几乎全都是转发，偶尔加一句点评，陈绯粗略看过标题，大多是互联网行业的最新资讯。

只有一条配了几张照片，看人物造型和背景，应该是韩越毕业的时候，在学校里拍的。陈绯戳开来，但凡是镜头扫到的人脸都放大了细看，最后一无所获。她索然地锁屏，后背抵在刚才肖策靠过的椅背上，这才想起来，韩越管他叫学弟。

学弟当然不会跟学长同一年毕业。

宋银川最先意识到陈绯的低气压。这很不像她，明明才打了一场胜仗，赢得既体面又漂亮，按理说这会儿她应该急吼吼地让服务员上酒了。

他偏头问陈绯："怎么了？"

陈绯没什么好隐瞒宋银川的，她也不喜欢把事情全都自己揣着。于是对他说："我刚刚，终于见到肖策了。"

她说终于，只有宋银川明白其中深意。他比陈绯更手足无措，一会儿扬起上身在根本没有外人的包间里张望，一会儿又半弯了腰打量陈绯的表情，圆咕噜的一双眼里藏着急切和激动，最后却只嗫嚅道："那……那你就这反应？"

陈绯和他对视，宋银川从她眼里看到星星之火，几乎在一瞬间，就燎作志在必得的熊熊烈焰，他听见陈绯从牙缝里挤出一句话。

"我自有分寸。"

宋银川吞了口口水。积怨五年，陈绯可能做梦都想着要怎么折腾他呢吧。肖策这下有的受了。

那厢，李潇已经点完菜，抬头问陈绯：“老板，要酒吗？”

陈绯五指张开：“先上五打雪花。谁如果想喝红的白的，自己去开。”

尘嚣的正式员工福利待遇比同行业其他工作室要高二十个百分点，但是正式员工人数不多，很多舞蹈老师都是兼职。一半是他们有自己的时间安排，一半是无法通过正式员工考核。

所有的尘嚣员工都知道，他们的老板陈绯，有两个特点。

一是暴躁；二是嗜酒。

所以她在工作室成立之初，就定下规矩，要想成为尘嚣的正式员工，除了作为敲门砖的舞技以外，必须酒量过关。红的白的黄的随便，只要能陪她喝过三巡，还不影响第二天上班，就算达标。

陈绯定下这种堪称变态的铁则，反倒吸引了不少自信满满的应聘者。结果来来去去的人换了一茬又一茬，陈绯酒浪淘沙，就留下来如今场上这么几个。

没人知道陈绯酒量如何，所以都传她深不可测、千杯不倒。只有跟了她多年的宋银川才知道，陈绯是太晓得什么时候收手，她看上去张狂，可很少真正失态。

大喵今晚一心想要表现，酒刚上来，就站起来张罗着给大家把酒满上，一副“扯开膀子就是干”的架势。一会儿感恩绯姐栽培，一会儿感谢各位同事照顾，一会儿表忠心说要去分部好好干，变着法地敬酒。

陈绯不喜欢劝别人酒，自己倒来者不拒，纯喝酒，喝得浑身发汗，外套一脱，丢还给李潇了。就连牛羊肉卷端上来，宋银川给她涮好，夹进蘸料里，裹上亮晶晶的香油，送到跟前了，也没挨几筷子。

连李潇都看出来陈绯今晚有心事——她这么个喝法，实在是过于生猛。他有点担心，找机会悄悄跟宋银川说：“你劝着点，这么喝对胃不好。”

宋银川有个公认的外号——陈绯的生活管家。他从来都是以陈绯的健康为第一位的，可今天一反常态，说："让她喝吧。"

宋银川觉得陈绯能忍到今天，也挺不容易。

当初她在老家变卖房产，除了他和银行卡，基本上什么都没带走。火车票买的S城直达H市，卧铺票卖完了，只剩硬座。两人在绿皮车里坐了十来个小时，下了车以后，一脑袋的泡面味。

他们钻进火车站边上的米线店，一人点了一碗超大份的牛肉米线，吃饱后宋银川才敢问陈绯："绯姐，我们为什么一定要来 H 市啊？"

陈绯一拍筷子，端起盛米线的小锅，把剩下那点汤都喝了，然后才说："你不是明知故问吗？"

宋银川有点不好意思，他确实是明知故问。他们活这么大，接触到的人说少不少，但圈子小得可怜，像H市这种大城市，唯一能称得上有关系的也就一个肖策了。

宋银川又说："可你们都断联系了，手机号也没有，怎么找啊？"

陈绯说："我知道他学校在哪儿。"顿了顿，又说，"谁告诉你我要找他？他算个屁。"

宋银川不说话了，他其实也觉得依着陈绯的性子，必然是做不出千里寻夫，巴巴苦盼前男友回头这种戏码的。

但念头在脑子里滚过几遭，又觉得肖策肯定是决定性因素，不然为什么陈绯要把工作室开在Z大附近，为什么要起那么个娘儿们唧唧的名字——尘嚣尘嚣，还真当他不知道是陈和肖的谐音啊。

可又过了些时日，宋银川慢慢品出些滋味来，他觉得陈绯确实不想找肖策。不然区区一个大学校园，陈绯什么人找不到？

她就在等，等两个人好死不死地碰上。这证明老天也在推波助澜，她才好借着这个由头往下走。

开始那两年，宋银川每每想起，都起鸡皮疙瘩——多可怕啊，陈绯就像个狡猾的猎人，匍匐在草丛里，一动不动地端枪等着。什么时候等到了，她还能振振有词地说，不是我要开枪的，是你自己撞到我的枪口上了。

后来时间久了，宋银川又觉得陈绯太倔，人海茫茫，要碰个想碰的人，那概率比在任天堂的《精灵宝可梦》里面碰上一只极品6V闪光快龙还小。

于是在第三年，宋银川趁着陈绯喝酒喝高兴了，试探地劝过她。大意是他上网查过，一般研究生就读三年，如果肖策毕业以后找工作去了，就不可能再等到了。

陈绯还笑盈盈的，说那就拉倒，缘分强求不来。

近来有个网络流行语叫"佛系"，宋银川看陈绯，就觉得她一定是等得佛系了。也许哪天她找到个全方位碾压肖策的对象，这段感情就能顺利坐化。

可今晚，看陈绯这眼神，宋银川突然领悟到，什么是一念成佛，一念成魔。

晚上散摊子的时候，宋银川扶陈绯起来，低声说："我去看了，隔壁还没结束。"

陈绯点点头，说："结完账你跟大伙都走吧。"

宋银川问她："你喝了几分醉？"

陈绯笑起来，抬眼觑他，浅赭石色的眼影在灯下闪动光泽："八分。"

八分醉，刚刚好。适合嬉闹，适合沉默。进可攻，退可守。不耽误宣泄情绪，也不妨碍及时止损。

李潇把几个女同事送上出租车，回头来找陈绯，迎面碰上一个人往外走的宋银川，不禁讶异："你没跟老板一起出来？"

宋银川摆摆手："她还在洗手间。绯姐住得近，一会儿自己走着就回去了。"

李潇作势要脱外套："那我把衣服留给她。"

宋银川拦住他："不用了。"

李潇眼里满是疑惑，目光越过宋银川往里钻，后者轻咳一声，说："我知道绯姐对你不错，但是听我一句劝，没到那份上。"

李潇动作一顿，有点尴尬地扯扯嘴角："我也没想那么多……"

宋银川往外走，不接茬了，只说："一起吗，我打车刚好顺你一程。"

李潇只好顺着台阶下："嗯，好。"

韩越这个人，最大的本事就是能把任何场子变成自己的主场。也因为这个，他很早就跟着博导曹林四处跑项目，不像那些天天窝在实验室里的，除了代码，没一点生活。

可他怎么都没想到，这个"没一点生活"的学弟，不懂应酬不会来事，满脑子都是实验室那堆破机器，就因为跟的是徐教授，竟然在他之前评上了高级工程师。而他虚长一岁，却还只是个副高工。

怪就怪曹林自己不求上进，到现在只是个副教授。而且徐教授是个老女人，肖策这粉皮白面的，也不知道是不是投其所好了。

反正撞狗屎运的不是自己，韩越一想到就觉得意难平。他晓得肖策不喜欢喝酒，就偏借着给他庆祝，好听的话说了一箩筐，怂恿其他几个实验室里的同僚，一起灌他酒。

几轮下来，韩越自己腿先软了，肖策的眼睛却越喝越亮。韩越趁他去厕所，偷偷摸他座位下面的桌布，干的；再闻他手边的湿毛巾，没酒味——那些酒他实打实喝了进去，没偷奸耍滑。

韩越突然觉得自己以前一直小看了他，会咬人的狗不叫，肖策绝对没有看上去那么纯善。

最后走不动道的只有韩越，他被几个人半搀半扶送上出租车，只能眼看着全组最漂亮的小师妹夏洋洋站在肖策身边，目送自己远去。

费心攒个局，结果赔了夫人又折兵，韩越差不多就是这种感觉。

这是夏洋洋第一次和肖策组饭局。夏洋洋研究生在读，是大数据分析方向，比肖策低三届。这专业女生少得可怜，而夏洋洋模样清秀，最招师兄喜欢，就连导师曹林也喜欢带她出项目。

可她还是不能免俗地看上隔壁徐教授手下的“寒门贵子”肖策。没办法，矮子里面拔将军，若一个程序员身高腿长，发量惊人，基本就已经赢了，何况肖策还长得标致。从现实因素考虑，肖策唯一的短板是他家境贫寒。

但没关系，夏洋洋对他充满信心。同时，夏洋洋也非常有危机感，因为对肖策充满信心的不止她一个，前些天她还看到楼下实验室的秦黎在楼道偷拍肖策。

夏洋洋觉得自己必须更主动一点。

十点多了，夏洋洋要回宿舍——虽说研究生门禁比本科时候要松泛，晚归也要跟宿管阿姨打招呼的，不能由着性子胡来。而肖策博士毕业后就不在学校宿舍住了，他一年多以前就搬去了学校对街的金安小区。

两人其实是可以顺路的，可是还有其他学长在，夏洋洋没想好要怎么开口。她正琢磨着暗示肖策的话，就听见肖策说：“政哥，我还有事，你们先回吧。”

被唤作“政哥”的是肖策的学长周政，他闻言立刻给肖策递了个感恩的眼神，说：“慢点啊！”

肖策背朝他们，抬手挥了挥，算是道别。

周政继而转向夏洋洋，笑得恳切：“师妹，这么晚了，我送你回宿舍吧。”

“哦……好。”

夏洋洋一时憋闷，眼巴巴地看着肖策离开，真想拔腿追上去，可又没立场这么做——早知道晚上就多喝一点了，酒壮㞞人胆啊。

天色暗沉，冷风低啸。标标准准的“月黑风高杀人夜，精尽鸟亡三更天”。

肖策沿着街道往小区的方向走，选的都是避风建筑物之间的小路或是墙边的人行道，他速度很慢，像是喝醉了走不快，又像是故意拖沓步子等人。

临街有好几个小区，自北至南依次是宿松小区、馨苑小区和金安小区。相较之下，肖策所住的金安小区离商圈最远，也最破旧，据说明年就要全面拆迁，所以房租最便宜。

肖策从小区北门拐进去，路过快递柜和自行车棚之后没有直走，而是右转，走进一条连路灯都没有的黑巷子。巷道狭窄，两侧楼栋挨得非常近，脚步声听得一清二楚。

这位置极偏，别说人了，连风都不往里钻。

肖策走到巷中，站定，抬手揉了揉眉心。十几秒后，巷口清晰地传来另一个人的脚步声。

声音一响起，也落在陈绯耳中，她立刻明白过来，肖策是故意把自己往这里引的。陈绯没往前走了，她双臂环抱，哼了声，在心里说，有点长进。

之后，他们不约而同地沉默，都在等对方先开口。

肖策没扛过陈绯，先出声：“你怎么来了？”

这么久不见，他的开场白跟他这个人一样呆板，没什么创意。陈绯看不见肖策的表情，不过这男人表情一直不多，跟黑夜融为一体很符合他的气质。

“如果你问的是我怎么来了H市，那我告诉你，我五年前就来了。”酒气顶上来，陈绯说，“如果你是问我怎么来了这个小区……”

她的双眼渐渐适应了这里的黑暗，隐约看得见肖策那长长的一道轮廓，便朝他走过去。

“我就是看到你，突然想起来，我们还有没算完的账。”

“什么账？”

陈绯不看肖策都知道他这个时候应该皱起眉了。她在距离肖策约一米之外停住，说：“当然是你欠我的。”

肖策不喜欢陈绯现在的语气：“你说说看。”

“我不在这种地方跟人讨债。”

“这里挺好的。”

陈绯理直气壮：“我冷。”

肖策想说那件男人的外套挺厚实，可定睛一看，她身上哪还有什么衣服，腰杆露在外面，不盈一握。肖策皱眉，忍住了脱外套的冲动。

“你想去哪儿？”

“去你家坐坐。”

肖策沉默了两秒钟，说：“不行。”

陈绯睨他一眼，脱口道：“除非你家有女人。”

“没有。”

“也对，没看到刚才那个‘小奶油’。你们还没同居？”

“什么小奶油？”

陈绯勾勾唇角，没回答他，反倒说：“好啊，那就在这里说。不过前前后后加在一起，差不多需要半个钟头才能说得清楚。”说着，索性往旁边的墙壁上一倚，“我想想，从哪里开始说起。”

肖策抬脚就走。

陈绯跷起一条腿，试图拦住肖策的去路。可这条巷子比她想象中宽，她的脚尖没能够得着对面墙壁。陈绯的腿在空中尴尬地晃了一下，最后被她强行控住，两条腿呈现出标准的九十度角。

倒也勉强算是……帅的。

陈绯面不改色，在心里冷哼：留下的缝隙反正不能过人，效果一样。

肖策被她挡住，垂头看了好一会儿，才说：“走吧。”

“去哪儿？”

“我家。”

陈绯这才放下腿，抖了抖双肩，满意地捶了捶发酸的腿根，跟着肖策往外走。

金安小区全都是老旧的宿舍楼，出了巷子，肖策往南。夜风迎面，陈绯缩了缩身子，走在肖策后头。好在他家离得不远，两分钟后，两人就到了目的地。

肖策住在8栋，一楼墙根处有个蘸着油漆写的“拆”字，血红色的油腻子流下来，在因线路接触不良而疯狂闪烁的昏黄路灯烘托下，恐怖片效果跃然眼前。

物业不知道多少天没上班了，门洞对面的垃圾桶倒在地上，里头塞得满满当当。陈绯看见两只野狗探着身子在里面翻找残羹剩饭，两人路过的时候，俩狗子摇着尾巴往肖策身边凑，又不敢太靠近，谨慎地打量着陈绯。

陈绯哟了一声，说：“你亲戚啊？”

肖策没应她，把手机拿出来，打开手机自带的手电筒。

原来一楼的楼道灯也是坏的。肖策照着前路，陈绯随他上去，俩狗子也跟了过来。陈绯吸吸鼻子，发现自己和肖策身上都是一股子掺杂酒气的火锅味。

臭味相投，物以类聚。陈绯愉悦地吹了声口哨。

上到二楼，肖策往左拐，顺着公共走廊走到最里头那一户停下。

两道门，外头是缠着破纱网的铁门，里面是贴着门对子的烟蓝色木门。手电筒的光一划而过，陈绯没来得及看清对联上的字。

肖策单手掏出钥匙，把门都打开，对陈绯说：“不用换鞋。”

陈绯撇嘴——本来也没打算换。然后尾随肖策晃进门内。狗没进来，卧在门口也没走。

肖策把灯打开，钥匙顺手搁在木门背后挂着的储物袋里。

瞥见屋内状况，陈绯一时愣怔。

要不是亲眼所见，陈绯还真不敢相信H市近市中心区域内能有这么小的房子：没有客厅，进门就一长过道，过道右边是一整面墙，贴着墙壁从里到外挨个放着迷你冰箱、可折叠餐桌、凳子、简易鞋柜。

过道左边有两扇门，第一扇门通往厨房，不过两三平方米，转身都费劲。厨房连着厕所，陈绯从半敞的厕所门瞄到里头的光景：蹲坑，倒是没有发黄的尿渍，看来有定期打扫。

第二扇门后就是卧室了。

肖策摸到卧室内壁，按下顶灯开关。陈绯走进去，意外发现卧室空间还算乐观，甚至被肖策合理地划分出休息区和工作区来。

单人床靠着墙角，床上四件套都是没情调的灰色，唯一的优点是整洁。床边有取暖器，床尾立着个老式的大衣柜，陈绯扬眉，注意到衣柜旁站着个挂烫机。

大衣柜对面就是工作区。陈绯玩味地打量着那张和整个屋子画风格格不入的电脑桌，以及桌上各式各样的电子设备：嚯，这办公区域寸土寸金啊。

陈绯又走了两步，看到大衣柜靠里一侧墙角收纳的东西，哼笑一声，自言自语："还有瑜伽垫和哑铃呢。"

肖策开灯后，没管陈绯，去厨房绕了一圈。陈绯很快听见外头传来水声，没一会儿，看见肖策把过道里的凳子拎了进来。

肖策放下凳子，弯腰打开取暖器，示意陈绯坐电脑桌前的那张椅子。椅子上有软垫，陈绯没客气，一屁股坐下去，说："日子过得蛮精致啊。"

语气嚣张，处处透着嘲讽——陈绯这么多年都没变，看来那之后的生活没让她吃什么大苦。

肖策也坐下，话题还是单一地围绕着两人来到此地的初衷："现在可以说了吗，我还欠你什么。"

陈绯腿关节冻得发紫，跷了个二郎腿，她说："先来杯茶，冷得讲不了话。"

"没有茶，只有白开水。"

"白开水也成。"

"在烧。"

陈绯不急，晃了晃脚，说："那等会儿再说。"

肖策不作声了。

陈绯半点不遮掩地看他：肖策长手长脚，跟这小地方的尺寸很不匹配。陈绯怎么都看着别扭，脾气突然上来，问："你一个月挣多少钱？"

肖策："税后两万三。"

本来想说升了高工以后加上项目补助还会多一些，可下个月才开始调薪，所以又没说。

"还挺有钱啊。"陈绯下巴一扬，说，"就住这破地方，攒钱干吗呢？娶媳妇还是养老啊。"

肖策："这你不用知道。"

陈绯丝毫不让："我当然要知道，不然我怎么相信你能还得清欠我的那些钱。"

这话激得肖策皱起眉头："我欠的钱，全都还给你了。"

陈绯："没有。"

肖策："我这里有汇款单存根。一共五万四，半分不少。"

这是陈绯完全没想到的，她一顿，问："汇哪儿去了？"

肖策："你工行那张卡。"

陈绯："什么时候开始汇钱的？"

肖策："2014年3月开始，12月还清。"

四年前啊，陈绯微微扬眉。

肖策说完之后，看见陈绯的表情，以为她是不信。他起身要找单据，被陈绯叫住了。

“别找了，我那卡早不用了，没绑网银，也懒得注销，不知道丢哪儿去了。”陈绯说，“没见到钱，有单子我也不认。”

她说话的逻辑听了真让人恼火，肖策说：“去挂失，再取出来就行。”

陈绯振振有词：“异地不能补办银行卡，要回开户地挂失。我一来一回，车费住宿费，耽误的工时费，算谁的？”

肖策压着火，说：“算我的。”

陈绯又说：“我不喜欢一个人回去，要找个同伴，他一来一回，车费住宿费，耽误的工时费，算谁的？”

“陈绯！”肖策再好的脾气，也被她耗干净了，大晚上的，他还晓得压着声音，“你别太过分了。”

看见肖策终于被激怒，陈绯反倒轻松起来。她站起身，走到肖策面前——他坐着，却只比陈绯矮一点点。陈绯微微欠身，伸出食指，点着他的左胸，咬字清晰，缓声道：“你横什么？肖工，搞搞清楚啊，是你的把柄，在我手上。”

“肖工”两个字，存着满满的讥讽。

陈绯看见指尖下头的胸膛起伏剧烈，知道他在极怒之中了。她垂眸睨他，这个角度看过去，男人笔挺的鼻梁和线条生硬的脸颊都刀削斧砍似的。

陈绯想到什么，突然笑了声，说：“要不然，你肉偿，我也勉强接受。”

肖策的脸颊肉不受控地一抽，他站起身，直视着陈绯，酒精气翻上来，熏得他双眼发红，肖策几乎出离愤怒了：“你想都别想。”

陈绯看到他这模样，反而笑得更开。

“不能做，还不能想啦？你从良以后，牌坊立得这么漂亮呢。”

肖策气得嘴唇都快哆嗦了，他终于明白，陈绯找上门来，就是为了羞辱他。

两人僵持了很久，谁都没再开口。

直到厨房的水开了，水蒸气顶起壶盖，发出咯嗒咯嗒的声音。

“你到底想要什么，直说吧。”良久，肖策长长地呼出一口气，这么对陈绯说。

陈绯抿起唇，似乎就他这个问题进行了深入的思考。

然后她说：“先去装水。”

肖策盯着陈绯的脸，看了好一会儿，一言不发地转身出门去厨房装开水了。

一壶水，把开水瓶灌满，还余一部分。肖策烫了马克杯后，倒大半杯水，握着杯把，将杯子重重放在电脑桌边。

“想好了吗？”

这么长时间，取暖器已经充分发挥出了自己的光和热，陈绯身上渐渐暖起来，可被冷风吹狠了的地方，刺挠着，又痒又疼。身体的不舒服混着酒劲，顶到脑门，陈绯有那么一瞬间，觉得自己站不住了。她往后退，手扶着桌沿，坐回椅子里。

“肖策。”她叫他的名字，咬牙切齿，“一条短信，你就消失得无影无踪，这是人能干出来的事？”

思考了这么长时间，没说想要什么，开口先把他喷了一顿。这次换肖策垂眼看陈绯，他知道她快要撑不住了。算算时间，大概是喝了八分醉——所以都开始胡言乱语了。

当初他们明明互相发了三条短信。两条是他发的，一条是她发的。

他发的第一条是：我被Z大录取了，以后不会再回S城，我们分手吧。

第二条：钱我会尽快还给你。

而她言简意赅，就回了三个字：你滚吧。

然后，就到了今天。

肖策说："你想要我怎么做。给我一个准话。"

陈绯没再回答他。肖策看见她耷拉着脑袋，双目紧闭，已经睡着了。

肖策把陈绯从椅子上抱起来。陈绯常年跳舞，疯的时候一天能在舞蹈室练十几个小时，所以体脂率极低，身上没几两肉，肖策几乎不费力气。

给陈绯脱了鞋，肖策扯开叠好的被子，将她裹进去，掖上被角。接着，肖策从大衣柜侧边取出卷好的瑜伽垫，展开平铺，又从衣柜最上面取出单薄的秋季被褥，打了个简易地铺。

随后，肖策拿了换洗衣物去浴室冲淋浴。

所谓浴室，其实与厕所合二为一，空间狭窄逼仄，胳膊都不能随意舒展。水烧得滚烫，白蒙蒙的雾气很快充盈室内。肖策站在水流之下，热气蒸腾，他渐渐觉得缺氧、呼吸不畅。

整整七年。

七年前的深夜，肖策和陈绯第一次遇见，在S城唯一一所大学S大北门外的花雨巷。

S城，说起来是江南小城，山水相依，任谁听了都会在脑子里勾勒出一小幅桥流水、烟雨朦胧的秀丽山水画。

可事实完全是两个样子。S城只是这个省最不起眼的地级市下辖的县城。

又小又穷，再好的景致，多看两眼都透着寒酸。

更何况景色也就那样，江南也有大把丑陋的土山包子，欠缺治理的脏水沟，S城里走一遭，保管你能更辩证地看待"江南水乡"这个旅游产品宣传通稿里的常见词语。

就这样的一座县城，还有大学呢。

S大最早是个专科学校，不知道校长找谁勾兑了关系，一朝发迹，连带着S大自21世纪初起跻身三本院校之列。

就这学校，还真不够当地人吐槽的。

首当其冲的是新校址。S大新校区坐落在城郊的正义山山脚。正义山原本是一座无名荒山，1949年前是枪决死刑犯的刑场，要是再往前追溯，问问当地老人，他们更喜欢管那里叫乱葬岗。

就是放到现代也不太平，当地派出所每年光是记录在册的案件，都有很大比重落在这一带。据说是阴气盛，风水不好。

在这晦气劲的影响下，山脚地价是真的一降再降了。学校选址后，校领导在学生的群嘲中忍无可忍地发表声明，说当代大学生要有大学生的朝气，净整那套封建迷信，简直是有辱国之栋梁的名声。

遂联系当地政府，给荒山申请了个名字——正义山。

一山得道，街巷升天。山脚下大小无名街道巷落纷纷效仿，没几年，五花八门的路牌就接二连三地竖了起来。花雨巷应运而生，摇身一变，成为S大北门外最热闹的街。

巷子里做什么生意的都有，因为这附近除了S大，早有闻风而动，追着地价优势而来的房地产商，和他们开发的一个又一个楼盘。

一栋栋房子，保量不保质，搭积木似的，短短时间里就建成了。商人也都聪明，知道这房子没指望卖给本地人，所以广告全往附近乡下村里贴，尤其是那些对乱葬岗往事不甚了解的地区，在售楼部眼里，俨然成了待宰羔羊集中居住的羊圈。

没过去几年，正义山下就已经人气旺盛，还真是呈现出一派别样的生机来。

2011年11月，肖策和陈绯就在那片生机里，相见了。

肖策那阵子缺钱缺得厉害，欠了一屁股债，是活就接。哪怕是被压价压到二十块钱一小时的初中生家教，也去了。

那是周六，小孩子一直惦记着游戏，不肯写作业，从晚上七点磨到十二点，总算完成任务。肖策顶着冷风从小区里出来，路过还没淡去周末狂欢喧嚣的花雨巷，闻到馄饨摊子飘来紫菜虾米汤的香气，胃里一阵委屈。

攥了攥口袋里皱巴巴的一张百元钞票，肖策的脚步没停，拢着外套大步走了。

可没走两步，远远看见对街酒吧门口，两个男人半拖半抱着一个姑娘往巷子岔路里拐。

肖策不是头一次看到这种戏码，刚来S城读大学那会儿，碰到后脑门子发热，上去阻止，以为自己是英雄救美。结果到了跟前，被人姑娘骂得狗血喷头："我跟我男人玩呢，有你什么事？狗拿耗子。"

好心经不起辜负，他很快就坐视不管了。

可那天不同。肖策视力好，注意到那女孩子身量极小，绑马尾，被拉扯间，腰肢外露——嫩生生的一片白。

看着像是个未成年。

脑子被风吹乱，肖策一条腿都快迈出花雨巷了，又收回来，匆匆折返。

顺着岔路往里跑，一路看见墙根肮脏角落里零散丢着小姑娘被撕扯下来的衣物。视线里出现内裤的时候，肖策同时听见了深巷里的动静，他有点慌了，抬高音量喊了一声。

"方宇，是你吗？"

方宇是他晚上辅导功课的孩子，这时候也算是急中生智，出了声好歹可以对大多数不轨之徒造成震慑。

很快，肖策听见渐远的脚步声。他加紧几步往更偏僻的小路里进。刚拐进去，肖策就被一股难闻的臭气冲得睁不开眼。

微微屏息，他看见陈绯站在窄路中央。少女的身子赤条条的，从上到下被扒得干干净净，头发扯散了，有几缕落在脚边，她身边的地面上还有一摊呕吐物。

两个男人反而都不在，刚才的脚步声兴许就是他们的。

肖策估计着时间，不像是暴行得逞，可一时半会想不通为什么会出现眼前这情景。

惊愕大于焦急，他愣在陈绯五米之外。

后者好像不怕他，直挺挺地站着，甚至没伸手遮挡自己，声音比空气还冷："谁啊你？"

……

时至今日，肖策都忘不了第一次见到陈绯的那夜，她过于淡定的表现。到底是在什么样的环境下成长起来的姑娘，能一丝不挂地站在陌生男人面前，还气势十足地反问他——

谁啊你？

肖策长舒一口气，从缺氧的环境里回过神来，关掉水，拽下毛巾。

想着被子薄，擦干身上的水珠，肖策一件件穿上厚实的秋衣秋裤、加绒长裤和套头卫衣。毛巾兜头搭着，肖策一边伸手揉着发根，一边往卧室走。

进了门，看见陈绯斜倚在床头，似笑非笑地看着自己。

有歌词说，醉眼看人间，个个都温柔。陈绯觉得这会子肖策看着就很温柔，软绵绵、湿漉漉的，没来得及装出那副精英派头——她真是看不得肖策在火锅店拗出来的那副死样子。

眼前的肖策，让她想起初见。

那会儿她刚成年，流年不利，连番触霉头，去家门口喝个酒都被人算计。两个不懂规矩的外地人，一时起了色心，给她的酒里丢了药，陈绯察觉得早，但身体还是起了反应。

一路都有知觉，但是嘴被堵着，手上力气不够，挣不过他们两个。他们猴急得很，不是玩脏套路的，一边脱她的衣服，一边往巷子里面人少的角落拐。

陈绯始终没哭没叫，被丢在地上之后第一件事居然是伸手抠吐自己。

那两个人慢慢觉出点什么不对劲。

“才来花雨巷混吧。”陈绯吐了个干净，脑子也比刚才清明，她往地上啐了口，说，“是不是没打听过什么人能碰，什么人见到就要躲远点？”

两个男人有点心虚——听她这口气，该不会是背后有人吧。

陈绯心里也没底。但她打小就知道这么个道理，遇上事别㞞，㞞就输了一半。管你是狐假虎威还是装腔作势，总归不能露怯。

“哥两个要是就想爽一下，我陪你们。”陈绯不遮不掩，就这么半靠着墙根，一副浑不凛的模样，说，“后果你们自己担。”

不露怯，也不能硬碰硬。威胁不管用，就顺从，总归不能把人身安全搭进去。陈绯惜命，也不想闹个肢残体缺。

这话说出来，气氛瞬间诡异起来。地上一堆呕吐物本就倒兴，这女人的态度尤其令人害怕……

也是在这时候，僻静的巷落中，突然传来陌生男人的喊声。两个男人本就犹豫，这下想也不想，默契地丢下陈绯跑了。

陈绯撑着墙壁，摇摇晃晃地站起来，打算去把衣服捡回来——这模样，有失体面倒是其次，主要是冷。

这时候，肖策气喘吁吁地跑进来了。在距离她挺远的地方就站住，目光只顺了她一遍，就马上移开了。

这人头发多久没剪了，陈绯都没看清肖策的脸。只看得到他一身穷酸学生打扮——估计是隔壁S大的。

谁啊你。她这么问，其实还想说，你找的那个方宇不是我。

可下一刻，陈绯看见那人把外套脱了。脱完之后，脱毛衣，然后开始脱裤子。

陈绯一蒙，觉得今天是倒了八辈子血霉——刚送走豺狼，又迎来虎豹？可酒劲混着药劲，齐齐往上顶，她快撑不住了。

一个念头没转完，那边的男人已经把手里拎着的衣服裤子一起丢了过来。

“你……你先穿上。”

陈绯又蒙了一下，行动先于大脑，她弯腰捞过衣服，也不知道自己想了些什么，开始一件件往身上套。衣服太长，不过暖和就够了。运动裤腰身是松紧带搭配抽绳的，倒还能穿，只是要把裤腿卷上去。

陈绯正埋头系裤带，那边只穿着秋衣秋裤的男人凑近了，递过来一团白色布料。

“我晚上出门刚换的，不臭。”

陈绯抬头，看见一双棉袜。

“你装醉。”

肖策平静的声音把陈绯从回忆里拽了出来。

陈绯没否认，一脸“是又怎么样”的坦荡，目光在肖策裹得严严实实的身体上打转：“穿那么多，防我的啊？”

肖策又恢复了刚才那副冷淡的模样，说：“你要是没醉，就回去吧。不早了。”

陈绯紧了紧被子，说：“黑灯瞎火的，你不怕我被人拖到小巷子里去？我是没醉，可我喝多了，我现在谁都打不过。”

她说完这句话，盯着肖策的脸，发现他眉头不自觉地动了一下，随后肖策开口道：“我送你回去。”

陈绯睁着眼说瞎话：“我不想回去，我家空调坏了，冷。”

肖策无话可说。陈绯想做什么事，不想做什么事，总有随口就来的无数理由，全看心情，遑论真假。

他说：“你家空调坏了，和我有什么关系？”

陈绯又说："我在你这借住一晚，抵扣一晚住宿费。"

肖策下意识问："什么住宿费？"

陈绯理所当然道："记性这么不好呢？你刚刚才说的，要承担我回S城补办银行卡的附加费用。我肯定要回去住一晚的，住宿费就今晚抵了。"

肖策噎住。

陈绯掀开被子，准备下床，念叨："住宾馆，总该管个热水澡吧。有拖鞋吗？干净毛巾呢？"

"没有。"

陈绯一点也不意外，接着说："没有也没关系，把你的给我用。"

说话间，人已经来到了肖策跟前，她只穿着袜子，一只脚踩在水泥地面，一只脚踢了踢肖策的脚踝，示意他让出拖鞋。

肖策没动。

"别这么小气。你坐床上去，我洗完就还你。"陈绯笑嘻嘻道，一边去抢他的毛巾。

肖策捏住毛巾，陈绯力气没他大，抢不走。他发梢的水珠滴落，顺着陈绯的小臂缓慢爬行。

凉，痒。

前者是肖策的表情，后者是陈绯的心情。

肖策问陈绯："这算什么？"

陈绯嬉皮笑脸，被酒气熏过的双眼在灯下亮得不真实，她说："还债啊。"

肖策不相信陈绯不知道自己问的是什么意思。她跟他打太极，就是摆明了不想说。再追问下去，她也能找出无数个理由来搪塞他。

有种拳头打在棉花上的无力感。肖策松了手，垂眼看着陈绯，把脚从拖鞋里抽出来，跨上床去了。他脚上水没干，在床单上印出两个大脚印子。

有点意外。准备了好几套应对他后续发问的措辞，没想到肖策这么快就放弃抵抗了，陈绯轻轻扬眉，拔掉袜子，趿着他的拖鞋去了浴室。

调水的时候，陈绯把肖策的毛巾盖在脸上。淡淡的肥皂味，还算清新，不像舞蹈室的一些人，常用的汗巾，想起来就搓一下，想不起来就随手一挂，时间长了，沤出发酸的汗臭味，洗都洗不掉。

水热了，陈绯扯下毛巾来，淡淡地想，这男人还是有几个优点的。

比如穷讲究，比如有上进心。

山村里走出来的穷学生，高考失利，进了那种三流大学，居然还能考研考上全国排名前几的Z大，硕博连读，又被返聘。听韩越那口气还评上什么高工。

呵，前程似锦呢。

陈绯在水汽里咧了咧嘴，不屑地笑：有什么用，不过是个高级工程师。他今天就是混成Z大校长，也别想把从前那些事撇干净。他的出身，他的过去，全都是烙印，穿得再光鲜亮丽，装得再一本正经，到了她跟前，也都要给他扒个精光，撕个稀碎。

陈绯没找到洗面奶，用肥皂洗过的脸干涩得连做表情都不自然。陈绯囫囵擦了一通，把内裤翻过来穿反面，没穿文胸和牛仔短裤，直接套吊带，开衫在腰间一系，推门出去了。

她浑身不爽。从浴室出来以后，去翻冰箱找饮料喝。

什么都没，连矿泉水都找不到。

又不是没钱，还这么抠。陈绯没好气地关上冰箱门，问："交女朋友了吗？"

里头传来男人的声音："没。"

不交女朋友，钱都花哪儿去了？陈绯想起来电脑桌上那杯水，进了卧室径直走过去。晾这么长时间，温度刚好，陈绯一仰脖，喝光了。

气不顺，也没心情造，陈绯踩上床沿，在肖策还没干透的大脚印子边上又留下两个小号的。

她拍拍坐在床上的肖策，说："让让，我要睡了。"

肖策没让，说："陈绯，我们谈谈。"

陈绯把被子裹在身上，坐在他旁边，不耐道："明天再谈不行吗？"

肖策皱眉，说："这么多年，你就一点都没意识到自己的任性？"

陈绯呵了声，说："意识到了。"

回答得很快，理直气也壮，言下之意是并不打算改。在陈绯看来，能任性是种本事，这世上多的是活得憋屈的人，想说的话不敢说，想骂的人不敢骂，想做的事不敢做。

她敢，她能，她骄傲。

肖策又说："我认为，我们已经分手了。"

陈绯承认得很爽快："确实已经分手了，得有五年多了。"

她根本不去正视他想说的话，肖策只能更直接地说："陈绯，孤男寡女，我们现在这样很不合适。"

这话从别人嘴里说出来，陈绯可能还觉得对方心思单纯，外加没见过世面。肖策这么说，陈绯就跟听了个笑话似的。

"你是喝多了还是读书读傻了？"陈绯说，"跟我这儿说起孤男寡女来了？"

顿了顿，陈绯见肖策沉着脸，又道："你一单身汉，又没女朋友，有什么不合适的？"

肖策抬眸看她，突然问了句："那你呢？"

"我？"

陈绯一怔，意识到他问的是什么，又笑开了，眼波流转，媚态十足。"肖策，你还不知道我？"

她似乎不打算再多说了，往枕头上一倒，闭上眼睛，一副打算入睡的样子。

是啊，他还不知道她吗？从小到大，她身边最不缺的就是男人。肖策被陈绯的笑容刺得攥了攥拳头，他又想起今天那个代陈绯说话的男人，背部肌肉绷得更紧，忍住了一瞬间涌出的无数负面情绪。

“把灯关了。”陈绯闭着眼睛，说，“肖策，我发现你比以前有趣很多。”

肖策没再跟她搭话，他沉默地起来关灯。陈绯听见肖策脚踩在瑜伽垫上的声音，又听见他掀被子的声音，而后就安静了，她知道他是在那上头和衣而睡了。

陈绯等了一会儿，才听到男人逐渐平缓的呼吸声。她慢慢睁开眼睛。黑暗里，取暖器加热管发出的红光格外显眼，陈绯盯了一会儿之后，再看向其他地方，眼前都还有跟随的条状红影。

从前，她认识的那个肖策，才不会管合适不合适。他需要钱，她给他钱，其他的事情，他都由着她。

现在……这男人一定是觉得自己把钱还完了，所以硬气起来了。

可是还完了钱，你就以为我们两清了？陈绯重新闭上眼，在心里说：休想。

第二天是周六，陈绯下午一点有一节街舞综合的大课。

可她一大早就被宋银川打来的电话吵醒了。陈绯摸到手机，忍着头疼看见时间之后，火冒三丈，按下接听键劈头盖脸地凶道：“宋银川你最好给我一个必须在早上六点半喊我起来的理由！否则……”

否则什么没说下去，陈绯鼻尖气息陌生，是男人的味道。她突然意识到自己现在正躺在肖策的床上，瞬间愣神。

“绯姐，你人在哪儿啊？”宋银川太了解陈绯的起床气，赔着小心道，“我按了五分钟门铃，把对面人家的狗都惊动了。哎哟老吓人了，一条大狼狗！”

陈绯无语。

宋银川没听到陈绯说话，试探地问："你们……现在该不会在酒店呢吧？"

声音又小了一度："策哥……在你边上呢？"

几乎压成气声了："昨晚……挺激烈？"

陈绯用手按着额头，没好气道："说正事。"

"是这样的。"宋银川一秒切换到正常频道，说，"娇昨天夜里回来了，他住我那儿多不方便……我这不来跟你商量商量嘛。"

陈绯："商量什么，你想让他住我那儿？"

宋银川马上说："本来是这么打算的，你那不是空一间屋子吗？而且你一个人住也挺无聊的。不过嘛——"声音低了些，"你要是打算留给策哥，我就再帮娇找别的住处。"

"等会儿，娇不是去新疆拍戏了吗，怎么这时候回来了？"

"这事吧，说来话长……"

陈绯顿了顿："行吧，你在门口等着，我马上回去，当面说。"

吩咐完，挂了电话。

"醒了吗？"陈绯坐起来，把枕头往打地铺的男人身上丢，"给我找套衣服。"

肖策就没有睡着过。他掀开被子，站起身来。

男人两眼熬得发红，看着心情很不好。他一言不发地打开衣柜，从最底层抽出一件套头运动卫衣、一条运动裤。又拉开抽屉，掏出一双袜子，裹在深色衣裤里面，一起丢给陈绯。

陈绯盯着那团白色看了一会儿，突然出声："肖策。"

男人没应，但动作停顿，是在听她说话。

"做个伴吧。"陈绯说，"我现在空窗期。"

她没说复合，说的是"做个伴吧"。肖策马上就明白过来陈绯的意思。但她又说自己空窗期，说明昨天那个男人不是她的男朋友。

陈绯看见肖策皱眉头了——这男人老得真快，以前可没有这么老气横秋。于是抢先说道：“先别急着给我回复，我看你这样估计昨晚也没睡好，你考虑考虑，等你清醒了我再找你。”

她一边说，一边火速穿衣服。

“手机给我，加个微信。”

肖策调出二维码，把手机递过去。

陈绯低头切换成私人号，加了他。

跳下床穿鞋的时候，陈绯说：“我住的地方离这边很近，就在宿松小区，刘记烟酒旁边的11栋。”

肖策没想到陈绯和自己就隔着一个小区的距离，这么近，两个人五年来也就碰到过这一次。

本来还以为重逢是巧合，现在反倒觉得，是个玩笑。

第二章

规矩

大清早的，陈绯穿着尺寸不合的衣服在小区里狂奔。

她和肖策，一个住金安的最南端，一个住宿松的最北端，当中还隔着馨苑小区，陈绯跑回去，横穿三个小区，也不到十分钟。

宿松小区是几年前新盖的，跟金安比起来，简直一个天一个地。陈绯住11栋501，她乘电梯上楼，在电梯镜子里看见自己衣衫垮塌，眼神混浊，头发散乱，一副被糟蹋后的模样。

这会儿想起刚才自己跟肖策说的话了——原来是顶着这么一张脸说的，忒不体面了。

有点冲动，不过也没什么，做个伴而已，没说更过分的。

念头在脑子里一晃，陈绯不禁顺着想：更过分的？还有什么更过分的，总不可能说要嫁给他。

她早就打定主意了，这辈子不可能结婚。从前陈绯把这话说给宋银川听的时候，后者还老大不相信，说绯姐你别这么悲观，爱情来了挡都挡不住。

这孩子还真是天真得很盲目。陈绯跟他把话说死：就是陈秋娥从墓地里爬出来，按着我的头让我嫁人也不可能。

陈秋娥是陈绯她妈，得乳腺癌过世七年多了。宋银川被她描述的画面唬得一抖，刚想说话，又听陈绯喃喃自语：不过这不现实。

宋银川赶紧接茬：当然不现实，老板娘早都安安稳稳火化下葬了……爬出来什么的，多吓人啊。

话没说完就听陈绯接了一句：陈秋娥自己都没嫁过人，就算爬出来，也没资格要求我。

电梯门打开，陈绯看见倚在门边的宋银川，他手上提着个小塑料袋，里面是豆浆和裹油条的蒸饭。

“绯姐。”宋银川见到她，直起身子，打了个大大的哈欠，也是一脸的倦意，“挺快的啊。”

昨儿是什么妖怪日子，所有人都没睡好。

陈绯从包里摸出钥匙，把大门打开，蹬掉鞋径直往自己的卧室走。

卧室门吧嗒一声关上，宋银川很快听见里面响起水声。宋银川帮陈绯把鞋子收进鞋柜里，又将客厅的空调和加湿器一起打开。十多分钟后，听到吹风机运作的声音，宋银川把凉掉的豆浆和蒸饭送进微波炉里加热。

等到陈绯穿着家居服走出来，早点也都热好了。这个澡洗得痛快，陈绯气色好了不少，她扎开豆浆，猛吸一口，胃里也缓过劲来。

陈绯：“什么情况？”

宋银川熟门熟路地摸去碗橱，掏了个搪瓷杯，打开陈绯家里的可可粉罐子，给自己冲了杯热可可。他抱着热气袅袅的杯子，坐在陈绯对面，摆出一副长谈的架势，正色道：“娇这回实在不太好。”

陈绯扬眉，气不打一处来，嘴上却说：“怎么就不好了？那什么爱心经纪公司把人签走的时候，不是口口声声说我们娇是可造之才、明日之星吗？”

“红欣，红欣影视。”宋银川纠正她，“五年期满，娇已经跟他们解约了。”

陈绯：“解得好！上个月我看娇的朋友圈，还以为他要续约，当时真想骂他。什么破公司，说好的舞蹈选秀节目黄了，五年就给他安排一部网络大电影，一部真人秀。结果网大剪成什么死样子，真人秀压箱底三年了，估计是没什么指望播。当初就不该签！”

陈绯越说越来气：“那公司最初找上他我就觉得不靠谱。娇在求职网站上挂的接受日薪是八百到一千元一天，既然过了面试、考核，也愿意用他，说明接受这个薪资要求。结果我陪娇去了，人拿出张三十五年的合同，没底薪没保险，全按照他接的活抽成。”

宋银川那段时间忙着准备服装设计学院的考试，没能陪娇，所以这一段他不太清楚。

宋银川帮着娇说好话：“娇想去红欣，主要还是因为那个舞蹈选秀节目，成了他们的艺人，不是更容易入围嘛。不过还好，他不是没签三十五年约嘛。”

陈绯冷哼：“我在那儿，能让他签到死吗？要不是娇坚持，我是打算直接拉他走的。后来改成五年约，代价是除了戏约以外的活动，按照日薪五百元结算，也不管饭，还美其名曰要招募能和红欣一同吃苦成长的伙伴，我呸！”

“都是他以前不懂事，也别怪他了。”宋银川叹了口气，低声说，“娇这次是受了大委屈跑回来的。本来红欣那边说有个古装剧找他去演男二，他看了剧本，很喜欢那个角色，就答应要去。结果已经到了地方，红欣拉他去跟投资方见面，才知道是对方看上的他。”

“看上他？”陈绯被口中的饭团噎了一下，皱眉看向宋银川，“是我想的那个意思吗？”

宋银川："可不是吗。对方是个做实业起家的，前几年丈夫死了，所以一点都不避讳，找干儿子呢……"

陈绯蹙眉，想到什么，说："娇应该不是直接回来的吧，按那家伙的个性，这种程度的硌硬，挡不住他。"

从前他就是最敢拼的那个，碰到难缠的客户，别人不肯接，他都笑眯眯地接过来。

宋银川的脸皱巴巴的，小声说："陪了一晚上就没架得住。玩得太狠……还好合同没签，也还没正式进组，他第二天就跑回来找我了。"

陈绯脸一白，她太清楚宋银川说的话是什么意思。

"昨天夜里娇拖着行李来我这儿敲门，哭了半宿。"宋银川低声复述娇的话，"他说，以为离开今宵以后，再也不会遭这份罪了。他五年来本本分分，只想靠自己的一技之长活着，可没想到到头来还是要被逼着做回老本行。他不敢再蹦跶了，想回头，绯姐，他想回来投靠你。"

其实昨夜娇说了很多很多，他说自己很后悔最早没有听陈绯的话，跟着他们踏踏实实地在尘嚣打拼，急功近利的后果就是竹篮打水一场空。他还说其实他早就想回来了，但是大话说出去很难打自己的脸。

宋银川尽量地提取中心思想，希望陈绯能够看在娇这么可怜的分上，收留他。

今宵，今宵。

陈绯一时恍惚，她在心里问自己，多久没听到这个名字了。

今宵是一家茶楼，取名那会儿，正义山还是一座无名荒山，花雨巷还只是一条没名气的小街。可后来，生活在那附近的居民几乎都知道了这么个地方。

绝大多数人，只道那是家环境清幽的茶餐厅。附近居民是绝对没有闲情逸致和闲钱去那种地方的，也就是追求格调手有闲钱的大学生、大学老师，或者从别处来此地的社会人士，才会进茶楼里坐一坐。

可如果在花雨巷混得够久了，就会慢慢晓得，那不是家正经茶楼。为数不多的知情者，私底下口耳相传，传这么一件事。

今宵茶楼，也卖酒的。卖的都是女人爱喝的“酒”。

陈绯自打记事开始，就在那里生活。今宵茶楼是她的家，茶楼老板娘陈秋娥是她的妈妈。

陈绯的童年轨迹和花雨巷绝大多数孩子的很像，但也稍有一些不同：比如陈绯没有爸爸。

但是班里大部分孩子也等同于没有爸爸——他们的爸爸都进城务工去了，一年到头也就春节期间能见一两面。

所以陈绯心态很好，觉得有没有父亲一点也不重要。她从来不问，是觉得没什么好问的。

再说了，她们家有很多大哥哥，虽然经常换人，但他们中的大部分都对陈绯挺好。接她放学，送她去上舞蹈课，给她买各种小零嘴，帮她打架出头，带她去城里玩……陈绯反倒享受着同学们的羡慕目光。

何况陈秋娥也惯着陈绯，从来不会因为她成绩不好责备她，反倒鼓励她多接触学习以外的东西。当陈秋娥发现陈绯喜欢跳舞，就立刻高高兴兴地给她找了个舞蹈老师。

总之，陈秋娥的教育准则就是，许她骂人，许她打架，许她喝酒……就是不许她吃亏。不管什么时候回忆起来，陈绯的童年都没什么不堪的，她活得很尽兴。

后来陈绯上了初中，是去城里念的书。她跳舞跳得最好，带着年级里的几个女生组了个小团，课下聚在一起排舞练舞。

混得熟了，陈绯还邀请她们去自己家玩，请她们喝自己最喜欢的鸡尾酒。可几次以后，流言就传开了。她们说陈绯会喝酒，以后是要混社会当小混混的，还说陈绯有好多小爸爸。

陈绯撞破她们在背后说自己坏话的那个下午，打哭了三个女生。然后她被班主任领着去找了陈秋娥。

交涉无果，陈秋娥第二天去学校帮陈绯办理了转学。

陈秋娥那会儿才开始意识到，茶楼里的男人们或许会给青春期的陈绯带去很多不必要的困扰。她给陈绯找了寄宿学校，给出的理由是自己忙于挣钱无暇照看她。陈绯疑惑，她从来不觉得家里缺钱，便问陈秋娥，为什么这么执着于赚钱。

后者笑得格外爽快，对陈绯说，这世上只有钱是最实在的。你手里握着的钱越多，心就越踏实。

陈绯信了她的话，可后来才知道，陈秋娥那会儿已经查出了乳腺癌，她不过是想给自己留下更多遗产。

寄宿学校封闭又憋闷，陈绯成绩不好，老师有考核要求在身，自然也不喜欢她，相看两厌的结果是陈绯初中毕业没考上高中，去念了职高。在那里，她如鱼得水，称王称霸，算是坐实了从前被人冠上的“混社会”名头。

但也快活。钱管够，没人约束，想干什么就干什么。甚至到后来，变得麻木、疲软——因为不知道怎么才能更快活了。

陈绯就是在那个时候，把好奇心转移到今宵茶楼的。

陈绯自初中起就常年寄宿在外，偶尔想起今宵茶楼，也都是理所当然地认为，茶楼之所以能赚钱，是因为陈秋娥懂得变通：她酒水价格标得很高，还净找些长相俊朗的兼职大学生、身材魁梧的乡下壮汉来卖酒，利润高成本低，似乎是稳赚不赔的生意。

长大了，慢慢明白过来赚钱不易，在那种小地方，价格标得死高谁会买账啊。

猜想一大堆，也都蛮靠谱，可还没等到陈绯挨个落实，陈秋娥死了。

那会儿在放暑假，是陈绯人生的最后一个暑假。七月末，她和朋友约了去旅游，还没出省呢，一通电话把她叫回来了。

陈绯在医院陪了陈秋娥半个月，陪她走完了人生的最后一程。

时间很凑巧，陈绯的成人礼被置换成了陈秋娥的出殡仪式，而且是陈秋娥生前就给自己安排好了的殡葬一条龙服务。

陈绯十八周岁的那一天，喇叭鼓噪，鞭炮喧天，敲锣吹唢声此起彼伏，她被人指挥着穿戴好孝服，催着喊着走流程。陈绯隐约记得一个黑洞洞的窗口，是办理火化登记的，那里头伸出一只手来，递出陈秋娥的死亡证和两张纸条，一张纸条塞给了陈绯，一张放在停尸车上。

火葬场里，陈绯和很多熟悉或不熟悉的人围站在陈秋娥的遗体边，进行最后的瞻仰。随后，在众人的目送下，停尸车上的陈秋娥被工作人员缓缓推进火化间。

陈绯被带着出门，去休息室。那时候，有人揽住了陈绯的肩膀，小声啜泣，一边安慰她，说请她节哀。可那一整天，陈绯始终处于一种疲惫的茫然之中。她的眼泪早在陈秋娥病榻前流干了，真的到了今天，除了身心俱疲之外，实在没有悲伤的力气。

陈秋娥的骨灰存放于她很早就挑选好的骨灰盒里，有人捧过来，让陈绯抱在怀中。十斤以内的重量，和新生儿差不多。原来一个人，来来去去，从无到有，从有到无，开始和结束，都有这么被人抱在怀里的一天。

一行人又乘车离开，送骨灰盒去陵园下葬。同样是陈秋娥选的墓地，她不想让陈绯操心，早就把身后事安排得很妥当。陈绯站在墓碑前，看见刻碑匠人刻的两行字——

颠沛一生，静心长眠。

除此之外，没有任何其他字样——都是陈秋娥的主意。陈秋娥临终前对陈绯说过，她不想被打扰，死后肯定去冥界各处旅游了，所以也别总是来看她，她一准不在呢。

陈绯直挺挺地站着，好像想了很多，又好像一瞬间脑子变得空白，她提不起精神，只想找一张床，睡他个昏天黑地。最好醒来就到几年后了，那时候她肯定已经看淡了陈秋娥的死，肯定能抒发生老病死不过人间常态的成熟感慨。

她不想经历中间这几年。

她不想经历“慢慢习惯没有妈妈”的这个过程。

落葬、暖穴、封穴，烧纸钱、放鞭炮、跨火盆，陈绯傀儡般走完全部流程。最后回到车上，坐在她身边的人对她说：“累了你就靠着睡会儿吧，后面还有的忙。”

陈绯这才发现，原来一直跟在身边的人是宋银川。她合上眼，头靠在椅背上，低声念道：“是啊，还有的忙……”

没人能获得快进生活的权利，它给你的苦，你都得受着，熬过才算过。

那天之后，陈绯继承了陈秋娥的全部财产，包括今宵茶楼。

“绯姐？”宋银川看见陈绯出神，忍不住伸手在她眼前挥了挥。他一脸的可怜相，恨不得找块小手帕攥着了，“你也不想看着咱们的小娇娇流落街头吧。”

陈绯收神，没好气地白他一眼：“当我这儿收容所呢？我当初好话歹话说了一箩筐，娇左耳进右耳出的时候怎么没想过有一天会流落街头？”

宋银川：“如果你不收留娇，我就只能把他留在我那儿了。”

宋银川口中的“我那儿”，指的是他与人合伙开的服装工作室。

宋银川比陈绯还小俩月，随她来H市之后，本打算全心跟着她经营尘嚣，可是陈绯没让。陈绯知道宋银川对舞蹈没兴趣，他小时候跟老裁缝做过学徒，一直都喜欢做衣服。所以陈绯送宋银川去上夜校，考当地的服装设计学院。

宋银川今年六月刚毕业，但他两年前就和几个同学合伙开了个小工作室。

最初没名气，只能凭关系接点小活，赚来的钱勉强能和支出相抵。大家意兴阑珊，都想散伙了，也是陈绯出钱，跟他们定了一批尘嚣舞蹈的工作服和发给年费大课学员的练功服，才帮他们撑过了最难的那段时间。

咬牙坚持下来，到今年年初，终于碰到了大单子。反响不错，也签了长期合作的合同，能稳定盈利，工作室的财务危机算是暂时解除了。

宋银川比所有人都清楚陈绯的嘴硬心软，这么说话其实是在激她帮娇一把。

果然，陈绯乜他一眼，说："你那？就你那小杂物间，还挤仨爷们，让娇去合适吗？"

娇这个人，男儿身，少女心，宋银川当然知道不合适，他没皮没脸地笑了，说："那不是没办法嘛……娇身心受创，总要有人照顾一下的。"

陈绯把剩下的豆浆都喝完，呼了口气，说："他现在在你那儿睡觉？"

有戏！

宋银川连忙点头："哭得太累，妆没卸就睡过去了。"

妆没卸对娇来说确实是件不得了的大事，陈绯哼了声："等他醒吧，我下了课以后去看他。你今天没事吧？"

"今天没活，双休日呢。"

“去把你原来那屋收拾出来给他。”

陈绯租的这房子是两居室，房东本来打算招合租，所以把屋子简单改造过，除了公用的客厅和厨房，其他所有空间都彼此独立。陈绯整租下来，跟宋银川一起住了两年多。

后来宋银川在服装学院交了女朋友，就搬出去住了。可惜两人没处长，分手后，宋银川沉迷创业，也确实不方便再搬回来。

501对陈绯一个人而言是大了些，可这里离尘嚣近，周边各项生活设施齐全，陈绯早习惯了。加上尘嚣走上正轨，她不缺这点钱，也就没换房子。

宋银川听陈绯这么说，眼睛一亮，又眨眨眼，说：“那……策哥呢？”

陈绯被他气笑，手肘撑着桌沿，说：“你哪只眼睛看见我跟肖策好上了？”

宋银川急了，语无伦次：“可你刚才那、那、那样回来！衣服明明就是我策哥的尺寸！我看别的不准，这个没人比我在行。”

“给你能的。还你策哥的尺寸，说的跟定制似的，那充其量是个XL的尺寸。”陈绯吐槽他，“少掰扯我的事，打扫房间去。”

不肯说拉倒。宋银川喝完可可，上厨房拿笤帚拖把去了。

陈绯一个人坐外头，啃完了蒸饭，专心研究起手机来。

肖策的微信名就是本名，陈绯嘴角一扯——无趣。再看自己的：女王绯，多霸气。

又戳开他的头像：一团黑，黑里夹杂着一坨糊了的白影。陈绯双指按在屏幕上，做撑开的动作，放大，再放大——成了一大坨糊了的白影。

陈绯没忍住，点评：“什么玩意儿！”

再翻朋友圈：什么都没，这个人没发过朋友圈。个性签名：2013级计算机应用。

一塌糊涂。

陈绯把手机搁到一边，晃到浴室里去，没一会儿把肖策的衣裤拎了出来。先掏了掏上下口袋，空无一物。想想也对，衣服是肖策早上才从柜子里抽出来的。

不像初见那次——那件外套口袋里，揣着一张皱巴巴的钞票。

初见那晚肖策把衣裤脱给她以后，跟她说："我是S大2009级计算机2班的肖策。你还的话，就把衣服放在……"放在哪里一时没想到。

还是陈绯接茬道："我住今宵茶楼，明天你过来拿。"

肖策动作一顿。

陈绯："你不知道今宵茶楼？"

"知道……知道。"

肖策那会儿只穿秋衣秋裤，松松垮垮地挂在身上，因为短，手腕脚踝都露着。他说话也局促，把陈绯送出小巷巷口，看她没什么事，很快就离开花雨巷，大步往学校宿舍区去了。

之后，陈绯慢吞吞地往今宵茶楼走，手在兜里一摸，就拽出张毛爷爷来。

宋银川在里屋大喊："绯姐！这里有你的大龙球，你还用吗？"

陈绯回过神来，把肖策的衣服裤子往洗衣机里一塞，扬声道："不用了，旧东西都丢掉。"

"可是很浪费哎，我把它擦干净拿去尘嚣好了，还有你的这些旧衣服，不要的话给我带回去。"

"怎么，旧衣改造吗？"

"也不是，最近有个公益组织找到我们这些服装公司和工作室，在问有没有囤积的旧衣服。说是要收集起来送去福利院和山区。"宋银川盘腿坐在地板上，一件件地叠着陈绯的衣服，"你这些衣服都没坏，样式也好看，送过去的话，那些小孩肯定很高兴。"

“嗯，你拿去好了。”

宋银川没有父母，在S城西郊的福利院长大，取这个名字也是因为出生地在银川。他自小瘦弱、多病，做学徒当裁缝赚的那些钱根本不够他活着。正愁生计时，机缘巧合遇见去裁缝店改衣服的陈秋娥，被她带回了今宵茶楼。

宋银川心细老实，帮着陈秋娥管账，也忙上忙下地打点茶楼的一切，按月领死工资，陈秋娥没让他接过活。后来陈绯接手今宵茶楼，也是宋银川把店里的事事无巨细地一件件转交给她。

宋银川叫她一声绯姐，陈绯知道，他是真的把自己当姐姐。

洗衣机运转声响起，陈绯出了浴室，半靠在宋银川所在的卧室门边，说：“银川，肖策跟我说，他把钱全还我了。”顿了顿，补充道，“四年前就还完了。”

宋银川手下动作停顿，茫然地抬头问陈绯：“钱？什么钱？”

陈绯脚尖在地板上蹭了蹭，说：“他在今宵十八个月的工资，每个月三千，一共五万四。”

宋银川吃惊地说：“策哥现在这么能赚啊？”

陈绯：“这不是重点吧。”她有点烦躁，“重点是，我感觉他这个行为，就是想跟从前划清界限。你觉得呢？”

宋银川沉默了。他也觉得陈绯的这个猜测比较靠谱，大家要不是走投无路了，谁会去今宵工作啊，说出去也够丢人的。要是能有机会把过去摆脱干净，当然要拼命争取——永远都别被人提起才好。娇是这样，肖策肯定也是这样，就连绯姐自己，五年多以前卖了今宵茶楼，带着他离开，不也是受不了吗？

话虽如此，可不能当着她的面说。绯姐介意的不是肖策跟过去划清界限，而是跟过去里的她划清界限——要是绯姐真的觉得策哥是为了摆脱她才还钱，自尊心一准受不了这打击。

宋银川纠结了一会儿，挤出一句话来：“也许……策哥是觉得自己以前没接过活，不配拿工资？”

什么鬼解释。陈绯翻了个白眼：“他倒是想接，接得到吗？”

宋银川很想回一句嘴说当初联系自己点名找策哥的女客人可多了，要不是你把人按得死死的，策哥准能成为咱店里的头号“花魁”，第二个轩轩。

不过还好，他打完岔，陈绯没再顺着前一个问题追问下去。

陈绯绕回餐桌边，瞄了眼微信——没有新消息。她将手机握在手中，仰躺在客厅沙发上，刷了会微博，又去自家工作室磕碜得不像样的网站溜达一圈，突击检查在线客服的回应速度。

再回来一看，微信还是没动静。

这都过去三个小时了，人是死了吗？

陈绯一阵胸闷，把微信切回工作号。这回倒是丁零当啷地进来一堆消息，各种工作群、大喵、李潇……还有昨天在小龙坎才加的韩越。

陈绯先点开韩越的消息，那边发来一个打招呼的憨笑表情。

越过山丘：美女，还记得我吗？

三十分钟前发来的，估计也是宿醉刚醒。陈绯嗤笑一声，刚要关闭对话框，又想到什么，一翻身坐起来，回他。

尘嚣舞蹈工作室——飞飞：记得。

那边立刻显示“对方正在输入”。

越过山丘：太荣幸了。

尘嚣舞蹈工作室——飞飞：客气。

越过山丘：我知道你们舞蹈工作室，就在我们学校附近对不？

尘嚣舞蹈工作室——飞飞：我们工作室在Z大边上，难道你是Z大的？这么厉害。

越过山丘：没什么可厉害的，我是Z大博士毕业，也就搞搞研究，谈个商业项目什么的。你也知道，互联网这几年火嘛，政府都投资，几个亿几个亿地搞。

尘嚣舞蹈工作室——飞飞：听上去很高大上啊。

越过山丘：哈哈还好还好，其实无聊死了，我一直想转去研究AI（人工智能）呢。

尘嚣舞蹈工作室——飞飞：那是什么？

越过山丘：就是人工智能，很有意思的，不过说来话长，你要是想听，下次我请你吃饭慢慢给你讲。

尘嚣舞蹈工作室——飞飞：我看行。

越过山丘：我今天刚好休息，本来打算下午去看个电影的，最近特别火的《毒液》看过吗？

尘嚣舞蹈工作室——飞飞：没呢。

越过山丘：那赏个脸，我请你去看呗？

尘嚣舞蹈工作室——飞飞：我下午有课，三点多才结束。

越过山丘：刚好啊，我去万达买下午场的票，接你下课，看完正好去吃晚饭。

尘嚣舞蹈工作室——飞飞：我想想。

越过山丘：有什么好想的，哈哈哈除非你有男朋友了？他不许你跟朋友出去吃饭啊？

尘嚣舞蹈工作室——飞飞：我没男朋友。

越过山丘：这么漂亮没男朋友，他们可太没眼光了。

尘嚣舞蹈工作室——飞飞：你说得对。

越过山丘：那咱先这么定了？我三点去你们工作室等你下课。

陈绯把玩着手机，重新倒回沙发里去，腿抬高跷在沙发背上晃荡，目光放空，懒懒散散地望着天花板。隔了五分钟，才重新打开微信。

尘嚣舞蹈工作室——飞飞：好。

回完消息，把手机往沙发上一丢，也不看回复了。她往主卧室走，路过侧卧门口，探头对宋银川说：“我去眯一会儿，下午还有课。衣服洗好以后你晾一下。”

宋银川抬头，准备应她，突然定格，喃喃：“你怎么这个表情……”

陈绯摸脸：“什么表情？”

宋银川抖抖双肩：“没事，总感觉有人要遭殃。你是不是要对策哥下手了？”

陈绯嘁了一声：“不稀罕。”

说完，颠着步子回房间了。

陈绯这一觉补得扎扎实实，醒来已经中午十二点多了。

翻身下床，到了客厅看见躺在沙发上和衣睡着的宋银川，陈绯又回卧室拿了厚毯子出来，往他身上一盖，后者没醒，俨然熟睡。

陈绯没叫他，转去浴室简单洗漱换衣服。她动作迅速，五分钟后就穿戴完毕拽着挎包出门了。

人到了尘嚣才想起来手机放在沙发上忘了带，陈绯跟前台的小妹子打招呼：“两点给宋银川打个电话，让他把我手机送过来。”

小妹子是才招进来的新人，老板的吩咐不敢怠慢，一边点头一边打开了手机提醒事项进行标记。

陈绯往里走，路过两个大教室、八个小教室来到走廊尽头的更衣室。

这个更衣室，是尘嚣的前身。如今的尘嚣舞蹈工作室，占据整个秦方大厦的7层。可是陈绯初来H市那会儿，她只租了走廊最里头的这个小单间作为舞蹈教室。

那时，陈绯靠沿街发传单和在本地论坛发小广告招收学员。她收费低于市场行情，并且承诺免费试上三节课，这才吸引到最初的一批报名者——其中的大多数只是冲着前三节课来的。

陈绯独自战斗，为了更快赚取扩张工作室的原始资金，她一直处于高负荷工作状态：双休日课程能从早上七点排到晚上九点半，一节挨着一节，只有午休半个小时能有时间扒两口盒饭。平时除了晚上的课程，还要想着怎么留住现有学员，线上如何利用公众号做宣传，线下如何制定“老生带新生”等优惠方案。

这么熬了两年，她攒下资本也碰到机会，便果断地租下了这一整层，并开始对外招聘全职与兼职老师，投放正规广告，大规模招生。

尘嚣能走到今天，每一个脚印，都是她陈绯自己踏出来的。

陈绯今天的这节课是街舞综合的大课，四十个学员，女多男少，年纪多分布在二十到二十五岁这个区间，其中还有很大一部分是Z大的学生。

陈绯去私人储物柜取衣服，随后进了女更衣室。

人不少，有上一节大课结束后，去浴室冲完澡出来的学员，也有提前来换衣服准备上课的学员。大家都认识陈绯，看见她进来，个个亲切地喊她飞飞老师。

陈绯精神抖擞，一路笑眯眯地打招呼过去，掏出钥匙打开自己专属的更衣柜，换衣服和鞋子。还是老三件套：吊带、开衫和短裤。鞋子就是运动鞋，她不挑牌子，穿得舒服比什么都重要。

有两个学生模样的女孩子小碎步跑过来，挨在一起，脸红扑扑地问陈绯平时用什么护肤品，怎么保养。陈绯一愣，有点犯难。她实在没在脸上做过太多功课，护肤品、化妆品大多靠娇推荐，用的也都是寻常的牌子。

非要说有什么独特之处，无非八个字：保持运动，执着饮酒。

但也没办法全都告诉人家，只好说一半留一半，简单分享了几个品牌，以及强调运动的重要性。一套说教，陈绯自己都嫌弃。可俩姑娘听得蛮带劲，有一个甚至在陈绯说洗面奶牌子的时候拿出了手机，记在备忘录上。

陈绯看她俩如获至宝的样子，好笑地问：“你们是Z大的？”

两人一齐点头，左边的短发女孩健谈，说：“我俩都是本地的，从小玩到大，同一个高中毕业。我学理，在计算机系，她学文，读法律专业。”

离上课时间还有五分钟，陈绯不免和她们多聊了两句，知道短发女孩叫苏茜，学法律的长发女孩叫孟皖媛。她们今年大四，学校没什么课，而且两人成绩都好，已经确定能保本校研究生了，所以比较闲：平时去实习，双休日就来练舞，主要目的是减肥和塑身。

苏茜身材比较丰满，笑嘻嘻道：“我要求不高，能练得跟媛媛一样就满足了。”

孟皖媛在侧面用胯骨轻轻顶了她一下，显然是在外人跟前放不开，声音小很多：“成我这样有什么好，没屁股没腰的。”

陈绯笑笑，看时间差不多，招呼大家去大厅上课去了。

陈绯的课是尘嚣最受欢迎的，班里限额四十人，场场爆满。她经验丰富，有一套自己琢磨出来的教学方法，深受学员喜爱。

陈绯讲解动作时，和学员互动多，最会插科打诨。可一旦音乐进来，整个人会迅速进入状态，浸在音乐里。她的神情总是那么专注自信，加上动作流畅到位、体态飒爽轻盈，让人看了就移不开视线。

苏茜和孟皖媛站位靠后，在陈绯做示范独舞的时候举着手机录视频。

苏茜小声问：“媛媛，你觉得飞飞老师有男朋友吗？”

孟皖媛紧盯着陈绯的每一个动作，生怕漏下，口中答：“有没有男朋友一点也不重要啊，飞飞老师自己的状态这么好，为什么一定要找男朋友？”

苏茜：“也有道理……不过肯定有很多人追她。哎对，我舍友也想来这边练舞，但她听说飞飞老师的课满人，就算了。”

孟皖媛庆幸道：“还好我们报名早，决策英明。”

这两年尘嚣慢慢做大，陈绯减少了自己的课时数，却没有退居二线。一是因为她爱舞蹈，也享受上课的时光；二是因为她是尘嚣最牢靠的活招牌、顶梁柱。

课程两点半结束，陈绯冲了澡后换回来时的衣服和鞋。

有昨天的教训，陈绯今天老老实实地加了衣服：高领毛衣配机车棉外套，下头是九分牛仔裤和黑色马丁靴。她简单绕了个丸子头，蓬松却不走形，碎发随意散着，也没仔细收拢。

挎着包从更衣室走出来，陈绯看见坐在走廊长椅上的宋银川，远远叫了他一声。

陈绯：“手机拿来了？”

宋银川从兜里掏出陈绯的手机，递给她，说：“你一会儿不回去？”

陈绯：“有约会。”

宋银川挑眉：“哦哦。”

陈绯嗤他，往外走：“不是你想的那样。”

宋银川心说怎么可能不是我想的那样，来的时候，我都看到我策哥站在楼下了。宋银川心情雀跃，跟着陈绯，打算凑过去看个热闹。

陈绯解锁屏幕，先看了一眼韩越发来的数条未读消息。最后一条是：我到了，在前厅等你。往前翻，是韩越发来的几个电影放映时间，问她选哪一个比较合适。可能是见她许久没回消息，就自己挑了个时间买了票。

陈绯又切换私人账号，听见微信提示音时心头一动，脚步也慢了下来——他回消息了。

肖策：好。

一个字，一个句号，时间是中午 11:08，是在回应她早上的那个提议。

陈绯盯着看了好一会儿，嘴角略略一扬，看不出喜怒。随后锁屏，手指拨动，手机在掌心翻了个个，被陈绯放进包里。她走去前厅，还没往休息区瞄，就听见韩越的声音。

“飞飞老师。”

陈绯循声看过去。韩越显然是好好收拾了一番，穿着挺括的风衣，还打了发胶，把所剩不多的头发往上抓，试图营造出草木丰茂状。

宋银川昨晚没跟韩越打过照面，不认识他，还以为是哪个要来报舞蹈班的新学员。谁料陈绯朝他走过去，没说两句话，宋银川就看见那男人伸手要摘陈绯肩头的包。

宋银川脑中警铃大作：抢包的？！

陈绯不留痕迹地让开了，脸上表情似笑非笑，说：“走吧，不早了。”

韩越的手在空中尴尬地虚虚一握，很快垂了下去，笑着走到陈绯身侧：“反正就在秦方大厦后面，咱们时间足够。”

陈绯嗯了声，与韩越一同出门去了。

宋银川和前台小妹子面面相觑，后者用气声问：“银川哥，这是……老板夫？”

“什么老板夫，别乱猜啊。”宋银川想为陈绯说两句，可突然想到什么，大呼一声不好。顾不上跟小妹子掰扯，一溜烟追着陈绯他们出门去了。

晚一步没赶上电梯，宋银川跺脚多等了十几秒，乘旁边的那部电梯下去。

他火急火燎的，到了一楼，电梯门刚开条缝就贴着钻出去了。没走两步，宋银川急急刹住脚步，在一瞬间猫下腰溜到一楼大厅的方柱后头，小心翼翼地伸头窥探外情。

完蛋，早知道该告诉她策哥在楼下的，这下尴尬了。

宋银川脑中一团混乱，最后归罪于不速之客韩越，他愤愤地想：这男人真不知趣，从哪儿冒出来的？

几秒钟以前，陈绯和韩越并肩走出电梯，迎面碰上候在大厅的肖策。

三个人，齐齐一愣。

韩越先开了口，语气很惊讶："肖策？你怎么会在这里？"

肖策的目光在韩越和陈绯脸上转了一圈，面部线条绷得极紧，说："我来找人。"

陈绯没说话，一副事不关己的模样，甚至神情愉悦，颇为挑衅地觑着肖策。

这一带是Z大学生的高频活动区域，韩越没多想，笑着说："我们正要去万达，赶三点半那场的电影。"

韩越这笑里，多少带了点得意，眉宇间一扫昨晚的郁闷——陈绯这等姿色的女伴，可比夏洋洋之流要体面得多。

肖策往旁边让了一步："那不打扰了。"

两人从肖策身边经过，径直离开了。

宋银川这角度只能看到肖策的表情，什么都听不清。他心惊胆战，感觉策哥这脸色实在是难看得很。眼瞅着陈绯跟别的男人走了，宋银川连忙背过身，拿出手机发微信。

银小川：绯姐，什么情况？

陈绯听到提示音，从包里摸出手机，一边走一边回复。

女王绯：肖策怎么知道我工作室在哪儿？我没告诉他。

银小川：他又不傻，昨天大喵不是穿着咱工作服吗，看到的呗，上网一查就查到了！

陈绯一想也是，肖策会这时候过来，肯定看到了网站上的课程表，知道自己这会儿下课了。

那他……难不成，是来找自己的？

电影院内闹哄哄的，混着电影强劲的环绕立体声音效，震得陈绯脑壳发麻。韩越买了爆米花，她一口也没吃，目光发直，盯着大屏幕，看起来无比投入。

但陈绯知道，其实自己大半剧情都没看进去。

电影结束后，韩越带陈绯去了同楼层的一家河鲜馆。韩越强力推荐这家的千岛湖鱼头王，料足汤浓，鲜美非常，还说他跟店老板很熟，一会儿去打个招呼，让他们选最新鲜的鱼头。

上了菜，吃的时候，韩越说下次带陈绯去吃他朋友开的日料店。

陈绯是看出来了，韩越的朋友遍布餐饮业，而且……他的话是真多。陈绯坐在韩越对面，看着他嘴巴快速张合，齿缝嵌了小片海带丝，吐沫星子全喷到菜里去了。

陈绯放下筷子，忍不住端起杯子喝了口水，插话道："你之前说，你是Z大毕业的博士生？"

韩越："对，等于是给导师打工嘛，博士生活很无趣的。不过现在进了实验室，比以前待遇好多了。"

陈绯："实验室？"

韩越："大数据分析与应用，是咱们省的重点实验室。一共就四十来人，博士学位只是敲门砖，超过九成的人都有海外留学背景的。"

陈绯哦了声，心想，看来肖策就是那一成不到。

韩越见陈绯兴致不高，又说："也不是所有人都有真本事，这年头学术造假多了……而且如果自己导师在实验室，有人也会想点其他办法让导师引荐进去。"

爱好八卦是各个年龄段女人的共同点。韩越刚说完这话，果然看见陈绯饶有兴趣地问："什么办法？"

韩越："举个例子吧，今天在秦方大厦碰到的那个人，是我学弟，也是我们实验室的。"

陈绯："嗯。"

韩越双眸焕发光彩，鼻孔微张，身体不自主地向前倾，说：“他是农村来的，本科背景奇差无比！但是来考我们学校的研究生，他面试成绩最高，直接被面试组组长徐教授点名收进来。”

陈绯眉头微动：“怎么了？”

韩越表情兴奋，道破天机一般：“你不知道，徐教授是个女的，快五十了！而且徐教授是实验室的主要学术带头人，她想让谁进实验室，一句话的事。”

陈绯的神色慢慢冷下来，手指贴着茶杯外壁，一点点地转杯子，口中却说：“有什么联系？”

韩越上身几乎立刻弹动了一下，脸颊发红，唾沫星子四溅：“你也太单纯了吧？肖策……就是我那学弟，他没有资历，也不跑项目，全靠徐教授一手带上来的。他还比我小一岁，可是今年就提高工了。”

“证据”摆了这么多，面前的陈绯却无动于衷。韩越急了，一面觉得她实在有点笨，一面把话说得更加露骨：“你怎么还是不懂，徐教授是寡妇，这肖策又是个小白脸。”

陈绯脱手，将手里把玩的杯子往前一送，人却靠到后头去了。她语气淡淡：“结账吧，我吃饱了。”

韩越正说到兴头上，一时有些僵，他低头看看一桌子没怎么动过的菜，问：“这家店的菜不合你胃口？”

陈绯随便扯了个理由：“明天我有课，想早点回去。”

这也才七点，不晚啊……韩越在心里说，估计她觉得这是第一次约会，要表现得矜持点，便顺着陈绯的话叫来服务员结账。他们吃了两百出头，韩越团购了现金抵用券，让服务生把发票开给自己，将那单据折好塞进钱包夹层里。

走出万达，两人在路边停下，韩越伸手，准备打车送陈绯回家。

陈绯：“不用，我住得近，走着就回去了。”

韩越：“那我送你到小区门口吧。冬天天黑得早，你一个人我不放心。”

陈绯不耐地用鞋尖磕马路牙子：“我说不用。”怕他没听明白，又加了一句，“到这儿就行，以后也别约了。”

韩越伸出去的手臂一顿，垂了下去：“为什么？我以为我们聊得挺愉快的。”

真不知道他哪来的错觉。陈绯懒得废话，转身就走。

还好韩越没追上来纠缠。陈绯沿街往回走，身边来往路人与她擦肩而过，她的脚步放慢，满脑子都是韩越刚才在饭桌上的那席话。

韩越说第一句的时候，陈绯就知道他想表达什么。男人的嫉妒和油腻嘴脸同样令人作呕，所以到后来，她连看戏的心情都没有，早早退场。

自作聪明的男人，真没意思。

手机轻响，是宋银川发来的消息。

银小川：绯姐，我已经带娇去你那里了，你什么时候回来啊？

跟着还发来一张配图，照片里娇穿着卡通睡衣，一脸陶醉地窝在他的新卧室床上，冲镜头比心。

女王绯：快了。

陈绯回复了宋银川，手指向下刮，往前翻了一页停下。屏幕上显示的是下午三点半，电影刚开场时，宋银川发来的几条文字消息。

银小川：绯姐，我感觉策哥要哭了，眼泪就在眼眶里打转呢。啊，掉下来了，掉下来了！

银小川：策哥也太委屈了吧，你怎么能掀被子就不认人呢？

宋银川文化水平低，从小就对大学生有着难以言说的崇敬。所以成绩优秀的大学生肖策刚进茶楼，宋银川就成了他的忠实拥趸，一口一个策哥那叫一个亲热。

现在肖策连博士都读完了，宋银川这舔狗的嘴脸真是越来越不晓得收敛，什么瞎话都编得出口。哭？肖策那种人怎么可能会哭。

陈绯继续往下看消息。

银小川：绯姐，你们有个学员认识策哥哎！刚有人坐电梯下来，我听到她管肖策叫师兄啊。是个女孩，脸团团的，长得好喜庆。

银小川：跟团团一起的还有个又高又瘦的女孩，好像也跟策哥是校友啊，他们三个一起出去了。我还跟吗？要不要随时反馈情报？我感觉这个瘦的，对策哥必须有点意思，害羞得不讲话呢。

后面那条，是坐在电影院里，忍无可忍的陈绯回的。

女王绯：再提一句肖策，我回去就削你。

陈绯翻完聊天记录，退出和宋银川的聊天界面，看了眼肖策的对话框——还停留在中午的那个“好”字上。

陈绯收起手机，手揣进上衣口袋里。马路对面就是宿松小区的北门，陈绯停下来等红灯，目光漫无目的地巡睃。很快，视线定格，眼里有了确切的内容物。

北门边的刘记烟酒外，站了个男人。

红灯跳转，陈绯甩腿走过人行横道，大步穿过对面的自行车道，目不斜视，直往小区里扎。

“陈绯。”

刚进大门，胳膊被男人从身后侧伸过来的手掌握住了。

陈绯扬眉看过去，很意外似的：“肖策？”

肖策松开她，也观察她的表情，直截了当地问：“你说清楚。”

陈绯装傻：“说什么？”

“你跟韩越怎么回事？”

陈绯抖开他的束缚，说：“你别那么紧张，我没跟他说你以前的事。他约我，我赴约。就这么回事。”

陈绯太清楚肖策在紧张什么——自己手里握着他的把柄——因为

这个，肖策只能听她的，陈绯当然不可能轻易说出去。

肖策：“你早上说的话又算什么？”

陈绯知道今天这事自己做得不太地道，哪怕是玩呢，也讲个游戏规则，这道理还是她从前就教过肖策的。要不是巧合，她也不能这么硌硬肖策——她没那么幼稚。

陈绯想了想，说：“我说话当然算数。可你回得太晚，我又忘了带手机去尘器，没看到你的回复，所以先答应了韩越。”

这是实情，虽然听上去像是在编瞎话捉弄肖策，可陈绯还是这么说了。本以为他听到之后要奓毛，质问自己——真就那么巧？或是，这么短的时间你就等不及要找别人？

如果他真的这么问了，陈绯有无数刻薄话等着他。

谁料肖策听完以后，沉默片刻，说：“现在你看到了？”

“什么？”

“我的回复。”

陈绯啊了一声，语气干巴巴的：“看到了。”

肖策：“那你现在可以拒绝韩越了？”

这逻辑，没有毛病。陈绯还隐约觉出点趣味来，她呵呵笑，刚从韩越那里沾来的恶心荡然无存。连带着看肖策也顺眼不少：“你说得对。不过我收到你的回复以后，已经拒绝他了。你看，我这个人特别讲道理，先来后到，我拎得清。”

天黑，肖策面部表情不显，陈绯只听到他说：“别跟韩越打交道，他心术不正。”

陈绯在黑暗里咧嘴笑：“你跟你学长这互黑挺有意思。”

陈绯没什么好藏着掖着，把韩越跟自己说的话学给肖策听，又道：“韩越说了那么一通，全是事实，没有半点个人臆测，听起来有理有据，就为了让听众把结论往你和徐教授搞潜规则的方向上引导。怎么到你这里，一句主观评价就完事了，这多吃亏。”

这男人情商真低，她忍不住又开口提点：“别人要是听到了，一准说是你背地里说人韩越坏话。你讨不了半点好。”

肖策没在别人跟前说过韩越半个字，他也不用讨别人的好。听完陈绯的话，他只问：“引导得出的那个结论，你信了？”

陈绯耸肩，避免直面他的问题：“无所谓信不信。你能合理利用资源，也算是你的本事。不过肖策，你知道规矩，从前你怎么过，攀附谁、爱过谁我都不管，但从现在起，别让我知道你还跟其他人有牵扯。不论是四五十岁的女教授，还是二十多岁的小学妹，都给我断干净了，要是哪天有人闹到我跟前来，你别怪我没提醒过你。”

肖策默不作声。

是，他知道。他去今宵不久之后，就知道了陈绯的规矩。这么多年，他也一直守着这规矩。

肖策心里明镜似的：陈绯根本不在乎他是否如韩越说的那么不堪。只要他不给她找麻烦，陈绯根本不会过问从前发生过什么。

陈绯会提出和他做伴，也不过是因为不甘心——不甘心五年多以前，是他先提了分手。

肖策把陈绯送到楼下。

“不用上去。”陈绯说，“家里有人。”

肖策明显一顿，不确定地垂头看着陈绯。陈绯回看肖策，等他提问。

可是没有。肖策说：“我明天去接你。”

他不问，陈绯反倒想说：“娇回来了，今天刚搬过来。他跟我合租。”

肖策：“嗯。”

在今宵茶楼工作了一年多，肖策当然知道娇是谁，又是什么脾性。不过就算陈绯不说，他也不会想太多：陈绯是任性自私，也确实横行霸道，但她最不屑当面一套背后一套。

陈绯既然找了他——不管出于什么目的。在这期间，就不会再找别人。

陈绯又说：“明天你不用来接我，我带娇去新校区，他以后跟我干。”顿了顿，说，“我忙完了去找你。”

肖策：“嗯。”

陈绯打量了一会儿肖策，踮脚，抬手勾住他的脖子，把他拉下来一些。两人鼻尖相碰，陈绯说话时空气中冰冷的水蒸气液化形成白雾，浮在眼前。

“肖博士，你觉得憋屈吗？”

肖策：“不觉得。”

陈绯从鼻子里哼笑了声：“那亲一个。”

男人的脸近在咫尺，陈绯看见他的微表情变化：眉头向内小幅度一皱，鼻翼微收，下颌向下一拉。对于微表情分析，陈绯屁都不懂，她就是看不惯这人一脸板正相——装什么啊，再不堪的样子也都见过了。

在肖策凑过来之前，陈绯松开了他：“算了，没兴趣，改天。”说完，随意摆摆手，“走了。”

陈绯搭电梯上楼，想到什么，划开手机给肖策发微信。

女王绯：我不喜欢你家床单被套的颜色，换了。

肖策：好。

又是这个字，陈绯轻嗤。

家里有人，陈绯敲了两下门宋银川就来开门了。屋里开着空调，暖意融融，陈绯在玄关换鞋，一边把外套脱了挂在衣帽架上。

“绯绯姐！”

娇的声音在屋里炸响，穿着粉红毛绒睡衣的男人炮弹似的直射过来，一把抱住了陈绯。陈绯掀了一下——没掀开。娇爹毛的大脑袋拱在陈绯脖间，刺挠得很，他满身香气，还是那种掺了奶精的身体乳香气，整个人像头刚断奶的粉红豹。

“我好想你啊！”娇说，“日也想，夜也想。”

陈绯头皮发麻，站直了，气沉丹田：“焦贵祥！你给我起开！”

真名令娇清醒。他瞬间弹起，五官在脸上挤成一团，又重新摊开来，他嚷嚷着：“我改名了！”

哦对，成年第一天就去改了个名。

陈绯往里走，一边打开冰箱一边说：“叫什么来着？龙傲天？”

娇气急败坏地追着她纠正：“焦天傲！”

陈绯摸出俩鸡蛋来，又拽出包老坛酸菜泡面，说：“我觉得还是‘贵祥’这名字稳重，银川你说对吧？”

宋银川点头，附和道：“‘贵祥’这名字，天然带着地方口音，让人一听就知道出处。”

娇上头还有两个姐姐，他的出生，结束了他可怜的母亲连续怀孕生产的噩梦。作为家中最宝贝的小儿子，一屋人围坐一起，绞尽脑汁想了个能保他长命百岁的名字——桂香。

那是他们村不成文的习俗：男娃起女娃名，能留得住。结果跑去镇里上户口，口音实在难以分辨，新调任来的工作人员诚实地录入了自己听到的名字：焦贵祥。

没办法，老焦家没一个人认识字，这名就这么定下了。后来娇在今宵玩真心话大冒险的时候，把这段血泪史如实托出，大伙都真情实感地安慰他：“贵祥好啊，富贵吉祥！你想你要是叫桂香，那多可怕。”

“我名由我不由天！”娇当即发出怒吼，“我要逆天改名！”

遂拜托店里最受客人欢迎的轩轩给他挑个一听就霸气炫酷的名字，轩轩翻遍租书屋的言情小说，选了“傲天”俩字。可又觉得“焦傲”连在一起念着怪，于是颠倒顺序，有了现在这名。

娇蔫蔫的，说：“你们合起伙来欺负我，我也太可怜了。”

陈绯弯腰拉开柜子，拎出个不锈钢锅，装了小半锅水，搁在天然气灶上，点火烧水。

宋银川奇道："绯姐你没吃晚饭啊？"

陈绯撕开包装袋："没，对着那张脸吃不下。"

宋银川立刻说："我也觉得他不好看，关键是衣品差，你看到他穿的那花毛衣了吗？啧啧，真不会穿衣服就学学我策哥啊，全黑，反正不出错。"

娇在之前已经听银川八卦过了，凑过去问："你俩还真旧情复燃了？"

宋银川也问："绯姐，策哥那边到底怎么着了啊？"

水开了，陈绯将调味料全都撒进去，从筷桶里抽出长筷子搅和两下，再把面饼抖进锅里。陈绯转身靠在料理台边，筷尖放嘴里一嗦，说："没怎么着，妥了呗。"

娇服气道："绯姐牛啊，我听川儿说，现在策哥可算飞黄腾达了。你们这要生个孩子，那不得智商颜值齐飞啊——啊！川儿你踩我干吗？"

陈绯没什么表情，拿筷子隔空点他："肤浅。念博士了不起啊？还不就是个打工的。再说，我这身材，哪能被孩子糟蹋了。"说完了，冲宋银川道，"你回去吧，后天下午五点半三中学生来排练，你记得带人过去量尺寸。就是我上次跟你说的，市里元旦汇报演出要用的服装。这次有省里领导来看，估计不少学校要做衣服，反正有单子我都帮你留意着。吃不吃得下就看你们了。"

宋银川比了个"OK"的手势："明天要我帮忙吗？"

陈绯："不用。"

宋银川跟两人打了招呼，轻轻带上大门走了。

厨房里只剩陈绯和娇，陈绯幽幽地看了眼娇，却没开口。热气蒸腾，娇伸手扯了扯领口，踌躇了会儿，说：“绯绯姐……”

陈绯已经转过身去，在锅边哐哐磕鸡蛋：“有话就说。”

娇想了好大一会儿，说：“我还以为你会骂我。”

陈绯：“我骂你什么？”

娇做低头认错状：“骂我不听你的话、不知好歹、贪图名利、自讨苦吃……我都听川儿说了，要是我那会儿跟你后头干，尘嚣早起来了，你也不会那么辛苦。”

锅里两只鸡蛋被陈绯搅得稀碎，全都混在面里，陈绯盯着咕嘟冒泡的红汤，说：“骂是在事前骂。你现在吃了亏，自己不都知道了吗，我还浪费那口水干吗？”

娇鼻子发酸，咕哝道：“那你还让我回来吗？”

他在尘嚣正红火的时候回来分一杯羹，没共苦过，却要同甘。娇光是想想就觉得自己很欠抽。

但他实在走投无路了。

蒸气熏得眼睛疼，陈绯往后让了让，关火盖盖子，焖面。

她说：“不让你回来，还让你住我家，难不成是看上你这张脸招嫖呢？”

娇没兜住，噗地笑了，揉着鼻子说：“那不能，虽然我长得美，但你不喜欢我这型。”

陈绯没好气，跟他说正事：“房子空着也是空着，我不收你房租。但你来尘嚣，跟其他新老师一样的待遇，没意见吧。”

娇连连摇头：“没意见没意见。”

陈绯揭开盖子，直接连锅端去餐桌的隔热垫上，拉开椅子坐上去，开吃。

“李潇刚来半年，跳得不如你，也骚不过你。现在人月薪过万了。”陈绯说，“刚来的新人，底薪和提成计算公式都一样，全看你能不能吸引到学生。”

“嘶——”陈绯被烫得吸了口气，“秦方大厦这个点快饱和了，明天我下课以后，你跟我去大学城东边的新校区。那边的负责人叫大喵，你就跟着她。”

娇一百个答应。

陈绯还有很多想嘱咐的，千头万绪一起涌上来，又觉得不急在这一时，来日方长，慢慢再说吧，便将情绪都压了下去。

最后化作一句话：“真是奇了怪。一个两个的，怎么都回来了？”

娇听懂了，知道她说的是从前今宵的那些人。宋银川、肖策还有他自己。他搬了把椅子，坐在陈绯边上，低声问：“绯绯姐，你想回到过去吗？”

你想回到过去吗？

在花雨巷，在今宵茶楼，有轩轩、川儿、肖策、娇、大壮……甚至是有陈秋娥的过去，你想回到那个时候吗？

陈绯反问他：“我想就能回吗？”娇语塞，还没想好怎么接话，就听陈绯继续道，“鬼才想回去。”

她呼噜呼噜把面都捞干净，抽了张面巾纸擦嘴，看娇一脸沉思的模样，拍了拍他脑门，说：“烂路走多了就少往回看。看不明白还糟心，何必呢？”

也是，身后全是泥泞，都不知道怎么走过来的。再说了，跟自己的过去过不去，何必呢。

第三章

界限

第二天一早，陈绯把娇打起来，先拖去秦方大厦，让他跟了两堂自己的示范课。

娇擅长Hip-hop（嘻哈），陈绯从前在今宵就喜欢和他还有轩轩一起约着练舞。陈绯和轩轩属于从小就泡在舞蹈教室长大的，只有娇是天赋型选手，看一遍舞蹈视频都能学得有模有样。没办法，老天爷赏这口饭吃，达到同样的高度，他只需要花费别人一半的努力。

这两年嘻哈文化卷土重来，在年轻人中尤其流行。尘嚣目前只有萌萌和两个兼职老师开了嘻哈舞班，可她们的时间都排满了，去不了新店开班。这下刚好能让娇过去顶上。

娇这人，整个一自来熟，陈绯一点都不担心他收不到学员。几个月磨下来，房子车子不奢望，但在H市活得滋润潇洒没有问题。

陈绯没想到，几年过去了，这男人比从前更妖孽。下午三点多，陈绯结束当天最后一节课的时候，听见自己班上的两个姑娘在前台问小妹子转去新教学点上课费用怎么算。

可以啊，明目张胆在老板手底下抢人。

娇嘚嘚瑟瑟地在陈绯跟前说："我对我的美貌还是很自信的。"

陈绯："窝里横算什么本事，去外头勾搭新鲜血液去。"

娇突然来了灵感："要不我去其他舞蹈工作室报班吧，不出一个月，我保证把班里半数以上的学员都带走。"

陈绯正在翻看给娇准备的合同，闻言气得把文件卷成筒敲他："缺不缺德？我跟你讲，尘嚣口碑是我做出来的，少出这种阴招坏我名声。"

娇胁肩谄笑："我凭本事带走的妹子，怎么能说是阴招呢？"又对小妹子眨眨眼，拉外援，"你说呢？"

小妹子脸一红，一时间手忙脚乱，把原本要递给陈绯签字的黑笔都错递成了红笔。

娇哈哈大笑，说："小妹子你多大？怎么这么可爱？"

小妹子声如蚊吟："二十二岁。"

娇搭讪搭习惯了，随口问："才毕业啊？哪个学校的？"

小妹子："C大……就在大学城那一片的。你应该没听过，就一个普通的二本。"

娇："你们学校有什么舞蹈社团吗？"

小妹子："有、有的。"

娇双肘压在台子上，上身往前倾，一副很感兴趣的样子，专注地看着小妹子："认识里面的人吗？"

陈绯在一边旁听，听出点意思来，笑看着娇——还挺有想法的。

小妹子不认识，但是她不想这么告诉娇，于是绞尽脑汁想了好一会儿，终于有了点头绪，说："我有个学妹的前男友是舞蹈社团的副社长。"

陈绯差点笑出声——这关系，绝了。

娇倒是一本正经，对小妹子说："约人的事就交给你了，成了给你包红包，哦对，还没加微信呢，来来，加个微信。"

这两人还聊上了。陈绯自己去笔筒里抽了支黑色水笔，签完字推给娇："卖身契，快签。签完带你去找大喵。"

娇加完好友，转头接过合同，看都不看，翻到最后一页，大笔一挥就完事了。

陈绯："这么干脆呢，不怕真被卖了。"

娇："哎，还别说，被你卖我也心甘情愿。"

陈绯被逗笑，抬头看了眼墙上的挂钟，才用脚踢了踢娇："走吧，不早了。"

两人打车去位于大学城东区的二道口路分部，一通交接下来，天色已经很晚了。大喵晚上有课，陈绯把娇留在那里跟大喵的课，顺便熟悉分部的各项事务。

"这是家里钥匙。"陈绯临走前，把501的备用钥匙给娇，"我今晚不回去。"

娇两道浓黑的眉大幅度上扬，嘴角咧飞了："哦哟，去找策哥？"

陈绯没否认："明早我带早饭回去，吃什么？"

娇："我不挑，有的吃就行。"

陈绯打了个响指，转身打车走了。坐在的士里，她给肖策发微信。

女王绯：吃过晚饭了？

肖策：还没。

女王绯：下来陪我吃饭。

肖策：你在哪儿，想去哪儿吃？

女王绯：出租车上。去满汉街，北入口。

肖策：好。

对话永远以他的一个"好"字结束。陈绯对司机师傅说了目的地，呼了口气，往后一靠。

她跟肖策在一起一年多，他们之间其实没什么掰不清的烂账：没劈腿，没欺骗，也没互相伤害，甚至还处得不错。也正是因为这样，他们现在才有了重新搭伙做伴的可能。

陈绯心里清楚自己介意的点在哪儿。他们结束得太仓促，她很不爽。

尽管她从一开始就知道肖策是因为缺钱才来的今宵，知道他没日没夜地看书刷题，在今宵打工攒钱，都是为了考研，为了摆脱这个被他视作屈辱之地的S城。

尽管她也知道，他们的交往，纯粹是基于欲望的发泄，本来就没指望过长长久久。他考上研究生以后，两人分手无可厚非。

尽管，有这么多尽管，陈绯还是不想容忍最后那场突如其来的结局。

所有的舞蹈，最后结束的定格姿势都值得被好好设计，如果只是草草收场，前面哪怕舞得再妖娆美艳，也只是场失败透顶的表演。

失败透顶。

“姑娘，今天周六人多，前面堵，不掉头了行吗？”司机师傅转头问陈绯。

陈绯回神，点点头，而后转账给司机，推门下车。

满汉街是H市最出名的步行街，离大学城不远，客流量巨大。陈绯一下车，鳞次栉比的商店、挤挤挨挨的夜市小摊、摩肩接踵的人流……全都热热闹闹地堆在眼前。

她深深吸气，闻到烧烤摊裹着孜然粉的烟味，因为饿，莫名觉得香极了。陈绯懒得等肖策，就近找了家捞面馆坐下了。

点完餐，陈绯给肖策发了定位。

肖策到的时候，陈绯正端着托盘在自选炸串区，盘里有几只炸虾，她的手指在培根卷和炸排骨间来回点了两下，不知道念的什么咒，最后选定了排骨。

他走过去，看见陈绯偏头望了自己一眼，上下打量一圈，说："你有卫衣以外的衣服吗？"

肖策："还有衬衫，羽绒服……"

陈绯想到什么，说："格子衬衫？"

肖策："不是，黑白都有。正式场合穿。"

正式场合？陈绯记起来肖策屋里的挂烫机，点点头，算是接受了他这个解释。她选完了，把手里的托盘递给他："我只拿了我的，主食也是。你吃什么自己选。"

肖策："喝点什么？"

陈绯瞄了眼饮品区，没酒，只好说："椰子汁。"

他直接去拿了瓶椰子汁，随后去收银台，报了桌号和自己点的主食，一起结账。

陈绯先回到座位，肖策很快端着炸串和饮料过来，在她对面坐下。他把椰子汁搁在陈绯面前，陈绯看见盘子里有他拿的吸管，于是拈起来插进玻璃瓶里，低头猛吸一口。

大冬天的，居然提供冰镇饮料，陈绯胃里一哆嗦，皱眉把瓶子推给肖策："我养生，喝不了这个。"

肖策似乎对她这个说法有异议："养生还喝酒？"

陈绯笑道："喝酒暖胃你不知道啊？"

气氛还不错，陈绯拿了串炸虾，掐头去尾，牙齿横咬，一撸到底。随后问肖策："下午干吗去了？"

肖策："写代码。"

陈绯："休息日还工作？"

肖策："这行没有休息日。"

陈绯不信："我看韩越的娱乐生活安排得井井有条啊，感觉整个万达就没他不认识的店老板。"

肖策："所以他评不上高工。"

这么说的话，眼前就还是她认识的那个肖策了。

陈绯笑起来：“你是不是特看不上他？”

肖策想了下：“哪方面？”

陈绯：“工作方面？”

肖策：“看不上。”

陈绯：“感情方面呢？”

肖策：“也看不上。”

陈绯：“那你看得上他什么？”

肖策：“能把娱乐生活安排得井井有条。”

陈绯无言以对。

这到底是跟谁学会的冷幽默？

主食很快端上了桌。陈绯有点意外，自己盲选的这家捞面味道还不错。她吃起来就不想说话，把热腾腾的面汤都喝完了，才抬头，发现肖策也跟自己同步。

陈绯说：“满汉街你常来吗？”

肖策摇头：“几乎不。”

“离你们学校这么近也不来？”

“没时间。除了必须的应酬，一般都在食堂吃。”

陈绯有点惊讶：“就这么忙？”

肖策实话实说：“本科缺得太多，全都要补。”

还有半句没说。导师给的活，做得多，赚得多。他想早一点还清欠她的钱。

陈绯明白过来。想在人前显贵，人后必得受罪。这男人以前不就是吗，一个三流大学学生，还想考Z大热门专业的研究生，备考期间磨皮挫骨那都是轻的。

陈绯已经吃饱，桌上还有一小半排骨。肖策三两下都解决了，椰子汁也几口喝光。他向店家要了个塑料袋，把所有骨头都装了进去。

陈绯：“给你家那俩亲戚带的？这么有爱心呢。”

肖策：“起名字了，不能不管。”

陈绯失笑，这个梗她知道。路上碰到的小动物，你可以逗，可以喂，也可以摸，就是不能给起名字。起了名字，就有了归属感，那就只能管着了。

陈绯随口问：“叫什么啊？”

肖策突然一顿，含糊道：“狗名字，随便取的。”

陈绯当时就觉得不对劲。这不对劲一直持续到两人回到金安小区，肖策准备喂狗的时候。

陈绯望着那两只狗，突然脑子一抽，喊了句：“绯绯。”

黑底白花的那只一个甩头摆尾，原地狂纵，绕着陈绯格外缠绵地叫了声。

“汪汪！”

陈绯额角青筋一跳，抬腿踹了肖策一脚，阴恻恻地开口：“解释。”

肖策拍了拍裤腿上的灰，把骨头倒在地上，斟酌着开口。

“这是个意外。”

陈绯冷哼：“狗名字是吧。随便取的？”

肖策噎住。

陈绯：“还有一只叫什么？”

肖策不肯说了。

陈绯咬牙：“你最好别让我试出来。”

肖策思忖片刻，说：“有一个问题。”

陈绯：“什么？”

肖策：“你刚才为什么会那么喊？”

如果你不认为这是一个狗名字的话……

“我——”陈绯一口气快提不上来，“肖策你别以为装得一本正经，你那点小心思我就不知道了！我今天卤了你，你信吗？”

肖策头皮一麻，得赶紧离开这是非之地。

他转头往楼上走。陈绯不解气，跟上来要跟他把话说清楚。

肖策一径沉默，陈绯也确实撬不开他的嘴，一头恼火地进了屋，几步一跨就到了卧室。

“你今天要是不——”

开灯之后，陈绯有点愣。

肖策还真换了床单被套。绯色。不知道这一天时间，他打哪里买来这种颜色的四件套。

绯色不算常见，要不是名字里有这个字，陈绯根本不会关注到这种颜色，也不会这么敏锐地分辨出它和常见大红色的不同。

这是一种艳丽的深红色。比胭脂色更亮，比朱红色更暗。像凝固之前的血液，新鲜、浓烈、神秘，仿佛还带着某种腥味，迫得人喘不过气。

灯光下这么一看，真是扎眼。跟整个房间的布置也全然不搭，睡久了估计还会得神经衰弱。

陈绯突然就失去了追究到底的兴趣，她站在卧室中央，听见自己说：“肖策，你这个人，是真的骚。”

再多的话，也没什么可说的了。陈绯本来也不是奔着跟肖策谈情说爱而来。

他们一前一后去洗澡，陈绯发现浴室里多了不少东西，毛巾、洗面奶、护发素、沐浴露……陈绯甚至在墙上挂着的储物篮里面看见了一次性免洗内裤和她常用品牌的经期用品。

看了一圈，陈绯突然想，吃回头草，起码味道熟悉，不至于踩雷，也有好处。

再回到卧室，就直接进主题了。

两人都不爱关灯，陈绯本来就比正常人浅一个色号的皮肤在床单的衬托下，白得耀眼。

男人扬起上半身，垂目看了她一阵，翻身要去拉抽屉，被陈绯拽住了。

她说："不用戴。"

肖策的身体明显僵硬了，陈绯听见他的呼吸声变得粗重。

她低声笑，说："想什么呢。我只是……不可能会怀孕。"

肖策迟疑地偏头看她："什么意思？"

陈绯掀了掀眼皮，似乎又被灯光刺了眼，抬起一条胳膊挡在前额上方，语气妩媚："字面意思。你还做不做？做就少废话。"

肖策重新回到她身上，捞过一只枕头，垫在陈绯腰下，自己调整着角度，慢慢沉进她的身体里。

这感觉，就像他们的第一次。

陈秋娥死后，陈绯接手今宵茶楼，一度和店里的男人们走得很近。陈绯不比陈秋娥，后者精明又通透，对男人了如指掌，陈绯却还存着新鲜劲，他们的谄媚和讨好，陈绯来者不拒。

陈绯挺享受被所有人捧着的滋味。

没过多久，就有人在夜里敲她的门。陈绯当然知道那意味着什么。

陈秋娥早在医院里就跟她说过，店里的男人，多的是吃够了苦活不下去了才走到这一步，所以为了能活得舒服些、轻松些，他们会花心思走捷径。

陈秋娥把所有利害关系摆在陈绯面前，将所有的选择与后果都分析给她听，却不帮她做决定。只说她成年了，生活是她自己的，如果她觉得游戏人间是难得幸事，那么就去做。

她说："我自己也就过成这样，给不了你多好的生活，也没办法把你培养得知书达理。但好歹，你比我强，你能自己选。"

这就是陈秋娥，她只想陈绯能自由，能快活。是非、廉耻，反倒不重要。

或许是受陈秋娥的影响，陈绯的想法从来都和正常人不同。她不觉得那些男人心思龌龊，反而饶有兴趣，好奇地审视他们，想看他们能做到哪一步，也想看看自己会不会对谁产生兴趣。陈秋娥死了，她在这世上再没有亲人，赤条条一个，除了活得尽兴，好像没有其他明确要做的事。

而后，她碰到了肖策。

不可否认，在今宵茶楼的男人中，他是最好的。陈绯没想过大千世界，也没想过有一天自己会离开花雨巷，离开S城。她觉得肖策不错，怎么看都顺眼，所以找了个机会，让他来自己屋。

单刀直入，陈绯对他说，我没做过，我们试试。

第一次，发生在陈绯家里，距离今宵茶楼还有段距离。她从宋银川那儿要来很多碟片，一张张地放，当作调情。

先试接吻，感觉很奇怪，不喜欢，省了。再试前戏，陈绯不习惯被人在身上摸来摸去，何况肖策半点技巧没有，于是也省了。

陈绯往后一倒，垂眼瞅着电视里享受得快要死过去的女人，说：“直接来吧。”

那时候肖策贡献了整晚的第一句话。

他说：“你会疼。”

陈绯现在想来，也觉得造化弄人。时隔七年，居然还是这男人。只不过从她S城的房间，换成了他H市的卧室。

他似乎没怎么变，说的话还是那几句，但又不太一样。哪里不一样，一时说不上来。

身体好像对他还有点记忆，陈绯慢慢找到感觉，按在床单上的手掌向下攥握，揪起色彩艳烈的布料。心脏跳动剧烈，胸口最先发汗，随后是发际线处，最后那股子湿热蔓延到四肢百骸。

肖策察觉出不对劲——从一开始就不对劲。他一条腿还站在地上，脚趾冰凉，两道眉间沟壑深深。

肖策说："是不是……"

他想问，这几年是不是发生过什么。

可陈绯截住了他的话头："少问不该问的。你问了我也不会告诉你，别破坏气氛。"

说完这句话，语气反倒愉悦起来，拍了拍自己身边的床褥。

"来，抱一个。你这屋冷得很。"

她给两人之间划好界限，又主动给了他一个台阶下。从前的陈绯，可不会这样。

一张被子，裹两个人。陈绯跟肖策严丝合缝地侧叠在一起，睡在这张单人床上也不觉得挤。肖策一条胳膊横在陈绯脖子下面，另一条胳膊环过她的腰肢，手压放在她的手背上。

灯关了，陈绯却没睡着。

她说："明早几点上班？"

肖策："十点。"

陈绯："这么迟，下班呢？"

肖策："不清楚。大概率要加班，正常在晚上十一点左右回来。"

陈绯问："每天都这样？在实验室敲代码？"

肖策想了想，说："基本都是这样。有时候也去合作的科技公司做调研。"

陈绯："什么调研？"

肖策："换个地方敲代码。"

陈绯不可思议："无不无聊，你喜欢这工作？"

肖策这次答得很干脆："不无聊。喜欢。"

陈绯想到"娱乐生活丰富多彩"的韩越抱怨的话，觉得肖策简直是个异类，她说："怎么个喜欢法？"

身后的男人似乎被她问住了，半天没说出个所以然来。

陈绯问他："这工作要是只给你一万块一个月，干吗？"

肖策："干。"

陈绯："八千块呢？"

肖策想了想，说："干。"

陈绯："五千？"

肖策："不干。"

陈绯："为什么？"

肖策："活不下去。"

也就是说，只要能保障基本生活，就可以无私奉献？陈绯想了想，皱眉道："就你这生活水平，月开销能超过五千？"

照她看来，三千块都绰绰有余。

肖策："现在有你。"

陈绯一顿，没好气道："我花你什么钱了？我是老板！尘嚣的老板！我现在包养五个你都还富余！"

男人在后头笑。他人不活跃，笑起来也闷声闷气，像有人在他胸口压了块大石板。

陈绯屈肘往后一捣，胸口碎大石："你笑个屁。"

他屋里的运动器材不是白买的，肖策胸膛梆硬，陈绯一下敲到自己的麻筋，整条手臂瞬间废掉。陈绯苦不堪言："睡觉睡觉。烦死了。"

肖策的手臂往里收，贴着她那条发麻的胳膊，低声道："好。"

又是好。陈绯闭上眼，呼了口气，很快睡着了。

进入工作日，肖策忙碌起来。

陈绯也忙。时近年尾，学员数虽没有显著增长，尘嚣接到的活却以肉眼可见的速度增加着，其中多是来租借场地排练的，还有一部分是对舞蹈老师的邀约。

邀约也分种类。有学校、中小事业单位的邀请，去给校级联欢或是单位年会策划编排舞蹈节目，干得轻松，酬劳可观。

这类简单的活，除了点名要人的，陈绯一般会推荐工作室几个资历浅的老师去，尘嚣在其中充当经纪公司的角色。抽成比例事先谈好，三七开，尘嚣抽小头。接活的老师都很积极，陈绯也乐得用这些钱“笼络人心”。

还有一类，是来自电视台的邀请。

省台在H市，录制综艺节目、办舞蹈类比赛都需要外联舞编、表演策划、裁判。大喵从前编导班的朋友在省台工作，她来了尘嚣之后，连带着拓宽了尘嚣的赚钱渠道。

从2016年开始，陈绯和大喵每年这个时候都要去省台参与设计他们自办跨年晚会的舞蹈类节目，排练节奏快到难以想象，有时候忙起来，连着好几天不眠不休。

累死累活，报酬和付出却完全不成正比，陈绯猜得到大喵和她的朋友从中吃了回扣，却始终装傻，没计较什么。她接省台的活，图的不是钱，而是节目播出后，电视上一闪而过的介绍——舞编：尘嚣工作室飞飞。

这可比她当初蹲守十多个本地论坛发小广告的效果要好得多。

今年省台的邀约来得比往年早，大喵有内部消息，说是他们一直合作的一家工作室临时出了点问题，正是最缺人的时候。陈绯趁这个机会，知会过节目组的相关工作人员并征得同意以后，把李潇、萌萌也带了过去。

她心里的小算盘打得啪啪响：这次之后，网站上的“老师介绍”一栏里，他们几个的履历就能更新一条“受邀担任H卫视综艺节目舞编”了。

萌萌和李潇每天晚上都有小课，在省台的时间有限，而陈绯现在只有周六周日的几节大课，便将他们几个的活都包揽下来。他们俩回去上课的时候，陈绯一个人串好几间舞蹈教室，忙得二一添作五。

时间在忙碌里过去得飞快，一晃就到了月底，陈绯几乎把肖策忘在了脑后。

萌萌吃不消这种工作强度，懈怠心起，一个多星期以后就开始频繁迟到，晚上尘嚣这边下了课也不愿意再回省台去。有天下了课，她在李潇跟前抱怨，觉得节目组安排混乱，没有章法，对他们更是不友好——简直就是在使唤机器，不拿人当人看。

萌萌也只敢抱怨节目组，不敢对陈绯有半点不满之言。一是这机会确实来之不易，她刚听到的时候，还受宠若惊呢；二是李潇跟老板之间总有点说不清道不明的意思，万一跟他说了，再传到老板耳朵里去，自己还在不在尘嚣混了。

果然，李潇没跟萌萌站在统一战线，他说这种大型的活动，动辄牵扯到千八百人，统一调度实在艰难，大家都互相体谅吧。

只顿了一下，就说起陈绯的难处了。

“老板身体力行，工作量比我们几个都大，就差拖个睡袋去省台睡了。她都能扛，咱们也没什么不能的。”

萌萌有点委屈，说：“她扛难道不是应该的吗？她是老板哎！我只是个打工的，我就想在能赚钱的前提下尽可能舒舒服服地过日子。”

萌萌是本地人，找这份钱多活少离家近的工作，全部追求当然是在舒适圈里好好待着。

李潇想了想，出主意道：“要不然你跟老板说说，还有一个月要忙，如果受不了现在换人也来得及。”

萌萌：“那怎么行……我现在退了，老板指不定怎么想我呢。”

委屈说累是她，不愿意退也是她，消极怠工还是她，李潇实在搞不懂萌萌到底想干什么。索性什么也不说了，收拾收拾东西，问萌萌：“一会儿去省台吗？”

萌萌摇头：“今晚排的是配舞，反正流量小生假唱，这舞就是个大背景，镜头给不了咱们几个，都放明星脸上呢。我让小风帮我盯着了，就是练习，没新动作要教。”说着，吐了吐舌头，“不过你别误会啊，小风有女朋友的。”

小风是她带的其中一队里练得最好的队员。李潇一时没理解萌萌为什么要强调小风有女朋友，他欲言又止，出了电梯就跟她道别。

萌萌看他走的方向不对，扬声说：“你也不去吗？”

李潇：“省台附近没什么吃的，外卖基本都是盒饭、烧烤。我给老板买点馄饨带去。”

萌萌意有所指，笑嘻嘻地八卦：“你状态不对啊李潇。”

李潇顿住脚步：“什么意思？”

萌萌做了个鬼脸：“没什么意思咯，你快去吧，一会儿老板该等急了！”

李潇不傻，但这事越解释越招人闲话，要是说得不好再让她产生什么其他联想，明天所有同事脑子里都要同步更新这一联想。于是什么都没说，拢住外套，小跑着离开了。

萌萌盯了一会儿李潇跑开的背影，脸上的笑意渐渐散去，她吸了吸鼻子，心想老板那段位的女人，给他点好处也不过是为了笼络员工，哪是他能驾驭得了的？不由得叹了口气：“傻子。”

拎着热腾腾的馄饨，李潇从出租车里下来，大步走进省台卫视大楼附近的那栋写字楼——排练用的舞蹈教室就在这栋写字楼的13层。

搭电梯上去，门一开，盒饭香、烟味混着劣质空气清新剂的味道扑面而来。中央空调不眠不休地喷出暖气，助这混杂的怪味四处乱窜，无孔不入。

李潇往里走，先去自己分管的舞蹈教室转了转。晚上的排练还差十分钟开始，人没到齐。他打了一圈招呼，才去找陈绯。

陈绯已经有了晚会编舞的经验，今年节目组交给她的几个舞蹈难度都高，分给她的教室在中间，面积最大。李潇轻轻推开门进去的时候，里面还没结束，舞蹈演员们正在跟着音乐练习变队形，陈绯不知从哪里找来个高台子，站在上面纵观全局。

教动作耗体力，排队形费嗓子。李潇听见陈绯开口——人多，音乐声又大，她几乎是扯着嗓子在喊了。只觉得这么个消耗法，下个月她可能撑不下去。

等了两分钟，这首歌结束，陈绯看见李潇，从台子上跳下来，没急着往他那儿走，让刚才几个总犯错的舞蹈演员回去再跟跟音乐。

“大家辛苦了。”末了，两手在胸前一拍，意思是今天就到这儿，结束。

随后，陈绯来到李潇面前，先去接馄饨，哑着嗓子问他：“你那边怎么样？我今天还没来得及去盯。”

李潇连忙说：“都很顺利，徐导来看过，刚给我发微信了，说就按现在这进度走。”

陈绯点点头，快速地找了张凳子，就地盘腿坐下，把外带盒盖子掀开，先抱着喝了口热汤，再从塑料袋里拽出一次性勺子吃馄饨。

李潇说：“今天都结束了吧？你早点回去睡一觉。”

陈绯摇头：“我一会儿去3号教室，周导今天也来了，《追风者》那支舞有几个动作要改。”

是萌萌负责的那支舞。李潇蹙眉：“不把萌萌叫过来？”

陈绯说：“不用。萌萌以前练舞得过腱鞘炎，最近运动量大，不太舒服，我让她多休息。”

得了吧，萌萌那个样子，明明是偷懒。李潇没拆穿，想了会儿，说：“要不你把时间错开，今天先回去。我明早有空，我去3号教室带他们。”

陈绯低头喝汤，摆摆手，复又抬头：“我就这两天忙。下个月娇过来帮我。”

李潇一愣：“是二道口路分部刚来的那个……焦天傲老师？”

“对。最近忙狠了，没找到机会给你们介绍。”

李潇有印象，小妹子这两天春光满面，他听萌萌打趣她，说她的魂要被分部新来的天傲老师勾走了。

他迟疑道：“焦老师……才来的，能搞得定吗？”

陈绯头也不抬头，道：“当然。”

她对这个新老师，好像有种天然的信任，连称呼都透着亲昵。李潇心里问题多多，却没说话。

陈绯在五分钟内解决了一碗馄饨，她站起身准备去丢垃圾，想到什么似的，突然停下来问李潇：“今天星期几？”

李潇提醒她：“星期五，你明天下午有课。”

陈绯哦了声，脸上没有什么特别的表情，步伐轻盈，颠着步子去了3号教室。

李潇在原地站了会儿，神色怔怔——星期五怎么了？

没有时间深思，很快到了九点半，晚场的排练开始了。两个小时下来，李潇有点气短，跟队员们道别后，顾不上去更衣室，他先去走廊通风口抽了两支烟。

远远的，听见走廊里传来姑娘们清脆的道别声。

“飞飞老师再见！”

“飞飞老师周末愉快！”

室外的冷风鼓进来，李潇汗湿的皮肤凉透了，体表激起一层鸡皮疙瘩。

“潇潇，还不走呢？你明天不还‘2+1’吗？”

大喵背着大挎包往外走，看见安全通道大门半敞，里头一点红光，便探头进来。

李潇："我抽完这支烟。"

大喵听出他语气里的倦意，拍拍他的肩膀："辛苦了。绯姐都看得见，不会亏待你的。"

她有意强调"你"这个字，而没有带上萌萌说"你们"。

李潇笑笑，说："老板更辛苦。"

大喵："对了，你住的地方附近不有药店嘛。你这两天有空给绯姐买点药。"

李潇皱眉："她怎么了？"

大喵跟陈绯时间长，对她了解得多："老毛病了，慢性胃炎，每年这时候都逃不过犯病。先备着药吧，不然每回都手忙脚乱。"

李潇把烟头按灭，随手丢进垃圾箱里。他语气生硬，说："电视台的活很赚吗？非接不可？"

"你不懂。"大喵显然不打算跟他解释，只一笑了之，又交代道，"她常吃的药名我一会儿给你发过去，照着买就行。不过别跟她说，她这人不见棺材不掉泪，疼了才愿意吃药。"

李潇对大喵这个哄小孩的语气很不满意，闷声闷气道："我跟老板同年的。"

大喵用手肘捣了他一下，一副过来人的模样："知道知道，要不我怎么把这个机会给你呢？好好把握啊。"

"大喵……"李潇无奈地喊了她一声，磨蹭了会儿，终于袒露心声，"老板跟我不可能的。"

"年纪不大，顾虑还不少。"时间地点都不合适，大喵没跟他多聊，临走前又搁下一句意味不明的话，"不试试怎么知道没可能？"

李潇沉默。

大喵离开后，李潇才走出安全通道。路过洗手间，忍不住走进去，对着镜子理了理头发。他知道陈绯还没走，前两天他也挨到最后，想送她回家，可不知道怎么开口，所以在教室假装打扫卫生，眼睁睁看着陈绯走远。

李潇平视前方，看着自己的眼睛，加油打气："李潇，你可以的。"

余光一瞟，从镜子里看见个男人拎着电脑包从电梯间的方向走来，没进洗手间，顺着走廊直往里去了。他穿着黑色长款羽绒服，可因为个子高，并不显得臃肿。

李潇隐约觉得面熟，好像在哪里见过。但男人步幅大，不及他细看，很快就离开了李潇的视野。李潇不禁纳罕：这个点了，难道是来接哪个舞蹈演员的？

陈绯从更衣室出来，低头看手机。

昨晚肖策给她发过消息，问她这周末什么安排。他们近半个月没有联系，陈绯收到肖策的信息，脑子一时还有点转不过来。等回过神，她告诉了肖策自己最近的行程和排练地址。

如她所料，肖策又回了个"好"字。

陈绯一天没用手机，这会打开来，果然看见了肖策的未读消息。是半小时前发来的，说他下班了，来接她。

陈绯垂头，打字：别来了，做不动。

想了想，全都删掉。

重新编辑：到哪儿了？

这条还是没发出去。

半个小时……算算时间也差不多该到了，说什么问什么都来不及。

陈绯呼了口气，按下锁屏键，一抬头，肖策就搁眼前杵着。从他投来的视线判断，刚才自己的操作都被看在眼里。

陈绯没好气："哑巴啊？来了不出声。"

话一出口，才意识到快成哑巴的是自己。肖策上前一步，从陈绯肩头摘下她装着衣服鞋子的大背包，先回答她没发出去的那条消息。

“累就不做。”

还真看到了。陈绯哼了声，想回敬他：不做我要你干吗？

可不等陈绯再开口，肖策又道：“嗓子劈了，少说话。”顿了顿，低声说，“走吧。”

走就走。喉咙被火燎过似的疼，一天磨下来，陈绯现在没精力跟他较劲。两人并肩离开，全程没有其他交流，也没人发现远处躲着的李潇。

省台距离金安小区有三十多分钟车程，陈绯坐在的士后座，头一点一点地打瞌睡。肖策把她往自己这头一拨，陈绯顺势斜靠上去，低喃：“我要是睡着了，别喊我。”

肖策：“好。”

到了地方，陈绯睡得正酣，肖策把她背起，请司机师傅将陈绯的大挎包挂在自己脖子上。

其实几下一折腾，陈绯就醒了，可她伏在肖策背上，懒得睁眼。她在肖策耳边叨咕：“我近期都忙，没空找你。”

肖策走得很稳，说：“把你的时间表给我，我去找你。”

陈绯扯扯嘴角：“别了，肖工的时间多金贵。”

肖策脚步微顿，解释道：“上周六我们去北京出了趟差，周三才回来。”

这说法，似乎认定了陈绯刚才那番话是在怪他前阵子不联系自己。陈绯觉得他想多了，心头不爽，胳膊一撑，从他背后跳下去。

陈绯：“不用跟我交代行踪。”

到了肖策那儿，陈绯直奔浴室，三分钟冲完澡，毛巾上下呼噜一通算是擦完。趿拉着鞋，直接钻进被子里，脑袋一沾枕头，恨不得浑身每一个细胞都彻底放松——什么都不想了，睡就完事。

陈绯不知道肖策是什么时候睡下的，她再有意识的时候，已经到了第二天凌晨四点多。

是被胃疼给闹醒的。

开始只是钝痛，陈绯背朝肖策，一手按住上腹，另一只手摸到手机，翻了会儿微博热搜，又戳开公众号更新的文章试图分散精力。很快就发觉不管用，索性闭眼熬着。

半个小时后，胃疼不减反增，发展成绞痛。胃像是被人握在手里，时不时用力，拧毛巾一样地扭成麻花结。然后松开，再拧紧。陈绯也随着腹内的阵阵疼痛，一次次蜷曲身子，拳头紧攥，额头背心冷汗涔涔。

忍不过去了，陈绯在被子里用脚踢蹬肖策。后者意识游离，翻身来抱她，眼睛还没睁开，声音黏黏糊糊："绯绯……"

"绯你个头。"陈绯咬牙，"给我倒点热水。"

陈绯的声音在抖，肖策感到胳膊挨着的身子也在发抖。他瞬间清醒，扬起上身，跪在陈绯身旁，伸手从她的脸颊往下摸索："生理期？"

陈绯："胃疼。"

肖策的手已经顺着摸到了陈绯紧紧捂住的地方，他说："什么时候开始疼的？从前有过吗？如果疼得厉害，我们马上去医院。"

这男人怎么这么啰唆，陈绯太阳穴一跳一跳的，忍住骂人的冲动，说："我要热水。"

肖策跳下床，很快从厨房热水壶里倒出大半杯开水，又去冰箱摸出瓶新买的矿泉水，兑成温热之后端给陈绯。

热水下肚，也只是稍稍缓解，陈绯重新倒回去，这才解释："老毛病，不用去医院。天亮以后你给银川打个电话，他知道我吃什么药。"

肖策已经在穿衣服了："药名给我，我下去买。"

陈绯理所当然："我怎么会记这些东西。"

肖策马上说："那我问银川。"

陈绯扬眉，听好戏似的等着。

果然，肖策给宋银川打电话，听筒里嘟了一个世纪，始终没有人接。

陈绯这才慢悠悠道："银川睡得死，只能等到天亮以后，他舍友捶醒他，电话铃声吵不醒的。"

她说完这番话，身后没动静了，陈绯懒得动弹，心里又疑惑，在翻身看个究竟和继续躺尸之间犹豫时，肖策已经再次上床了。男人欺身而来，一只手在被子里往下探，很快摸到陈绯光裸的大腿。

陈绯眉头一挑，语气带着不明笑意："肖策，你这算是乘虚而入？"

肖策的手掌继续向下，触到陈绯的膝盖后略做停顿。

陈绯见他还不停手，动了下，说："我现在没心情……"

没说完，像被人突然掐住了脖子，话音戛然而止。胃里又是一阵剧痛，陈绯全身绷紧，几乎弓成虾米状。好不容易挨过这波，陈绯才注意到自己被扣在肖策怀里，小腿正被他的手牢牢握住，而他的拇指贴着自己膝盖下方数指距离的某处，正用力按揉。

陈绯微微喘息，问："你干吗？"

肖策的声音自她耳后传出："说是揉足三里穴能缓解胃疼。"

陈绯扯了下嘴角："肖老中医懂得不少。"

肖策："刚上网查的。这力道重不重？"

怪不得不声不响的。陈绯闭眼感受，回答他："刚好。"

肖策手上动作不停，又问她："你以前没有胃病，什么时候开始疼的？"

陈绯想了想："三四年前。"

肖策："喝酒喝的？"

陈绯："算是吧。"

陈绯这话说完，肖策感觉手下的皮肉绷直，她蜷得更紧了些，几十秒后才稍稍放松。

“又疼了？”

陈绯头昏脑涨，声音有气无力：“嗯。”

肖策换了条腿，继续给她揉捏，说：“以后少喝点酒。”

陈绯膝盖往外一拐，挣脱他的钳制，语气不悦，说：“别管得太宽了。”

她脾气说来就来，肖策还想说话，被陈绯的下一句直接堵了回去。

“肖策，酒可比你重要得多。”

听着真让人不舒服。不仅因为这句话本身，还因为肖策知道她说的是事实。肖策清楚陈绯现在难受，所以火气比平时更大，于是不再徒劳劝说，转身去拧了热毛巾回来，低声说：“擦擦汗。”

陈绯接过去，往脑门上一盖了事。

肖策叹了口气，单腿跪上床，掀起毛巾，团在手里，先给她擦脸，再把她闷出汗的腿窝、肩窝一一揩干。他的动作轻缓，柔软干净的新毛巾揉过热水，按压在皮肤上，令人毛孔舒张，说不出的安逸。

陈绯眉心舒展，肖策刚才的揉按似乎也起了作用，疼痛不再嚣张到能够攫取人的意志，一番折腾后，困倦加倍，她懒洋洋地合眼，重新陷入沉睡。

再次醒来，已经是宋银川带着药和早餐来找肖策的时候。肖策在厨房烧热水，宋银川把给陈绯带的粥放在床头柜上。陈绯盘腿坐在床边，拥着被子喝粥。

粥快见底，她看见宋银川还局促地站在床边，好笑道：“杵那干吗？”

宋银川不住地四下打量，表情精彩极了。他顾忌着在厨房的肖策，小声嘀咕：“绯姐，我策哥不是Z大博士后，不是高级工程师吗？怎么还住在这种鸽子窝里……”

陈绯没回答他的问题，在被中支起一条腿，胳膊搭在膝盖上头，问：“肖策给你打了多少电话？”

宋银川啊了一声，抱着手机翻看，有点不好意思地解释：“我昨晚戴着耳机睡觉的，睡着以后耳机和手机都裹进被子里去了，根本听不到声音。”等到调出通讯记录之后，数了数说，“策哥好像是从四点多就开始打电话了，隔十分钟打一次，一共……二十来个。”

陈绯若有所思，勺子往粥碗里一搁，想到什么，抬头问宋银川：“我现在脸色怎么样？”

宋银川一愣，支吾道：“说实话吗？”

陈绯：“废话。”

宋银川摇头：“惨白惨白的，跟你身后的大白墙快融为一体了，看着怪吓人的。”

陈绯皱眉：“带口红了吗？润唇膏也行。”

宋银川立刻说：“我又不是娇，怎么可能随身带这种东西？”

“吃饭化什么妆？”这时，肖策端了水进来，看见陈绯已经喝完了粥，便把宋银川带来的药挨个按剂量倒进手心，递过去给陈绯，“吃药。”

陈绯从他手里拣出药片和胶囊，一股脑包进口中，又接过肖策送到手边的杯子，仰脖喝了一大口水把药送进去，然后才说：“我高兴化妆，你管得着吗？”

肖策：“我不管你，但我建议你今天不要去上班。”

陈绯漫不经心道：“我不上班，你养我吗？”

宋银川在旁边听得心跳加速，止不住地拿眼瞅肖策——要来了，要来了！最经典的那句话，我养你啊！

肖策看了陈绯一眼，从裤子口袋里摸出手机，打开微信，说：“你一天不上班损失多少，我补给你。”

宋银川大失所望：这算什么，一点也不感人，果然智商高的人情商都不太在线。

可出乎宋银川意料的是，陈绯愉悦地笑了，她说："我想想啊，我今天在尘嚣有一节大课。四十个学员，每人单课时的学费是五十块，那就是两千……结束常规课以后，我要去省台排舞，今天比较轻松，我只排了一个班，不过要给萌萌和李潇他们顶班，所以一共是……"

肖策："你给我个总数。"

陈绯盯着他的脸，飞快道："五千，我一天的价格。"

宋银川听得一惊一乍，他觉得陈绯天生就是个奸商——她如果请病假缺课，尘嚣是有老师能顶上给她代课的，就算最后承诺把这节课加回来，也肯定不会直接赔付这么多钱。至于省台那边，都是签合同一起结算的，更谈不上损失了。

这、这简直就是讹诈！

宋银川给陈绯使眼色，试图传达心声：策哥都混得这么惨了！你看看，他就住这么个破屋子，你于心何忍啊！

陈绯不睬他，也打开手机，一副理所当然准备收钱的模样。

策哥这么聪明一人，不可能发现不了的！宋银川转而偷看肖策，期待他漂亮地反击回去。

可是下一秒，宋银川就听见陈绯手机的提示音，他立刻抬眼去看——

"五千元转账给女王绯。"

宋银川神情复杂地看着肖策，内心无限唏嘘：你再也不是我认识的那个策哥了。

陈绯也没想到真能收到肖策的转账。这要放在从前，别说五千，就连五十块钱他也得盘算很久。她看了屏幕一会儿，没点收钱，双手撑床往前一挺，两脚够到拖鞋，下了床。

虽然开着取暖器，屋里还是凉飕飕的，肖策把自己的羽绒服扔给陈绯，后者套在身上，长及脚背，像裹了床羽绒被。

陈绯勾了勾唇角，站在肖策跟前，一边卷袖子一边说："你的好意我心领了。不过我不需要。"

班是不可能不上的，只排了一节常规课，要是轻易就请了病假，其他小老师看在眼里有样学样，她怎么服众。

陈绯去洗漱，宋银川和肖策还留在房间里。肖策把床铺好，问宋银川："她的胃病是怎么回事？别跟我说是喝酒喝的。"

宋银川竖耳听见外头水声未歇，这才跟肖策说："喝酒只是一方面吧，主要还是……"他斟酌片刻，用了个成语来概括，"积劳成疾。"

肖策皱眉，露出个困惑的表情，似乎很不能理解宋银川的这个说法。还想追问，陈绯的声音传来："银川，今天再陪我去趟省台，上次服化组的冯老师还记得吧，他对你印象不错。今天他要去2号教室给姑娘们做最后的服装定案，你再跟他聊聊，就算这次合作不成，还有下次。"

"好嘞！"宋银川扬声应她，一边往外撤，一边对肖策摇摇手机，小声道，"我微信跟你说。被绯姐听到她该不高兴了。"

陈绯洗漱完，换回自己的衣服，跟肖策打了声招呼，带着宋银川要走。

"陈绯。"肖策叫住她。

"怎么？"

"晚上几点下班，我去接你。"

宋银川就站在陈绯身旁，目光下移，看见她翘起的唇角。陈绯语气却寡淡，无所谓似的。

"九点多吧，具体时间不清楚。不过我下了班就直接走，你要去最好赶早。"

"好。"

两人关上门，肖策感觉手机振了一下，他垂头去看。

银小川：绯姐笑了！

跟着发来了个加油奔跑的表情。

肖策半靠在逼仄通道一侧的墙壁上，想了想，给宋银川发了个两百元的红包。

银小川：策哥，绯姐看我呢，我晚点跟你说。

“银小川领取了你的红包”。

银小川：什么都跟你说！

肖策失笑，直起身绕回卧室，坐在桌前。他打开电脑，习惯性先打开IntelliJ IDEA，又点开音乐软件，随机播放歌曲。可对着编程界面，却没有立刻进入工作状态。

肖策发了会儿呆，直到音响里传出悠扬哀婉的前奏，他意识到这不是自己偏好的那类歌曲。

开发人员对软件使用的推荐算法还需要进一步优化，不过人的心思难揣测，再怎么优化也不及人心易变。肖策这么想着，一边漫不经心地移动鼠标，试图切换歌曲。

可是很快，他听见歌里唱起“时过境迁故人难见”，又唱到“相思之苦谁又敢直言”。

肖策搭在鼠标上的手指微微停顿。

故人难见，可时隔多年，陈绯突然出现了。没有铺垫，没有渲染，也没有任何征兆，就在嘈杂的人声里，在火锅红油翻沸时，她突兀地推开门，一步跨进来。

那天陈绯的目光只从他脸上横扫过去，然后就再也没有看他一眼。肖策几乎以为她没有认出自己，他连手机都忘了拿，也忘了身边还有一众热衷八卦的同事。他走到陈绯跟前，做好了跟她打招呼的准备。

可陈绯装傻充愣，这就不是没有认出，而是不打算认出。也许是顾忌她身旁的男人，也许是根本不把他放在眼里。不管是哪一条都合情合理。

旧日床伴，再见面擦肩而过是对彼此最大的尊重。

那天肖策在酒桌上，难得地没有推诿，可他还是没能灌醉自己。酒量是天生的，也是陈绯初时“看上他”最重要的原因。

七年前，肖策二十岁，在S大念大三，正处于人生中最潦倒落魄的时期。自9月起，他就欠着学校一整年的学费住宿费。暑假打工的电脑零配件维修店，店主言之凿凿要给他结算工资，隔天店面关了，人溜之大吉，再没见着，没多久原店铺就转让了。

拖欠的学费不能一再延期缴纳，而S大的助学贷款申办流程毫无逻辑可言，申理周期长得让人看不到希望。向同学借钱更是想都不可能想，除却对尊严的磋磨这一条，仅仅以显而易见的结果为导向，就足够让肖策彻底放弃这条路。

肖策积极打零工做兼职维持生计，又在教务处老师跟前说尽了好话，终于争取到了在奖学金下来后补交学费的机会。

屋漏偏逢连夜雨，几个月后的一天，他意外得知自己申请的奖学金被人半道截和。那人与辅导员交好，加上弄虚作假来的贫困生证明，昧下了本该属于他的那笔钱。

那个冬天，肖策突然对雪上加霜这个词有了更深入的理解。他在宿舍躺了两天，没吃没喝，最后浑浑噩噩地爬起来找衣服穿，才想起自己是穿着秋衣秋裤回的宿舍——两天前他一时起意“救”了个女孩子，把衣服和裤子都留给她了。

做了一晚上家教换来的一百块还揣在裤子口袋里送了出去。

肖策面无表情地坐在床边，觉得人生还可以再扯淡一点。比如他推门出去，刚好被什么不明飞行物砸中，再醒来后就灵魂穿越，成为不愁吃穿的二世祖。想到这里，又自嘲：境遇限制眼界，成为二世祖的好处在他看来竟然是“不愁吃穿”。

肖策拿出自己仅剩的冬装外套穿上，带着饭卡去食堂划了一块四，以两个素包子果腹。随后去花雨巷找那天女孩子口中的“今宵茶楼”。

衣裤和一百块，哪一样都没办法放弃。

肖策在陈绯说起今宵茶楼之前，就已经听说过那个地方。他给方宇补课，偶尔碰上过方宇爸妈吵架，他们从来不避着孩子，卧室门关得再严实，都挡不住他们的破口大骂。

两人能从家门口对骂到厨房，急眼了还会上手，肖策好几次担心他们一时激愤，抄起菜刀互砍。刚开始那几次，他想出去拉架，反而被方宇制止。

“让他们打去。打死了事。”方宇见惯不怪，表情冷漠，对肖策说，“一个好赌，一个好嫖。我要是他们我就自行了断，省得祸害人。”

肖策第一次去方家就见识过方宇的早熟。所以从一个初三学生口中听来这番评价，肖策也没觉得突兀。只觉得他跟小时候的自己很像。小孩子最可怕的就是过早清醒。因为那时候的清醒与生存智慧没有一点关系，往往伴随着的，是厌恨和冷漠。

肖策听完方宇的话，潜意识里认为是男人狂嫖，女人滥赌。可后来听夫妻俩争吵得多了，肖策发现，沉迷赌局的是方父，“寻花问柳”的却是方母。

只是女方家条件较好，家里财政大权握在方母手中，男人就算嚷着要去把今宵茶楼拆了，最后也还是偃旗息鼓，低声下气地找她要钱。

肖策这才知道，原来花雨巷的今宵茶楼，是沾染那种生意的地方。可这事听就听过了，他也没想到自己有朝一日会踏进今宵茶楼的大门。

那天肖策去取自己的衣服，早上九点多推开门走进去，里头黑灯瞎火的，没个人影，吧台后面倒是隐约传出窸窸窣窣的声音。他敲敲吧台，扬声道：“你好，有人在吗？”

只听咚的一声，跟着传来几声的痛呼，一个龇牙咧嘴抱着脑袋的男人站了起来。那是十八岁的宋银川，今宵茶楼的前台兼会计。

这个时间没有人会来茶楼喝茶买酒，宋银川揉着脑袋，打量了一会儿来人，没觉得意外，问道：“你是来应聘的吗？”

肖策一愣，竟然下意识跟了一句：“你们招人？”

这话说完之后，恨不能抽自己两巴掌——来这地方应聘，他是疯了吗？真的缺钱缺到了那个份上？念头在脑子里一滚，下一秒浮出的却是一句残酷的现实。

肖策，你是真的缺钱缺到这个份上了。

他用力捏了捏拳头，希望自己能理智一点。可面前的矮个子男人马上打开厅内大灯，推过来一张过塑了的A4纸。是手写的招聘信息，尽管字迹潦草，肖策还是一眼就看到了自己最在乎的数字。

不会耽误学业的工作时间和足够他支付学费的薪资几乎在他眼前跳动起来。残存的理智在挣扎，可很快就被脑子里的另一个声音压了下去。

S大对待贫困学生的仁慈很有限度，如果不能在最后的期限内把学费交上，你只能辍学。

肖策，无论如何你也不能辍学。否则这么多年的努力就都白费了。

声音在脑中盘旋，肖策的腿有千斤重，他知道现在的自己根本无法拒绝这份工作。那所谓的狗屁尊严只会拖着他，在这肮脏又不堪的小地方，永世不得翻身。

肖策盯着那张纸足足三分钟，时间过得很快，可又好像过得很慢。足够他把所有的利弊在脑子里一遍遍地过完，最后他的掌心汗津津的，喉咙也发干发哑。

他听见自己开口问：“能预支工资吗？”

这话说得可笑，哪有人在还没被通知录用前就问可不可以预支薪水的。但是宋银川一点都不觉得奇怪，他见多了这样的人——能来到今宵茶楼的，十个有九个半都急等着用钱。

他公事公办，对肖策说：“如果你是社会人士，就不能。”说完之后冲他眨眨眼，道，“可如果你有学生证的话，那就好办很多。我们老板娘对大学生有特殊照顾政策。”

这么滑稽荒唐的对话，肖策竟然不觉得好笑，甚至从中品出一丝感恩戴德的苦涩。

那天陈绯快十一点才走进今宵茶楼，一打眼看见宋银川和一个陌生男人坐在吧台后面，不知道在叨咕些什么，连她进去都没注意到。她往台前一站，手掌用力拍了拍台面，震得两人齐齐转头来看自己。

“哟，你不是……”陈绯认出肖策的脸，却忘了他的名字，食指点了半晌，蹦出后半句来，“你不是那天的‘白袜子’吗？”

第四章

温柔

宋银川给肖策介绍陈绯。

“这就是我刚刚给你说的，咱们茶楼的老板，你跟我们一样叫她绯姐就行。”

今宵茶楼的人都管陈秋娥叫老板娘，她死了以后，大家伙一时半会改不了口，所以宋银川带头，管陈绯叫绯姐。尽管除他以外，楼里的人几乎都比陈绯年纪大，但这也比对着她喊老板娘更让人容易接受。

肖策不免惊愕。在来之前他就猜测过那天女孩的身份：这女孩的身量体态看上去像是未成年，说话口气和行事风格倒是不见青涩，可以想见她在花雨巷混了不少时日。

可他怎么也没想到她就是今宵茶楼的老板。

虽然宋银川才给他介绍过，说老板娘前段时间刚过世，这茶楼是她女儿陈绯继承得来的。但一个小姑娘，年纪阅历摆在那里，扛这种店，未免让人觉得诡异。尤其是，当陈绯听到宋银川说自己有应聘意向的时候，她看过来的眼神，总透着让人不舒适的玩味。

“恩人嘛，面试就免了。把体检报告带来，随时上班。”陈绯说出“恩人”俩字的时候，语气轻佻，肖策觉得她在讽刺自己。

他一时没有开口，陈绯挑眉看回去：“怎么？有病啊？咱这虽然是小地方，没有大城市讲究多，但最基本的健康保障得有吧，对客人负责嘛，你说是不是？”

肖策被她这么一噎，忍不住说：“我身体很好。”

陈绯一笑，误解了肖策的话：“别这么激动，没病就行。身体好不好的，没那么重要。”又转头对宋银川道，“啥也不懂，你带带他。”

宋银川比了个“OK”的手势。

陈绯不再管肖策了，似乎也全然忘记了他的衣服和一百块。她在大厅转了一圈，对宋银川说：“让大壮下午早点过来，晚上有个局。”

宋银川面露难色：“他今早请假回老家了，说是他妈昨晚病情加重送去镇上医院，病危通知书都下了，他赶着要回去。什么时候能回来还不好说。”

说完翻了翻手机通讯录，问陈绯：“什么局？辉哥、小绍都有空，或者让轩轩来？不过轩轩最近忙得很，要跟他买酒的都排到下个月了。”

他们说得很随意，话到了肖策这里却刺耳。一想到日后自己也就是他嘴里的一个随时调派的名字，真恨不能拔腿就走。

可是离开了这里，到哪儿去找刚入职就能预支五千块钱的工作？

人命大过天。陈绯不好发作，但宋银川给的备选方案都不行：“酒局！在燕盛楼，跟曹三他们。喝的可不是咱店里那假酒，这几个顶什么用？”

听到曹三的名字，宋银川吃惊道：“什么情况？怎么跟这种人扯上关系了？”

陈绯抖抖肩膀：“赔罪酒。我跟你说过，两天前酒吧那事，人查出来是跟着曹三的。他特地找上来说要亲自赔礼道歉，那我不得应？”

宋银川担忧道：“这个曹三原来跟老板娘一直就不对付，不会有什么问题吧。”

“当然有问题，不然我也不能找大壮跟我一起。”陈绯坐在厅内卡座的桌上，脚尖有一搭没一搭地磕着沙发沿，说，“陈秋娥死的时候这孙子都没来，肯定还记当年的仇，现在烂摊子留给我，他不得找时间冲我撒火啊。”

“不、不能那么猖狂吧。”宋银川发急，支招道，“一个喝不过他们，咱多带几个？我也去！”

“我能那么丢份吗！”陈绯用力一踢，音量抬高，“再说了，曹三怎么混出来的你不知道啊，就咱楼里那几个光会耍嘴皮子哄女人的，去一个倒一个，去两个倒一双。完事全指望我给扛回来？”

说完这番话，陈绯看着宋银川哼笑了声：“你去？曹三头上那疤是不是你给夯出来的？你去刚好，一起算总账，不给你灌到死我名字倒着写。”

宋银川不作声了。转头看见肖策，死马当活马医地问了句：“你会喝酒吗？”

热闹听到现在，肖策在心里捋出个大概：曹三摆的是鸿门宴，赔礼道歉是假，想灌醉陈绯看她出丑才是真。不，他们那帮人，形迹恶劣，不见得是看她出丑这么单纯。

不过依他小时候在村里跟着大人们喝酒的经验来看，酒桌上的事，难说得清。喝得不好闹个脸红脖子粗，能大打出手两败俱伤；喝好了仇人变兄弟，往后有钱一起赚，有事吱个声也很常见。

陈绯的目光左移，也落在他脸上了。其实是无意识的，肖策瘦瘦高高，满脸写着营养不良，她对他不抱希望。

肖策盯着那目光，点头道：“我会。”

以宋银川的认知，敢在陈绯面前说会喝酒，必然要挨怼。果然，陈绯哈了声，从桌上下来，一路走到两人跟前，胳膊支棱在吧台上，明显是瞧不起地问：“白的能喝几两？”

肖策：“一斤装的榆树大曲，两瓶半。”

宋银川一个抖擞，振奋精神：“真的？”

两斤半什么概念！纯拼白的，绯姐也喝不到两斤。

陈绯俩眼珠子跟测谎仪似的，直盯着肖策：“啤酒呢？”

肖策答：“战线拉长的话，罐啤差不多三件。”

罐啤一件二十四瓶，宋银川在脑子里做了个一百以内乘法，看向肖策的目光顿生敬意。

陈绯：“练过？”

肖策：“天生的。”

北方小村，又临着几个酒厂，村里大多数青壮年都在厂子里工作，整个村子全年都飘着酒香。别说逢年过节，但凡哪家有个什么红白喜事，都要大摆流水酒宴。肖策属于天赋型选手，很小的时候就展现出惊人的喝酒本领。

第一次喝醉是在自家爹妈的丧宴上。他那年十二岁，一个人坐在老屋被烧焦的废墟边对瓶吹，喝完了就绕去屋前从成堆的酒瓶里头刨新的。男人女人们喝酒吃肉的声音就在耳边，谈论他们家这场突如其来的火灾，感慨大火无情，悲叹留下个孤儿可怜了。

他抱着酒瓶子，又跌跌撞撞跑回去，眼泪糊了一脸，尝到嘴里跟酒一个味。

辛辣又苦涩。

陈绯没多问其他的话，拍案定板：“那就你了，下午五点跟我去燕盛楼。”

肖策问她：“工资怎么结？”

陈绯一怔："银川没跟你说？"

肖策："陪你的怎么结？"

陈绯品了好一会儿才回过味来，似笑非笑地看着肖策："行啊，你把我当嫖客？"

宋银川偷偷在吧台后面拽肖策的衣角示意他不要惹恼陈绯。

肖策木着张脸："我没这么说。"

陈绯皮笑肉不笑，说："放心，把我陪高兴了，什么都好说。你最好期待今晚能直着走出燕盛楼，如果你倒了，我没那精力把你弄回来的。"

说完一扭身走了。

"绯姐就这脾气。"宋银川冲肖策挤挤眼，"刀子嘴……"

顿了顿，补充下半句："冻豆腐心。"

肖策不关心她是什么脾气，除了交易，他也不想跟这里有半点牵扯。

宋银川按照陈绯的吩咐，给肖策详细地讲了讲今宵茶楼。

茶楼的客人分三类。

一是来吃简餐的，多为S大的小年轻，有点闲钱，时间多。经常拎着电脑过来蹭网，一般选一楼拉帘子的卡座，朋友就打打牌玩玩桌游，情侣就叽叽咕咕的，能泡一下午。这类人群消费不高，人均一百不到。

二是来喝茶谈事的，甭管谈的是微商发家秘诀还是私房八卦，要的就是个安静，一般安排在二楼靠窗的包间。最低消费二百八十八元，按菜单价点壶茶，一盘坚果和小吃就够数。这类客人省心，除了添茶结账基本不会跟服务员打交道。

"第三类，就是来买酒的客人。"宋银川说到这里，略做停顿，说，"你也看到了，咱们酒水出售时间限定在晚十点以后。大多是提前电话预定，不从前厅进，要去外头的南边扶梯，直接上小二楼。熟客都门清，直接按照约定好的房间号就找过去了。如果是新客人，就安排在二楼喝茶的包间里先聊聊天，视情况而定。”

肖策：“聊天？”

宋银川说：“绯姐不是说了吗，有的客人就是喜欢咱们陪她唠嗑，反正三五个小时，你能哄得她开开心心，把酒卖出去就算完成任务，就有提成可拿。另外，客人给的小费你自己收着，不用上报。”

肖策口中发干，问宋银川：“楼里都有哪些……卖酒的？”

宋银川冲他笑笑，没直接回答：“以后你会慢慢知道的。”

这话说得，好像他下半生都要在楼里度过，肖策皱眉，不再问了。

肖策在今宵茶楼等到五点，陈绯才又出现。

在此期间，肖策从宋银川的叙述中得知三年前陈秋娥与曹三的过节。其实两边矛盾，概括起来也简单：曹三他妈谢娟曾是今宵茶楼的至尊VIP，这事被当时年仅十九岁的曹三发现了。

虽说曹三他爸已经死了很多年，他心理上还是过不去这道坎，便趁他妈不在家的时候，带人来砸场子，恶声恶气地扬言要让陈秋娥滚出花雨巷。宋银川一心护着陈秋娥，气氛剑拔弩张之时，他抄起吧台的陶瓷茶壶就要往曹三脑门上掼。

场面一时失控，最后还是下头的小弟给谢娟打了电话，她出面摆平的。

谢娟自然不会为难陈秋娥，可顾着儿子，也打定主意不再来茶楼了。曹三出院后，谢娟很快就带着他搬去了十几站地以外的市里，可她在花雨巷的“产业”没舍得丢，时不时，还会回来转转。

那件事后没多久，谢娟就在市里忙起了新的生意，花雨巷的酒吧慢慢被曹三接管了过去。虽然明面上，曹三没再跟陈秋娥起冲突，可碰上了楼里的人，他也没少夹枪带棒地说些难听话。

宋银川说完这些，老神在在地评论比自己还大四岁的曹三：“其实他就是个小家伙，胡搞惯了，看起来嚣张，也不敢真惹事。”

这话刚好被踏进茶楼的陈绯听见，她瞥了宋银川一眼，后者立刻收声，对陈绯甜甜一笑：“绯姐，你来啦！”

陈绯换了件外套，杂色涂鸦的面包服，又宽又大，底下两条细腿，穿米色紧身裤。她站着不动的时候，像棵毒蘑菇。

陈绯的手插在口袋里，冲肖策扬扬下巴：“走吧。”

燕盛楼在市里，两人坐3路公交车去。花雨巷的尽头就是公交终点站，空位很多，陈绯坐在最前面，肖策却没停，一直走到最后一排，找了个窗边的座位坐下。陈绯嚼着口香糖，垂头玩手机，看也没看肖策一眼。

开到中途，车内已经满座，过道上还站了好些人。最后一排座位抬高，全车人的动作尽收肖策眼底。他看到华康医院那站上来个老人，还没等司机播报“请给老弱病残孕和抱小孩的乘客让个座”，陈绯已经从座位上蹦下来，半句话没说就要往后面走。

可陈绯一离开，原本站在她身边的中年男人就一个跨步拱到跟前，一屁股挨上去了。

肖策视力好，隔那么远都看得见陈绯眉头一抬，她不走了，转身凑过去，胳膊搭在那男人肩膀上，不知道说了什么，男人脸色变得极其难看。

而后，整个人几乎是被陈绯扯住衣领拖下了座位。

等待老人坐上去，陈绯才松开男人，对着他的脸吹了个极响亮的泡泡。

肖策在心里说，她这么横，也就是运气好没有碰到狠角色，真遇到无赖，恐怕要吃亏。念头没转完，眼看着陈绯径直朝自己走过来，到跟前了，冲他嘻嘻一笑。她没开口，肖策莫名就懂了，默默起身让她坐。

陈绯坐进去，跟他搭话："大几？"

她一开口，旁边的乘客或多或少都往肖策脸上瞄了几眼，肖策有点紧张，生怕陈绯说什么不该说的，只干巴巴道："大三。"

陈绯："哪里人？"

肖策说了个地名，对着陈绯毫无回应的眼神，加了句："在北边。"

陈绯："哦，北方人。怪不得。"

不知道这怪不得指的是什么。口音？身高？酒量？

肖策没问，又听陈绯道："被假广告骗来的吧？S大是三本里最烂的那批学校。钱全花在打广告上，什么山清水秀人杰地灵，都是坑外地人的。"

陈绯说完这句，看见肖策肃着张脸，不讨喜得很。也不想再跟他啰唆，又低头摆弄手机去了。

燕盛楼位于S城中心地段，过去两年多，肖策只来过城中一次，还是为了给自己买的二手残疾电脑找合适配件。他对这里极度陌生，陈绯却门儿清。

两人到站下车，肖策跟着陈绯七绕八拐去了燕盛楼。

曹三先到，把包厢号发给了陈绯。他们坐电梯上去，陈绯说："一会儿少说话，多喝酒。"

肖策："嗯。"

其实不用她交代，肖策也无话可说。

燕盛楼里中央空调开着，包厢内更是暖烘烘的，陈绯一推门进去，就把外套脱了往肖策身上一丢。肖策跟在她身后，看见屋里坐着三个男人，桌上菜已经上了不少，餐桌转盘是电动的，慢悠悠地转着，菜品丰盛，里圈排着六瓶五粮液。

主座上坐着的年轻男人应该就是曹三，看见陈绯进来，没起身，歪着嘴笑道："哟，日盼夜盼，终于把绯姐盼来了。"

曹三染了头黄毛，左耳上挂着个银环，脸上没肉，笑着的时候面皮撑起来，法令纹很深；不笑的时候，两颊的脸皮有点往下挂。

陈绯正对着曹三，和他隔着整张桌子，没坐下去，似笑非笑：“三哥礼数周到，手底下人怎么这么不懂事？”

这话一语双关，陈绯绕着桌子往曹三身边一左一右陪坐的两人走去，说：“三哥请我喝酒，他是主我是客，他理应上座，你们两个算什么东西坐这？”

说话的时候，眼睛是看着曹三的，虽是笑着，语气却冷。

北方对酒桌座次最为讲究，肖策一进门就觉出不对。正对大门的主座是主陪位，主陪左右分别是主宾和副主宾的位置。可曹三带来的那俩人，反客为主了。

“是是是，不懂事！不然前几天也不会跟绯姐没大没小的，一会儿让他们好好给你赔礼道歉。”曹三这回笑眯眯地站起身了，提起陈绯被人下药的事，颇高兴似的，他用脚踹了踹身边俩人，“滚过去。”

陈绯见座位空下来，没动，等曹三来请第二遍，才慢腾腾落座。

“行了，阿策，既然三哥这么有诚意，坐吧。”

肖策陡然被陈绯这么一叫，愣了瞬才坐过去。

曹三看到陈绯进门动作就明白肖策不过是个跟班，他的注意力全放在陈绯身上。他叫了服务员来开酒，二两的白酒杯，倒满五杯。

曹三领酒，三杯下去，陈绯看见肖策的反应，心里有了底——他的酒量即便不算顶尖，但放在这里足够了，不说数一数二，普通酒局也难逢敌手。

一巡过去，两瓶酒倒空，曹三见自家两个已经面色发红，陈绯和肖策有一搭没一搭地挑着菜吃，没事人似的。

他心里知道今晚讨不到好了。于是放慢节奏，问陈绯：“这是楼里新人？酒量不错啊。”

肖策背脊一紧，望向陈绯。

陈绯浑然不觉似的，笑嘻嘻道："乡下来的，也不懂规矩。"

曹三没多想，举杯和肖策手边的杯子一碰，意有所指："想在花雨巷混，一定要把你们老板哄好，知不知道？"

他说完"哄好"二字，副陪位的两人都嘿嘿笑起来，目光直往陈绯衣领里钻。

这句话里的冒犯陈绯听得懂，但这会儿她要是发难就显得不局气，吃了个软钉子，陈绯神情不太好看，睇着肖策。

肖策端起酒杯，先喝了一半，又对副陪的两位遥遥一敬，杯底在转盘上轻轻一磕算作碰杯，他低声说："向两位取取经，看来你们对哄老板这件事很在行。我干了，你们随意。"

陈绯没忍住，唇角抖了抖，夹了块羊小排啃。

肖策这话说完，给了曹三个不痛快，又将战火全引到了自己身上。几人轮番来跟他喝，肖策最不怕喝快酒，一陪三地往里灌。

第六瓶酒还没开，已经彻底倒下去一个，另一个也大着舌头，说话不讲逻辑了。

曹三相对好点，不仅没倒下去，看向肖策目光还渐渐变了。他展臂搂着肖策，借酒意说："兄弟，我看得出来，你是个人才，在花雨巷埋没了啊……埋没了。哥问你句，想不想跟着我干？"

话刚说完，就听见陈绯的筷子砸在桌上的声音。陈绯脸上没了半点装出的笑容，牙缝里挤出两句话来："曹三，过了吧。撬墙脚还当我的面，怎么不直接来打我脸呢？"

曹三连忙道："绯姐，你别生气。人小伙子有志向是好事，总不能一辈子在楼里看女人脸色吧？"一边站起身给陈绯倒酒，只铺了浅浅一层，却为自己满上，"我干了这杯！你也当做点好事，咱们以后交个朋友。从前那些不愉快都一笔勾销！"

陈绯往后一靠，没喝他的这杯敬酒，双臂交叉："别姐啊姐的，受不起。"

一桌酒摆了，喝不过人家，还没占到嘴上便宜，曹三可不愿意两手空空回去。他笑道：“别啊，人也没跟你签卖身契，搞什么营生还不是他自己做决定。”又看向肖策，“兄弟，跟我来市里，我给你找正经活干。不敢说飞黄腾达，单凭你这酒量，想闯出个头，吃香的喝辣的肯定不愁。”

肖策没说话，目光落在陈绯脸上。

陈绯站起来，居高临下地看着肖策，勾勾嘴角：“人家问你意见呢。想干就留下，不想干就走，别磨叽。”

曹三胸有成竹，明知道陈绯能听得见，还是压低声音靠过去：“她给你什么数，我加三成。”

屋里气氛压抑，所有人的目光都聚在肖策脸上。

肖策面不改色，也没和陈绯有半点眼神交流，他起身把第五瓶里的余酒和陈绯杯里的酒都倒进自己杯中，对在场其他人虚敬一圈后全数喝下。随后伸手捞过陈绯放在自己这边的外套：“走吧。”

这没道理！曹三没想到肖策会拒绝自己。如果今天来的人是宋银川，他还能理解。可肖策不过是今宵的新人，不图钱图什么？陈绯那点姿色还能让这小白脸生出感情来了？

手边的酒杯被曹三握紧了，狠狠往下一磕，他大声说：“不知好歹！你这辈子也就是个混不出头的命！”

肖策本要离开，听见曹三最后这句，额角青筋一跳，手撑在桌上，目光如炬，逼视曹三，咬着牙，声音好像从喉管里喷出来：“别跟我说命。”

陈绯被肖策这架势惹得正视起他来，饶有趣味地打量他的神情，想听他的后话。可惜，旁的话，肖策再没多说了。他很快收起方才那副锋芒毕露的模样，好像那一幕是陈绯灵魂出窍看见的幻象。他又变回没表情的穷酸学生，手里拎着陈绯的衣服，同她一起离开了。

走出燕盛楼，陈绯步伐轻盈，心情极佳。在站台等车的时候，她问肖策："怎么不答应曹三？"

其实是明知故问，想听的是肖策怎么答。

肖策："他不是好人。"

陈绯咧嘴——这话说得，小学生式回答。不过也算切中要害。

肖策又说："谢谢。"

陈绯："谢什么？"

肖策不回答了。

陈绯用手肘撞他："说话！最烦你这种，拉屎拉一半。"

她力气可真大，身高的缘故，肘击直抵肖策腹部，他痛得弯腰，捂着肚子低声说："谢谢你没告诉他我是S大的。"

陈绯微怔，看着肖策，突然又笑了。这回是完全过心的笑，肖策看见她眼里映着光，干净清亮的一弯，像图册里的月牙泉。

刚才陈绯对曹三说肖策是从乡下来的，换作别人可能会觉得她瞧不上肖策。但肖策说谢谢，显然明白了她的用意。以曹三的为人，要知道肖策是个大学生，往后真想使什么绊子，绝对够肖策喝一壶的——退学或许不至于，但搞臭一个人的名声，曹三再擅长不过。

肖策看着木头木脑的，没想到聪明劲在这里，书里有句话怎么说，闻弦歌而知雅意，和聪明人打交道就是舒心。

陈绯笑盈盈的，拍拍他的肩膀："真是个宝啊。"

陈绯这人做事，看心情胜过讲逻辑。她高兴了，拿你当个宝，千好万好，柔情蜜意。她要是生气，当你是根草，肆意践踏，置之不理。肖策不知道是不是该庆幸自己有这样好的酒量，才让陈绯对自己另眼相待，甚至给了他不卖酒的"特权"。

但他清楚地知道，那是他们的开始。

房间内，一曲播完，音乐自动切换。肖策回过神。他起身去倒了杯水喝下，重新坐回桌前，不再瞎想，强迫自己将注意力集中在工作上。

这一忙就错过了晚饭时间。夏洋洋的电话在肖策备份数据准备离开的时候打了过来。

屏幕上显示的是一串陌生的数字，号码来源地是本市。肖策接起，女孩子软软的声音传来：“学长，你在忙吗？”

“你是谁？”

“是我呀……夏洋洋。”

肖策看了眼电脑屏幕上的时间：“什么事？”

电话那头停顿了几秒钟，换了人说话：“你是洋洋的学长吗？她喝多了，你能不能过来一趟？我们在花房胡同。”

花房胡同是T大附近的一家音乐酒吧，韩越几次邀请实验室里几个师兄弟去喝酒轰趴，肖策去过一次，人均将近两百元，后来他就再没去过。

肖策迟疑，说：“我今天……”

那头的女生抢在他之前道：“洋洋手机没电关机了，只记得你的电话号码，你就忍心看她一个人孤零零地回去吗？天寒地冻的，她一个女孩子回去多不安全啊。”

晚九点，天色已深，寒风让冬夜变得更加真实可感。

“绯姐再见！”

“绯姐，我们先走咯！”

今天进展顺利，排练效率高，结束得比预期更早。陈绯在更衣室穿衣服，姑娘们陆续跟陈绯道别，最后只剩下她一个。

陈绯白天吃了药，症状缓和很多，到了这会儿胃都没再那么疼过。可腹内空空，一阵阵难受劲又翻上来——今天李潇不在，没人跑腿，她晚饭还没吃。

陈绯在更衣室的长凳上坐了十来分钟，抬头看了眼墙上的挂钟，慢吞吞地站起来。她走出去，灯光通明的走廊里落针可闻，除她之外，一个人都没有了。

陈绯把手机握在手心，垂眸看了几次之后，将教室的灯挨个关上，又去洗手间蹲了会儿，最后站在洗手池的镜子前仔细地洗干净每一根手指。

这么磨蹭到九点半，肖策还是没有出现。

陈绯直视着镜中面无表情的自己，抬起被冷水冲得冰凉的手，用力拍了拍双颊，转身走了。

等电梯的时候，手机响了。陈绯立刻看过去，屏幕上显示的是李潇的名字。

说不清是失望还是什么，陈绯接起电话："怎么了？"

电话那头风声很大，李潇的声音破风而来："老板，你现在还在电视台那边吗？"

陈绯："马上下楼。出什么事了？"

叮咚一声，电梯门打开来，陈绯走进去，揿下按钮。

李潇的声音突然乱起来："可以等我几分钟吗？我下课了，现在正往你那里去……老板，我、我给你买了药。"

听到李潇说等他几分钟，陈绯下意识要伸手按下开门，可慢了一拍，电梯已经晃悠悠地下行了。而后，她才听到李潇的后话。

陈绯皱眉："什么药？"

李潇支吾道："是大喵姐说你胃不太好……最近不是忙吗，我担心你胃不舒服。主要是我家附近刚好有家药店，我就顺道买了药……"

陈绯听他把话说完，目光定在不断减小的红色楼层数字上，半晌没搭腔。

李潇的心怦怦直跳，一只手按住胸口，鼓足勇气，又说："让我去找你吧！绯姐。"

5、4、3、2……

陈绯抬了抬唇角，目光有一瞬间软化。

1——叮咚！

电梯门大开，陈绯一眼就看见裹着羽绒服的肖策正站在电梯门前的垃圾桶旁边，目光直直地看着自己。

耳边风声未歇，陈绯喉头一动，低声说："我有药。早点回家，明天还有课。"

陈绯挂了电话跨出电梯，目光在肖策身上溜了一圈，最后落在他手里提着的帆布口袋上："这是什么？"

肖策将陈绯肩头的包取下，挂在自己肩上。从拎来的帆布口袋里取出一只保温杯，给陈绯拧开杯盖。

"先喝点热水。"

"什么时候到的？"

"九点。"

肖策见陈绯没接保温杯，动作顿了下，给她把热水倒进杯盖里再递过去。

陈绯眉头一跳，这才接过水杯，吹吹气喝了口："怎么没上去？"

肖策："有两部电梯。"

他来的时候已经看见有人往外走，询问过后得知陈绯还在楼上，可这栋楼有两部电梯，如果刚好一上一下，就会和陈绯错过。站在一楼电梯口等，是最没有漏洞的办法。

"坐电梯错过"这种小概率但又该死的总会在重要时刻发生的事，他们从前在S城就碰上过，那天的后果是惨痛的，陈绯记忆犹新，所以一下子就听懂了肖策这句话。

陈绯又喝了一口，热水顺着食道流进身体里，胃渐渐暖起来："那时候你没手机，现在也没吗？不知道打个电话？"

肖策："有个舞蹈演员说你在更衣室，很快就下来了。"

陈绯被噎得说不出话。

肖策若有所思，问她："怎么耽误了这么久？"

陈绯脑子转得飞快，把杯盖往他手里的杯子上用力一卡，扬了扬手机，瞪着他说："聊重要的事情。"

肖策哦了声，没怀疑，轻声道："还好没打电话。你也接不到。"

陈绯无言以对。

聊天把自己聊死这件事，可能也就在肖策这里独一份了。

两人走出大楼时，肖策收到学长周政发来的微信。

周政：大恩不言谢！兄弟，我要是能追到洋洋，头功算你的！

肖策回他：不客气。

刚才夏洋洋的朋友打电话来，说她手机没电关机，只记得肖策的联系方式。

肖策回答她："我有夏洋洋直系学长周政的联系方式，我马上把他的电话号码发给你。"

那边不甚情愿，却也只能接受肖策的提议。

肖策不傻，纵是从前在感情方面没什么头脑，可年纪摆在这，加上在今宵茶楼待了那么久，男女情事，耳濡目染都明白不少。暂不说夏洋洋是不是真的喝醉，这个电话都一定是在她授意之下抛来的一个由头。如果他无意和夏洋洋有牵扯，那么不论他今天是不是有更重要的事情要做，他都不该接下这个由头。

更何况，他有更重要的事情。

肖策收起手机，瞧见陈绯双手插兜，正歪头觑着自己。她早上不舒服，下午又连轴转地忙，这会儿眼神都钝了不少。猎猎寒风将眼前女人的碎发揉散，荡在眼前，路灯用暖光给画面补色，给她瘦削无赘肉的脸庞添一层柔和的滤镜。

肖策很少有机会从陈绯脸上读出和温柔相关的字眼，即便读出，也多是误会——她可能只是累了。

肖策想起白天里宋银川还没来得及给自己解释的那句“积劳成疾”。他不明白，陈绯这样的人，为什么会让自己如此劳碌。但隐约的，肖策又觉得自己其实明白。

陈绯：“我没吃晚饭，饿了。”

肖策自己都没有注意到，他的语气变得和缓：“想吃什么？”

“你请我吃？”

“嗯，请你吃。”

陈绯：“我知道软件园附近有家居酒屋，凌晨一两点才关门。他们家拉面和烧酒不错。”

肖策点头：“好。”又停顿几秒钟，加了一句，“今天别喝酒了。”

陈绯轻哼：“晓得了。”

她难得这样温顺，肖策微微诧异，多看了她几眼。陈绯伸手拦出租车，嘀咕道：“再看？一会儿眼珠子别上车了。”

肖策没留意弯了下嘴角，见出租车慢慢停在跟前，上前给陈绯拉开车后门，自己坐进副驾驶。

第五章

福星

软件园与电视台相隔不远，打车也就起步价。

居酒屋藏在附近几个小区交汇处的巷道里，要不是门口高高挂着红灯笼，还真不太好找。

这地方是尘嚣的学员们推荐的，都是些年轻学生，叽叽喳喳地讨论着，当时陈绯也凑上去听了一耳朵。

一个说这家店装修得有模有样，特别有感觉；一个说这家店专心贩卖情怀，其实餐食一点也不正宗，和她去日本吃的差远了；一个说管他正不正宗呢，环境又好、服务员小哥又帅，尤其是每周六上班的那个三眼皮小哥，帅断腿那种。

陈绯听得好奇，又懒得专门找时间大老远跑去店里，于是点了外卖来请工作室的同事们吃。

她分辨不出是否正宗，倒是发现店里佐餐的小菜味道和从前花雨巷一家大排档里的出奇相似。所以，在肖策问起时，想到了这家店。

居酒屋名叫“晚枫の色”，陈绯和肖策在门口接待处脱了鞋进去。店员告知他们，店内包厢都被预订完了，只能坐在大堂进餐。

肖策偏头看陈绯，用眼神询问她的意见。

没想到这么晚，这家生意还这么好。陈绯扭头看见大堂超过一半的座位都坐满了客人。屋内暖意融融，寿喜锅咕嘟咕嘟地冒着热气，一派祥和。

陈绯往里走：“吃啊，我们没订位，没那么多讲究。”

靠窗的位置都坐着人，中央吧台还有空位。陈绯看见两个年轻女人挨着坐在吧台边，面前摆着几瓶酒，她下意识就往她们身旁走去。这是来H市后多年养成的习惯，年轻女性都是潜在客源，如果能有攀谈的机会，请她们喝杯酒，推荐推荐尘嚣，那再好不过。

快走到了，陈绯才后知后觉地意识到今天自己是和肖策同来，便往旁边让了让，与其中穿黄色呢子大衣的女人相隔一个座位。

肖策坐在陈绯左侧，脱下自己的外套后偏头问她想吃什么。

吧台是三面环绕式，里面站着一位服务生，高大挺拔，模样很打眼，一双大眼睛脉脉含情。陈绯的目光不能免俗地滞了片刻，开口道：“我看看菜单。”

她在跟肖策说话，可因为盯着服务生，后者便顺势回答陈绯：“我这里只有酒水单。如果想要点餐，麻烦扫桌上的二维码。”

声音干净稚嫩，陈绯在心里判断着他是否成年，口中下意识接道：“哦，那拿来看看。”

服务生很快递来一张酒水单，陈绯刚要接过，看见肖策伸手过去截和，直接给她翻到果汁饮料那页，低声道：“你答应了不喝酒。”说着，又用自己的手机扫了码，把电子菜单放在陈绯面前。

肖策这话说完，惹得陈绯右边的“黄大衣”投来打量的目光，不知道看出了什么，回头跟自己的小姐妹低声嘀咕了几句，两人一齐笑了起来。

陈绯眼皮微微一跳，被人这么偷着议论挺叫人不爽的，她偏头想以目光警告，却被一座“肉山”挡住了视线。

“厕所真难找！”来的是个体态丰腴的女人，一屁股坐在陈绯和“黄大衣”之间的空座位上，扭头大声和那两人抱怨，“连手纸都没了。”

原来她们是三人行。陈绯一边垂头点餐，一边竖着耳朵听旁边的动静。

陈绯点了豚骨拉面和鲜虾天妇罗，饮料要了罐装红石榴汁，递回手机后看见肖策在拉面那项多加了一份就直接下单了。

陈绯漫不经心地想：真是个对食物没有追求的男人。从前就是这样，除了赚钱和考研，对什么都提不起兴趣似的。不，就连赚钱也是为了念书考研。

吧台小哥把果汁推到陈绯面前，笑容清澈：“慢用。”

被这么一打岔，陈绯的念头又转到他身上去了。陈绯暗忖：没猜错的话，这服务生就是学员们口中周六上班的三眼皮，模样是挺招人。

“小帅哥，给我们再加一瓶烧酒。”最后过来的女人敲敲台面，对“三眼皮”甜声道，“要温的哦，姐姐这几天不能喝凉的。”

“三眼皮”点头微笑，一面拉开吧台侧面的小门要往后厨走，学那女人的口气，调皮地回答道：“要等一下哦。”

“黄大衣”笑得欢愉：“不着急不着急，多久都等哈哈哈哈。”

这样的女人陈绯从前在茶楼见过太多，但时隔多年冷不丁又碰上，还真有点不习惯。她嘬着果汁，默默地想：男人的眼睛真是不能生得这么美丽，连看一个陌生人，目光里都透着深情，太容易让人产生误会。

想到这，不由得低声问肖策：“那服务生像不像轩轩？”

肖策：“不记得了。”

陈绯没好气，说："最好是不记得，你是不是巴不得患上失忆症？"

肖策不想提起从前，他转移话题道："晚上去我那儿？"

陈绯还没回答，两人就听见那胖女人毫不避讳地调笑道："小妹，刚那个怎么样？小鲜肉喜不喜欢？"

陈绯听见她的语气，心里一个咯噔，暗道：不会吧。

胖女人口中的"小妹"指的是坐在"黄大衣"右边一直没怎么开过口的女人，她声音细细的，小声说："璐姐，你声音小一点……"

胖女人声音稍稍压低了些，道："怕什么？这都什么年头了，用手机都能随随便便约出来人。今天难得出来玩，还跟你璐姐客气？要是喜欢，我就去找老板商量。"

"黄大衣"道："大家都心知肚明的，价格谈拢了，什么都搞得成。你要是还有什么其他要求，也尽管提。"

这音量刚好够陈绯和肖策听见，陈绯明白过来。

肖策没给陈绯回应，脸颊紧绷着，面色铁青，搁在桌面上的手慢慢收紧成拳。

陈绯心思被几个女人的对话都勾走了，根本没注意到肖策的神态变化，她四下环顾这家店，口中啧啧："相比之下，今宵茶楼就显得太村了。"

没一会儿，另一个服务生端着盘子走过来，给陈绯和肖策上菜。他和吧台内的"三眼皮"一样，也是身材相貌中上的年轻小伙子。

陈绯兴致盎然，问他："你多大了？"

那人丝毫不意外被问到这样的私人问题，目光在陈绯和肖策脸上打转："十九岁，还在念大学。"说罢，从口袋里取出一张卡片递给陈绯，"这是我的名片。"

陈绯接过去瞄了一眼，没再多问，见他离开后才将注意力转回桌上。她把那服务生的名片推到肖策面前，闲扯道："现在都这么直来直去了啊。”

话音刚落，就听见一声脆响。陈绯讶异地看过去，只见肖策将手中的筷子往桌上一撂，整张脸阴沉沉的。

陈绯：“你干吗？”

肖策：“你是故意的。”

陈绯莫名其妙：“什么？”

肖策半口汤都没喝，起身就要穿衣服走人。

“站住！”陈绯一声轻喝，脸色也变了，她起身追到门口，拽住正在穿鞋的肖策，“少跟我甩脸子，把话说清楚再走。”

门口这会没有人，肖策沉着脸，声音纵是压得这么低，也难掩愤怒：“你故意带我来这种地方，想羞辱我是不是？”

陈绯皱眉，说：“不是。”

“那为什么偏偏是这里？”

肖策紧盯着陈绯，心开了个口子，不知从哪儿漏进冷风，冰凉一片。他还念着陈绯今晚难得温和，觉得心里发软，却原来是在这里等着他。

陈绯无从解释，被误解让她烦躁至极，她额角一跳一跳的，胃里空得直冒酸水。她半分不让，同他对视，说：“就算是我故意的，那又怎么样？刺痛肖博士脆弱的玻璃心了？肖策，你的过去是你的一部分，你永远也别想摆脱。”

肖策被她的语气和神情气得声音发颤：“你怎么才肯放过我？”

陈绯倨傲道：“慢慢等啊，等我烦了，我们就两清。你要是忍不了，最好在我之前把你那点破事昭告天下，不然难听话从我嘴里说出去，我怕你受不了。”

“陈绯！”肖策攥着拳头，恨恨地盯着她，“你这么做，未免太卑鄙了。”

陈绯面若寒霜，脸上仍挤出一个讥讽的笑：“肖策，我是什么人，你第一天知道吗？”

说完这句话，陈绯转头回去了。

陈绯还没走回座位，就听见身旁那几个女人在谈论自己和肖策。大概是没想到她还会回来，毫不顾忌地放声讨论。陈绯就站在她们身后半米之远，冷着脸听她们嘻嘻哈哈地八卦。吧台内的“三眼皮”看见了陈绯，却被她狠狠一个眼刀扎得大气不敢出，垂着头装模作样地整理台子上的酒器。

陈绯最先听清楚的声音来自最右边的“小妹”。

“你们怎么知道他们不是普通的客人？”

胖女人道：“这你就不懂了，你听到她刚刚问那上菜的弟弟多大年纪了吗？这口气，一听就是混场子的。”

“黄大衣”接过去道：“她胃口还真不小，都已经有了个伴还想着小服务生呢。”

胖女人：“这种女的我见多了，没看见吗？就那样的，骨子里透着骚。人家是想要一起玩呢，结果接了小服务生的名片，反倒把另一个气走了。”

“黄大衣”笑嘻嘻地说：“这没办法，男人过了二十五岁那肯定不如十八九岁的小伙子来得生猛啊。”

“你懂什么，年纪大了花样也多啊，晓得疼人，各有各的好。”

最后一句是胖女人说的，把“黄大衣”逗得前仰后合，拍着她肩膀说：“我璐姐阅人无数，有点东西啊——啊！”

话没说完，两人被陈绯一左一右同时揪住衣服后领，用力往后一扯。“黄大衣”重心不稳，先被她拽得跌下来。胖女人也难以维持平衡，陈绯手下猛地加力，她一个倒栽葱从凳子上仰面摔了下来。

陈绯：“脸上长了嘴，可真是把你们能死了。”

肖策穿好鞋子大步离开居酒屋，却没有走远。路边有开放式小区的健身器材，肖策坐在单杠旁的“老人乐”摇摆椅上，双肘撑着膝盖，脸埋在手心里。

他有点后悔自己刚才那么冲动。

陈绯这个人，从前就不喜欢背地里给人找不自在，她就算是真的讨厌、憎恶一个人，不管要打要骂，也只会直接杀到他面前，而不会含沙射影，用这样恶心人的方式。

更何况，以陈绯现在的身体状况，也实在是没必要花时间做这种事。

今天的事，肖策完全是一时情急，他看见陈绯格外熟练地问起那个小服务生的年纪，接过他的名片，心里就莫名拱起火。现在教屋外头的冷风一吹，他平静下来，马上就意识到不对。有这么个情绪做铺垫后，肖策很快就想到陈绯刚才回答自己的那句“不是”。

肖策用手指抠着头皮，长长地呼出一口气。

这个时候，口袋里的手机振了一下，肖策立刻掏出来打开。

可惜不是陈绯。肖策自嘲地笑了笑——当然不可能是她，就算是被误会，以她的性子，也懒得和人啰唆解释。

是宋银川发来的微信消息，连续弹过来好几条。

银小川：策哥，我这边事情才结束，刚到家。你等会儿啊我倒杯水慢慢跟你说。

银小川：说到积劳成疾，绯姐纯粹是太拼了。刚来那会儿，我们谁都不认识，找不到靠谱的合伙人。加上绯姐让我去上夜校，更没人帮她。工作室是绯姐一个人做起来的。

银小川：绯姐招人喜欢，跳得又好。学生很快就多起来了，那段时间她忙得顾不上吃饭。早饭全看心情，中午也就随便扒几口，累到晚上更是什么都吃不下，吃了也吐。后来就有了胃病，其实算起来，喝酒都不是主因。

银小川：最早是四年前冬天，天也这么冷。她下班以后跟两个学生在大排档吃烧烤，喝了两瓶啤酒，就胃出血送医院去了。但她没太在意，挂了几天水出院以后还是跟原来一样。

宋银川所描述的那个陈绯，除了一意孤行和任性之外，其他的和他记忆中都不太一样。肖策很难说清楚自己看完这些的心情，在暗夜里，他对着屏幕半晌，才回了宋银川一句。

肖策：她很缺钱吗，为什么这么拼？

在肖策印象中，陈秋娥给她留下了不少的遗产，虽说在H市这点钱买套房也够呛，但足够她滋润地生活了。如果再加上她变卖了今宵茶楼和她住的房子，按照S城当时的房价，少说也有一百来万，前期不至于这么施展不开。

银小川：我也问过她这问题。绯姐说她一个人做成本低，口碑有保障，也能快一点把工作室做起来，而且她喜欢就不觉得累。

肖策蹙眉，随即想明白过来：按照陈绯的脾气，让她去寻找或是等待一个谈得来的合伙人，确实不如自己单干来得更实际。

银小川：我以前觉得她对楼里的事情不怎么上心，老是跑出去跟轩轩他们跳舞，可能就是不愿意管事，好玩。没想到绯姐真心喜欢跳舞，她对尘嚣特别看重。

确实，不只是他，在所有人的眼中，从前的陈绯还是和“游手好闲”“玩世不恭”这样的词比较搭。

银小川：策哥，绯姐选择来H市开工作室，肯定是为了你。这几年她没找男朋友，虽然忙是一部分原因，但她心里是想着你的。你可千万不能辜负她对你的一片好意。

肖策心头一颤，盯了一会儿，又哑然失笑。宋银川的话确实让他感到意外——陈绯这些年竟然没有找男朋友。

可他不至于自恋到把原因肖想为陈绯在等自己。外人会产生误解，因为不知道他们是如何相处的，也不知道陈绯根本就是出于报复，或者说，出于争强好胜之心，才会对他耿耿于怀。

肖策回复宋银川：除了胃病，她身体还有其他问题吗?

他始终介怀陈绯那句“我不可能怀孕”。最初听到的时候，肖策以为她是怕意外怀孕而持续服用短效避孕药，或是直接去做了避孕手术。可如果按照宋银川所说，陈绯几年都没有找男朋友，这逻辑就站不住脚。所以才有此一问。

这一次，宋银川始终没有给他答复。肖策等了五分钟，等来了宋银川的电话。

“策哥！出事了，绯姐跟人干架了！”

三分钟前，宋银川接到陈绯的电话，她说自己在一家日料店跟人起了纠纷，估计一会儿要去派出所，让宋银川拿点现金过来。随后，将定位发给了他。

宋银川不知道肖策和陈绯刚才在一起，结束和陈绯的通话后，他当然没心思再回复微信，一边着急忙慌地穿外套，一边联系了肖策。

肖策跟宋银川简单说明情况，让他别急着出门，自己先去看看。

挂了电话后，肖策立刻站起身，可他在黑暗中看了太久发光的屏幕，眼前一晕，差点摔个狗吃屎。好容易缓过来，拔腿直奔居酒屋去了。

刚推开门，就听见一阵哭喊咒骂从里面传来。肖策来不及脱鞋，快步走进去。

一打眼先看见陈绯，正背对自己，坐在靠门的桌子旁边吃面，三眼皮和刚刚递了名片给她的大学生传菜员都站在她身边。陈绯既不是咆哮方，又看上去气定神闲，想来没受欺负。

肖策松了口气，这才把目光移开。

女人的战斗力是难以预估的，肖策目瞪口呆地看着一室狼藉，不知做何感想。桌翻椅倒，数不清的碎玻璃片、瓷片散落在榻榻米上，食物残渣、汤汁酒水扬得到处都是。吧台是主要战场，更是面目全非。

好在斗殴双方都被工作人员分开至战场两侧了。肖策看到“黄大衣”三姐妹和另一个工作人员站在陈绯对面，中间隔着好一段距离。屋顶吊灯不知被谁碰到，晃晃荡荡地摆动着，将光线来回投射在两方人脸上。

“黄大衣”披头散发，委委屈屈地捂着后脑缩在胖女人身侧，后者气得浑身横肉发颤，指着陈绯破口大骂，说让她等着，总有一天要找人来弄她。“小妹”拉着胖女人的胳膊低声劝解，脸上写满了不想惹麻烦。

客人走了小半，剩下的都在围观看热闹。

肖策一进来，正对着那三姐妹，那几人马上就看到了肖策，皆是一愣。女人们叽叽喳喳的声音一下停住，埋头吃面的陈绯反倒诧异地抬起头，顺着几人的目光回过头来。

她怎么也没想到肖策会去而复返。男人嘴角冻得发紫，鼻翼收缩，垂着眼凝视着自己。灯光晃过去，有那么片刻，照在他脸上，陈绯看见他深色瞳仁里一闪而过的光泽，像遗烬里迸出的火星。

鲜香的酱牛肉混着骨汤，嚼在嘴里，汁水溢出，顺着食道滑入胃中。陈绯在某个瞬间想起从前和宋银川合租时看过的一部电影。高分外国片，中文译名叫《这个杀手不太冷》。

电影里，小女孩说：“里昂，我想我恐怕是爱上你了，这可是我的初恋知道吗？”

里昂问她：“如果你没有爱过，你怎么知道你恋爱了？”

“我感觉到了。”

“在哪儿？”

小女孩将手放在自己的肚子上，回答他——

“在我胃里。”

陈绯原本被那群女人气得胃痛，半碗面条下肚也不见好转，可她一转头看见肖策，竟然觉得通体舒畅——这个时候，她突然能理解那几句从前听来不着边的电影台词了。

陈绯几乎立刻忘记了肖策方才对自己的误解，她愉悦地笑，说：“舍不得走？”

肖策看清陈绯的脸，眉心耸起。她并不像他想的那般安然无恙，陈绯颊侧有明显的血痕，像是指甲划出来的，长长几条，一直延伸到衣领里。可她面色平静，好像一点也不觉得这有什么。

在肖策印象里，陈绯从来不觉得委屈。不管最初挑事的人是不是她，不论最后输赢如何，哪怕遭遇不堪地对待，她都没有流露出过类似于抱怨这样的情绪。

可蛮横的、刻薄的、寸步不让的陈绯，其实也没有办法让自己在所有纠纷里赢得漂亮体面且全身而退。

谁都没有办法。

肖策的喉结上下滚动，低声问她：“怎么回事？”

“没什么。”陈绯好像并不把这档子事放在心上，她有更感兴趣的问题，“肖策，你是不是一直在这附近？”

肖策不想承认，承认在附近徘徊会让自己丢了脸面，可他迎着陈绯的目光，喉头发紧，最后回答她：“嗯。”

陈绯眼中笑意更深，好像全然忘却自己身在何地，她那架势，似乎有很长一段话想说：“你知道吗，如果……”

话才起了个头，店门又被人推开了，两个穿制服的民警从外头走进来。

“谁报的警？”

陈绯被人打断，恍然醒悟似的，收起刚才那副神情，也不再和肖策往下说了。她一下子站起来，眉峰高扬，冲来人道：“喏，那几个。”

在胖女人气急败坏的描述里，肖策搞明白了事情始末。先动手的人是陈绯，就算那几人背地里八卦在先，后来也还了手，这起斗殴事件主要责任人还是在陈绯。

民警建议她们和解，按一定比例，照价赔偿店内损失。

“斗殴事件责任人确实是我，我愿意出钱给她们去医院验伤治疗。”陈绯没有异议，言辞恳切得像个遵纪守法的好公民，“不过我从不毁坏公共财产和私人财物，店内有监控，调出来一看就知道，桌椅板凳碗筷杯碟都是她们砸的。冤有头债有主，我只对嘴贱的人动手。所以店内损失的赔偿，我想你们还是应该和那几位再商量商量。”

“你说谁嘴贱呢！臭婊子你给我等着，我弄不死你！”

胖女人火冒三丈，顶着警察的严肃目光也没减音量。

放狠话谁不会，陈绯理都不理，反倒给了民警们一个我拿疯狗没办法的表情，说：“我愿意配合你们工作，必要的话，也可以承担部分赔偿，不过凡事都要讲证据，对吧？”

从进门到现在一直拧着眉头的高个子民警赵进这时开口了，却不是对着陈绯，他面向“三眼皮”，问：“你们老板呢？”

“三眼皮”说：“老板在过来的路上了。”

赵进：“其他负责人呢？店长也没有吗？”

陈绯心里好笑，暗道警察肯定不晓得这家店背地里干的是什么勾当。

“三眼皮”摇头，说：“店里的一切都是老板在打理。”顿了顿，又说，“不过监控视频我也能调得到。”

这话一说，他心里偏向谁是个人都能看得出来了。胖女人怨毒地看了一眼“三眼皮”，还想骂，被赵进警告地瞥了一眼，胸脯上下起伏几番，还是闭了嘴。

负责人没来，赵进和他带来的辅警都不能走。不过在赵进眼里，这不是什么大事，如果能当场和解，简单做个出警记录，都不用带回派出所。

等待老板的间隙，监控录像大家伙围着看完了。肖策猜得不错，陈绯还和当年一样，最烦别人背后鼓捣，她动手就是为了出气，不至于把店砸了。而后恼羞成怒、狂砸东西要跟陈绯撕扯的，都是那个胖女人。

赵进语气严肃："你叫陈绯对吗？"

陈绯笑嘻嘻的："对对，我是。"

赵进："你先动的手，她们两个有什么损伤，责任在你。"

陈绯"态度良好"，马上道："我刚刚说了呀，我愿意出医药费的。"

赵进各打三十大板，又对另一方道："监控里明明白白，损坏店内财产的只有你们，所以因此产生的费用需要你们来承担。"

胖女人哼了声："没问题。"

赵进点头："好的，既然都没有问题，现在只剩两件事。一是你们之间商量出一个赔偿方案。二是等老板过来，确认损失金额进行赔付。"

胖女人这时候道："我不需要那点钱，我要她跟我道歉。现在就道歉！"

这要求似乎很合理，赵进以询问的目光看向陈绯。

陈绯面对那女人的神情完全不似对着赵进那么和善，她脸一沉，说："让我给你道歉，不怕折寿吗？"

"黄大衣"听不得陈绯这张狂的口气，怒道："赵警官，你听听她这话！哪有半点要和解的样子！"

肖策知道陈绯的脾气，让她低头的可能性几乎为零。他拽了拽陈绯的胳膊，上前道："要道歉……"

陈绯柳眉倒竖，怕他说出什么要替自己道歉的话，先一步厉声道："肖策！你敢！"

肖策力道更大，握住了陈绯的手臂，将她往身后带，示意她不要阻止自己，语速更快道：“要道歉也应该按逻辑顺序来。”

真有意思，还逻辑顺序，“黄大衣”冷笑：“你说什么都没用，是她先动的手。赵警官在这儿，你还能把黑的说成白的吗？”

肖策并不跟女人们纠缠，他对赵进说：“很简单，整件事不过三个阶段，言语攻击在前，动手打人在中，最后才轮到对店内财物的破坏。如果拆分成两个事件来处理，一是因为她们出言不逊导致陈绯动手；二是因为陈绯动手导致她们打砸店内设施。我说的没有问题吧？”

赵进不知道他葫芦里卖什么药，嗯了声，又说：“你们双方各退一步，这不就解决了吗，人家没让你们赔医药费，道个歉就那么难？”

肖策：“不，我们不推卸责任。我认为陈绯应该既道歉，又赔付医药费。”

听他这么说，众人皆是一愣。

事出反常必有妖，陈绯反倒不挣了，目光落在肖策脸上。

肖策松开手，说：“刚刚我们商量讨论的都是第二个事件，按照时间顺序，陈绯应先为自己的鲁莽向这两位支付医药费，然后她们再向老板进行赔偿。都没有异议吧？”

见在场的人没有出言反驳的，肖策这才往下说：“那么现在回到第一个事件。同样按照时间顺序，只要两位为自己的出言不逊向陈绯道歉，那么陈绯就会为自己的出格举动向她们道歉，对不对？”

“黄大衣”和胖女人都是一蒙，似乎都有话说，可张了张口，不知道该从哪里反对。

肖策总结道：“综合以上，陈绯需要道歉和赔付医药费。当然，按照逻辑顺序，你们应该先向她道歉。”

赵进听明白了，大伙都听明白了。肖策这话其实就是在说，让陈绯道歉可以，“黄大衣”和胖女人必须先道歉。

可他如果只出直拳，这么直白地说了，那些女人恐怕一个个能吵到天上去。所以肖策故意绕着弯，一副摆事实盘逻辑的口气，让人一时半刻无法接茬反击，纵然有满肚子胡搅蛮缠的话，也不可能当着赵警官的面说。

陈绯嘴角一翘，又立刻忍下了大笑，她上前一步，一本正经道："说得对，我也觉得道歉和赔钱都不能省。这样，你跟我说声再也不嘴贱了，我就跟你道歉。"

胖女人气得直发抖，大声说："你想得美！"

陈绯顺势对赵进道："你看到了，她不愿意，我自然也不愿意。那就别扯什么道歉，我们真金白银付钱好了。"

女人之间的矛盾最难化解，不，是无法化解！能用钱解决的事情千万别奢望用嘴皮子解决，赵进一个头两个大，说："行行，那就这样吧。"

陈绯说："两位大姐，我现在就带你们体检怎么样？要不我再做点好事，给你们包个全套的，查查看有没有高血压高血脂之类的其他问题，早点查出来你也好早点治疗。"

她这话纯属是激怒那胖女人，赵进眼看后者就要扑上来扇陈绯耳光，先一步将陈绯往肖策怀里一推，跨步拦在两人之间，大声道："行了！都少说两句！"

陈绯被搡开，撞在肖策胸口，她抬头看向肖策，不仅不恼，眼角眉梢反而都是得胜的喜悦。

好像从燕盛楼那次开始，只要肖策来了，她就能赢。

不，还要更早，早在他们第一次见面，肖策就是助她全身而退的那个天降福星。

居酒屋的纠纷以店老板的出现迎来终结。

老板名叫王子芳，四十岁左右，个矮，中分盘发，人长着一张笑脸，涂着浓丽的玫红色唇膏。陈绯听见胖女人管她叫芳姐。

芳姐一来，店内的员工包括“黄大衣”她们三人都自发地围了过去，她先让三眼皮去给两位民警倒水，又细细询问了事情的前因后果，之后笑眯眯地给赵进和他身边的辅警递烟，又给陈绯和肖策挨个递了名片。

“好大的事哦，真是辛苦你们多跑这趟了。这样好了，和事佬我来当，大家都消消火气吃杯茶水呀。”

有能说得上话的人从中调停，正合赵进心意。听芳姐的意思是不需要胖女人她们赔偿，这件事就变得更简单了。

赵进对茶水没有兴趣，看着陈绯给“黄大衣”她们转了“双人体检费”后，又让双方在一张出警记录上签了字，简单劝诫了几句，随后带着全程打酱油的辅警离开了。

陈绯紧随其后，和肖策走出居酒屋。

出了门，看见赵进和他身边的辅警都站在路边，两人面前停着一辆警车。赵进指间夹了根燃着的烟，并不急着走似的。

看到陈绯和肖策出来，赵进似笑非笑，说：“怪有本事嘛，没见几个人能搞得过冯璐。”

这人结束工作，没了刚才在店内的严肃劲，要不是这身制服在身，就跟个爱八卦的油腻老烟枪似的。两副面孔切换得如此自然，陈绯不由得多看了赵进一眼，觉得他还有话要说。

果然，赵进对身边辅警低语两句后，那小警察就开车先走了。赵进往肖策跟前凑了一步，咧嘴笑道：“赵进，重新认识一下。两位在哪里高就？”

肖策冲赵进点一点头：“肖策，在Z大实验室工作。”

陈绯也自报家门：“陈绯，舞蹈老师。”

赵进的目光从陈绯和肖策脸上一扫而过，摆手做了个请这边走的动作："能聊聊吗？"

陈绯和肖策对视一眼，双双默许，两人与赵进一同沿街道慢步。

赵进先道："最近小心点，别到这一带来瞎逛了。那几个都不是省油的灯，下回要是动起手来，恐怕你们两个讨不到好。"

陈绯对赵进的提醒表示理解："我明白。这一片也不是我们的活动区，大家桥归桥路归路，犯不着。"

赵进把快燃到烟嘴的香烟在路边垃圾桶上按灭，随手丢进去，看似漫不经心地问："不是活动区？那怎么会找到这地方来吃饭？"

陈绯："我的学生们推荐的，之前点过外卖，味道不错。"

这话听着是答赵进，其实是冲着肖策说的，意在回答他为什么今晚要带他来这里吃饭。陈绯说完，明显感到赵进和肖策都顿了下。他们又往前走了好一段路，也没人开口。

最后是走在两人中间的肖策打破沉默："赵警官有话就直说吧。很晚了，绯绯明天还有课。"

赵进想了想，问道："不觉得店里有什么奇怪吗？"

陈绯心里有了点底，大概明白赵进的意图了，她抢在肖策说话之前道："没觉得啊。"

肖策听出来陈绯在装傻，他没出声。

赵进显然也不是好糊弄的："服务员给你递名片也没觉得奇怪？"

调监控的时候，"三眼皮"没掌握好准确时间，往前翻了一段，赵进一定是看到了。

陈绯将装傻进行到底，一副神经大条的模样，说："还好吧，我们工作室老师也给学员发名片，宣传嘛，能理解。"

赵进不再问陈绯了，他看向肖策："你呢？"

陈绯皱眉，心想这个赵进真是没眼力见，话都说到这个地步了，明摆着不愿意牵扯上乱七八糟的事，想快点结束对话，怎么还追问个没完了。

肖策的脚步顿住，定定地看着赵进的眼睛，说：“赵警官，别打哑谜了，你不如直接一点，说说看你想从我这里知道什么。”

陈绯和赵进也都停了下来。因肖策侧身面向赵进，他几乎完全挡住了赵进，陈绯看不见他们的表情，也懒得关心。

就算发现这家店背后做着那种生意，陈绯也就是旁观个热闹，在肖策跟前过个嘴瘾罢了，她半点是非都不想招惹。陈绯在心里猜测，赵进或许会主动告诉他们这家店的一些内幕来交换他想要的信息。

可是，为什么要选择他们呢？

陈绯心想：总不可能是看出自己也做过这一行吧？

念头一闪而过，就被她否决了，她可不相信能有人眼毒到这个地步。除非赵进在此之前调查过她——那就更不可能了，他是神仙吗，能算出来自己和肖策今天恰好会来这里，还会和店内客人发生争执？

难不成，他也觉得肖策是这儿的少爷，又跟店里闹翻了，指望从肖策嘴里套出什么话来？

陈绯胡思乱想之际，完全没有注意到视线死角里的赵进飞快地给肖策递了张字条，后者神情一怔，接过来之后，不动声色地将那指头大小的薄纸片捏进了手心里。

“也没什么！”赵进的声音传来，音量比方才抬高一度，“既然你们都不觉得奇怪，那我也没什么好问的了。哈哈哈，耽误你们小两口时间了，抱歉抱歉！”

这和陈绯所想大相径庭，她诧异地探头去看赵进，后者举起右手在额前挥了挥，表示不好意思。他满面堆笑，说：“以后有什么我能帮得上忙的，可以来派出所找我！”

这人有毛病吧？陈绯被赵进突如其来的热情整得莫名其妙，说：“谢了，但是再也别见吧。”说完，扯了扯肖策的胳膊，“走了。”

两人打车回肖策那里。路上，针对赵进的诡异行径，陈绯发表看法：“听说他们每年都有扫黄打非的指标，是不是快到年尾了在冲业绩？他难道是想搜集证据，把这家店给一锅端掉？”

肖策：“不清楚。”

陈绯偏头，见他心事重重的样子，不禁道：“怎么一脸不高兴，你还在气我把你带来吃饭？”

肖策回望陈绯，说：“是我误会了。对不起。”

陈绯摆摆手：“算了，我像是那种斤斤计较的人吗？”

肖策发现自打他重回居酒屋后，陈绯的心情就变得异常愉悦，他没想出个所以然来，心思回到之前的问题上去了。

“今晚去我那吧。”

“好啊。”

果然，心情好的时候，陈绯也变得好说话许多。

到了肖策那里，陈绯快速洗过澡后爬上床，就着肖策倒的热水吃了药。陈绯精神尚好，看到肖策蹲在电脑桌前拉开抽屉翻找，问他：“找什么呢？”

肖策从里头摸出个红色塑料瓶和一包医用棉签，说：“双氧水。”

她脸上有破皮的伤口，需要简单清创。肖策坐在床边，用棉签蘸了过氧化氢溶液，一点点濡湿她颊边的血痕。刺痛感明显，陈绯不自在地皱眉，一边拿手机自拍镜头当镜子照，一边说：“疯女人……会留疤吗？”

肖策：“不会，你不是疤痕体质。”

陈绯：“也对，刀子拉过去都恢复得这么好，估计三天就看不出来了。”

肖策的动作停顿了下，不自主地瞟去陈绯的左臂——在她左手手肘往上一拃距离的大臂外侧，有一道极淡的肉粉色疤痕，长约五厘米。疤痕细长，边缘光滑平整，并没有明显的凸起。如果是第一次看到，可能谁也不会相信当初这是道深可见骨的伤口。

这刀，是为他挨的。

他陪陈绯去燕盛楼那回，算是狠狠得罪了曹三。肖策不清楚曹三的为人，以为那件事已经告一段落，后来才知道他憋着劲，一直想扳回一城。

肖策进入茶楼那一年的圣诞节，陈绯突发奇想，早早闭店，带领大家去市里过洋节。先吃饭喝酒，再转场去KTV。

那年头，KTV在S城这种小地方还算是个新奇的娱乐消遣场所，肖策从来没去过，茶楼里的大家伙们，除了一直走在时尚前端的轩轩以外，大多也都只知道卡拉OK。

肖策那天有晚课，提前跟陈绯请了假，说自己不去了。

陈绯就回了一句话："团体活动，迟到可以，不来扣钱。"

肖策没办法，下课后，急急忙忙地跑去花雨巷，赶末班车去了市里。

市里的KTV，能叫上名的就那么两家，其中一家还是曹三妈妈谢娟开的。陈绯他们好死不死碰上曹三一行人，也不算偶然。曹三和陈绯带的人都不少，还都带着酒气，难免发生口角，双方都窝着满肚子火气。

宋银川劝了半天，说我们去另一家就好，陈绯才没和他们正面冲突。可事先定好的包厢号已经告知肖策，他没有手机，不知道计划改变，一无所知地去了那家KTV。

肖策抵达后没见到陈绯，在前台借电话给陈绯去电时，遇见了刚从陈绯他们那受了满肚子气的曹三一行人。电话通了，肖策顶着曹三打量的目光，问陈绯："你们是不是换地方了？"

陈绯："对，你……"

话没听完，听筒被曹三拎过去，他皮笑肉不笑，一边用目光上上下下地顺着肖策，一边说："我是真瞧不起你，占着茅坑不拉屎。一前途大好的小伙子，砸你手里，搞得跟吃低保的贫困户一样。”

他说完这话，吧嗒一声扣上电话，指了指自己身后那一帮小弟，又用指头戳着肖策洗得发白的外套，问：“跟我混有什么不好？我可比陈绯惜才。”顿了顿，又笑得很猥琐，“你要是纯喜欢伺候女的，来我这儿，一样能满足你。”

肖策任他挖苦，不愿引战，到底也没给回应，最后曹三兴致缺缺，让他滚。肖策为免再生事端，打算去楼下找电话亭给陈绯打电话，便乘电梯下去了。

那会儿他不知道的是，他刚好和坐另一部电梯上来找自己的陈绯和宋银川错身而过。

而在他顺着马路找电话亭的那段时间里，陈绯和曹三的人起了争执。陈绯没见到肖策，认定曹三扣住了他，曹三看她急眼，语带讥讽，有意不解释。

陈绯喝多了酒，语气暴躁无两，双方一来一回没说几句话，更加浓重的火药味就弥漫开去了。曹三从前被宋银川打伤过，此刻睹人思仇，旧怨新恨齐齐涌上，加上在自己的地盘，胆子也大起来，话赶话的，依着脾气动起手来。

本来只想给陈绯他们个教训，可混乱中，有人酒醉，急红了眼。

弹簧刀是曹三一个小弟带的，眼看着要往宋银川眼睛上扎，被陈绯抬胳膊护住了。出了血，曹三自己也蒙得很，还有点后怕——万一真的扎到眼睛，落个伤残甚至人命，闹到警察局，谢娟估计要拆了自己。

曹三一脚踹在那小弟身上，吼他的声音都有点哆嗦：“想死啊！”这才转向陈绯，说了实话，“我扣人干什么！他在你来之前就下去了！”

那晚，肖策终于找到一家没关门的报亭打电话给陈绯，却是宋银川接的，说他们在医院。肖策赶到的时候，陈绯还在缝针，今宵茶楼一窝人闹闹哄哄地挤在走廊里，看到肖策，娇最先发难。

“什么年代了还不配手机？搞个小灵通能花你多少钱？你知不知道绯姐一听你在曹三那，急吼吼地带着小川儿就去要人，结果让人给砍了！”

这个“砍”字，让肖策当场宕机，脑子里一瞬间出现了无数血腥画面，断肢残臂横飞。还好宋银川实在，鼻青脸肿的，把肖策拉到一边，对他说了晚上发生的事。

肖策给陈绯涂完药水，把双氧水和棉签收回去，默不作声地去浴室洗澡了。

陈绯靠在床头玩手机，看到跨年晚会排练群里的通知，说是上面临时调整，有两三个节目会发生变动，具体情况下周一会公告给大家。

节目变动对陈绯她们影响不算太大，对舞蹈演员们来说就大不相同了——谁都不愿意辛辛苦苦排练的节目被刷。

不出所料，陈绯很快就看见没有台内工作人员的排练小群里，妹子们刷屏讨论起来。担心自己的节目被删之余，都在八卦节目单调整内幕。

“听说有个领导要给往里面插一个独舞，这关系真硬。”

“我也听说了，我听到的那个版本是直接换掉原来的节目，因为时长超了。”

“要是换了我们这个，我真要爆炸了。哪里下凡的扫把星啊，领导小老婆？”

“小道消息……不知道靠不靠谱，好像是个男的。”

“你一说这个我可不困了啊，哪个领导？”

陈绯看得起劲，肖策上床也没注意。直到男人的手顺着她上衣下摆摸进来，温热的掌心贴着她的小腹，陈绯才放下手机。垂眼瞧过去，肖策半湿的黑发之下，沉静的双眼也正看向自己。

热水澡洗过，他的脸庞干净清爽，嘴唇格外红润，水汽里浸过，眸光似乎都比平日更柔和。

真难得，三十岁的男人，却总在某些时刻保留着别扭又坦荡的少年气。

陈绯往下滑了半截，枕着枕头侧身注视肖策，又支起身子，笑盈盈地凑近了，捏着发梢搔他的耳根。不意外的，陈绯看见肖策的耳郭慢慢红透——纯生理反应，却给人有趣的遐想。

“阿策。”陈绯说，“取暖器开了吗？”

“开了。”

陈绯掀了被子，欺身而上，跨坐在肖策的腰胯处。

“那做吧。”

纵欲的后果是第二天陈绯生物钟罢工，被肖策叫醒时已经时间紧迫了。她着急忙慌地跳下床，想冲肖策发火，转头看见男人坐在床上困顿地揉着太阳穴，脸皱成一团，眼睛半睁，头发蓬松，大发财树一样四面翘着。陈绯到嘴边的话又吞了回去，挠了挠头，说：“你再睡会儿。”

肖策抬手用力拍了拍脸颊，翻身下去，说：“今天要去实验室。你几点下班？”

陈绯说了个时间，在门口换鞋，听见厨房传来倒水的声音。很快，肖策探头出来，把昨天的保温杯递给陈绯：“记得吃药。”

陈绯嗯了声，捞过杯子夹在腋下，准备推门出去的时候，脚步一顿，回头说：“今天去我那吃晚饭。”

肖策喉头微动：“好。”

陈绯离开了，肖策站在洗手池前，掬起冷水洗脸。旧楼里没有加装热水管道，水流打在手上，里头似乎掺着颗粒状的冰沙。

或许温度高过体表，人会迷失自己，譬如昨夜。可温度降下来，人会变得清醒，比如现在。

肖策抓过毛巾，匆匆擦干脸上的水渍，走到卧室里去。他拎起椅背上搭着的黑色外套，从口袋里摸出一张小纸片。肖策认出，这是赵进从昨天他们填写的出警记录表一角撕下来的。上面写着赵进的联系方式。

他垂眸看了片刻，拿起手机输进数字，拨通了赵进的电话。

第六章

选择

12月，肖策所在的实验室负责的两个项目同时进入收尾阶段。机器每天无休地跑着数据，专利、论文、程序代码、研究报告等任务压在头顶，项目申请书中交付截止日期的最后几天，连韩越都回实验室加班了，甚至有几个学弟拖了睡袋过来。

陈绯那边的节奏也在节目单确认修改后陡然加快，好在她调了娇去帮她，倒不至于像往年那样累得濒死。

数周以来，陈绯和肖策只偶尔通话，连一起吃个饭的时间都没有。肖策每天凌晨才到家，陈绯也没提过去他那里。就连宋银川都忙得二一添作五，天天在自己的服装工作室和工厂之间来回奔波。

距离项目交付还有四天，早上八点，肖策提前来上班，看到几只硕大的人形蛹排在闲置实验室的墙边，场面甚是惊悚。电脑桌前还有几个以外套蒙头，和衣而睡的同事。

屋里通宵开着空调，气味怪难闻的，肖策走去窗边，给窗户开了条缝。又把手里拎着的六人份早餐放在桌边，从里面分出一只塑料袋，提溜着下楼去了。

这份早餐是给周政的，他们项目组在楼下人机交互技术研究室。

路过楼梯口，迎面碰上打着哈欠从研究室里走出来准备去洗手间洗漱的夏洋洋。夏洋洋原本张着嘴巴，几乎在看见肖策的同一时刻就伸手捂住了嘴，见了鬼一样往后连连退步。

“肖……学长，早上好。”

肖策对她点点头，想到什么，把手里的早餐递过去：“周政给你带的。”

夏洋洋此刻不修边幅，怪不好意思地垂头，试图用额前刘海挡住脸，快速伸手接过他拿来的塑料袋，声音又软又细：“你们不忙吗？”

大伙都加了半个多月班了，她这个问题实在很愚蠢，夏洋洋问完之后就想当场勒死自己。

好在肖策没嘲笑她，说：“忙。”

夏洋洋低低地哦了声：“那你还有时间每天回去吗？”

肖策：“有。”

好尴尬的对话……夏洋洋脸上一阵发烫，沮丧得头也不敢抬，她想和肖策多待一会儿，又实在找不到可以聊的话题。憋得手心发汗，才灵光一闪，说：“那天不好意思啊，我喝多了，是我闺密们乱来。”

那天肖策没去接她，反倒让周政去了。朋友们都劝她死了这条心，可夏洋洋心存侥幸，她知道自己在实验室是最受师兄们喜欢的，也清楚自己各方面条件都很优秀——肖策没道理当自己是空气。或许，肖策是知道周政对她有意思所以主动让步，是为了朋友。

没到黄河边，夏洋洋并不死心。

肖策听夏洋洋这么说，礼貌道：“没事。”

“但是肖策……”夏洋洋抬手揉了揉鼻尖，鼓足勇气，扬头看他的眼睛，“以后如果是这样的情况，可不可以不要把我托付给周政？我不喜欢一个人，就不想让他误会，不想和他有一点暧昧，你明白吗？”

说完这句话，她的脸已经红得没法见人了，夏洋洋不等肖策给出回应，转头小跑回了研究室里。肖策在原地站了几秒，回身上楼去了。

比起和人交际，与机器打交道显然让他轻松得多——至少给出正确指令以后会马上得到反馈。肖策总觉得夏洋洋这里出了问题，他应该想个对策，但现在不是个好时机——手头优先级更高的事情太多，夏洋洋的事完全可以放在一边。

是以，再坐回电脑前，肖策的大脑就跟自动刷新了似的，把早上的小插曲忘得一干二净。

工作到晚间，徐知涵下课后拎着两大袋子水果推开了研究室的门。

“唐剑，肖策。”徐知涵进门就喊他们的名字，说，“来接一下。”

徐教授进来，伏案工作的大伙都扬起头打招呼，随后，没被点到名字的，又低头工作去了。肖策和同组的师兄唐剑大步走到门口，一人从她手里接过一个水果袋子。

徐知涵：“唐剑，你给大家分一下这袋。”随后转向肖策，“这袋拿去305给曹老师他们组。”

徐知涵年过四十，即便从事着这么熬人的工作，也比同龄人保养得当，不管是不是出现在正式场合，总是穿着得体的套装，口红颜色与服饰相得益彰，头发每一个卷的弧度都不出错。肖策刚进校的时候，就听师兄们调侃，说哪里有职业套装哪里就有徐教授。

肖策点头，正要走，被唐剑拦住了：“我去吧，回来刚好去趟洗手间。”

说着，跟肖策交换了手里的袋子，拍拍他的肩膀，代他出门了。

徐知涵见唐剑主动跑腿，不免惊讶，笑道："这懒鬼，什么时候也变勤快了。"

肖策也不清楚，低着头给同组的师弟们分发水果，没有回应徐知涵的问题。

研二在读的邹宇骐分到一捧砂糖橘，一边剥皮一边乐滋滋地开口："去看洋洋姐的吧。"

虽然不是自己的弟子，徐知涵也对夏洋洋这个姑娘有所耳闻，她和善地笑笑，走到邹宇骐身边，看他的研究报告完成情况，一边说："305那几个还能让唐剑占到便宜？"

徐知涵为人随和，身为整栋实验楼唯一的女教授，和学生的关系也最为亲近。邹宇骐嘴上没个把门，说："您太小看我们407的魅力了，有剑哥和策哥在，305那一群狒狒，近水楼台都捞不着月。"

徐知涵这回是真情实感地大笑了，目光落在肖策身上："肖策很受欢迎啊？"

407谁不知道肖策是徐知涵的得意弟子，邹宇骐很有眼色地说："策哥这颜值放在全校都很能打，更何况是咱们系。"

徐知涵似乎对他的话很有兴趣，甚至追问："那怎么也没看到他交女朋友？"

这话听着是问邹宇骐，可当事人在场，谁都晓得是冲着肖策去的。邹宇骐不答了，笑眯眯地喊肖策："策哥，徐老师问你话呢。"

肖策派发完水果，袋子里还剩两个，他拣出来搁在自己桌上，把空塑料袋换进研究室内的垃圾桶里。听邹宇骐这么问，想到什么，平直的嘴角缓缓扬起。

他提着桶里原本的垃圾袋，说："我有女朋友了。"

这话一出，大伙都很诧异，连一直面朝屏幕竖着耳朵听八卦的其他师弟都忍不住抬了头，目光全部汇聚在肖策一个人身上。

肖策在众人的目光中，淡定地转出去丢了个垃圾。等到他回来，屋里的气氛就跟过年一样喜庆，邹宇骐满脸慈祥笑意，恨不能双手交握，对肖策说："策哥，我们决定去万达五楼那家新开的海鲜自助。"

计算机系脱单难，一人脱单，全组吃饭，这是个传统。肖策想了想，问徐知涵："徐老师去吗？去的话我们换个地方。"

他知道徐知涵海鲜过敏。徐知涵心里一暖，笑着摆摆手："你们吃，我就不凑那热闹了。省得你们拘束。"顿了顿，又问，"哪个院的？"

邹宇骐："经管的吧？还是文院？"

肖策："不是我们学校的。"

邹宇骐："奇了！策哥你整天大门不出二门不迈的，除了实验室就是家，哪来的时间认识外头小姑娘？策哥你也太深藏不露了吧！是不是有路子啊，有路子也不跟我们分享分享？！兄弟还做不做得成了！"

邹宇骐咋呼的时候，唐剑恰好推门而入，听到后半句，瞬间秒懂，无缝衔接上这个话题："行啊肖策，该不会是网恋奔现吧？"

肖策摇头："本科时就认识了。"

众人了悟，默认是肖策本科校友。邹宇骐捶胸顿足，喟叹不已："果然，下手要趁早啊！"

徐知涵在研究室转了一圈，解答了几个问题之后就离开了。她一走，原本还有点拘谨的小师弟就都站起来边伸懒腰边问肖策哪天聚餐了。

"项目交付日是22号，要不就23号一起吃个饭吧？"唐剑提议，"就不打扰你们单独过平安夜和圣诞节了。"

"她挺忙的。"肖策说，"我问问她，再定。"

大伙即便八卦几句，也都知道分寸，他说了再定，其他人也就没再深扒细问了。不过心里到底揣着点好奇，等到十二点多，肖策回家后，407和305那几个通宵加班的凑在一起吃夜宵时，话题难免又拐到他身上。

韩越和夏洋洋也在，听到邹宇骐说项目结束要去吃肖策的“脱单宴”时，两人同时抬起了头。

为了赶专利，夏洋洋连着熬了两天，黑眼圈存在感极强，她睁着大眼睛盯牢邹宇骐，声音都有点虚弱：“肖策有女朋友？”

邹宇骐：“对啊！我们也吓一跳。”

韩越心情复杂，一方面窃喜肖策有了女朋友，夏洋洋肯定会变得好追很多；一方面又有点说不清道不明的愤慨，他凭什么能交到女朋友，还不知是什么货色。

夏洋洋早上还觉得不死心，可短短一天时间，她就已经站在黄河边上了。她一下子低了头，握着一次性筷子佯装去夹打包盒里的辣炒蛤蜊，可怎么都夹不上来——连蛤蜊都跟她过不去！她鼻尖一阵酸楚，好容易才把眼泪憋了回去。

韩越问：“哪个系的？”

邹宇骐笑嘻嘻地嗦着一颗麻辣螺蛳，道：“徐老师也问了，结果不是我们学校的，好像是他本科同学。”

韩越有点意外：“徐教授也在？”说完这话，笑容里有点意味不明，“她没不高兴啊？”

唐剑不在的时候，韩越没少内涵肖策和徐知涵的关系，邹宇骐左耳进右耳出，陪谁都能聊一嘴，于是顺着韩越的话道：“没吧。不过徐老师不去聚餐。”

韩越意味深长地哼笑：“她怎么可能去跟你们吃饭。”

夏洋洋是第一次听到肖策和徐知涵的相关话题，一时间诧异大过伤心，不由得问：“肖策谈恋爱，徐老师为什么要不高兴啊？”

这问题正合韩越心意，他简单扼要地把自己当初对陈绯说过的话，又隐晦地和夏洋洋提了一提，眼看着这小丫头的脸色越来越难看，心情格外畅快，道："你听一听就好，学术圈乱得很，不要太入戏，不然该被带坏了。"

夏洋洋的嘴巴被蛤蜊辣得通红，更衬得一张脸白得吓人。她双目有片刻失焦，喃喃："这不是真的吧……"

韩越说："有的事情，不能全靠眼睛看，要靠脑子想。你们小姑娘就是想得太少，男人没你们以为的那么单纯。你就想想看，肖策长得不错吧？也挺多小女孩喜欢吧？他为什么不敢在我们学校找女朋友，非要回那个三本都够呛的学校找？还不是这里发生的所有事情，他女朋友都不可能知道吗。"

夏洋洋心里咯噔一下，已经分不清是难过更多还是失望更多了。

实验室的项目正式交付之前一天，肖策找时间给陈绯打了个电话，提出要请同组的师兄弟一起吃饭。

陈绯那会儿刚下班，和娇打车回去，顺路捎上的还有李潇和大喵。她误会了肖策的意思，以为他要报当初韩越的"炫耀之仇"。

陈绯坐在前座，笑得狡黠："以牙还牙哦？"

肖策听懂了她的言下之意，解释说："韩越不是我们组的，他不去。"

陈绯扬眉："是吗？那吃呗，什么时候？"

肖策说了个时间。

"23号？那天不行，明天开始，我们要去省台的演播厅实地彩排，有几个艺人一轮彩排没来，这几天才空出档期，我得盯着。"陈绯说着，回头问娇，"二轮彩排哪天结束？"

"我们这几组是25号下午结束。"娇低头看了看手机上的行程表，回答陈绯，"有饭局吗？如果是圣诞节那天，要早点订。"

陈绯把娇的话复述给肖策，说："你看着办。"

“好。”肖策回答她，又问，“明天几点结束？”

陈绯：“没谱，明天我那个组彩排，歌舞节目，歌手和舞蹈演员还是第一次碰。谁知道会磨到几点。”

肖策：“知道了。”

陈绯：“你这个‘知道了’，是来还是不来？”

肖策：“来。”

陈绯嘴角噙笑，说：“我要吃牛肉炒河粉。”

娇在陈绯说前几句话的时候，就已经从她的语气里判断出了电话那头的人是谁，他坐车后座，身子前倾，兴奋地捏着嗓子喊：“策哥！我要虾仁和韭黄肠粉，多一点小脆！”

陈绯左手往后一盖，把他推了回去。娇把嘴噘得老高，但现在顾不上跟陈绯扯皮，他加大音量道：“还要一份蜜汁叉烧！”

陈绯没好气，挂了电话，凶神恶煞地回头对娇道：“想吃自己点外卖。”

娇捂住胸口，伤心欲绝：“绯姐，你就晓得对我们凶！怎么这点钱都不舍得让策哥花？他娶老婆不用讨好娘家人的吗？”

你最好是娘家人。陈绯没搭理娇的哀号，后座的大喵却不淡定了，先偷眼看李潇的反应——脸色铁青，一言不发。又戳戳娇的胳膊肘，用唇语问他：“这是谁？”

这段时间相处下来，娇与大喵早就混得很熟，他挑起半边眉，用气声说：“老情人啊。”

陈绯：“皮痒了？”

娇嗷一声，瞪圆了眼睛：“你耳朵这么好的吗！”

陈绯这个态度显然不是否认，大喵心头发紧，有点同情身边低气压的李潇了。她思绪乱飞，心说怪不得最近李潇话越来越少，本来以为是为高强度工作所累，现在明白过来，心病才是症结所在——他应该早就知道了吧。

话也不好明说，大喵先到目的地，下车前拍了拍李潇的肩膀，算是给他的安慰。

第二天，陈绯和娇提前去了卫视大楼的1号演播厅彩排，副导演徐瑞也在，陈绯过去跟她聊了几句。

“歌手和舞蹈演员都来了吗？”陈绯问她，“今天还缺席，后面没办法排了。”

徐瑞这几天忙于调度，也是一脸的疲态，对陈绯说：“总算来了。催了半个月，都是祖宗。”

陈绯说：“歌手我不担心，我们原本也没给他设计太多动作，而且他昨天已经来演播厅走过一遍了。但是那……赵老师，他是主舞，如果和伴舞合不上的话，这台节目直接就崩了。”

这个节目最早的设计，就是单纯的歌手与伴舞团组合，根本就没有这位赵老师的存在，他是节目单临时调整之后才加进来的。

徐瑞给了她一个“我明白你的担忧”的眼神，两人已经合作好几年了，也都对台里这些操作心领神会，她说：“放心，我找人探过口风，他跟隔壁组塞进来的绣花枕头不一样。还是有点本事的。早几年在国外，拿了几个国际奖。”

“国际奖”这个东西，听上去唬人，其实真正含金量高的没多少，也不知道这位赵老师拿的是哪几个。陈绯面无表情，丝毫没被说服。

徐瑞又说：“前天赵老师不是让我把一轮彩排的视频发给他了吗，今早他给我发微信了，说他心里有数，今天一遍过。”

陈绯嘴角一抽：“行吧……拭目以待。”

跨年晚会的二轮彩排自下午两点整正式开始，陈绯让娇去找近景机位看舞台细节，自己还是站在上次的2号摄影机机位观察中景。机位在舞台前半侧正中，陈绯找了个凳子放在摄影老师旁边，站上去，以确保视野足够开阔。

陈绯参与编舞的三个节目都不靠前，尤其是有赵老师的那个歌舞节目，就排在零点跨年之后。算算时间，估计要到七点多才能彩排得上。

六点多，陈绯其他两个节目都顺利通过了彩排，可她还没有看见所谓的赵老师的身影。倒是娇，小跑过来，对她说肖策已经来了，就在休息室里。

娇喜滋滋的，说话都带着股叉烧味："别看啦，还有一个多小时才轮得上呢。先去吃点，别让家属干等啊。"

陈绯应了声，还是有点不放心，于是微微昂头，在窜来窜去的工作人员里搜寻徐瑞。

未果。

算了，皇帝不急太监急，就算最后那个赵老师搞砸这个节目，再把人撤下来就是，一点都不耽误。这么一想，陈绯彻底放松了，紧跟着，后知后觉地发现胃里空得发慌。她从凳子上跳下去，眼前突然出现一片黑影，好在娇及时搭了把手才不至于摔倒。

娇："你慢点！磕着没？"

陈绯摆了摆手："没事，有点低血糖。"

缓了几秒钟，陈绯渐渐视线清明，去休息室吃晚饭了。

休息室人不少，肖策坐在靠门的桌边，桌上满满当当都是外卖盒。大喵和萌萌也坐在旁边，正在掀餐盒盒盖，还时不时抬眼打量肖策。

"给我们五个都带了饭嘿。"娇在陈绯耳边说，"那话怎么说，士别三日当刮目相看。我真想不到，有朝一日，策哥能跟'大方'这个词扯上关系。"

说完，他故作深沉地叹气："穷才是原罪啊。"

陈绯笑笑，走过去坐下，从肖策面前拽过自己的牛肉炒河粉，又环顾一圈，问娇："李潇呢？"

娇耸耸肩："我喊他了啊，可能去厕所了吧。"

萌萌和大喵默默对视一眼，前者难耐好奇，笑眯眯地问陈绯："老板，不给我们介绍介绍这位帅哥？被投喂了总要感谢的嘛。"

陈绯吃饭很快，河粉炒得绵软，黏得喉咙不太舒服。她抬手想拿矿泉水，可还没找到明确的目标，肖策已经把保温杯推到了她面前。陈绯接过来喝了一大口，温水，凉得刚刚好。陈绯觉得舒服点了，才回答萌萌："我朋友，肖策。"

听见陈绯这么说，萌萌和大喵心里大致有数了，互相递了个眼神：追求者，一定是追求者！还没被绯姐接纳的那种。看来李潇还有戏。

饭吃到一半，萌萌陡然听见她负责的《追风者》前奏自演播厅响起，她一个激灵弹起："呀！都开始了！我得去……"

大喵无奈地看着萌萌飞奔离开："服了，就负责一个节目还这么缺心眼。"

陈绯放下筷子，随手拿了桌上的纸巾擦擦嘴："我也去盯一下，肖策你不用干坐着，要么进来看看彩排，要么就先回去。"

肖策："我一会儿去找你。"

陈绯小跑回演播厅，萌萌负责的这支舞已经过半。她就站在台下，仰头看完了这个节目。

等到音乐结束，陈绯的表情已经不能用难看来形容了。

伴舞本来练得就不够扎实，在舞蹈教室还能看得过去，一上舞台就原形毕露。不知何故，他们今天的状态尤其不好，再加上那个好不容易空出档期赶来彩排的假唱流量明星，顶着张画皮般的俊脸，该踩的点几乎一个都没踩对，这个节目的整体感觉就是匆忙、注水、不专业。

陈绯揉着一跳一跳的太阳穴，恨不能默念几百遍清心咒来抑制自己上前骂人的冲动。

还没调整好心态，远远听见喝声。陈绯抬眸去看，原来总导演已经开骂了。副导演和作为编舞老师的萌萌，都站在导演跟前，孙子似的垂头耷耳。

“你们怎么排练的？练这么多天就出来这个死样子？”

导演一肚子火，又不好对扛着收视率的明星发，便拿萌萌当出气筒了。

陈绯快步走过去，站在萌萌身侧靠前的位置，一个笑还没挤出来，炮火就朝她轰了过来。

“飞飞老师，这是你带来的？就这个业务水平，搞什么东西！没有金刚钻别揽瓷器活，没听过这话？”

陈绯深深吸气，憋出来一个笑，说：“抱歉王导，是我的责任。”

总导演身边跟着的一个助理模样的男人这时候插了句嘴：“这是尘嚣的老师，今年是因为迷叶工作室的几个老师去外省了，档期没排开才找她们替补上的。”

王导烦躁起来，说：“还是迷叶那边专业。这工作室我听都没听过……小杜，以后跟策划和制片那边沟通好，别阿猫阿狗都招，这不是砸我口碑吗？”

这种话当着这么多人说，也就是半点面子不愿意给，相当于伸手抽陈绯耳光。

陈绯眼皮一颤，手猛地攥紧了。

“完了，完了……绯姐这是要炸啊。”

听闻导演发火，拉着大喵她们从对面休息室跑过来的娇刚进演播厅就听见王导最后这句话。他吞了吞口水，看向身旁一同赶来的肖策，说：“绯姐不会砸场子吧。”

肖策也担心，但他看见陈绯站得笔挺，整个人绷成一根弦，知道她在极力忍耐。谁都晓得陈绯任性，一副天王老子都敢对着干的架势。可肖策却觉得这一次，陈绯不会发作。

如他所想，陈绯的拳头慢慢松开了，脸上的笑容甚至一点点变得柔和，目光也软了几分。

肖策听见陈绯开口道：“王导别生气，今天大家有点累，状态确实不够好，我们回去加班加点练习，保证三轮彩排不会再出岔子。”顿了顿，声音更和气了，“我在街对面的香格里拉定了桌，今天结束以后，还请您和导演组的大家一定赏光，赔罪酒不喝，我们心里实在过意不去。”

王导的目光在陈绯和萌萌的脸上转了几转，面色和缓了一些，说：“小杜，我晚上有安排吗？”

小杜跟着王导数年，哪能不懂他的意思，连忙道：“暂时还没有其他行程。”

王导点点头，重新坐回自己的椅子，说：“让他们继续，别又跟一轮似的拖到九点多。”

“明白。”小杜朝台上串场的主持人比了个手势，“继续吧！”

小插曲结束，大伙都跟什么都没发生一样，各自回到了自己的岗位上。

大喵啧啧感叹：“绯姐就是绯姐，我的膝盖都不够奉献了。”

娇的感觉和大喵截然不同，他从看见陈绯真情实感地笑出来的时候，就毛骨悚然，此时还如坠梦中，石化在原地。他喃喃：“不应该啊，区区一个导演，我绯姐怎么就尿了？策哥，我绯姐是不是被谁下降头了？”

肖策没说话。这一刻，他终于确信了一件事，陈绯变了。哪怕她看上去仍然横行霸道，一副浑不凛的样子，怼起人、撒起泼来还是那么嚣张跋扈。

可她终于不再无所顾忌。

肖策知道她并非忌惮王导，她只是很爱尘嚣。不同于今宵茶楼，尘嚣是她的心血，更是她的软肋。是陈绯可以舍弃全部包括从前坚守的某些原则，也要努力维护的存在。

肖策突然真实可感地体会到，陈绯是如何一步一个脚印地走过这五年，把尘嚣和她自己变成现在的模样。他的目光追随着陈绯，她没有发现他们在旁观，而是带着垂头啜泣的萌萌走到演播厅人最少的角落里去了。

肖策："回休息室吧，这会别去找她。"

娇和大喵心境虽不同，却都接受了肖策的提议。

回去的路上，大喵收到陈绯发来的微信。

"啊，我得赶紧给香格里拉打电话订包厢，还好绯姐原本就打算在那里搞年会，提前问过最近的预订情况知道这两天不满。"大喵说着，后怕道，"也是巧啊，这要是绯姐没提前问，张口说了个订不到位的酒店，可不就完蛋。"

肖策笑笑，没接她的话。他知道陈绯直接说香格里拉肯定有她的考虑，要是心里没数，她完全没必要把酒店名字说死。

大喵打电话预订包厢去了，娇和肖策回到休息室。娇有点沮丧，看着肖策道："这样的绯姐，感觉都没那么帅了。策哥，人是不是最终都会妥协，被现实磨平棱角？"

肖策将桌上吃剩的一次性饭盒放回塑料袋里，扎好，他低声说："我不这么觉得。"

"你不觉得绯姐没那么刚了吗？这要照她以前的性子……"

肖策抬头，定定地看着娇，认真道："我不觉得这样的她有什么不好。相反，她现在很迷人。"

"迷人"这个词从肖策嘴里蹦出来的场面，比陈绯对王导微笑的画面还让娇感到惊悚，他嘴角抽搐，说："哥，你俩别这样啊，我的小心脏有点……有点遭不住。"

肖策拎起袋子往外走，经过娇的身侧，拍拍他："早点习惯。"

娇登时噎住。

陈绯和萌萌才说了几句，就感觉到这丫头现在什么都听不进去。她是被王导吓着了，丢了魂似的只知道抹眼泪。

陈绯叹口气："先去休息室吧，后面好好练。"

萌萌揉着眼睛，闷头往外去了。她觉得丢人，全程低着头，等到推开演播厅大门，一脑门撞在正往内进的男人胸口上。

"萌萌？怎么了？"

男人的声音耳熟，萌萌泪眼婆娑地抬头，看见李潇关切的眼神。她鼻子一酸，呜的一声，嘴角"八"字般向两边撇开，委屈的哭声顿起，脸重新埋进他的胸膛，伸出双手揪紧了李潇腰两侧的衣服。

李潇不明所以，下意识向内张望，后一秒钟，就对上中景摄影师旁边陈绯的目光。他身子一僵，头皮收紧。

陈绯不放心萌萌，即便回到摄影机位旁，视线也始终落在萌萌身上，于是将门口那一幕尽收眼底。她心里有数了，也放心李潇，于是收回目光，将注意力重新投注在舞台之上——下个节目结束后，就轮到她们组了。

陈绯被舞台灯光晃得发晕，她闭了闭眼，站在摄影师傅边上深呼吸了好几轮才把状态调整回来。陈绯重新站上凳子，这回看见徐瑞了，她正举着手机贴在耳边，脚步匆匆地往后台走。看时间，她们的团队已经在后台做准备了。

不知道赵老师那边什么情况。陈绯虽然担心，却没动弹，一轮排练的时候她负责后台组织，徐瑞则负责看整体效果，现在两人职责置换，陈绯做好分内工作，也不该太操心后台的琐事。

那边，李潇看见陈绯别开眼后，脑子里乱糟糟的，他很快扶开萌萌，说："我还有点事，你先去休息一下，大喵姐她们都在休息室。"

萌萌也晓得自己有点失态，吸吸鼻子，红着眼走了。走了没两步，又有点不舍，回头巴巴看李潇，可他没回头，一次也没有。

“有事”只是借口，李潇情绪低落、踌躇不前，他离陈绯远远的，站在灯光扫不到的阴影里。从肖策拎着他们的晚饭进入休息室开始，李潇就去了楼道里抽烟，这时候来演播厅，也只是因为快到陈绯她们组的节目彩排了。

李潇担心那个临时加进来的赵老师出什么岔子，怪脾气的王导会为难陈绯，所以想过来看看。

在陈绯她们组的节目开始前，主持人串场时，李潇看见那个高个子男人推门进来了。

李潇现在知道，那个男人叫肖策，还和陈绯颇有渊源。最重要的是，陈绯对他的态度和别人不同。李潇不悦地皱眉，却一动不动，看着肖策往陈绯所在的方向走去。

“下面请欣赏，歌舞表演《聆听》。”

主持人笑盈盈地往台下走，音乐声起，陈绯全神贯注，紧盯舞台。

歌手中规中矩，由升降台进入舞台；伴舞们情绪饱满，开场动作流畅优美。陈绯微微舒了口气——今天大家的状态很好。

很快，她看见一袭白衣的主舞者在伴舞们第一次变换队形时，迈着轻盈的舞步，自舞台后侧向中央旋转而出，完成了第一个亮相动作。陈绯眼前一亮。

赵老师，赵承东赵老师。陈绯轻轻眯起眼睛，一边在心里念着他的名字，一边目不转睛地盯住了这个一上场就完全夺去舞台主权的男人。

他没有参与排练，却在完全不打乱伴舞们节奏的前提下，让自己的加入毫无违和感。陈绯不得不承认，他有真本事，仅靠徐瑞发过去的视频，就能在短短时间里设计好匹配度如此高的舞步、动作，完成整支舞蹈。

甚至——不只是完成那么简单，赵承东的存在，让整支舞，获得了某种意义上的升华。

这原本是一首公益歌曲，是位知名作词者免费为听障人士专项公益基金会写的歌。与之相配的这支舞，陈绯为应和歌曲本意，特地翻找查阅了手语书籍，试着将手语动作融入了部分舞蹈动作之中。

而赵承东，竟然完全领会了陈绯的意图。不仅如此，他对手语动作与舞蹈的融合处理也做得更巧妙连贯。几个八拍下来，陈绯就清楚明白地认识到：他技高一筹，实力和舞蹈天赋远在自己之上。

舞台中央，歌词由描绘世界表象之绚烂，往人心声之美过渡，男人的动作也随着音乐节奏由疾变缓，舞步由华丽转向优雅。炫技部分告一段落，陈绯在看到男人定格的正脸时陡然睁大了眼睛。

是幻觉吧？

木了两秒后，她下意识地安慰自己。紧接着，陈绯将视线投向了身侧的摄像机屏幕。

这回她看得一清二楚。

陈绯的心，狠狠往下一坠，随后剧烈地跳动起来。她伸手按着胸口，目光发直，呼吸不畅。

顷刻间，无数片段潮水一般涌入脑中，淹没理智，淹没一切。

陈绯恍惚中看见一间纯白的屋子，耳边传来丁零哐啷的器械撞击声，转瞬之际，屋子里便溅满鲜血，捂着脸的女人发出刺耳的呼号和惨叫，又发出凄厉的笑声。

血迹很快变得暗沉，屋内也蒙上尘埃，一只手握着巨大的刷子，在墙壁上一层一层地刷着深色的涂料。可是没用，刺鼻的腥气无孔不入，那血液总在夜深之际，从缝隙里溢出，沿着墙壁、门缝缓缓流淌，最后，流到陈绯的脚下……几乎要沾到她的白色袜子了。

陈绯在灯光通明的演播厅内，陷入梦魇。

旁人只看得到她低着头，手捂着嘴鼻，一步步向后退去……

肖策快走到陈绯身边了，却看见站在凳子上的她突然失神落魄地倒退，他的喊声还没出口，陈绯已经一脚踩空，摔了下去。

剧痛令陈绯迅速清醒，她看见摄像老师探身想来扶自己，刚摆了摆手，要撑着站起，就感觉身子一轻，被人从身后架了起来。肖策的两条胳膊从陈绯腋下穿过，稳稳当当地提着她。

陈绯听见声音自头顶上方传来。

“摔到哪儿了？”

陈绯没回答，挣开肖策，直勾勾地盯着舞台上的男人。

肖策这才顺着陈绯的目光望去，有些诧异，喃喃：“这是轩轩？”

肖策也认出了他，说明陈绯没有看错。

轩轩，真是轩轩，竟是轩轩！

陈绯很难描述自己此刻的情绪，但她心里生出极其强烈的预感，她突然觉得这一切都不是巧合。睽违数年，今宵茶楼的旧人，不约而同地回来，回到她身边，好像冥冥之中真的有一双手，拉扯着她，不让她前行，逼迫着她停下，重新审视那些被她丢诸脑后的过去。

陈绯想到这里，通体生寒，她试图咬住打战的上下牙齿，可她很快发现自己整个人都处于一种难以自控的战栗中。

肖策意识到陈绯的反常，他伸手去抱她，半弯了腰，脸也凑到近前：“绯绯？怎么了，是不是哪里疼？”

陈绯：“别碰我。”

肖策皱眉，掌下的女人在发抖，他握着陈绯的肩，说：“跟我出去。”

陈绯只觉得他讨厌，她猛地推开肖策，往后撤了一步，语气暴躁乖戾：“谁让你们来的？！一个个的，不是都要走吗！走啊！”

肖策被她突如其来的怒吼惹得一怔。但很快，他就意识到陈绯这通火，并不是冲着他来的。或者说，不是冲着他一个人。

在此同时，原本远远望着陈绯的李潇，也在陈绯摔下凳子后，从演播厅的另一头小跑而来。他不知道陈绯为什么和肖策吵了起来，但显然，这比两人和和乐乐的场景更让他感到快慰。

“老板，你没事吧？”

李潇与陈绯站在同一侧，他面朝肖策，眼神中带着警惕和审视。

陈绯回头，看见李潇，怒气收敛了些，她向他靠近一步。李潇立刻上前，与陈绯贴得更近。

肖策不理解地看着她：“陈绯……”

陈绯打断他的话，摆了摆手，像是强压着不悦：“听不懂人话吗？我现在不想看见你。”

肖策没动，也不再往下说了，他唇角内收，目光笔直，似乎非要等个说法不可。

这个人要是执拗劲上来，倔如猛牛，陈绯不是第一天领教。陈绯被他这么盯着看，原先的烦躁感竟然莫名减轻许多，她没扛住肖策的直视，先一步别过头，抬手捏了捏涨痛的额角：“肖策，我现在很烦。”

肖策观察着陈绯的神情，说：“钥匙给我。”

陈绯一顿。

这个人还真是……

“给钥匙”是从前在今宵茶楼，他们之间常说的话。最早，是在陈绯让肖策去她房间的时候，肖策对她说的。久而久之，发展成一句暗号，只要肖策这么说了，陈绯就知道晚上他会去找她。

音乐终了，台上这支舞已经结束，所有人退去后台，只留下歌手配合主持人，选出幸运观众抽奖。

陈绯对着肖策，奇异地平静下来，手伸进外套口袋里，竟真的摸出串钥匙来，丢给肖策。后者接过去，握在掌心，低声说：“我等你回来。”

陈绯听见自己的心叹了口气，她再也没法在这样的肖策面前耀武扬威，便只是说：“知道了。”

肖策转身离开。

陈绯目光沉沉地望着肖策的背影。这个男人明明说着和那时一样的话，却让陈绯更清醒地意识到一件事，他和从前不同了。陈绯在与肖策对视时，她竟然在某个瞬间，觉得肖策正试图成为他们这段关系中的掌控者。

这认知让她心里产生异动，兼具抗拒与喜悦。矛盾得让人不知所措。

李潇在一旁看得心灰意冷。

那灰烬里，又生出不满与愤怒：他对陈绯又敬又爱，从不敢做什么让她不高兴的事。可难道陈绯喜欢的，竟然是这样死皮赖脸不懂得看人脸色的男人吗？

“飞飞老师，徐导让您去后台。”

有小助理跑来通知陈绯，后者应了声，抬腿要走，动作一滞，皱了皱眉头。但只是一瞬，就咬了咬牙，大步往后台去了。

李潇想跟，陈绯摆摆手，步子没停，回头嘱咐他：“去看看萌萌吧。然后找大喵把晚上香格里拉的包厢落实。”顿了顿，说，“让大喵准备几瓶好酒。”

李潇压住心头不快，也懒得解释自己和萌萌的关系，只点点头，匆匆离去了。

陈绯去了后台，更衣室门口站着的徐瑞一看见她就冲她小跑而去，表情神秘，顾忌着周围人多，声音压得只有两个人能听见。

“你认识赵老师？之前怎么不说！”

陈绯眼皮不自觉地一跳，回她道：“之前？我们一个个忙成狗了都，哪有时间调查什么赵老师陈老师的。”顿了顿，又说，“再说，我跟他不熟。”

“小绯，你跟我不熟？也太没有良心了吧。”

陈绯话音刚落，赵承东的声音就从更衣室方向飘了过来，两人抬头看去，他已经换上休闲西装，好整以暇地站在更衣室门口，正似笑非笑地看着陈绯。好在赵承东算不上什么流量大咖，旁边来来去去的舞蹈演员和工作人员最多好奇地看看两人，没人有心情八卦。

这男人比陈绯大五岁，主攻国标，样貌普通，可仗着身材比例和一双含情脉脉的桃花眼，气质夺人。加上多年练舞，精气神足，看着比实际年龄小不少。

徐瑞心中纳罕：见鬼了，陈绯声音这么小他怎么听得见的？

陈绯倒是明白，轩轩实在太熟悉她的一举一动一言一行，就算远远看着她张嘴说话的口型，恐怕也能大致猜到她说了些什么。

轩轩和别人是不同的。

在陈绯上初中时，他就已经在今宵茶楼“工作”了，哪怕后来陈秋娥去世，也没有离开茶楼。轩轩从不跟着别人一起叫陈绯“绯姐”，而叫她“小绯”。陈绯也一直给够他自由，对他向来宽容。

算起来，轩轩还是她的半个师父。因为陈绯从小就喜欢跟他厮混，放寒暑假时几乎天天和他泡在舞蹈练习室里，他教给她很多，在舞蹈上，两人配合默契。

所以他能在那么短的时间，就完美地融入陈绯编的舞蹈里，不只是他专业度高，还因为他对陈绯的那点伎俩一清二楚。

结合赵承东现在这副表情，陈绯已经在心里确定：他根本不是没时间，而是故意不来参加排练——他早就知道自己是这节目的编舞了。

这人追求刺激，头脑里全是各种新奇点子，陈绯一点都不意外他选择这种方式出场。甚至看着他的笑容，陈绯都能脑补出来这皮囊下头，男人得意的心声：小绯啊，几年不见，你又有多少长进？让我看看，也不过如此嘛。

陈绯讪笑，微微吸气，看起来大大方方地朝赵承东走去：“赵老师什么时候回国的？”

赵承东全程含笑注视着陈绯，似乎觉得陪着陈绯装傻打官腔是一件很有意思的事，于是清了清嗓子，顺着她道：“让我想想……”作势思索了几秒钟，道，“一周以前吧。”

陈绯嘴角轻抽，果然和她想得一样，她脸上假笑不减，说：“那怎么没来参加排练？”

赵承东轻轻活动脖颈手腕，对陈绯做了一个无奈的表情，说：“应酬太多。”

陈绯哦了声，说：“什么时候回去？”

赵承东专注地望着陈绯，声音低了几度，说：“怎么？不高兴看到我？”

陈绯笑不出来了：“没有。”

赵承东若有所思，说：“小绯，你知道那时候，我们都……”

陈绯不想在这种地方这个时候和他讨论任何从前的事，便打断他的话，说：“我早都不在意了。”

赵承东微微挑眉，略略弯腰，和陈绯面对面，说：“我还挺在意的。所以这次回来，想好好补偿你。”

陈绯眼皮又一跳，一时不知道要接什么话。

好在赵承东话音刚落，又有人到后台来了。陈绯听见身后有人轻声打招呼，意识到来的是王导。未及转身，就听见赵承东笑意盈盈地扬声道：“王导，什么风把您吹来了？”

“赵老师来了，我哪还能坐得住？”王导一扫方才那副后爹脸，笑得鱼尾纹堆叠到一处，先上前同赵承东握了握手，说，“两年不见，舞技更精进了！”

先前还对赵承东没多少关注的舞蹈演员们，一下子都把目光投注到他身上去了——这人什么来头？能让王导特地到后台来跟他打照面?

陈绯也觉出蹊跷，暗忖：轩轩这几年是发迹了啊。

和赵承东说完场面话，王导一偏头就看见陈绯，笑容顿时有点僵硬。

“你们认识？”

不等陈绯开口，赵承东已经搂过陈绯的肩，道：“她是我的学生，关门弟子。”

王导的面色一时微妙起来，嘴角抽了抽，好在没有当场上演睁眼说瞎话，只道：“原来是赵老师的学生，刚才我有点激动了，其实不是冲你去的，实在不好意思。”

赵承东像是要为陈绯出头，说：“小绯，刚才怎么了？”

陈绯却借驴下坡，马上说：“一点误会，王导也是对舞台效果负责，是我们的老师不懂事，一会儿一定让她多给您敬两杯酒……”

赵承东很意外陈绯的回应，照他对她的了解，这丫头绝对不肯受委屈的，何况有人为她撑腰，她居然没有反击回去?

这个发现让他觉出更多趣味来，赵承东道：“什么？一会儿有消夜可以蹭？”

“赵老师也愿意赏光？”王导有些意外，在心里重新评估了赵承东和陈绯的关系后，他笑道，“我马上让人去订个……”

“没关系，你们吃你们的，按原计划就行。”赵承东看向陈绯，“我好久没跟小绯喝酒了，今天不醉不归？”

眼皮跳得她心烦，陈绯笑笑，听见自己说：“好啊，不醉不归。”

墙上挂钟的时针转过12，501外头响起砰砰的敲门声。

肖策本在客厅，用陈绯的电脑帮她做尘器工作室的网站优化，听到声音，走过去开门。

意外地看见娇驮着陈绯，被压得满脸苦色，一见肖策就嚷嚷：“策哥，快搭把手，再有一秒钟我就要香消玉殒了！”

“怎么喝得这么醉？”肖策把陈绯从他背上扶起来，问，“晚上都有哪些人？故意灌她？”

“哪能啊？我绯姐是情伤难愈，自己主动要酒喝，不然谁能把她灌成这样？”娇挪进屋里，大口喘气，一面捶着腰，说，“轩轩回来了，赵老师就是轩轩！”

肖策动作一顿。

娇自知失言，可转念又觉得肖策早晚都要知道，便说：“策哥，我和银川不一样，他崇拜你，可我永远站绯姐这边。但我也想给你提个醒——轩轩这次，是冲着绯姐回来的。”

肖策面无表情，把陈绯抱去卧室里。娇等在外头，几分钟后，看见肖策关上陈绯的卧室门，又走出来，站在他面前，说：“他们……”

娇就知道肖策耐不住会问，他坐在餐桌边，打量着肖策的神情，说：“只能怪你，当初是你先走的。”

肖策没说话，牙关咬紧，下颌线也绷住了。

娇说：“我们几个以前老在一起练舞，我感觉得出来，绯姐对轩轩蛮有好感的。只是后来老板娘出事，她知道轩轩在楼里卖酒，心理上一时过不去。这不，你刚好那会来了……这就是赶得早不如赶得巧。”

娇看得出来肖策脸色不好，但有些话他还是想跟肖策说清楚。

“你们的事，其实大伙或多或少都知道点，也知道你跟绯姐搞不长。不过你走得这么突然，真是蛮狠的。”娇觑着肖策，提起他和陈绯的分手往事，他心里也有气，“绯姐一直都对茶楼不感兴趣，你走以后更不管事了，基本上就泡在练舞室。那时候，轩轩跟绯姐走得很近。”

肖策不意外陈绯在自己之后和其他人在一起过，他只是没有想到，第一个就是轩轩。他喉头滚动，声音发哑，问：“那他们……怎么又分开了？”

娇望着肖策，沉默了好一会儿，才说：“你知道茶楼为什么解散吗？”

肖策似有些错愕：“绯绯她，一直想开舞蹈工作室……”

“那也不至于这么着急，什么前期准备都没做就关店卖房跑来H市。”娇摇头苦笑，低声说，“你当然不可能知道。堂堂名校研究生，怎么还会关心穷山沟里的事？”

肖策心头一动，没有因为娇的嘲讽而生气，他只是突然意识到，娇接下来要说的话，和他一直以来的疑惑有关。

他忍不住问：“那时候……到底发生了什么？”

凌晨三点半，陈绯渴醒了。

头疼欲裂，她慢慢坐起，用掌根抵着脑袋，脚伸出床沿，一荡一荡的，终于够到拖鞋。

陈绯扶着墙往外走，想去厨房找水喝，结果出了门，迷瞪着眼，看到有个红点站在阳台晃动。

娇在抽烟?

陈绯敲了敲脑门，往阳台走：“发神经啊？大晚上的还……肖策？”

刚推开阳台门，那人便转身了，月辉之下，陈绯瞧见肖策指尖夹着烟，手指微张，不甚熟练的样子。哪怕开着窗，陈绯也闻到好大的烟味——看来他已经在这里很久了。

陈绯头脑昏乱，想了好一会儿才回忆起为什么肖策会出现在自己家。她的手摸上墙，打开阳台灯，看见肖策正将那半支烟摁灭在阳台水池边的粉色烟灰缸里——里头已经东倒西歪地插了七八个烟蒂了。

陈绯像看外星人一样看着肖策，后者精神不济，心事重重的样子。

陈绯：“娇睡了？”

肖策点头。

陈绯：“你有病啊？学什么不好，跟娇学抽烟。”

肖策想说话，先被余烟呛得咳了几声，声音哑得不像样子：“绯绯。”

陈绯被他喊得心里发麻，觉得自己真是酒喝多了，竟然从肖策被烟熏过的嗓音里听出了性感。她愣在原地，肖策朝她走了一步，又叫了声：“绯绯。”

陈绯不确信地抬头，以为自己听错了他声音里的温柔缱绻。她干巴巴地说：“你要是在叫狗，当心我把你头打掉。”

男人已经来到她跟前，低头，问：“烟味，介意吗？”

陈绯：“不啊，这牌子还是我给娇选……”

话没说完，男人已经俯身亲下来。

他双唇干燥温热，先亲的是陈绯的眼角，等她闭上眼后，舌尖探出，一点点濡湿了她的睫毛。男人蓬勃的气息吞吐，陈绯在淡薄的烟尘里，嗅到熟悉的肖策的味道。

冬夜凄寒，他却热烈。

陈绯的心跳陡然加快，脑子晕乎乎的，一时之间无法做出其他反馈，只能交出主控权，跟着他的节奏来。等到两人唇舌相交，陈绯已经神魂颠倒，沉浸在肖策一手打造的世界里，她在高浓度酒精的影响下，迫切地想要从外界汲取水分。

可是身体的每一寸，能够接触到的，只有肖策。

她的腰被肖策单手扣牢，整个人被带着紧贴住他，他另一只手托着她的后脑勺，也朝他的方向微微施力，以便加深这个陌生的吻。陈绯的胳膊向上攀附，五指张开，隔着单薄的衣料和皮肉，她的手心触到肖策微微凸起的肩胛骨。

陈绯弓起手指，指尖顺着男人的斜方肌、背阔肌、下背肌一点点摸索下滑。很快，手指来到他的长裤边沿，陈绯灵巧纤细的手指拨开肖策的衣衫下摆，抚摸着他的腰线和后背平滑的肌肉。

从过去到现在，他们总是做爱，却鲜少亲吻。因为陈绯说她不喜欢。

可到底是不喜欢接吻，还是不喜欢他呢？

不知道亲了多久，陈绯的后背开始发汗，她别开脸，急促地换气，手抽出来，挣扎着摸到肖策的衣领，揪紧，往下扯了扯。

随后偏头，在他耳边轻喘，柔情蜜意。

肖策也偏头，右手拇指与食指搓揉着陈绯耳郭上细腻的皮肉，他与她额角相抵，两人喘息声交错，湿气氤氲进眼里，世界变得雾霭蒙蒙。

夜风大作。肖策抬手关上阳台门和窗户，狭窄的空间里，温度慢慢爬升。

静谧的空间里，两人心动过速，交缠在一起，直到情欲退散，体温降低，肖策才放下陈绯，捡了件衣服裹住她，带去浴室。

清洗的时候，才借着光看见她的臀和大腿相交处瘀青一片，肖策问："晚上摔的？"

陈绯半闭着眼，哼了声。

他们做的时候，肖策没注意，回忆起陈绯当时的反应，皱眉："刚才怎么不说？"

陈绯没睁眼，水雾里，嘴角扯起，却没开口。

或许是喝多了，他说的话她不过脑子，得不到回应也很正常。肖策叹了口气，不再问了，关水，拿过浴巾来给陈绯擦拭。可她贴上来，踮起脚，嘴唇若有若无地贴着肖策的耳垂，声音小得不能再小，羽毛似的搔着他耳郭的绒毛。

她说："我喜欢你弄疼我。"

肖策喉咙口一紧，他用力捏了捏拳头，才没由着这刻的冲动再做一场。

最后两人躺在主卧柔软的双人床上，陈绯侧身，闭着眼睛面朝肖策，手指无意识地在他的鼻梁上轻点。

肖策捉住她的手，合在掌心，拉进被中，说：“绯绯，你恨我吗？”

他很紧张，趁陈绯喝醉套她的话，这种事肖策没有经验。因为陈绯极少喝得烂醉，他不知道她会不会如实回答，也不知道她酒醒之后还会不会记得。

陈绯不解：“‘我’是谁？”

肖策明白过来陈绯此刻的受问逻辑，于是道：“肖策。你恨他吗？”

肖策观察着陈绯的表情，后者却没有半点思考的迹象，直截了当地回答他：“恨。”

恨好过不恨。她应该恨他的。

肖策想起娇对自己说的那些话，也觉得自己浑蛋至极。

“你走之后，也就……半年不到吧，7月份，对，正是三伏天，热得大伙骂娘的那会儿。楼里出了件大事。”

娇告诉肖策，五年以前，今宵茶楼之所以会那么仓促地被解散，不仅仅是因为陈绯不想再经营下去了。

更直接的原因是，那年楼里发生了一起命案。

“大壮死了。被人害死的。”

晚上，娇说这些的时候，从口袋里摸出烟，用力吸了一口，才继续讲下去。

“是绯姐发现的尸体。颈动脉被割断了，血流得满地都是，天热，那股腥气一散出去，搞得整栋楼都臭了。

“虽然最后凶手自首了，可那一个月配合警方查案，我们这些跟大壮走得比较近的，都被当成嫌疑人，一个个盘问排查，搞得人心惶惶。绯姐警察局都去了不知道多少趟，楼里面这点破事，花雨巷尽人皆知了。胆小的，事情一出，钱也不要就跑得没影。剩下的，包括我在内，也都知道今宵要完蛋，解散是迟早的事，就等绯姐给结工资了。

“案子彻底了结以后。绯姐变了个人似的，挨个来找我们谈，想找人跟她合伙，去市里开舞蹈工作室。轩轩先拒绝了，他说做这行没前途，跟绯姐大吵了一架后，没几天就走了。

“我本来答应了的。可是没多久，我在网上投的简历被影视公司看到，他们想让我去面试。这个机会太难得，所以……我也拒绝了绯姐。绯姐没怪我，还说让我先来H市面试，她把楼里最后一点琐事处理了就过来。”

烟圈吐出来，娇眼眶发红，说：“只有小川儿。只有他没走。”

肖策很惊讶，他根本不知道自己走后，花雨巷发生过那么骇人的事。

事实上，他回去过，在还完了陈绯所有钱却没有得到半点回应之后，他曾鼓足勇气回去过一次。

那时候他还在读研，哪怕忙着做项目，忙着毕业论文和直博的面试，也熬了几个大夜做完了手头的要紧事，趁元旦假期坐火车回了趟S城。

今宵茶楼早已改名易主，成了一家土菜馆子，新来的服务生对从前的事半点也不清楚。陈绯家里没人，门上贴满了乱七八糟的小广告，门缝里也塞满了花花绿绿的超市打折商品宣传单页。肖策在一天内的不同时间段去敲门，均无应答。

他只能推测得出，陈绯关了茶楼，搬了家，换了联系方式，消失得无影无踪。

或许他还能追问更多人，或许能推理出陈绯可能会去的地方。但肖策不愿意承认自己曾是今宵茶楼的一员，更不知道，就算他得到了陈绯的地址、获知她现在的生活，又能如何。

在他发出那条短信的时候，他就已经做出了选择。

何况他从来都很清楚，自己的目标是什么；也始终铆着劲，不顾任何外力阻拦，都要朝着目标而行。陈绯是他的过去，就算回忆里有让他惦念着、难以忘怀的人和事，也都过去了。他这样的人，没有资格沉湎过去，只能往前看，往前看才有希望。

花雨巷的一切，自那日起，彻底变成了一场梦。

谁又能想得到，他还有机会和陈绯躺在一张床上。而此时，他不再是那个穷困潦倒、一事无成的肖策，他已经能够许诺一个人确切的未来。

肖策认定这是一种启示。

肖策手心微微发汗，他望着因酒醉而面色潮红的陈绯，说："你们……你和肖策还能重新开始吗？"

这个问题很不要脸，在陈绯清醒的时候，肖策问不出口。他不希望陈绯认为他是一个没能力爱人就落荒而逃，等到有了能力后又恬不知耻地回头的男人。

可事实看上去，似乎就是这样。

陈绯这会儿停顿了片刻，眼皮掀开，双目却没有焦点，像是人处于虚空幻境，蓦然听见这么个问题，根本不知道提问的人就在眼前。

肖策觉察到陈绯收起做爱时那副娇态，整个人变得疏远又冷漠了。她嘴角浮起一抹笑，轻蔑的，声音很干脆，她说："怎么可能。"

肖策脑中一片空白，他几乎是条件反射地追问道："为什么？"

陈绯没立刻说话，隔了一会儿，肖策看见眼泪顺着她的眼角淌了出来。他的心一疼，同时感到害怕——害怕陈绯即将说出口的话。

他竟然一时不知要做何反应。

陈绯挣开肖策的手，胡乱地抹了抹脸上的眼泪，却没有哭腔。

她说："我走投无路的时候，他在哪儿呢？我打落牙齿和血吞的时候，他在哪儿呢？跟这种人重新开始，我疯了吗？"

她短短几句话，说得肖策双目通红。他扬起上半身，哑着嗓子问她："那你们现在这样，到底算什么？"

陈绯又擦了下眼睛，哼笑一声，语焉不详："轩轩啊，今宵有酒今宵醉。这话，还是你跟我说的。"

是把问她的话人当成轩轩了？肖策蹙眉，可也明白了陈绯的答案。他久久地沉默，看着陈绯陷入沉睡，才用只有自己能听到的声音问——

"如果，我还想要一个明天呢？"

第七章

尘埃

陈绯做了很多梦，一个接着一个不间断而来。

大多和花雨巷有关，和今宵茶楼有关，和轩轩有关。杂乱无章，没有半点逻辑，她有时候身处其中，有时候像个看客。

梦境拉扯着她，强迫她回头，直面故人旧事。

那时候，轩轩还没改名为赵承东，陈绯听陈秋娥喊过一次他的大名，一直认定他叫刘浩轩。

轩轩是今宵茶楼的例外，在陈绯的记忆里，他是楼里唯一一个不因为缺钱“卖酒”的员工。他不用在陈秋娥那里存放身份证复印件，时间自由，不受店里的条规约束。

陈绯曾经猜测轩轩是陈秋娥的合伙人，她在陈秋娥的病榻前也这么问过，却得到了否定的答案。

关于轩轩，陈秋娥没有透露太多，她只告诉陈绯，那个孩子身世可怜，他妈妈在他很小的时候就死了，他爸爸人在外地，即便定期差人给轩轩汇款，也很多年都没有露过面了，轩轩身边没有一个亲人。

提起轩轩的妈妈，陈秋娥有些动容。陈绯多问了一句：“你和轩轩妈妈从前是不是就认识？”

陈秋娥没否认，只说：“往后轩轩想做什么，你都由他去。他要留要走，也都别干预。”

陈绯是没那个闲心干预的，只要轩轩还去舞蹈室陪她练舞，其他的，她犯不着瞎操心。

后来陈秋娥过世，陈绯成了茶楼的主人，慢慢地，知道了些和轩轩有关的八卦。和她猜得有八分相似：轩轩的妈妈从前和陈秋娥在一块做过小姐，他妈怀上轩轩后，就不干这行了，打定主意要跟着轩轩爸爸离开。

故事非常老套地展开：轩轩爸爸已有家室，得知这个和他春风一度的女人为他生了个儿子，认定自己被“仙人跳”了。他给了她一笔钱，让她带着轩轩有多远滚多远，最好永远别出现在自己面前。

于是，轩轩妈妈带着轩轩来到了花雨巷，投奔从前关系最好的小姐妹陈秋娥。

可没几年，轩轩爸爸又找了过来，一副要与她重修旧好的模样。轩轩妈妈这才知道，他生意失败，离了婚，几乎一无所有了。

后面的故事，陈绯没有得到更详细的版本，只知道轩轩妈妈接纳了轩轩爸爸，她身体一直不好，在轩轩九岁那年就去世了。轩轩爸爸还算有点本事，拿着全部家当，重新下海，把生意又做了起来。

可是男人有了钱，在外头很快有了新家。轩轩就这么被留在了花雨巷，靠左右邻居和陈秋娥拉扯长大。轩轩到了上高中的年纪，被他爸爸接到了外地去读书，可不知中间出了什么岔子，高考前他辍学回来，就开始在茶楼和舞蹈室混日子了。

初闻这些，陈绯不是不唏嘘，可楼里坎坷的故事她听了太多，比起大壮“卖血救母”，娇身负一家四口的经济压力，宋银川幼时被连卖三地，在多个城市的福利院都受过欺负这样的悲惨往事，轩轩起码不愁吃穿。他有钱，比很多人看上去都体面。

陈绯自认，她对轩轩的感情很复杂。

轩轩于她而言，亦师亦友，可要说多了解，也不尽然。多年来，除了在舞蹈上的无间默契，生活中两人其实交集很少。轩轩总有出人意料的想法，陈绯很难照单全收。

比如他在完全不缺钱的前提之下，还热衷于在茶楼工作。他喜欢周旋在不同女人之间，陈绯常常听见新来的员工跑去找轩轩“取经”，而他兴趣盎然，知无不言，言无不尽。

尽管陈绯心里明白，这种行为或许源于他的原生家庭。但明白和接受，完全是两码事。陈绯以为自己和轩轩永远不会在舞蹈室以外的地方有超过普通朋友的交往，她相信，轩轩心里也有同样的认知。

可肖策的离去改变了这一切。

他离开后，陈绯依旧维持着表面的平静，日子照过，酒照喝，舞照跳，今宵茶楼里的大伙都没有看出异样。

是轩轩先发现陈绯的不对劲。那天，陈绯在舞蹈室练到半夜，汗流浃背、浑身酸软，她捏着汗巾瘫坐在地板上喘粗气，微微低头，眼睛上翻盯着镜子里的自己。不知看了多久，狠狠地将手里毛巾往前一掷，整个人往后躺去，成“大”字形倒在地上。

轩轩推门进来的时候，被吓了一跳，说：“哟，还没走啊。”

陈绯转了转头，看见轩轩，又瞄了眼墙上的挂钟：“从今宵过来的？结束挺早啊。”

轩轩冲她笑笑：“今晚是蔡萍，你知道的，她要回去看儿子。”

陈绯面无表情地哦了声，一点兴趣都没有。

轩轩沉默地站了会儿，就在陈绯想问他为什么不换衣服跳舞的时候，轩轩的声音传来：“想喝一杯吗？”

奇了，以轩轩的酒量，主动邀请她喝一杯，真是开天辟地头一遭。陈绯狐疑地看过去，说："你看着我喝？"

轩轩笑容更大，说："啤酒，啤酒我还是能喝个两瓶的。"

陈绯想了想，从地上爬起来，往更衣室走："行吧，等我五分钟。"

轩轩这人知情知趣，不像宋银川，恨不得直接跑过来问陈绯策哥为什么要走，你为什么不留住策哥。轩轩什么都不问，却好像能读懂人心，偶尔几句话说到点子上，逗得陈绯哈哈笑，只觉得心底隐秘的不快在慢慢消减。

轩轩看准了她心情转好，在那天的最后提出："小绯，以后喝酒来找我啊，也帮我锻炼锻炼酒量。"

陈绯没拒绝，只说："喝酒这事，练是练不出来的，要靠天赋。"

说完这话，隐约又想起在喝酒这事上天赋异禀的肖策，嘴角一拉，把手边半瓶酒一口气灌了下去。

轩轩看在眼里，泰然道："我有自知之明，比不上人家天生的酒罐子，但勤能补拙，现在多喝几杯，没准能改善改善后代基因。"

陈绯不置可否。但从那之后，她有了固定酒友。而轩轩把更多的时间都放在舞蹈室和陈绯身上，如此种种，落在楼里其他人眼中，两人似乎就这么顺理成章地走到了一起。

就连陈绯，有时候也会冒出这样的想法。也许这辈子就这么过下去，得逍遥时且逍遥，有人陪着吃喝玩乐，也是一件不错的事。

直到大壮死了。

陈绯永远记得那一天。白日里，厨房的师傅跟宋银川抱怨，说切西瓜的刀不见了要重新买一把，宋银川不太乐意地拿了钱给他。随后跑来跟陈绯告状说这个厨房的大师傅手脚不干净，以前偷着带点柴米油盐回家也就算了，这回明目张胆报失西瓜刀，是当他们傻吗？又絮絮叨叨地说，咱们茶楼也该与时俱进装摄像头了。

陈绯那天约了花雨巷里几个狐朋狗友看电影撸串，没心思管茶楼的事，不过宋银川提到摄像头，她倒是想起来一个月前舞蹈室为了防盗就装了几个摄像头，便挥挥手，说：“装吧装吧，你做主。”

陈绯玩到很晚才回去，天热，都那会儿了，她也没心情去舞蹈室找轩轩，直接回了楼里。本来想跟宋银川说几句话再回家睡觉，可到了前台，却没看见宋银川。

陈绯喝得八九分醉，凭借过硬的酒品，脑子虽然转得慢，意识还算清醒——她瞅了眼手机，那时候是深夜00:48。陈绯在一楼绕了一圈，连厨房都看了，也没找到宋银川。于是顺着楼梯上到南二楼。

茶楼生意不景气，晚上客人数量也不多。她一直往里走，连尽头的卫生间都溜达了一圈也还是没有看见宋银川的身影。走廊没开空调，布置的又是暖黄色的壁灯，陈绯热得发汗，拎着T恤领口扇风。

正打算下楼给宋银川打个电话，就闻到燥热的空气里，浮动的一丝血腥气。

陈绯皱眉，第一个念头是生气：都反复强调了不要玩这么大，宋银川到底有没有交代清楚？

这么想着，目光下意识在楼道的边角游移，似乎这样，就能找到是哪个房间的人不守规矩。

当她的视线扫过207的门缝，看到有一片深色的液体，似乎是从房内流出的，像是红酒，质地似乎更稠，此刻已经在门口积了不规则的一摊。

陈绯被酒精麻痹的思维一时没能反应过来，这还可能是什么。

先于大脑的，是她的行动。

陈绯走到207门前，压低声音道：“开门。”

无人应答，而且门也没锁，甚至虚掩了一道小缝。陈绯微微蹙眉，指尖一戳，门就缓缓打开了……

陈绯双目大张，陡然惊醒。

她维持着醒来的姿势半晌没有移动，等到身体和意识都发觉那不过是一场噩梦——花雨巷的血腥夏夜，已经过去很久很久了，她才慢慢放松精神和四肢。

随即感知到头疼，像被人按在地上捶过。陈绯又闭上眼，按着额角，翻了个身，想把脸埋进枕头里。

可身子稍侧，就栽进了个温暖的怀抱。

陈绯的脑门抵着一片光滑紧致的皮肉，她吸了吸鼻子，闻到男人沐浴后清爽的气味。陈绯这才发现自己和那男人都一丝不挂。她没动，大脑极力追溯昨晚的一切。

陈绯很快就把所有的事情都想了起来——她这个人，优点不算多，可酒品好得出奇，醉酒时虽然有些糊涂，却比清醒着还好说话。不仅如此，酒醒之后，也极少断片，点滴小事都记得清清楚楚。

甚至，在酒精的作用下，某些感受被放大，身体器官的记忆，分外清晰。她记起昨晚在香格里拉，酒局上发生了什么，也记起娇把自己背回来后，在阳台，浴室和卧室床上发生的每件事。

包括最后，肖策的问题和她的回答。

面前这个男人气息平缓，还没有醒。这么近的距离，陈绯能听见他的心跳搏动。她勾了勾嘴角，在心里说，肖策，原来我的身体是爱你的。

除了宋银川，没有任何人知道陈绯曾经生过一场大病。病根很早就埋下了，或许和她的饮食习惯有关，或许和她的脾气个性有关，但最有可能的病因，来自陈秋娥。

肖策还在的时候，陈绯就开始出现月经不调、下腹疼痛等症状，可她没当回事，默认是自己喝酒造作导致的。仗着年轻，没跟肖策提过，也根本没有想过去医院检查。

等到肖策离开今宵茶楼，陈绯的病情愈加严重，疼得受不了时，恨不得买安眠药吃。可这事又不好对花雨巷那帮狐朋狗友说，她便找了个时间，自己去市里的医院挂了妇科。

她很快得知，自己的身体里长了囊肿。这非常常见，医生语气平平，跟她陈述，很多女性都有，与性生活关系并不密切，甚至处女都会长，有很大的概率是囊性，恶性比例较低。

在等待检验结果的那几天，陈绯翻出了陈秋娥从前的病历本。才知道原来陈秋娥也曾患上同样的病症，她在三十七岁的时候，做了双侧输卵管卵巢切除术。陈绯通体发寒，她隐有不好的预感，觉得自己很有可能步陈秋娥的后尘。

更让她无所适从的是，那些预感全都应验了。

几天后，她一个人站在医生面前，看着他比第一次严肃很多的表情，听着他一张一合的嘴巴里说出来的话，觉得这个世界都陌生得可怕。

大多数人都会得的病，大多数人中的大多数都没什么问题，怎么偏偏到了她这里，就不太乐观了呢。

医生提出保守治疗和手术治疗两种方案，陈绯双目无神，听得头晕。最后医生停下来，看着眼前这个年轻的小姑娘，问："要不，你下次跟家人一起来。我们一起讨论讨论怎么进行后续治疗。"

陈绯眼前一花，她觉得自己应该是晃了一下，可实际上，她杵在原地一动不动。她脸色苍白，说："我没有家人。"

连医生都语塞了，他不便多问，顿了会儿，轻声说："那我先给你开药。你回去好好想想，或者跟朋友商量商量。过两个月再来做个检查，我要看看囊肿的生长情况。"

陈绯说好，低头收拾单据和病历，慢慢走出门去。她没能走出医院，站在人来人往的大厅，就蹲了下去，陈绯浑身发颤，筛糠样地抖，额头贴着双膝，手指紧紧攥着裤腿的布料。

那是陈绯二十年来，第一次感觉到真正的恐惧。在她还没有好好规划未来，还想着得过且过的时候，天落惊雷，将她劈醒。

陈绯清醒地认识到一件事：你还没来得及好好珍惜的东西，也许下一秒钟就不再属于你了。譬如亲人，譬如爱人，譬如健康。

没有能跟她商量的朋友，陈绯回去之后，有天夜里实在忍不住，给肖策打了通电话。在听到“您所拨打的电话是空号”的提示音后，觉得自己简直是犯贱。

而轩轩就在这个时候，向她走近。

旁人都以为陈绯和轩轩来往密切，是因为肖策离开后出现了空窗期，只有陈绯心里清楚，那时的她，无法拒绝任何人的陪伴。

陈绯和轩轩慢慢亲近，人也越来越开朗，一段时间后，在她思索着怎么对他开口倾诉病况之际，大壮死了。

大壮死状凄惨，陈绯目睹后，很多天都浑浑噩噩，甚至一度忽略了自己的身体。她胆子再怎么大，平日里再怎么要勇斗狠，也不过是个二十岁的年轻女孩。在见识过血淋淋的凶杀现场，经历过连日的噩梦缠身和警方无休止的细节盘问后，陈绯迅速地消瘦，食欲不振、失眠和梦魇让她整个人处于崩溃边缘，半点精神也提不起。

有那么一段时间，轩轩一直陪在她身边，所以当他提出晚上留宿在陈绯家中时，陈绯没有拒绝。可当轩轩试着拥抱陈绯，取悦她，温暖她，陈绯却表现得无比抗拒与回避，她干涸、萎靡，整个人了无生气。

“为什么肖策可以，我不可以？”

有一次，轩轩这么问她。

这问题触怒了陈绯，轩轩从不提肖策，却在这种时候提他，陈绯觉得刺耳非常。

“你是不是还想着他？”轩轩不依不饶。

陈绯烦了，索性说：“是，我还想着他。”

这话不是陈绯当时的真心话，只不过一时应激，才这么回答轩轩。可后者深信不疑，当即摔门而去。陈绯裸着上半身，直挺挺地躺在床上，看天花板的儿童灯具，那是陈秋娥装修时给她挑选的：主灯罩是云朵的形状，旁边还有一个小仙女模样的副灯，灯罩是仙女的裙摆。

这么多年了，一直也没换过。

陈绯眼睛眨也不眨地盯着那云上无忧无虑的小姑娘，直视得久了，眼泪自然而然地顺着眼角流了下去。她突然想：这么多年，陈秋娥一个人，到底是怎么扛过来的呢？

这问题令她深感疑惑，陈绯在往后那些失眠的夜里，靠酒陪着，不断地思索。可她想得眼睛和肚子都疼了，也想不出个所以然。

而轩轩，那夜之后，再也没有提及过陪伴。甚至在真凶落网，凶案告一段落后，陈绯自己调整好情绪，故作公事公办地找他合伙时，轩轩也没什么好脾气地回绝了她。

“轩轩，情意不成买卖在。你要是答应和我一起开舞蹈培训班，条件可以商量。”陈绯那时候这么劝他。

“我缺那点钱吗？”轩轩却说，“今宵茶楼都倒了，花雨巷也没什么好待的。”

陈绯皱眉：“你不要告诉我，你留在这里，当真是为了在楼里卖酒。”

轩轩：“难道你以为我是为了你？”

在来之前，陈绯甚至还想过解释，她其实没有用肖策恶心他的意思，她只是前段时间太疲惫——陈绯很少向人解释，可她觉得自己需要轩轩，比起打破原则的不愉快，孤独更让陈绯恐惧。

可轩轩这句反问把陈绯所有的话都堵了回去。陈绯心念俱灰，可她从来不怕硬碰硬，于是同样回应轩轩：“哪能呢，能让你留恋的女人不说上百也有数十，我不敢当。”

轩轩冷笑了声，说：“你也想想自己吧，留得住什么。”

他太了解陈绯，与她对阵，根本不需要大动干戈，他太知道怎么刺痛她。果然，这话说完，陈绯立刻跳脚，她恶狠狠地冲他道："用不到你来管！你爱去哪儿去哪儿，大路朝天各走一边！以后井水不犯河水，迎面碰上也别指望我跟你打声招呼！"

这小姑娘。轩轩甚至在心里轻笑。她的暴怒，在他眼里跟闹着玩似的。

轩轩离开花雨巷的那天，陈绯又一个人去了医院做检查。结果很不好，医生告诉陈绯，囊肿的生长部位很危险，生长速度也不容乐观，如果坚持保守治疗，可能用不了几年，会恶化得很严重。

陈绯问他："手术呢？如果我愿意放弃保留生育功能呢。"

医生看了她一会儿，低声说："这个手术，我们医院当然也能做，但是我们都清楚，小地方医疗条件确实比不上大城市。你这个年纪，这样的病情我们医院从前还没有收治的经验……我建议你去省城，H市有更多成功的病例和经验丰富的医生。"

陈绯嗯了声，问："大概会花多少钱，需要休养多久？还有……手术成功率以及术后复发率大概是多少？"

医生一一作答。

而后，陈绯变卖房产，带着宋银川来了H市。其实最初，真的不是冲着肖策而来。

大医院的说法和S城的医生相差无几，但给出的手术成功率要好看很多，主治医生表示，会尽可能地保留卵巢组织，以维持月经及生育功能。最好的情况是，术后她每两月会排一次卵，如果科学备孕，还是有怀孕的概率。

陈绯心里清楚，所谓"尽可能"和"最好的情况"，其实也就是医生模棱两可的话术，她想，自己这辈子再也不可能当妈了。

但也无妨，受陈秋娥的影响，她对生儿育女这件事毫无期许。她只担心一边的卵巢组织被切除会影响激素分泌，加速自己的老化，性欲衰退。

可权衡之下，还是命更重要。

陈绯早在S城就做够了心理建设，所以这次没有犹豫很久就签了术前协议。

临到要做手术了，瞒不过去，她才告诉宋银川。后者为此担惊受怕了许久，术前住院时，陈绯好几次夜里醒来，都能听见陪床的宋银川，蒙在被子里的啜泣声。

好在，腹腔镜手术很成功，她身体底子好，术后恢复也比常人要快，微创手术留下的疤痕本就不长，甚至还不如她胳膊上的刀疤明显。

住了两周院，又回家休息了两个月，观察期过后，一切如常，陈绯就着手开办她在休养期间就谋划好的舞蹈培训班了。

这么些年来，陈绯定期复诊、体检，比起从前在花雨巷的做派，已经堪称惜命了。

陈绯胡思乱想之际，肖策已醒。他睡得不好，迷迷瞪瞪睁开眼，陈绯看见他眼球上交错的血丝。等到他目光落在自己脸上，似乎想说什么，却脸色突变，猛地背过身，手抵着嘴巴，用力地咳嗽起来。

让你装。

明明不会，还抽那么多。

陈绯腹诽，又忍不住抬手啪啪地往他后背上拍巴掌，说：“你怎么在这？”

她打定主意要假装忘记昨晚的事。

肖策身子一僵，说：“你不记得？”

陈绯理直气壮：“我喝多了。”装模作样地想了会儿，“哦，我昨天把钥匙给你了。”

肖策不咳了，缓缓转身，说：“昨晚……你哭得很惨。”

陈绯：“你放屁。”

肖策没跟她纠缠谁是谁非，他直视陈绯，说：“我昨天想了很久，觉得有些话，应该跟你说清楚。”

他这正经严肃的样子让陈绯心神不安，她移开视线，平躺回自己的枕头上：“说。”

陈绯屋里的窗户没有关严，晨风鼓动窗帘，带起细碎尘埃。

肖策的目光没有实际的落脚点，沉浸在思绪里，大脑在不断完善逻辑，组织语言，试图用最简单明了的方法让陈绯获悉自己的想法。

他先说：“还完钱以后，我去找过你。可是你已经搬走了。”

那又怎么样，这能说明什么？

陈绯皱了皱眉，反驳的话还没说出口，肖策已经接着说下去：“当然，这不能代表什么。我回去，不是打算跟你复合，而是我终于……能挺直腰杆走进今宵茶楼。”

如果肖策现在做出一副情深无匹的模样，说他回去找她是因为忘不了他们从前的感情，陈绯马上就能跳起来把他骂个狗血喷头。要真是情深似海，肖策也不可能说走就走，哪怕中间回来的时候没找到陈绯，也会多打听打听她的下落。

陈绯太清楚了，他俩不是没感情，但说实话，两人从前真没到那份上。谁也不是为了谈恋爱而活着，换句话说，就连“活着”这件事本身都远在爱情之上。

他们没了对方，就好像丢了双袜子，刚开始是不舒坦，但一点也不妨碍走路。时间长了，也就习惯了。要不是碰巧遇上，谁还非得回头去找从前的那双袜子呢。

所以肖策这话陈绯听了虽然没觉得开心，倒也能接受，她觉得肖策没跟她装，她有兴趣继续听下去。

又起风了，肖策的视线落在半空乱舞的尘土上。他说：“我那时候根本没有想过谈恋爱。我不知道你能不能明白，S城不在我的正轨上。我走错了一步，所以去了S大，当务之急是修正错误。”

这话陈绯就不爱听了，她哼了声：“肖策，今宵是你主动要来的，怎么，合着我们都是歪门邪道就你是正人君子？真不好意思给你清清白白的人生大道泼了盆脏水。”

话是这么说，陈绯并没真的动怒，她甚至相信这就是肖策心中所想，只是这男人思维梆硬，不晓得拐弯抹角，修饰自己。

“不是你理解的那样。”肖策叹口气，耐下心来从头解释，“你知道，我爸妈死得早。是我舅舅和舅妈用我爸妈留下的钱把我养大的。”

这个陈绯听他简单提过一嘴，当时她听着没什么感觉——没爸妈完全说得过去啊，不然能穷成这鬼德行？

肖策：“我们村里大多数男人都不念大学，高中毕业以后，基本就留在村边的酒厂干活。有自己人介绍过去，干几年，不愁养家糊口。我舅妈说我爸妈留的钱早用完了，弟弟还要念书，供不起我上大学，他们希望我读完高中就去上班。”

陈绯没说话。

她小时候最不缺的就是自由，肖策这个情况她没办法想象。她是考不上大学，但凡她能考得上、想上大学，要是有人敢阻拦，陈秋娥分分钟能把那人腿打断。

肖策顿了顿，说：“可我成绩一直不错。我想试试，如果省排名靠前，进了清北之一，镇上会发奖学金。而且我可以打暑期工，不用花家里的钱。”

陈绯咋舌——这是成绩不错？

肖策：“我舅舅答应了。但第一天下午我去了考场，发现我的准考证不在文件袋里。”

陈绯一愣神，脱口道："你这也太缺心眼了。"说完又觉得不对劲，"这不像你啊。"

肖策笑了笑，说："早上考语文还在，我很谨慎，证件全都放在文件袋里，文件袋放在背包里，背包没打开过。中午回家吃饭午睡，再去考场就找不到了，那时候再跑回去拿已经来不及了。"

陈绯："让你家人打车送来啊……等下，这意思是你舅舅搞的鬼？"

肖策："应该是舅妈。我打电话回去，舅妈说家里也找不到。到了晚上才知道是中午鹏鹏写作业的时候找橡皮，打开了我的文件袋，准考证被扯出来压在他草稿纸下面，一起收进书包被他带走了。"

陈绯："放屁吧，这话你信？"

肖策："我不信。第一，鹏鹏的书包一般是舅妈帮着收拾；第二，我的背包如果有明显被动过的痕迹，我会在去考场前就检查一遍，可是没有——这说明有人故意不想让我发现。只不过那时候，我再不信，事情已经发生了。"

什么狗屁舅妈？！这是人吗！

陈绯火气一拱一拱的，刚想骂人，突然又顿住，问："那你没考试，怎么上的大学？"

肖策："我考了，第二天我没缺考。"

陈绯头皮一麻，说："等会儿，你是说，你有一门缺考，然后第二天还去考试了？第一天下午考什么啊？"

肖策："理综。"

理综好像一共三百分？

陈绯头皮又一麻，音调抬高："你理综没考也能上大学？！"

肖策："我算了算，理综按零分计，还有四百五十分，语文和英语是我的弱项，发挥正常的话，我能考得到四百一。这个成绩能上大学，哪怕是三本，进得了大学就还有机会，所以我去考了。"

他只说了事情经过，当初的情绪变化，没提一个字。陈绯没法想象肖策高考第一天的下午是怎么度过的，也没法想象他一个人怎么扛得住那种压力，还能要求自己第二天的考试正常发挥。

陈绯突然觉得肖策很陌生，可莫名的，又觉得自己更熟悉他了，好像很多从前不太能想得通的事情，一下子都有了根源。这忽而涌上心口的情绪复杂难摹，陈绯深深呼吸，说：“所以你去了S大。”

“嗯。”

陈绯懂了肖策所说的正轨是什么意思。这么一看，在花雨巷的那四年，真像他平坦人生大道上被砸出来的一个坑。他拼了命地从坑底爬出去，当然应该头也不回地走开。

不，陈绯又想，这所谓的“平坦”，也不过是外人看起来平顺。陈绯不是没上过学，她知道在资源匮乏的小地方，要想突破教育壁垒，保证“成绩一直不错”，不是件容易的事。

何况高考之后，肖策也就等于跟那一家人决裂了，他孤立无援，却想方设法地赚钱、考研，不惜一切代价也要重新回到他的“轨道”上，其间又下了多少次决心?

陈绯沉默了一会儿，问他：“怎么就一定要上大学不可？念大学和去酒厂，不是非得二选一，你成年了，有很多条路能走。”

“我喜欢计算机。初二刚开计算机课，学LOGO语言，一个星期只有四十分钟上机操作，那时候我就喜欢研究它们。可是在小地方，小城市，我能接触到的都太落后了。在能力范围内，我必须去最好的学校，最好的实验室，跟最好的老师学习。”

肖策连续使用了三个最好。尽管声音平静，却带着陈绯熟悉的热切，她好像听见自己声情并茂地跟宋银川讲述她是如何爱上舞蹈，又是如何规划尘嚣的未来。

陈绯闭了闭眼，努力让自己冷静。

良久，她说：“你这个人目标明确，为了达到目的不惜扫清一切障碍，肖策，我也只是障碍之一。”

陈绯能理解肖策一路走来的每个决定，但作为途中被轻易舍弃的那一个，理解不代表欣然接受。

肖策的喉头有些哽，这句话他无法辩驳，因为陈绯说的是事实。

他的声音低下去，说：“我不知道花雨巷后来发生了那么多事，如果我……”

后来发生的事？

陈绯恍然。

怪不得突然有一堆话想说，原来是听娇说了大壮的事。现在是怎么，大男人的怜悯心、保护欲作祟？

陈绯不想听了，她甚至有些失落，急急打断肖策的话：“你不知道的事多了，肖策，没有如果，你已经选了走人，就别假惺惺地掺和进这些跟你没一毛钱关系的事情里。我们现在这样，挺好的。”

肖策：“绯绯，从前的事我很抱歉……”

陈绯有些烦躁，说：“别道歉，如果你说这么多理由是希望我能原谅你，那你就太认真了。肖策，换成是我我也这么干。你真的不要太纠结以前的事。我找你，就只是因为床上合得来——我也不是非要找你不可。”

肖策一怔。

陈绯没看他，声音干涩：“而且我也没‘找’你，你心里清楚，我们就是刚好碰上了。如果那天没碰上，兴许一辈子也不会见面。”

有那么片刻，肖策哑口无言。

她说得对，这也就是那天碰巧遇见了，才有后续的种种。如果没有遇见，他还会和过去一样，把近乎所有的精力放在实验室的项目上——他正处于事业上升期，没有什么能比手头的项目优先级更高。或许再过个几年，他有所成，会找个女朋友，恋爱结婚生子，和很多人一样走完这一生。但那样的“一生”里，没有陈绯，她会永远变成回忆，随着时间推移，面目越来越模糊。等到他行将就木，快要躺进坟墓里，陈绯是什么人，他或许再也想不起了。

肖策的心狠狠一颤，他从前不觉得这个假设有什么不妥。

可现在不同，一切都不同了。

肖策回过神，微微振作，说："你说的，没有如果。我们已经见面了，绯绯。"

陈绯一时无言。

搬起石头砸自己脚这件事，不是肖策提醒，她还真没发现。

肖策："我今天说这么多，不是为了求得一个原谅，我只是希望我们都能更坦白。如果你不习惯坦白，没关系，我可以先来。"

怎么办，感觉他又扳回了一城。陈绯明明觉得自己已经快要说服肖策了——这个人为什么要想那么多，大家高高兴兴做个伴不好吗？

这么胡思乱想之际，陈绯听见肖策又说——

"另一件事，我也要坦白。绯绯，我一直惦记着你，能再见面，这机会千载难逢，就算那晚你没跟来，我也会想办法找你。"

他说惦记，陈绯没怀疑，否则他不会这么容易答应跟她做伴，不会这么些年苦行僧一样生活，不会事事迁就照顾，不会给楼下的流浪狗起名叫……

陈绯眉头一皱："肖策。"

肖策提心吊胆，等着她的后话："嗯？"

陈绯："另一只狗叫什么？"

肖策："什么？"这算是什么反应？

陈绯在被子里踹他一脚："叫什么？"

她踹得不重，但正中麻筋，肖策闷哼一声，回答她："酒鬼。"

陈绯无语。

感谢酒鬼，室内的气氛一下变得轻松起来，陈绯叹了口气，说："肖策，你是不是挺喜欢我的？"

肖策："很喜欢。"顿了顿，加了一句，"比以前更喜欢。"

陈绯兴味盎然："多喜欢？我让你跟着我，不许再管什么项目，来我工作室当老师当前台你也能干？"

肖策想了一会儿："不能。"

陈绯嘁了声，脸上却挂着笑："那你好意思说很喜欢？"

肖策面不改色："我好意思。"

陈绯服了，这个人脸皮是铸铁的吧？

陈绯敛了敛神色，说："要是你明知道我们迟早有一天要分开，也会这么喜欢吗？"

她这话说得轻飘飘的，任谁听了都会以为只是一句试探的玩笑。

肖策："嗯。"

喜欢的程度从来都跟时限无关，只和对象有关。

陈绯又咧嘴一笑，这次眼底却没太有笑意，她低声说："那就先这么着吧。是你心甘情愿的，所以要是哪天我跟你说分手了，你也别觉得委屈——就当成迟来的报应好了。"

肖策垂眸，看了陈绯一会儿，说："好。"

这一次交谈过后，陈绯直觉两个人的关系发生了很大的改变，但浮于表面的一切，都还和从前一样。

二轮彩排结束的那天正值圣诞节，肖策提前订了位置，请同组的师兄弟吃饭。

选的是邹宇骐提议的万达海鲜自助餐厅，肖策跟他们约在晚上六点，他提前去接陈绯。

天冷得出奇，天气预报说明后天会有降雪，肖策看见陈绯套着件开襟大衣就从电视台大楼里面小跑过来，忍不住伸手给她紧了紧外套。

肖策让她先坐进出租车里："怎么不穿羽绒服？"

陈绯冻得直往手心哈气，没回答他，先问：“我好看吗？”

大衣红得很正，陈绯里头穿了纯白的高领毛衣，衬得那红色格外醒目。她扎着清丽的半丸子头，碎发落在鬓边，嘴唇和大衣一个颜色，牙齿莹白，随着她说话，露出一点来。

明眸皓齿，活色生香。

饶是肖策这钢铁直男，都看得出陈绯打扮过。她嚣张霸道，有时候会让人忘记她其实是个年轻漂亮，走在路上都会有人愿意搭讪要微信号的姑娘。

就算没有感情基础，肖策也想不出不喜欢她的道理。

肖策把她的手拉过来，塞进自己外套里，用胳膊夹住，说：“好看。”

“那不就行了，我给你撑场面，好看比什么都重要。”陈绯双手被粗糙的棒针织毛衫和他的体温温暖，她说，“化妆师下班前随手给弄的，说我的气质适合走甜美路线。还要给我卷空气刘海，被我拦住了。”

肖策沉吟，说：“化妆师眼神不太行。”

“哦？”陈绯觑他，“那你说说看，我适合走什么路线？”

肖策思索再三，问她：“你有没有听说过……黑寡妇？”

陈绯皮笑肉不笑，双手猛地收紧，掐他腰侧的肉：“黑什么妇？什么寡妇？黑寡什么？”

肖策瞬间绷紧腰腹肌，还是被她捏得破功，碍于司机师傅，忍得很辛苦，低声求饶：“我错了我错了……”

说话间，哈出的热气撩动她耳际碎发，刺挠着，怪痒的。陈绯放过他，也抽回手，靠在座位上，头偏向另一边，看着窗外快速掠过的城市街景，嘴角深藏笑意。

陈绯的亮相惊呆了407全员。自打几人在自助餐厅门口碰面，互相介绍完毕，直到服务生引着他们找到座位，邹宇骐的视线就没从陈绯身上移开。

陈绯泰然自若，大课上多了，她对这种注视早已经完全免疫。

可唐剑看不下去了，趁着陈绯去取餐，伸手拍邹宇骐脑门：“什么表情？口水收一收。”

邹宇骐丝毫不掩饰自己对陈绯的赞美：“策哥，我总算明白你为什么对夏洋洋爱答不理了，嫂子真好看啊！她有没有姐妹闺密？这不给兄弟介绍，说不过去是不是？”

唐剑挡在邹宇骐和肖策之间，清清嗓子，认真道：“有这种好事，请先考虑考虑师哥。”

肖策忍不住笑：“你们一会儿直接问她。”

邹宇骐：“问嫂子多不好意思啊，感觉她挺腼腆的，追着问她该以为我们是一群如狼似虎的死宅男了。”

唐剑纠正他：“什么‘我们’？就你一人。”

肖策：你不是对陈绯的误解有点深，就是对腼腆这个词的误解有点深。

这边原本闹闹哄哄，可看到陈绯走回来，一帮人全都安静下来，默默地起身去取菜了。

陈绯好笑地坐在肖策身边：“什么情况？”

肖策简单复述，陈绯一边吃一边听，笑眯眯道：“我无所谓啊，搞联谊呗，哪天组个酒局，我们尘嚣的老师个个都能喝。”

陈绯外向，应对几个在机器跟前神气活现、面对“三次元”女性就束手无策的程序员，游刃有余。她给足肖策面子，言笑晏晏，张弛有度，尤其是答应了要带工作室的姐妹跟他们吃饭之后，407众人对她好感度飙升。

陈绯第三次取餐时，邹宇骐凑上前问肖策：“嫂子她是舞蹈老师啊？怪不得气质这么好。”

唐剑：“尘嚣这名字我听说过，我们学校不少人都去报名的。有一句说一句，他们网站做得是真不行。”

“你也看过他们网站？”

肖策正在帮尘嚣做网站优化，闻言起了兴致，跟唐剑讨论起来。其他几人为了加入他们的讨论，也腾出手打开手机页面，搜了尘嚣的主页。

“哟！巧啊几位。”

几个技术宅正聊得热火朝天，冷不丁听见头顶传来熟悉的声音。

邹宇骐先抬头，看见来人，笑开了：“嘿，越哥，你们也来聚餐？”

来的正是以韩越为首的305那组人。韩越的目光在场上逡巡，笑得意味不明：“圣诞节嘛，我请他们吃个饭，庆祝项目圆满结束。”

肖策觉得不是“巧合”，瞟了眼邹宇骐和韩越的表情，稍稍一想就知道这大嘴巴估计是告诉了韩越他们今天的聚餐地点。

果然，韩越下一句便是：“小邹不是说这是肖策的脱单饭吗，弟妹人呢？肖策你这不厚道啊，都不请我？”

邹宇骐觉得自己分分钟被韩越卖了，怪不好意思地帮肖策说话：“你们项目不是今天才交付吗，怕你们太累了。”

305的周政和夏洋洋都在，一个打趣道：“吃饭谁会累啊，要不一会儿走第二场？唱歌还是撸串？”另一个默不作声，目光执意不肯落在肖策脸上，一副冷淡不在意的模样。

这边正说着，陈绯端着满满当当的餐盘回来了，眼看着座位旁边站着好几个人，为首的身形有点眼熟。

邹宇骐的座位正对着陈绯，先看见她，开口：“看到了吗，那就是嫂子，漂亮吧？”

他这一声，305所有人齐刷刷看了过去。多数和407那几个反应相似，有两个人瞬间黑了脸。

一个是韩越，一个是夏洋洋。

原来是韩越，陈绯也认出他来。她面不改色，走到肖策身边坐下，甚至笑盈盈地看着他，说：“阿策，这些都是你同事？”

在场的人其实有不少在小龙坎见过陈绯，但只是匆匆一眼，况且那时候的她和现在扮相判若两人，除了韩越，谁也没有认出来她。加上陈绯这话一说，好似真是头一回见到他们，305众人也都没多想。

只有韩越知道不是，只有他知道，这女人同时勾搭自己和肖策，最后居然和肖策走在了一起！他想起那天陈绯和自己去看电影，在秦方大厦一楼碰到肖策的场景。现在回过味来，猛然明白了，原来那天肖策是去找陈绯的！

怪不得，怪不得那天看电影吃饭陈绯心不在焉，最后还拒绝了他，原来是肖策搞的鬼！什么本科时候认识的，分明就是不敢说是那天吃火锅的时候泡上的！

你可以啊肖策，一边搭着老女人，一边撬墙脚撬到我这里来了！

韩越又想到那天吃饭时，他对陈绯说了有关肖策的八卦，更是怒到极致，脸上青一阵白一阵，最后挤出一个变形扭曲的笑维持表面的平静。耳中听着周政和他们寒暄，却一个字也说不出来。好在领路的服务生催过一遍，大家才有要离开的意思。

等坐到他们自己的桌边，周政问韩越：“怎么突然不说话了？一会儿搞不搞第二场？”

韩越冷着脸，说：“搞个屁。”

周政莫名其妙，想问，又忍住了，暗自猜测韩越是因为肖策有这么好看的女朋友而怄火。大家都是男人，一起单身这么久，肖策突然带了个漂亮姑娘，谁心里没点不舒服呢，但哪个都晓得掩饰过去——被看出来也太丢份了。周政没料到一贯最会做表面功夫的韩越会崩。

转念一想，周政心里还挺高兴：韩越平时自负得很，一副老子人脉最广最牛的样子，还对夏洋洋有想法，他也看不惯韩越。

现在韩越在肖策跟前狠狠受挫，真是让人极度舒适。

而夏洋洋全程一言不发。在见到陈绯之后，她终于理解了这果然是个看脸的世界，她真的算是看错了肖策，还以为他和别的猥琐男人不同，不是只看外表，没有想到他也那么肤浅。

想到这里，又记起韩越的话，不由得瞎想：这个陈绯知不知道肖策和徐教授的事啊？陈绯也许根本不知道肖策背着她做的事。

各人心怀鬼胎，揣着自己的小心思，饭局竟然也这么看似和谐地结束了。

和同事们道别，肖策带着陈绯一起回家。

路上，陈绯说："你这学长真有意思，特地选这里请他们组同事吃饭，跳梁小丑都没他戏多。"

肖策："不用管他。"

陈绯却不认同："对这种人，我劝你多长个心眼，不然什么时候被阴了都不知道。"

肖策："我们虽然在一个实验室，但是分属不同的研究室，很少有利益往来。"

陈绯哦了声，对韩越的兴趣不大，也就没多问。

两人沿着路边走，肖策走在来风的一侧，给她挡得严严实实。他们聊起对网站的改动，陈绯的话多了起来，表示希望能增加舞蹈示范课视频的露出机会，还有改进现在的在线咨询系统。

肖策一只手始终插在外套口袋里，手心捏着个方形小首饰盒，几次想要开口，可陈绯完全没有停下来的意思，他觉得时机不对，忍了回去。

等到两人走到刘记烟酒对面，等红灯准备过人行横道了，陈绯才说完自己的全部需求，肖策点头答应，又说："今天是……"

才起了个头，陈绯手机响了。肖策收声，她拿出手机，肖策看见屏幕上显示的来电人备注名是轩轩。

那边说了什么肖策听不见，只听见陈绯嗯了几声，然后说："你怎么知道我家在哪儿？"

肖策蹙眉。

绿灯亮起，陈绯和肖策一同往前走。

陈绯："你是在国外住了几年才有这习惯。你忘了我们在国内？我不过洋节。哎……"

那边似乎把电话挂了，陈绯移开手机，嘀咕道："这人还跟以前一样，想一出是一出。"

与此同时，他们已经穿过马路，来到了小区门口。

而那里，正停着一辆深蓝色的玛莎拉蒂。

看见陈绯走过来，轩轩从副驾取了一只带着爱马仕logo的纸袋，打开车门，长腿迈出。他冲陈绯微笑，从脚到头发丝都如出一辙的优雅，他声音温和，说："小绯，圣诞快乐！"

陈绯垂眼看了看轩轩递来的纸袋子，没接，说："圣诞快乐。不过我没给你准备礼物，免了吧。"

轩轩："如果你能请我上去坐一会儿，就是最好的回礼。"

陈绯发现轩轩这次回来之后，根本就不把肖策放在眼里，他看上去彬彬有礼，侵略感却无孔不入。

陈绯笑笑。

"不能。"她说，"我今天去阿策家。"

她搬出肖策来拒绝他，轩轩这才将目光移至肖策面上，视线上下顺了一遍，笑容里反而平添几分自得："现在混得不错？"

肖策："还好。"

轩轩："好久没见了。改天约你，打个高尔夫？"

肖策："不会。"顿了顿，说，"打羽毛球可以。"

他回答轩轩的语气不卑不亢，一点也不觉得不会打高尔夫是一件丢脸的事。

轩轩被他的回答膈得顿了片刻，才哼笑一声，说："我都奉陪。"

又转向陈绯，这回纸袋子倒是放下去了，他笑容亲和，说："不打扰你们，我有空去尘嚣找你跳舞。"停顿一会儿，款款望着陈绯，"欢迎吗？"

陈绯："欢迎啊，随时过来。"

她要说不欢迎，兴许轩轩还会觉得陈绯介意从前的事，可她一副面对老朋友的客套，眼里没有半分隐藏的情绪。那天喝酒也是，陈绯只当是旧友重见，完全不觉得他从前欠了她，不觉得他应该补偿她。她坦坦荡荡，坦荡得让人生气。

可轩轩并没有表现出自己的情绪，甚至转身开车离去的动作也不紧不慢，经过两人的时候，还挥了挥手。

轩轩的车子远去，陈绯回头看向肖策，用脚尖在他的鞋帮子上磕了磕，说："心里不舒服？"

肖策摇头："没有。"

"骗人。"

陈绯靠近他，两人衣角相贴，她抬头，路灯灯光打下来，她的脸庞轮廓柔和，口红早因食物而被抹去，露出原本淡淡的桃色。

陈绯："他在你跟前炫富，你不怄气？"

肖策："比我有钱的人太多，我要因为这个怄气，早怄死了。"

陈绯换了个说法："他对我献殷勤，你不吃醋？"

肖策："你喜欢他，我才吃醋。可你的态度明确，明摆着……"

陈绯嘴角噙笑："明摆着什么？"

肖策："让我放心。"

"屁。"陈绯否认，嘴角却上扬，她用食指戳他的胸口，"少自恋了。我只是不喜欢这种，自以为掌控一切的人。他从前不是这样的。"

如果说肖策刚才完全没有醋意，现在看见陈绯说起轩轩从前的表情，心里还是介意了。他伸手抱着陈绯，垂头说："谁都会变。"

能抓住的只有现在，未来会变成什么模样，没人猜得到。

陈绯也抬臂去抱他，胳膊被肖策口袋里的硬物硌了下，她问：“什么东西？”

肖策：“送你的圣诞礼物。”

陈绯的脸埋在他的衣襟里，吃吃地笑：“那怎么不给我？”

肖策：“本来想给你。听说你没有准备回礼，就会拒绝，还是算了。”

陈绯仰脖，顺手在他屁股上狠狠一掐，虎着脸道：“少来，拿出来！”

肖策迎着她凶巴巴的目光，倏尔笑了，手伸进口袋里，把那个首饰盒拿了出来。他打开，里面是一条锁骨链。

铂金的链子，当中缀着一点绯红，是颗红玉髓。

陈绯看见牌子，嘀咕了声：“这东西挺贵吧。”又说，“肖策，你搞清楚，谈恋爱不要随便送小姑娘东西，要是以后成不了，你就做赔本买卖了。”

她还想说，你那点钱，是够你生活了，但是讨老婆远远不够，别瞎挥霍。但这句话，在脑中滚过一遭，没说出口。

陈绯穿着高领毛衣，没法试戴，肖策把盒子整个放进她手里，说：“你也知道，我在谈恋爱，不是在做买卖。”

陈绯显然满意这个回答，肖策看见她眼底的情动——她很少掩饰情绪，一双眼睛，就把爱恨写得清清楚楚。她的眼睛，她的身体，连接着她的心，肖策从前踏进过陈绯心里的沼泽，他知道那里黏稠柔软，会裹挟着误入的人，深陷其中。

肖策带她穿过小区去他那里，走到一半，陈绯顿住脚步，对他说：“去趟药店。”

肖策：“胃疼？”

陈绯：“去买套。”

肖策猛地一噎。

算算日子，快到排卵周期了。虽然手术后，她两个月才能排一次卵，加上生理条件极难受孕，陈绯也不愿冒这个险。

那晚他们很投入。

灯光之下，肖策看见她小腹上有三条细小的疤痕，像“个”字，两边只有0.5厘米长，中间一条接近1厘米，伤疤几乎贴近肤色，如果不是处于他这样亲密的角度，根本不会发现。

肖策在他们重遇后的第一次就已经见到过，而后他上网查过，得知这样标志性的疤痕，是腹腔镜手术留下的痕迹。而腹腔镜手术适用范围很广，既有可能是胃肠、肝胆、脾胰疾病手术，也可能是妇科疾病手术。 肖策的吻落在那几道旧伤上，又慢慢亲上去，他听着陈绯或急或缓的喘息，心头有什么饱胀开去，他低声在她耳边说：“绯绯，你好敏感。”

回应他的是一声低哼。

这一次，肖策真正掌握了她所需要的节奏，陈绯也很快觉察到他的可怕之处。这个男人的学习能力太强，不过摸索试探几次，就明白了如何能让她在温暾的舒适与轻微的痛苦里沉沦。

陈绯睁开眼，看见肖策还未褪去红痕的眼角，心尖蓦地一疼，她抬手勾住他的后背，双唇贴在他的眼皮上。

手术后，陈绯虽没有明显地感受到身体的加速衰老，但她确切感知到了性欲的减退。

一次如此，两次三次，次次如此。

度过了最初的焦虑期后，陈绯在高强度的工作中找到新的发泄方式，慢慢想明白一些事，于是泰然接受了那样的自己。

可她没有想到，重新见到肖策，会改变这一切。

爱过肖策，这件事她不得不承认。他让她生气，也让她在意，就连再相见之后，他也和别人都不一样。

陈绯确信，这个男人，她一生都不会忘记。

陈绯不知道的是，那一晚，她离开电视台后，李潇、萌萌、娇和大喵也为了庆祝彩排结束去约了一波大排档。

情侣满街，他们越品越不是滋味，大喵提议喝酒，一呼三应。娇是最不能喝的，没几杯下肚，就咸鱼样瘫在了李潇身上，双眼发直，开始胡言乱语了。

萌萌和大喵边喝边聊，难免把话题扯到陈绯身上。

“你们还记得那天赵老师看老板的眼神吗？”萌萌说，“我敢保证，他们之间肯定不只是‘师徒’关系那么简单。”

“你也这么觉得啊？”大喵跟萌萌碰杯，说，“要我说，他们以前肯定在一起过。”

李潇皱眉，一个肖策已经够他烦的了，又来一个赵承东：“你们就会乱猜，一个眼神都能脑补一部电视剧了。”

大喵和萌萌对视一眼，一起给李潇敬酒，睁眼说瞎话安慰李潇：“对对对，是我们不好，绯姐谁也不喜欢，跟谁都没在一起过。”

“这你们就不知道了吧。他们不只在一起过，绯姐还、还……”

听到这里，娇突然插嘴，神神道道地开口了。

大伙现在都知道娇跟陈绯是旧相识，他嘴里说出来的话，可信度最高，便齐齐望向娇。

大喵：“我就说在一起过吧！”

“嘘——”萌萌半引诱地低声问娇，“绯姐还怎么样？”

娇脑子一团乱，依约想起五年前自己先来了H市，而后不久就得知陈绯和宋银川来了。可她陪自己去过一次红欣影视之后，就怎么也约不出来了。娇以为她生气自己跟红欣签约，不断找宋银川，要跟陈绯当面解释，都被宋银川含糊其词地拒绝了。

娇不死心，几次蹲守，终于被他发现，宋银川那几天一直往妇幼保健医院跑。

娇在医院门口拦下宋银川：“绯姐是不是在里面？！你们怎么都瞒着我？”

宋银川牢记陈绯的叮嘱，她的病况谁也不能告诉，便对娇说：“你不要问了，绯姐这性子，不可能想让别人知道的。要是晓得我跟别人说，哪怕半个字都会一掌拍死我！”

住妇幼保健医院，还能是什么病？娇不再强求见陈绯，临走前仔细叮嘱宋银川道：“那你好好照顾绯姐，别告诉她我来过。女人这会儿身心受创，最需要人陪。”

……

娇喝得头昏脑涨，回忆的片段仿佛有了具体形状，在脑子里翻来覆去。偏偏耳边一直有个烦人的声音在追问：“绯姐和赵老师还怎么样呀？你别吊人胃口啊焦老师。”

娇捂着额头，觉得脑袋有千斤重，他用力挥了挥手，想要赶走这声音，便气愤地喊道——

“别吵啦，绯姐还为他打过胎！”

吼完这一句，全世界都安静了，娇满意地向旁边一歪，彻底睡了过去。

在场所有人都目瞪口呆——只是八卦心起想吃个瓜，谁也没料到陈绯和赵承东背后的瓜这么大。

大家足有十多秒钟没说话，等到大喵再端起酒杯，几个人都很有默契地把话题绕开了。可架不住好奇心在时间的推移中慢慢膨胀，桌边的酒瓶子七歪八扭倒了一大片，连几人中酒量最好的大喵都觉出燥热、迷糊时，萌萌终于先开了口。

“你们觉得……老板和赵老师那事，肖策知道吗？”

大喵非但没有阻止，反而顺着她的话思索片刻，道：“不好说。可能肖策都不知道有赵老师这号人。”

萌萌脸上一片醉红，舌头都快捋不直了：“这种搞程序的直男，看着就跟‘接盘侠’似的……”话说到这里，自知失言，连忙补救道，“当然啦，我也不是说老板故意骗他。”

李潇听不得萌萌这么说，皱了皱眉：“焦老师喝多了，可能就是顺口胡说，未必是真的。退一万步讲，就算是真的，老板也不一定骗了人，兴许人家根本就不在意呢？”

李潇从前站在陈绯那一边，为她说话，替她出头，萌萌或许还念着他和老板有可能走到一块去。可现在，事实明摆着，李潇压根不是陈绯的菜，轮谁也轮不到他。他居然还在为陈绯说话，还真当自己是个痴情种?

萌萌心里有气，借着酒意，回敬道：“对，老板是‘绝世白莲’，她做什么都是对的。”

李潇：“这里最没资格说她的就是你。”

他指的是萌萌平时练习偷懒注水，彩排被王导训斥的那件事。李潇不说还好，一说到那件事，萌萌心里的伤疤立刻被揭起。她记得那天自己哭得很惨，还扑进了李潇的怀里，她本以为李潇再怎么对自己没感觉，好歹也抱了她，总有些怜香惜玉的心思。可没承想，李潇竟全然不顾她的感受，也觉得问题都是她引起的!

萌萌打小就没受过气，这两天倒好，什么人都给她脸色看了。酒气冲脑，她猛地起身，居高临下看着李潇，说：“李潇我真瞧不起你！你就是条舔狗！你知道那话怎么说吗，舔狗舔到最后，一无所有！”

见李潇一时被她喊蒙了，萌萌又噼里啪啦道：“陈绯能是那么简单的人吗？她才比我大几岁，就一个人把舞蹈工作室开成这样，没背景没手段能做得到？你看看她把那些男老师治得服服帖帖，还有宋银川，就跟她保姆一样，这么会搞男人，谁知道她以前是做什么的！”

萌萌这些话一说出口，大喵就明白，她心里肯定是憋了很久了，要不不可能这么连珠炮似的说出来。

但这内容，太过了。

李潇比萌萌清醒些，气得一摔杯子，拿食指点着她，威胁道：“我不跟女人一般见识。但你也别太过分！”

“李潇！你还不知道萌萌心直口快吗？”大喵一看两人这剑拔弩张的，连忙拉住李潇，又道，“好了好了！都少说几句。今天就到这吧，各回各家，睡一觉什么都忘了。”

萌萌和李潇还在互相瞪着，好像谁也没听进去她的话。

大喵没辙，想了会儿，又说：“你们谁把娇送回去？”

两人异口同声：“我不送！”

大喵举双手投降：“行行，那我送，我送他走。李潇，你跟萌萌出去走走，醒醒酒，都是同事，低头不见抬头见的，别搞得太难看。”一面说着，一面推了李潇一把，“你不会让她一个小姑娘自己回家吧？”

萌萌这丫头，娇生惯养的，嘴上没把门，又喝了酒，确实不该跟她太较真。李潇深深呼吸，起身走到萌萌身边：“走吧。”

萌萌头一扭：“我不走，你还没跟我……”

话音未落，李潇矮身将萌萌拦腰一抱、向上一提，居然把她扛在了肩头。萌萌要挣，奈何他箍得太紧，她无处施展。

“李潇！你不要脸！”

“少废话，等你明天酒醒了，我再跟你算账。”

大喵听着两人闹闹哄哄走了，揉着太阳穴，扶起桌边的娇，挪去马路边等出租。圣诞夜，空车难等，网上约车排队队列也长，大喵半抱着娇，烦躁地低头看手机。

这男人喝多了真是麻烦，跟猫科动物似的，脑袋在她脖间一蹭一蹭，间或哼唧，还带了哭腔。

估计是做梦了。大喵腾出一只手，拍拍他的背，余光瞥见男人纤长浓密的睫毛和樱红色的薄唇，心里微微一动。

美色在前，谁能真的波澜不惊呢？男人做不到，女人也未必能做到。

圣诞之后，尘嚣的重点忙碌项目也就告一段落，大伙累得几乎脱了层皮后，迎来了难得的清闲时光。

省台的跨年晚会如期进行，一切顺利。经肖策之手改进的2.0版本网站上线，主打的噱头就是电视台合作编舞工作室，尘嚣趁热度营销了一波，元旦期间前来咨询、报名的人数就破了历史纪录。

陈绯满面春风，看花花红，看草草盛，连带着在尘嚣看见来找自己跳舞的轩轩也倍感亲切。

轩轩告诉她，自己打算在H市暂居，他在这里念过几年高中，有很多老朋友要见。

陈绯并不意外，只是问他，打算在H市做什么。

陈绯见识过赵承东现如今的财力，和他在舞蹈上的成就并不匹配。她很自然地想到他的父亲，那个极有商业头脑，凭着一笔原始资金就能东山再起的男人。

轩轩一边跟着音乐节奏跳舞，一边轻飘飘地告诉她，他爸赵吉风三年前就因为贿赂官员，进局子了。他用他爸留下来的钱，做点投资。

原来还有这一出。

陈绯不好过问赵吉风的事，把话题引到后面半句话上去，玩笑道："投资这么赚钱，早知道就不累死累活开工作室了。"

哪晓得轩轩还真接她的话，眼里存着笑，语气莫测："那别开工作室了，我带你赚钱。"

音乐还在响，舞蹈教室里的两人却都不跳了，靠在墙边的把杆上，陈绯分辨着他这话的真假，摆出受宠若惊的模样，说："天上砸馅饼这种事，我活这么大还是头一次碰到。"

"你难道不想赚钱？"轩轩，"小绯，馅饼砸过来，你接吗？"

陈绯笑眯眯道："我想啊，赚钱谁不想？"说完后，话头一转，"但我不接。"

轩轩的表情没有改变，等着她的下文。

陈绯把腿抬上杆去拉筋，说："我喜欢跳舞，做生意搞投资我玩不来。"

轩轩笑道："你不用亲自去谈，凭我们的关系，只要你愿意，还需要你自己费脑子吗？"顿了顿，又说，"你赚了钱，一样可以开舞蹈培训班。想跳舞，随时随地都能跳。"

他这么知情知趣的人，不会听不出来自己在婉拒，可他还要往下劝，陈绯不由得道："轩轩，你扶贫的决心这么坚定吗？那要不，提携提携娇？或者帮银川拉点活。"

轩轩："我和你的关系能跟他们一样吗？"又仔细打量了陈绯的表情，宽容地笑笑，"看来我的提议太多余了。"

陈绯："谢谢你。不过我这个人没什么上进心，得过且过惯了，现在挺好的。"

这话要是五年前的陈绯说出来，轩轩一百个相信，可是现在，他一个字都听不进去。

他的语速放慢，温声细语地说："你真的觉得现在挺好吗？"

陈绯蹙眉，耐心被他一点点磨尽："我不算事业有成，可工作室也已经走上正轨；从前的朋友，娇、银川，都留在我身边；还有肖策……他也回来了。轩轩，我觉得人不能太贪心，有事业、朋友、情人，够了。"

她曾经非常介意轩轩对自己说的那句话。他让她想想自己，留得住什么。所以她对轩轩说的话，也像是在做一个遥远的回应。

这一次，轩轩没有反驳她，似乎真的被陈绯说服了。在离开前，他还是劝陈绯考虑考虑："你就当作是我给你的补偿，小绯，你随时可以来找我。我想这个世界上，没有人可以像我这样愿意并且能够帮你。"

男人说大话的时候，总喜欢以"世界"为前缀，陈绯不以为意。

她没有想到的是，而后不过短短数月，她真就走到了山穷水尽的地步。

第八章

落雪

电视台“曝光效应”比陈绯想象中来得更猛烈，到一月中旬，前台小妹子就对陈绯说学员数已经饱和，总部所有老师的大课学员全满，再有人报名也没办法排班了。现在能做的就是尽量分流到二道口路分部去，可是一来，很多学员是冲着固定老师去的，也不愿意费时间多走一段路去更远的分部；二来，二道口分部现在的老师数量也不够，基本是靠着大喵和娇撑起的，他们也忙不过来。

当务之急是招聘更多老师，以应对激增的学员。

陈绯有点烦。原因是尘嚣的专职老师向来都由她挑选，名义上是陪她喝一顿酒，其实也算是变相的面试。可现在时间紧张，她哪还能慢慢考察筛选，找到符合要求的老师？

之前让娇破格进来，已经有老师私下议论，可他业务能力过硬，短短一个月就吸引了不少学员，也没人说什么。现在如果再为了应付眼下的困境紧急招人，大伙是不是会更觉得她言而无信。

陈绯差点一个冲动，自己加设大课，把新学员都接收了。但她深知，从前她单打独斗，开个小作坊，再怎么拼都没事，现在她作为管理者，绝对不能再把全部精力放在如何带课上。何况她收来的学员，很难脱手。

陈绯顾虑重重，压力无处释放所带来的焦灼感转化为性欲，她晚上要得厉害。肖策嘴上没说什么，可当陈绯双休日突然去找他，发现他在家举哑铃、做平板撑，搞得满头大汗。陈绯倚在卧室门边，手指转着钥匙圈，扑哧一声笑了出来。

肖策面不改色地站起身，白色背心已经浸得透湿，他伸手捞过桌上的水杯，灌了几口，说："今天不去人才市场？"

陈绯不抱希望地耸肩："大喵今天有空，她和娇一起去了，刚刚娇给我发了四个字。"她扬扬手机，上面写着——歪瓜裂枣。

话题接着转回来，陈绯似笑非笑地用目光上下顺他："练腰腹肌和臂力哪？"

肖策嘴角一抖，说："全民运动，健康生活。"

陈绯扬眉，看似信了他的鬼话："白天运动，晚上也运动，不怕过劳死？"

肖策假装没听见，路过陈绯作势要去洗澡，被她拽住。他低头看她，用眼神表达疑惑。

陈绯："如果是你，你怎么做？"

这段时间以来，陈绯都是一个人面对尘器的所有问题，她没有开口跟肖策提过。反倒是宋银川，早早就火急火燎地找他出主意，问他有没有认识什么学舞蹈的老师能来兼职。

可惜肖策交友圈极窄，在这方面没办法提供帮助。况且陈绯要强，不喜欢别人插手她的事，她不跟他提，如果他强行出主意，或许适得其反，所以他选择了沉默。

但是今天，陈绯主动问他，肖策心头一松，觉得事情开始往好的方向走了。

“别装，我知道银川都跟你说了。”陈绯嘀咕，“你在他眼里是智多星，百宝锦囊。”

肖策说：“我认为现阶段最重要的不是招聘新老师……”

这话和大喵的建议完全相反，陈绯蹙眉，却没有直接反驳，只是说：“你知不知道我们每天接到多少咨询？”

肖策反问：“这样的咨询量，你觉得能持续多久？能稳定吗？”

跨年晚会的热度一过，大家的新鲜劲慢慢褪去，还能保持多少热情？

陈绯：“不能稳定。”

肖策：“也就是说，学员激增只是现象级的。”

陈绯：“我想过这个问题，也知道这个月过后新学员人数会骤减，但是这个月的增量我为什么要平白无故地放掉？”

“不是让你放掉。只是做一个缓冲队列。”肖策说，“在保证服务可用前提下的降级策略。”

陈绯：“说人话。”

“我打个比方。”肖策说，“淘宝双十一的客流增量是不是会在某个瞬间达到峰值，作为平台方，他们如果没有办法立刻承接这些流量，就要想办法做一个缓冲。也就是你会看到，提交订单时出现的验证码，虽然只是让顾客停顿短短数秒，可是已经能把巨大的流量压力平摊下来。”

陈绯品出点意思来：“你是说，现在涌来的这批学员，我没必要急着一口气吃下他们？”

她一点就透，肖策笑道：“对！假设尘嚣现在进来五百个学员，你为了立刻留住他们所有人，在无法保证质量的前提下火速招来五位兼职老师，看上去是扛住了压力，其实后患无穷。”

这就是陈绯一直担心的问题。

新学员是看到尘嚣与电视台合作才慕名而来，必然对这里抱有极大期望，在这样的心态下，理想与现实的落差就会被放大，但凡出了什么问题，尘嚣的口碑会一落千丈。

陈绯下意识道："那我该怎么办？"

肖策道："老师慢慢找，学员一定要留下。"迎着陈绯思索的目光，他继续说，"在还没有完全饱和之前，可以把强需求和高忠诚度的学员分摊给各个现有的优质老师。剩下的，采用预付定金等形式，请他们参加下一期的培训课程。"

陈绯眼里亮晶晶的，她说："很少有人会愿意提前付款，肯定会有学员流失……不过，我可以承诺这部分学员在下一期开班前，免费在课余时间使用舞蹈教室和工作室里的健身器材！"

肖策："这些都是小事，重要的是留住他们的定金或者联系方式，等到新老师进来，马上可以联系他们开班。"他顿了顿，总结道，"所以我认为，现阶段最重要的，不是物色优秀的专职老师，而是找一个能说会道的前台。"

肖策所说的前半部分，陈绯或多或少想到一些，但没能完全说服自己，是他最后那句话点醒了她——前台的接待人员现在才是重中之重！

小妹子经验不足，陈绯以前听她和来咨询的人交流，信息基本直给，无比硬核。但那时陈绯没当一回事，甚至觉得实事求是没什么不好，现在想想，还真该在这方面注意注意。

她彻底兴奋起来，恨不得马上去人才市场面试销售，临走前，捧着肖策的脸，一个小跳，吧唧亲上去。

"肖策！你真是个宝！"

这话肖策不是第一遍听，可他此刻的心境，早与当初大相径庭。

市场上优秀的舞蹈老师不好找，脑瓜灵光嘴皮子溜的销售还算多。

陈绯目的明确，给钱爽快，效率奇高，很快就安排合适的人员上岗了。顾着小妹子的情绪，只跟她说咨询量增多，怕她一个人忙不过来。

大局暂且安定，陈绯也能安安生生地寻觅合适的新老师，她心情愉悦，在月底的年会上，给尘嚣众老师发了丰厚红包，让大家伙都乐乐呵呵过个好年。

尘嚣的年会少不了酒，陈绯挨着桌地陪他们喝，来者不拒。

娇对这场合深怀恐惧，早早尿遁。陈绯对娇一向宽容，随他去了。倒是编外人员宋银川，喜气洋洋地全程蹭吃蹭喝，大伙也都见惯不怪。

等她快要走到李潇那桌，看见萌萌就坐在李潇身边，两人颇为亲近的模样，李潇还给萌萌剥了只基围虾搁在她碗里。陈绯过去敬了一圈酒，却又注意到两人在自己跟前颇为生疏似的。

结合电视台彩排当天看到的场景，陈绯心里有谱了，她笑道："我真会挑人嘿，是不是无意中当了回红娘啊？"

懂得人都懂，全桌人都看着李潇和萌萌坏笑。可李潇脸上尽是局促，似乎是想配合地笑，可脸皮努力朝两边扯开，眼里却没笑意，表情更诡异了。萌萌则是偏头去看李潇，而后脸色发沉，敷衍地哼哼了两声。

"别这么拘束，我不反对职场恋情啊！"陈绯以为他们是顾忌自己，连忙鼓励道，"最好你们双剑合璧，编几支适合情侣的舞，我感觉会很有市场！"

这主意不错！大伙都跟着起哄，那俩人更显得尴尬了，陈绯以为他们害羞，打趣几句后就放过他们俩了。

等她回到自己的座位上，身边的宋银川低头说："李潇啥时候跟萌萌在一起了？他们不是一直不来电吗？"

他还想说李潇一直喜欢的人是你，但说这话的时机实在不该是现在，宋银川忍住了。

陈绯挺得意："我无意间撮合的。估计是排练的时候看对眼了。"说完，看见旁边桌正在开展"你画我猜输了吹瓶"的游戏，立刻兴致勃勃地加入了。

大喵坐在宋银川身边，小声分享八卦："圣诞那天他们喝多了，李潇送萌萌走的，我看着他们第二天神色就不太对劲。而且——"她的声音又低了一度，"他俩第二天晚上在二道口分部有私教课，他们一道来的，都没换衣服。"

这话信息量大啊。宋银川贡献了一个吃到瓜了的兴奋群众表情。

大喵的目光有一点飘，看似无意地问："哎对，上次喝酒，听焦老师说你们和绯姐都是老相识，你们以前怎么认识的呀？"

礼尚往来，八卦的分享也应该你来我往，可她的问题宋银川实在没办法直接回答，便道："老乡嘛，娇和绯姐都喜欢跳舞，这不就认识了。我跟绯姐妈妈比较熟，和绯姐从小就在一起玩。"

大喵哦了一声，说："可是焦老师说他原来就跟着绯姐干哎，还说绯姐以前开茶楼的，好像叫今宵茶楼。"

宋银川眉间一凛："娇说的？他不可能说。"

如果是假的，宋银川哪怕回答"娇胡说八道"，也不会回应"他不可能说"这句话。大喵心里有了数，结合她从娇口中听来的醉话，明白那晚赵承东和自己说的，十有八九是真的。

大喵笑嘻嘻的，不在意似的："我估计他是喝多了。"

这个娇！酒品不好还跟人出去乱喝。宋银川心里有点气，面上还知道圆话："是，他以前就这样，一喝多就发酒疯，什么胡话都说。你别听他瞎扯。"

年前的课程已经全部结束，大伙再见面就要到年初七了，年会结束后，一行人都醉醺醺的，站在酒店门口做最后的寒暄，一边等车或代驾。

陈绯喝得八九分醉，走路都有点不稳。宋银川扶着她，先打车离开了。

看着出租车越来越远，李潇低眉丧眼地顺着马路离开了。萌萌跟在他身边，语气不甚愉悦：“李潇，你别给我摆着副嘴脸。”

李潇语气低迷，说：“萌萌，我喝多了，头有点疼，你别闹我行吗？”

萌萌一把拉住他的胳膊，质问：“你是因为喝多了还是因为陈绯？”

李潇想挣开，又怕萌萌借题发挥，告饶道：“我既然跟你在一起，就不会再想别人。我喝得难受，你让我静一静可以吗？”

“怎么，你跟我在一起委屈了？”萌萌不依不饶道，“我是没拿手机拍下你晚上那个样子，你看到陈绯心虚什么？”

李潇停下脚步，问她：“我说我没有心虚你信不信？”

“不信，你就是心虚！”

“那你希望我怎么样啊？”

萌萌眼里涌出泪花：“李潇！是你欺负我在先！你怎么能这么对我？”

圣诞那天他们都喝了很多，萌萌不肯告诉李潇自己家住哪里，说他是流氓，李潇别无他法，去附近酒店开了个房间让她睡下。她又吵着闹着说酒店有坏人，不安全，拉着他这个才被定义为“流氓”的男人，不许他走。

长夜漫漫，孤男寡女，酒劲上头。其实醉到那个地步，两人也没真做，但是该看不该看的，该摸不该摸的，都到位了。

本以为会被萌萌追杀，可第二天，两人坦诚相见的时候，她却在完全清醒的状态下主动亲了上来。李潇不知道自己是怎么想的，等回过神来，有些事情才真的不可挽回地发生了。

和萌萌在一起这件事，一直到今天，他都挺蒙的。

但他不可否认自己在萌萌身上获得了真实的快感，也确实为此心动情动。如果穿上裤子不认人，才真是渣得自己都没眼看。

李潇眼见萌萌负气而走，饶是头疼欲裂，也还是快步追了过去：“对不起。”

他只能道歉，尽管他不知道自己错在了哪里。

李潇伸手抱她：“对不起，都是我的错。”

萌萌扑在他怀里，说：“我知道你以前喜欢过陈绯，看见她，就总是会想起来以前的感情。但是李潇，我有多委屈你明白吗？”

李潇：“我明白……是我不好。我不会再对老板有半点心思，我能保证。你希望我做到的，我都答应你。”

萌萌低泣不已：“那我让你辞职，你也答应吗？”

“想吐吗？”

出租车上，宋银川坐在陈绯身边，担心地问，又小声埋怨，“每年年会都喝这么多。”

陈绯摇头，露出个柔和的微笑来：“高兴嘛。”

她如果真的喝多，脾气反而会变好，宋银川太清楚了。他问陈绯：“回你那还是去策哥那里？”

陈绯状似清醒地问宋银川：“几点了？”

宋银川：“十点一刻。”

陈绯：“他们最近在搞项目申请书。年前要赶出来提交，现在肯定还在实验室。”

宋银川：“这样啊，那我送你回501。”

陈绯又摇头，笑眯眯地抱着司机的靠背，语气亲和：“师傅啊，去Z大。”

司机师傅看了眼后视镜：“徒儿啊，你坐好咯。”

陈绯开开心心地坐端正了，想到什么，对宋银川说：“别告诉他，吓他一跳。”

宋银川：“行吧……”

如陈绯所言，实验室两个项目小组在旧项目交付之后，放松了小半个月，又迎来新的科研项目申报。

肖策他们组在去年年中就已经为新项目做了充足的准备：还是从他们擅长的网络大数据挖掘入手，研发方向是个性化学习分析技术。

项目来源是本地一家上市公司“H·K科技公司”，也是Z大大数据实验室的共建单位，如果谈妥，H·K将提供这个项目全年的经费、规模庞大的大数据云平台以及优质数据资源。

徐知涵很看好这个课题，觉得这项技术更有研发前景和应用价值，在她的介绍下，唐剑和H·K相关负责人——项目经理宗元，已在三个月前顺利对接。

唐剑和宗元相谈甚欢，宗元往上呈递的策划案也获得了上级领导的肯定，不出意外的话，只等着他们研究室提交项目申请，几方签订合同了。

双方约定的申请书提交日期是2019年的1月30日，也就是昨天。

可谁也没有想到，在他们巴巴地登录内部系统提交申请书的时候，却得知这个项目已经被别人提前申领了。

众人围在一台电脑前，同时看见了申请方的信息：Z大大数据分析与应用实验室人机交互技术研究室。

这研究室他们可太熟悉了，不就是楼下305吗?

还没品出愤怒之前，407众人的第一个反应都是惊讶。

这不合常理。

如果说是商场上的竞争对手，为了利益互相争夺资源，倒还能理解。可学校里，同一个实验室的不同研究室，从来没听说过争抢一个项目的。学校的科研项目并不少，国家级、省部级、横向课题……怕是他们挨个做都做不完，怎么可能会故意和其他组选同样的课题申报呢。

更何况，说句不好听的，对项目带头人而言，比起和商业公司合作，当然是承接国家级的项目油水更大。这是高校实验室的灰色地带，没人说破，但都心知肚明。

所以，曹林何必为这么一个捞不到多少好处的课题，搞得跟徐知涵不和?

邹宇骐眼睛瞪得贼溜圆，连日的加班将他眼下的黑眼圈描得更深了，整个人看着跟中了毒似的，他喃喃道："305疯了吧？这是为什么啊？"

唐剑脸色很不好看，马上打开手机，一边往外走："我给宗元打电话。"

唐剑脚步匆匆，走出房间。肖策盯着电脑屏幕，眉心轻蹙，问邹宇骐："现在我们的申请书还能递交进去吗？"

邹宇骐摇头："入口提前关闭了。对方估计都不知道换人了，这整个项目名字一样、内容也差不多，等于就换了个团队来做，还都是一个实验室的，他们接收的时候，哪还管是徐教授还是曹教授？"

肖策摇头："不可能不知道。对接人是宗元，他很清楚我们是大数据分析方法研究室。"

邹宇骐："怎么会这样啊？我下去问问他们！这么多天没声没息的，我一点都不知道他们跟我们在做同样的项目！"

他激动道，差点从座位上站起来，却被肖策按住肩头。

"别去，先把事情搞清楚。"肖策说，"你这么过去，他们要是跟你说，只是恰好课题撞了，你怎么说？"

"放屁！"邹宇骐义愤填膺，口水四溅，"这项目名跟我们的一个字不差，跟复制粘贴一样，撞能撞成这样？"

肖策沉着脸，目光紧锁在邹宇骐脸上："既然一个字不差，那肯定是有人告诉过305的人，我们的项目详情。"

邹宇骐正在气头上，噼里啪啦接道："谁这么大嘴巴啊！我们半年都白忙了！”

他这话说完，屋内陷入一种诡异的沉默，过了好一会儿，旁边站着的一个本科学弟慢声开了口：“元旦越哥请我们去吃海底捞那天，不是你跟他说的吗……你还说我们这回在H·K有关系，肯定好申。”

邹宇骐经他这么一提醒，猛地回想起来，还真是他自己说的！邹宇骐整个人跟被雷劈了似的，一动不动地站在原地。再回神，发现其他几个没去海底捞的师兄弟全都朝他看了过去，一个个眼里仿佛写着“你脸疼吗”。

邹宇骐有口难辩，脸一下涨得通红：“我……我哪能想得到越哥，韩越他会是这种人。我们以前做项目不也会互相交流经验吗？”

肖策：“那是在项目申报以后。而且，如果是‘互相交流’，他有告诉你他们的申报计划吗？”

邹宇骐哑口。

这个时候，唐剑打完电话推门进来了，他还不知道屋内发生的事，脸紧绷着，直奔肖策而来，开口第一句话就是：“宗元上司插手，把项目直接给了305。”顿了顿，说，“宗元说，曹教授上周带韩越他们去跟H·K的几个小领导喝了顿酒，那边觉得给谁都是给Z大实验室来做，卖个人情无关痛痒。”

肖策意外道：“曹教授？”

这种偷偷摸摸半道截和的事，也就韩越那种人干得出来，肖策没想到曹林也帮了一把。论资排辈，曹林属副级，徐知涵为正，他犯不着做这种吃力不讨好的事开罪徐知涵。

唐剑点头：“曹教授自己的公司和H·K有过合作，关系肯定是更近。”

肖策不说话了。

唐剑又说：“我刚绕下去看了一眼，305没人。”他意有所指，望着肖策，“你觉得这事，曹教授知道多少？”

学校里，老师之间不过点头之交，徐知涵和曹林各有各的公事私事要忙，少有交集，更不可能为了手下研究室组员的课题选择进行交流。唐剑的意思是，韩越很有可能欺上瞒下，只对曹林说自己想拿下这个项目，完全没有提及他们研究室也在申报。

肖策坐在椅子上，伸手揉了揉太阳穴，低声说："知道多少已经不是重点了。因为这个结果，曹教授不可能主动去修正。先不提曹教授故意帮着韩越——哪怕他之前不知道，也不会承认自己偏帮韩越来截我们的项目，即便我们找过去……"

"他也只会说，课题撞上而已，项目那么多，你们再选一个就好。"唐剑叹口气，苦笑着接上肖策的话，"没准还会用施恩的口气说：'多大点事，我来帮你们找个好项目。'"

唐剑越想越气愤，好像吃了一嘴的苍蝇那么恶心，他一脚踹在电脑椅上，椅子打着旋滚远了。

邹宇骐已经不敢看任何人了，他苦着脸，低声说："咱们把这事告诉徐老师吧。"

"徐老师年后才回国。"唐剑说，"期末考都结束了，她课上完以后就请了长假，有私事要处理。这个时候去打扰她，一没必要，二不礼貌。"

邹宇骐快哭了："那怎么办？就这么拱手让人吗？我……我没脸见大家了！"

唐剑不知前情，诧异道："跟你有什么关系？"

"事情还没落听，不要急着问责。"肖策说，"还有机会。"

徐老师不在，这种事一出，怎么还会有机会？大家伙灰心丧气之际，蓦地听到肖策这么说，纷纷转头看向他。

肖策："按正常流程，申请书没有问题的话，他们恐怕要赶在年前把合同定下来。"

邹宇骐低迷道："4号就大年三十了，就这几天的事。怎么都来不及了吧。"

"我说的是'申请书没有问题'的话。"肖策着重道。

唐剑一怔，眼里突然燃起一丝希望的火花，他看向肖策。

肖策："唐剑，你能找宗元拿到他们的项目申请书吗？"

唐剑点头："这个没问题。"

肖策语速加快，道："韩越他们组对大数据分析的把控你们心里都有数，我不相信他们这份方案没有漏洞。拿到文本，我们分工，找他们的纰漏，在明天结束之前，替宗元做一份风险评估。申请书一旦进入重审，必然要延期到年后才能落实合同。那样的话，我们就还有时间和操作空间。"

他提出解决方法，没人有异议，大家便立刻干了起来。

如肖策所料，宗元把文件打包传过来之后，几人粗一浏览，很快在"技术方案"和"预计产出"里发现了明显的缺陷。

"305这帮人有点水啊。"邹宇骐忍不住说。

唐剑："他们主攻智能人机交互，重点研究方向本来也不在此，这个项目真做起来，他们组能担重任的，可能也就是夏洋洋了。"

邹宇骐一听，又忍不住开喷："我真是服了，韩越有毛病啊，非要截我们的项目，他们又做不好！"

经此一事，邹宇骐深刻明白韩越这人道貌岸然，简直是个不折不扣的卑鄙小人，他在心里暗骂：老子以后再也不跟韩越一起吃夜宵了！

韩越的行为动机，唐剑猜了个七七八八，他的余光落在肖策脸上，见他神情和往日别无二致，在心里叹气：越是不想惹事，越是容易惹得一身糟烂事。

他们开始撰写申请书评估，并且针对其技术短板和弱点重新修改了一份新的项目申请书留为自用。全组人昨晚谁也没回家，一个个斗鸡似的熬得两眼通红，终于赶在今早H·K员工上班之前，把文件发给了宗元。

宗元不负所托，在部门晨会上提出对现有项目申请书的质疑，递交了这份评估，并获得多数同事的支持，建议将申请书返回承接实验室，修改后再次重申。

是以，今天下午，305研究室的所有成员，收到了来自H·K的回邮。

韩越本以为是与他约定签合同的邮件，嘀咕着这个公司效率蛮高，一面漫不经心地点开来看，下一秒，脸色就不对劲了。

正在埋头处理手边事务的305众人，陡然听见一声巨响，循声望去，竟是韩越将手边的蓝牙键盘狠狠扫到了地上。

夏洋洋的座位离韩越最近，小跑过去，捡起键盘："怎么发这么大脾气？"

韩越处于暴怒之中，他面色阴沉，一语不发，心中却掀起汹涌波涛。

好、好、好！肖策你可真是好样的！

尽管已经暗地斗了一个回合，305和407两个研究室的成员们却还依然维持着表面的平静，谁都没点破这件事，也都没有率先发难，一副"我自遗世独立，任尔胡搅蛮缠"的君子姿态。

甚至晚餐时间，双方在学校食堂偶遇，还能假模假式地互相打招呼。邹宇骐最难把控面部表情，挂着个脸完全说不出话，端着餐盘刚一错身走过去，气呼呼地说："你还对他们笑？"

唐剑："韩越不在，其他几个也都不能自己做主，跟他们过不去没必要。"说着，落后几步，来到肖策身边，偏头问他，"韩越在给你使绊子，你看得出来吧？"

肖策："嗯。"

唐剑："要不要跟徐老师说说？她出面的话，好解决很多。如果你开口，徐老师肯定帮你。"

肖策："没必要。你又不是不知道，再有半年，徐老师就走了。"

徐知涵跟学校签的合同只到2017年，她之前为了个国家重点项目破格多留了两年，现在早都办好了移民手续，决定下学期的课上完就离开。

唐剑有点急："韩越就是看准了徐老师在学校留不了多久，才这么猖狂。你不想点办法，等曹林成了实验室带头人，韩越还不骑到你头上去？"

肖策好笑道："你指望我想什么办法？"

唐剑清了清嗓子，见邹宇骐和其他同事已经找到座位坐下了，才低声说："你知道曹教授自己开了公司吧？去年接的项目，从政府手里拿下来的，项目资金这个数。"

他给肖策比了个手势。

这么高，是学校项目资金的几十倍。肖策都有些惊讶："你怎么知道？"

唐剑没回答他，只说："重点是，这个项目，曹林偷偷拿给外包公司去做，只花了两百万。起讫时间是2018年到2019年，现在还有三个月交付，外包公司那边出了岔子，剩下的活全都堆给了韩越。现在曹林看中韩越，他想搞你，曹林不可能不帮他。"

两人单独坐在窗边的座位上，面对面，唐剑扒了一大口饭，对肖策说："我朋友就在曹林的公司，他上个月跳槽之后跟我说的。而且他手上还有举报资料。"

肖策不说话了。他直觉唐剑在把自己往某个方向引导。

唐剑看起来是自己人，但是他的私心太明显了，他希望肖策，甚至徐知涵能因为这件事，变成他的枪，无差别地扫射那些他看不惯的人。哪怕肖策因此和那些人同归于尽，也没关系。

肖策笔直地望着唐剑，说："昨天邹宇骐要告诉徐老师的时候，你怎么拦住了他？"

唐剑一顿，意味不明地笑了笑，说："他说和你说，哪能一样？"

肖策："什么意思？"

唐剑没直接回答，夹了块大排低头啃，声音含含糊糊："徐老师为什么想走，你知道吧？"

徐知涵在回国前，已经在这个领域做到了顶尖，想请她去工作、讲课的国际知名公司、高校多不胜数，可她毅然归国，甚至为此与丈夫分居两地。徐知涵和Z大签约，作为最早的奋斗在互联网产业一线的那批元老，与志同道合的学院院长、骨干老师，一同把实验室发展壮大。

可没几年，互联网行业大热，当实验室的名声乘风而起，社会各界都将器重的目光投来，大小项目接连不断，一切就都变了味。

广阔的发展前景吸引着全国的高精尖人才，巨大的利润空间也引来了身披彩衣的蛇虫鼠蚁。

科研的纯粹不再，她与当时的计算机学院院长同心协力，振臂高呼，希望能扭转局面，可惜利益链上的人越来越多，徐知涵被敷衍、被针对、被架空，最后反倒成了旁人口中那个立牌坊者。而那位年事已高的院长，"被顺势"荣誉退休了。

祸事从来喜爱抱团，也是在那个时候，她的丈夫罹患重疾，拖着病躯，远渡重洋回到她身边。

工作与家庭的双重打击令徐知涵心火俱灭。

陪伴丈夫走完人生终程后，徐知涵重返校园，得知自己冠冕堂皇的头衔仍被保留，也不过一阵苦笑。那之后，她静心寡欲，安逸代课，有什么项目就接什么项目，对其他一概睁一只眼闭一只眼，不再管那些糟烂事了。

这些事虽刚好发生在肖策进入Z大之前，但他是徐知涵的关门弟子，听师兄师姐们谈论得多了，心里也都有数。

唐剑此时问他，肖策心里有些诧异，却还是回答："实验室金玉其外，内里一团污糟，这不是她最初想要创立的实验室，她太失望了。"

他回答完这个问题，迎上唐剑"可不就是吗"的眼神，一下明白了他这话的用意。

徐教授的理想国虽然永远都不可能实现，但是她走后，实验室要被曹林那样的人把持，她难道不会心寒吗？

肖策的逻辑链仍在刚才的问题那一环，没有因为唐剑的突然打岔和煽动而受影响，他说："我知道徐老师为什么想走，这和我与邹宇骐谁去找她汇报这件事，有关吗？"

唐剑一怔，失笑："当然有关，关系太大了。"他说，"邹宇骐去说，徐老师顶多安慰两句，让我们换项目。就剩半年了，她不可能正面和曹林起冲突。但是肖策……你不一样。"

肖策平静道："我怎么不一样？我们都是她的学生。"

唐剑犀利道："随便吧，假如你觉得是学生，那徐老师最喜欢的学生就是你，她对你事事照顾帮衬，我们谁不看在眼里？如果是你提，她一定会考虑到韩越对你的针对，一定会明白，她走后你的留校环境会很不乐观。肖策，徐老师会帮你的。"

肖策没动筷子，眼里划过失望，说："师兄，你也跟他们想的一样？"

别人闲言碎语，肖策不是不知道，他一点也不在乎，觉得清者自清，没有辩解的必要。可唐剑一向正直坦荡，他觉得唐剑不会那么肤浅。

"不不不，我没那么龌龊。"唐剑立刻道，"肖策，谁都有喜恶，徐老师又不是法官，她对学生有偏爱这太正常了。别人怎么碎嘴我没办法控制，但是在我看来，徐老师完全是拿你当作从前的她自己。”

这个说法肖策还是第一次听，他愣了愣。

“‘肖策这孩子，跟钻头一样，专心科研的那股劲，奔着目标去的那股劲，和我从前一模一样。’”唐剑模仿徐知涵的语气，说，“这话，是徐老师在去年年中结束的那个大项目庆功会上对我们说的，就是你生病没来的那次。”

谆谆教诲悉心教导不假，多年照拂关怀偏爱不假，肖策被唐剑说得双眼一热，微微垂下眼。

唐剑看见他有所动摇，立刻添了把火：“还有一件事，你一定不知道。”

他吞了口口水，迎上肖策疑惑的目光，字字有力：“徐老师之所以答应学校多留两年，根本不是因为那个国家级的项目，而是因为你！

“肖策，你差一点就因为没有留学背景而无法留在实验室，两年前曹林想把你挑出去，替换成自己的学生，是徐老师一力保你，答应跟完全部项目再走。你自己想想，为什么接下去那一年，徐老师逼你逼到那种程度，让你跟项目、投论文，几乎天天加班，一年到头都没几个休息日？

“就为了让你早一点攒够资本评上高工，让曹林没有理由再把你换掉！”

他加大音量，紧盯肖策，说：“肖策，徐老师对你的用心良苦，你能这么轻易辜负吗？”

不，他不能，他也不认为自己会辜负徐知涵的一片期待。

他这半生，很少有人用充满期待的目光看他。人们总对他说，肖策，这一生没那么长，得过且过、能得一晌之欢就算了，你不必那么努力，不必活得那么累。是他不肯，他和别人想的不同，所以一直都走得很孤独。

可一旦有这样的人出现——给予他理解，甚至与他同行。如此恩情，于他而言，便不仅是知遇。

这一顿饭，肖策食不知味。

最后唐剑拍拍他的肩膀：“我也承认我有私心。我太清楚我的技术瓶颈，没办法像你，依靠‘不可替代性’留在实验室。可我跟曹林、韩越都不对付，也不想以后向他们低头。所以如果我能够找到同盟，让他们接受本就该接受的惩罚，一举数得，有什么不好呢？”顿了顿，道，“你考虑考虑，反正申请书到年后还要重审，那时候徐老师也回来了，有什么不好说的我帮你。”

唐剑把“对抗曹林”这件事拉到一个看似绝对正义的高度，再加上徐知涵对他的期望，让人很难直接拒绝。他没想到，事情发展到这一步，最让他为难的，不是那个一直想让他难堪、让他挫败的韩越，而是整个407，他最信赖的师兄唐剑。

陈绯和宋银川在校门口被保安大叔拦了下来。

一看就是社会人士，喝得醉醺醺，深夜入校，没有校友卡，没有身份证明，甚至不愿意打电话找学校里所谓的朋友来接，保安大叔狐疑的目光都快扎穿两人了。

宋银川生怕保安报警，在风里冻得瑟瑟发抖，连忙说：“绯姐，你别搞神秘惊喜了，打电话让策哥下来接一下吧。”

陈绯淡定一笑，对宋银川说：“学校保安都很水的，我们等他回去打瞌睡，偷偷溜进去就行。”

宋银川面部表情僵硬，心里叫苦不迭：绯姐，我知道你这方法很管用，但是能不能别说出来，就算说出来，能不能别当着人保安大叔的面，这么大声说出来？

保安背着手，把进门的路堵得死死的，皮笑肉不笑道：“今晚只要我在这里值班，你们俩就别想进这个门。”

宋银川面上彻底没了表情。

陈绯没发脾气，甚至根本不当回事，她脖颈间觉出丝丝凉意，仰头去看，惊喜道：“银川，下雪了！”

宋银川：“哟，可不呢。”

上个月月底那场雪太过儿戏，跟着雨丝一起，没落地就融了个干净。如今空气里没半点潮气，雪花朵朵分明，开在陈绯的肩头发梢，半天不化——这才像是老天预谋了一场大雪。

真是喝多了！保安大叔正要打响拉锯战，却看见这一男一女在门口赏起雪来，气得一口老血堵在胸口，他愤愤地走回保安室，坐在温暖的空调房里盯着两人。

很快，他看见有几个人从学校里出来，似乎是认识他们，直接朝两人走去了。

嘿，还真是来找人的？

出来的是下班的305众人。夏洋洋最先认出了门口的陈绯，碰了碰身边韩越的胳膊：“那是肖策的女朋友吧？”

韩越憋了半天的气，始终无处撒放，晚餐没去食堂，跟周政跑到旁边大排档点了几个小炒，开了瓶小酒，极尽吐槽之能事把这对“狗男女”骂了一遍。言之凿凿，说自己要再碰到陈绯，绝对有她好看的。

现在老天有眼，还真给他碰上了，韩越冷哼一声，大步走过去，还顾着点男人的风度，没对陈绯动手，先狠狠推了宋银川一个趔趄。

“你可以啊，同时玩几个才够？”

韩越音量极大，305其他人也跟了过去。仗着人多，也仗着身高体力优势，他们往两人面前一杵，好像一伙拦路打劫的土匪。

陈绯一整晚的心平气和，被横生的意外打破，她弯腰去扶宋银川，听见韩越骂骂咧咧说着男盗女娼的羞辱话语，脑子里空了几秒。

再回神，自己已经一脚踹在了韩越裆下，接着拳头砸向了他的下巴。指骨生疼，但韩越绝不会比她好过。

陈绯脑子发胀，旁的不太能理得清，却还死死记得陈秋娥教的：有人冒犯到跟前了，绝对不能认㞞。

不许用巴掌，太软；要用拳头，拳头才够硬。

韩越的失态和陈绯的剽悍惊呆了围观众人。

他们看得清清楚楚，是韩越不由分说，先上前辱骂挑衅，陈绯一个女孩，出于自保还手，合情合理。如果他们现在帮着韩越，人多欺负人少，事情闹大了，别说面子上过不去，就算是到了警察局，监控一调，谁都说不清楚。

305最低文凭也是Z大硕士，虽说人品和学历没法完全挂钩，但在场众人的逻辑都还在线，除了上前搀扶韩越的，没一个真的帮他对陈绯和宋银川再做什么过激举动。

韩越被陈绯直击命门，下巴挨了那一拳，又咬到自己的舌头，已经完全失去了战斗能力。夏洋洋看不过去，却又不善言辞，几次要开口都不知道能说什么，最后脸涨得通红，对陈绯说："你、你是来找肖策的吗？"

陈绯认出了她，笑得轻蔑："关你什么事？"

碰了个钉子，反倒激得夏洋洋语气硬起来："是和我无关。我不过是好心，想劝你把眼睛擦亮再看人，其实很多事，肖策都瞒着你……"

陈绯浑不在意，说："那刚好啊，我们臭味相投，没听过吗？什么锁配什么钥匙。"

夏洋洋被噎得心里燥火，回敬道："冥顽不灵。你活该被骗。"

"第一，你凭什么觉得我被骗了；第二，你凭什么认定自己得到的答案是对的。姑娘，你用听来的所谓真相去回答听来的问题，哪个都没有考证过，不觉得自己可笑吗？”陈绯也就是喝多了酒，才有耐心陪她在这绕圈子，“我要是你，马上就把书烧了，然后去挣钱，把念大学和研究生的钱还给爹妈，免得丢人现眼，让母校蒙羞……呵，我真不愿承认肖策和你们在一个学校。”

宋银川没全听懂，但对于陈绯喝多之后战斗力爆表这件事，虽不少见，仍倍感敬佩。

夏洋洋根本说不过陈绯，气得发抖，周政上前两步，在她身边低声道：“走吧，不跟他们一般见识，眼不见为净。”

她借台阶而下，一行人避开陈绯和宋银川往另一边走了。被同事扶着的韩越咬着牙走过陈绯身旁的时候，凶恶的目光始终打在陈绯脸上，一副恨毒了的模样。

连宋银川都被他这野兽似的眼神吓了一跳，在他们走远后，仍心有余悸，说：“这个男的看起来不像会善罢甘休。他不会闹事吧？”

陈绯：“这种人，只会暗地里耍阴招，装模作样地吠几声，哪敢在天光下惹事？”顿了顿，低声说，“肖策那边，估计要受他的气了。”

宋银川紧张道：“那可怎么办啊？”

陈绯唇角一掀，语气淡淡：“你以为我们阿策是好欺负的？”语罢，心情不错地摇了摇手指，“走。”

宋银川颠颠跟上，疑惑道：“不等策哥了？”

陈绯缩缩脖子：“不知道要等到什么时候，有点冷。”

宋银川：“那回去吧，哎，你不打车啊？”

陈绯嗤他：“来都来了，哪能轻易走。”

宋银川摸不着头脑，看着陈绯走过Z大大门，停在围墙护栏边，满脸的跃跃欲试。

宋银川突然有种不好的预感。

果然，陈绯目测了一会儿，开始脱羽绒外套：“你行吗？”

宋银川：“我我我我不行！我裤子紧，会撕劈的！”

陈绯：“衣服拿着，我进去。”

宋银川晓得自己劝不住，手伸进口袋，趁陈绯爬墙，偷偷摸摸给肖策弹了个消息。

银小川：策哥！绯姐要翻墙！

肖策：她要上外网？需要VPN（虚拟专用网络）吗？

银小川发了张图片。

肖策：等着。我马上下来。

实验楼距离校门不远，肖策疾步跑来，远远看见陈绯一边套外套，一边往里走。很快，她也看见他，于是停下不走了，原地跺了跺脚，对着掌心呵气，又贴在脸上。

路灯的光晕是渐变的一团，缀在半空，陈绯独自伫立在漫天的飞雪中，这画面让肖策想起多年以前，圣诞之后的雪夜。

2012年的圣诞，陈绯为他挨了刀子，伤不重，当晚就离开了医院回家。可她一条胳膊用不上劲，生活琐事也不方便。但那时候，肖策还有不到十天就要参加考研初试，陈绯一声未吭，没对他有半点要求。

陈绯没料到，肖策会从考研教室搬走，隔天就提着大包小包的复习资料去敲她家的门。

他来的时候，陈绯正在屋里洗脸，一只手拧不干毛巾，抽了张纸往脸上擦，听见敲门声，随手丢掉纸团，趿着拖鞋过去，就看见肖策杵在门口。

陈绯哟了声，说：“稀客啊，恨不得长在自习室的人，居然大清早来我这儿？怎么，快考试了压力大，想泻火？”说完这话，人仍堵在门口，没打算让他进来，“肖策，我现在没心情……”

话没说完，男人伸手过来，指腹在她脸侧轻轻蹭了蹭，捻下白色的纸屑。

他说："我来照顾你。"

我不需要人照顾。

话在喉咙口滚了又滚，就是说不出。陈绯盯着肖策看了半晌，转身往里走，说："随便你。如果你要因为这个考不上，不要赖别人。"

男人跟着她进来了，轻轻带上房门，说："不靠最后这几天突击我也考得上。"

陈绯沉默了一会儿，她很早就知道肖策在准备考研，可她从没问过肖策想考什么学校。潜意识里，陈绯认定这么一所"野鸡大学"的学生，考研只是为了逃避社会的毒打。

但今天，她突然对肖策所谓的"考得上"有了新的触动。

陈绯靠在门边，看着肖策给她铺床叠被子，思绪乱飞：他这人虽然穷，但是活得干干净净。好像随时都攒着一股劲：说话时是这样，沉默时也是这样；平时如此，在床上……也是如此。

她忍不住问肖策："你要考什么学校？"

肖策没想到陈绯会关心这个，他动作一顿，回答她："Z大。"

陈绯好像在听天方夜谭："你说的是哪个Z大？"

肖策："中国还有第二个Z大吗？"

陈绯："H市那个？"

肖策："嗯。"

陈绯不可思议："你这人说话怎么跟喝汤一样？我没正经念过书都知道，那学校快和清北齐名了。"

肖策："我只要能去考，不出意外，就考得上。"

彼时陈绯并不明白肖策所谓的"不出意外"有何渊源，她只当他口气狂妄，过于自信。

不过这才像他。陈绯想，如果从他嘴里说出，想考S大本校研究生，她反而会觉得违和吧。

陈绯没注意到自己笑了笑，她说：“那我预祝你飞黄腾达咯。”

随口说出这句话的时候，陈绯也没仔细想过，如果肖策真的考上了，是不是就意味着，他也将永远离开花雨巷，离开她。

等她开始思索这个问题，肖策已经顺利考完了初试。

初试成绩于2013年2月15日公布，越临近那个日子，陈绯就越不想见肖策。自他考完，她隐隐约约就察觉到，肖策或许真的能考上Z大。

她心里很不是滋味，但她觉察到自己的不是滋味，心里就更添一层堵。

肖策放寒假后，一直住在她那里，可陈绯时常避着他，白天一个人去舞蹈教室，晚上累得手指都抬不起来才回去。那段时间，他们偶尔也做爱，肖策很卖力，但总差点什么，甚至有几次，陈绯连用自己的手指都没有激情了。

“我太累了。”陈绯总这么说。她兴致缺缺，兜头睡觉，肖策在被中从背后抱她，低声问：“你有心事？”

陈绯张着眼睛，说出来的话，却满含困顿：“我能有什么心事。”

肖策：“你那么喜欢去舞蹈教室跳舞，有没有想过，自己开一间舞蹈教室？”

陈绯压根没心思跟他讨论这些有的没的，嘀咕道：“我哪有那精力。”

肖策：“在大城市，私人舞蹈工作室很流行，盈利也很可观……”

陈绯被他口中的大城市刺中，驳道：“肖策，花雨巷挺好的，今宵也很好，你现在还没考上，别一副以大城市人口吻自居的样子。你别忘了，就算你真有机会去H市，你花的每分钱，都是今宵茶楼出的。”

肖策不说话了。陈绯用力闭上眼，却心烦意乱，粗粗回忆刚才说的话，只觉得自己不知所云。

烦躁，莫名烦躁。陈绯杀人的心都快有了。

公布成绩的前一天是情人节。陈绯没有过洋节的习惯，但是楼里节日气氛浓郁，尤其是最受欢迎的轩轩和大壮，行程早早就约满了。供不应求，宋银川打电话跟陈绯说，有好几个客人在问肖策晚上有没有时间。

陈绯觉得宋银川就是个死脑筋，刚要开口教他，脑子又转了几转，改口道："这样，你把这几个单子都拿给肖策，跟他说只要他接，我们不抽成。到手的钱全归他。"

宋银川吓得声音都变调了："绯姐……你、你跟策哥吵架啦？"

陈绯："他不是缺钱吗？我给他赚钱的机会。"

宋银川拿不定主意："要是策哥真接了，那怎么办？"

陈绯额角的筋微微一跳，张口道："就这么办！他就是我们一员工，怎么，让他卖酒，所赚即所得，还不够照顾他？"

宋银川嘀嘀咕咕不肯挂电话："你真的不会后悔吗？今天是情人节哎，我以为你们要一起过的……"

陈绯也不知道自己为什么突然冒出来这么个主意，她心里乱得很，说："过个屁情人节！我晚上约了人喝酒，别来烦我。"

挂了电话，陈绯心思全无，往后一倒。为了不瞎想，她马上打电话联系了一帮单身狐朋狗友，去酒吧了。

哪知道两瓶酒下肚，刚才抑制住的思绪全钻了出来，堵都堵不回去。

陈绯觉得自己是希望肖策接活的，这样他有了足够的钱，她也不会再这么庸人自扰下去，他们之间就只剩下交易——这很好，清清爽爽明明白白。

陈绯晃着酒瓶子，对自己进行心理暗示：肖策最初答应来今宵工作，不就是默认了要干这活吗，无非是碰到她，否则和轩轩他们又有什么两样？

转念一想，她可不愿意肖策为了几个钱，去取悦别的女人——好像她出不起这钱似的。再说了，她调教了一年的男人，凭什么便宜别人？

她陷入无穷无尽的矛盾中，天人交战。

陈绯：真恨不得马上杀去楼里，把他用绳子套了绑出来。

陈绯：随他去吧，明天一过，估计也就离滚蛋不远了。臭男人而已。

陈绯：老子杀了他！

陈绯：反正以后也是别人的，跟我又有什么关系？

陈绯：但他现在是我的！以后的事管不着，现在我还没资格管吗？

砰的一声，她把酒瓶一撂，罔顾身边朋友诧异的目光，气冲冲地夺门而去。

那是2月中旬，S城全年最冷的时候。

陈绯跑出酒吧，发现下雪了，已经下了一会儿，人间万物表面都盖上薄薄一层白纱。雪地靴踏在地面，雪沫蹦开，呼吸间也尽是细碎的雪花。

她跑得浑身燥热，穿过花雨巷，直奔今宵茶楼。

夹风带雪地推开门，陈绯喘着气，敲前台台面，问宋银川："人呢？"

"谁？"

一问一答间，陈绯的视线已经扫了圈空荡荡的一楼。

她火气更旺了。

陈绯撞上宋银川发蒙的眼神，没心情和他啰唆，一把夺过他面前的账本，噼里啪啦翻到今天的"酒水单"，目光上下几轮也没看见肖策的名字。

她微怔，终于静下来些，说："肖策去哪儿了？"

宋银川这才悟了陈绯这一通狂躁操作是为哪般，他说："策哥白天到点就下班了。"

陈绯一时沉默，说不上来自己心情如何，半晌，问宋银川："他怎么拒绝的？"

宋银川道："策哥今天心情不太好。他让我直接跟她们说，不接，以后也没可能。有个老客生气了，说……老板娘不在以后，今宵简直没眼看，说完就把电话挂了。绯姐，我们是不是失去这个客人了？”

陈绯摆摆手：“无所谓，爱走走。”

陈秋娥死后，一年多下来，宋银川将陈绯对待茶楼的态度和茶楼日渐走低的流水看在眼里，心里也清楚，今宵是开不长了。可如果真到那一天，茶楼倒了，他又何去何从呢？

陈绯完全不知道宋银川在思索什么，她问：“谁惹他了？为什么心情不好？”

宋银川啊了一声，才意识到陈绯的关注点仍然在肖策身上。他努力回忆了一遍，说：“没有人惹他啊，策哥不卖酒，在楼里跟大家来往又不多，也从来没纷争，不会有人去找他麻烦的。不过，策哥今天一整天的气压都很低。”

陈绯蹙眉，不知想到什么，说：“帮我查一下万年历。”

“查什么？”

“2003年，元宵节是几月几号。”

宋银川满腹疑惑，却还是掏出手机配合地查了：“2003年……元宵节……找到了，2月15日。哎，那不就是明天？这什么日子啊？今年元宵早过了。”

陈绯默了会儿，说：“今天是肖策爸妈忌日。”

宋银川恍然：“我想起来了，之前策哥提过，他爸妈是在他十二岁那年的元宵节前夜，因为火灾意外去世的。”顿了顿，又道，“他那么说我都没反应过来就是情人节，好惨哦，那岂不是以后每年情人节都不能好好过了……”

陈绯没说话，绕去吧台后头，蹲下身把最里面的柜子拉开，从里面掏出两瓶陈年五粮液。

宋银川惊了：“绯姐，你拿它们干吗？！咱店里真酒本来就不多，更何况……”

更何况还是这么精贵的1985年萝卜瓶五粮液！

宋银川跟着陈秋娥的时候，这些酒就在了，是宋银川亲眼看着升值的！陈秋娥只有在很重要的场合，才会拿出来喝，存到今天，只剩最后三瓶，一下子被陈绯拎走大半，宋银川肉痛：虽说当年买来就七八块钱一瓶，可现在拿去给懂行的人，至少三千块起步！

陈绯一条胳膊挽着一瓶酒，说：“有意见？”

宋银川强忍心痛：“不敢不敢，要花生米吗？我去厨房给你装一罐。”

陈绯：“再拿两个酒杯。”

五分钟后，宋银川怀着嫁女儿的心情目送陈绯和五粮液远去，百感交集，坐回吧台后面，想了又想，给肖策打了个电话。满怀不舍地告诉他，绯姐携昂贵“嫁妆”去找他了。

肖策挂了电话之后，拎着伞下楼去接陈绯。陈绯的家离今宵茶楼只有五分钟脚程，他刚走出两百米，就看见小区内空无一人的行道上，陈绯的身影。

她也看到撑伞的肖策，晓得肯定是宋银川通风报信，于是不走了，站在原地招呼他：“阿策，过来。”

路灯灯光和漫天飞雪将陈绯整个人包裹其中，以至于肖策很难看清楚陈绯的面貌神情。

一切都变得模糊，只有心里某一角，慢慢清晰起来。

夜深了，校园内安静得能听见落雪声，在树梢，在发间，在指尖，最后，落进心里。

时光似曾相识，跨越七个春秋，却还是陈绯。

宋银川隔着Z大外围的铁栅栏，看见肖策几步跑到陈绯面前，两手插在敞开的深色外套口袋里，带动外套双襟向两边大大张开，好像个开口的大蚌。然后，他将陈绯整个包裹进他的“蚌壳”里去了。

他看见肖策低头，而绯姐，顺应着他的角度，仰起脸承接他的落吻。

肌肤相亲，皮肉磋磨。也许非要忍过最初的疼痛不适，那只大蚌才能将他的珍珠完整地纳入胸怀。予她滋养，予她温柔，予她安息所，看她日渐莹白光洁，再不是从前独经风雨严霜的砂砾。

宋银川看得眼眶微微一热。

当晚，肖策去了陈绯那里过夜。意外的，没看见娇。

“难道是谈恋爱了？”陈绯嘀咕，不过想到已经给大伙放了年假，怎么都不会耽误上课，没当回事，“不管他，他有钥匙。”

校门口发生的事，陈绯半个字都没提。还是周政给肖策发微信，试探地问起，肖策才知道有这一出。

周政：今天晚上韩越多喝了几杯，太冲动了。可能把工作上的不顺心迁怒到了弟妹身上，我已经帮你说他了。

两个研究室的纠纷在周政这里被归于“工作上的不顺心”，肖策没说什么。周政又借此事，把话题往他们的申请书上扯，看似忧心忡忡，可因为身处305，也不能做什么。

肖策：这是我跟韩越的矛盾，与你无关。

他回完周政，把手机丢到一旁。这时，陈绯也已经洗完澡，从浴室出来了。她只裹着浴巾，头发湿漉漉的，手里拿着干毛巾，有一搭没一搭地擦着水珠。

肖策拍拍身边的空位，陈绯走过去，背对肖策坐好。他从她手里接过毛巾，把她的头发包进去，掌根并拢，五指张开，指腹隔着毛巾贴着她的发根，一点点向内揉按。

陈绯浑身放松，舒服地眯眼。

肖策在她耳边低语：“房东联系我了，说小区明年开年就拆迁，年前必须搬出去。”

陈绯享受着他的按摩，哼了声：“那你打算怎么办？”

肖策：“宿松小区不错。离Z大近，环境也很好。”

陈绯一扯嘴角:“月租五千往上跑。单人间也要两千多,肖工舍得?”

肖策:“舍不得。”

陈绯顺着他说:“那怎么办?”

她尽在掌握,肖策不过是借势要来跟她同居,可陈绯还没想好要不要答应。所以她打算听听肖策怎么说,能不能说服她收留他。

肖策:“我算了一下,发现自己付得起这个小区的首付,所以上周,去申请了一笔贷款。”

陈绯一怔,怀疑是自己喝多了听错,她一个转身,看他:“什么?”

肖策迎上她的目光,说:“精装的二手房,原本的房主想拿来当作新房,但还没有住进来就出国了。靠近南门,在87栋。房型和你住的这间很像,但格局更好一些。”

陈绯觉得自己的头狠狠疼了一下,她伸手要去揉,被肖策抢先一步,后者拇指抵在她的太阳穴边,不轻不重地按。

肖策:“年后我就能拿到钥匙。到时候,你留一把。”

陈绯觉得浑身的力气都被他的话语和动作卸去了,她盘腿坐上床,和他面对面,想了好一会儿,才开口:“买房子这事,挺大的。”

肖策:“嗯。是挺大的。”

这个人,到底知不知道她在说什么?陈绯皱眉,说:“你再好好想想。如果以后,她不喜欢你现在的房子,你怎么办?卖了重买?你这点家底经得起折腾吗?”

陈绯口中的“她”,显然不是她自己,肖策并不和陈绯纠结字眼,坦然说:“我没有家底了,也不打算折腾。”

他说这话轻描淡写的口气,好像只是买了一双手套,跟她说,给你留了一只,可以随时把手伸进来。

陈绯什么都说不出口了。房子是他自己买的,也没说要送给她,更没说是为了她买的,陈绯拒绝或是阻拦都无从说起,反倒显得自作多情。

她以为是自己一手攥着他，甚至觉得和从前一样养着肖策也不是不可以，可现在终于知道不是。

她有点恨，觉得这男人真是让人烦神，牙痒痒地瞪着他，可惜找不到打击点。后者任她打量，目光沉静专注。

然后肖策说："晚上喝了多少？"

陈绯不想回答，保持刚才的姿势一动不动。

时间长了，肖策用手掌盖在她眼睛上："你属金鱼吗？不眨眼？"

她还是不说话，眼睛却因为他的动作闭上。

肖策俯身抱了抱她，说："我去洗澡。"又侧头，亲亲她的耳垂，问，"今天想要吗？"

陈绯摇头："累。"

其实也不是累，在Z大校园里，他走过来亲她的时候，陈绯觉得有一身榨干他的骚劲。可现在，她突然不想跟他做了。这蓦然涌上的情绪，从前出现过一次，就在肖策考研成绩出来以前那段时间。

肖策的吻辗转来到她唇角，说："那就不做，好好休息。"

他去洗澡。出来以后屋里灯已经关了，一片寂静，肖策以为陈绯睡下了，轻手轻脚地上床，却听见黑暗里陈绯开口。

"你们什么时候放假？"

肖策躺进被窝里，侧身对着陈绯，说："2号。"

那就是后天。

陈绯："有地方去吗？"

肖策自上大学后，除了给父母上坟，就再也没有回过家乡，春节对他而言，形同虚设。

肖策："没有。"

陈绯："今年我和银川回S城，你去吗？"

她的声音很轻，可字字句句，像是敲击在他心上。

肖策："去。"

陈绯等到他这个回答，不知自己是松了口气，还是更纠结，被子里的手慢慢攥成拳，又慢慢舒展开，最后翻了个身背对肖策。

“那睡吧。”

【未完待续】

图书在版编目（CIP）数据

今宵有酒：全2册 / 粥小九著. — 南京：江苏凤凰文艺出版社，2021.4（2022.5重印）
ISBN 978-7-5594-5480-5

Ⅰ. ①今… Ⅱ. ①粥… Ⅲ. ①长篇小说 – 中国 – 当代
Ⅳ. ① I247.5

中国版本图书馆CIP数据核字(2020)第241776号

今宵有酒：全2册

粥小九 著

选题策划　北京记忆坊文化
特约策划　朱　雀
特约编辑　莫桃桃
责任编辑　白　涵
封面绘图　Fangpeii
封面设计　80零·小贾
版式设计　天　缈
出版发行　江苏凤凰文艺出版社
　　　　　南京市中央路165号，邮编：210009
网　　址　http://www.jswenyi.com
印　　刷　三河市国新印装有限公司
开　　本　880毫米×1230毫米 1/32
字　　数　363千字
印　　张　14
版　　次　2021年4月第1版
印　　次　2022年5月第2次印刷
书　　号　ISBN 978-7-5594-5480-5
定　　价　59.80元（全二册）

MEMORY
HOUSE

MEMORY HOUSE

记忆坊文化

粥小九——著

今宵有酒

Carpe Diem

（全二册）

下

江苏凤凰文艺出版社
JIANGSU PHOENIX LITERATURE AND ART PUBLISHING

目录

Contents

第九章

往事

S城没有机场，与H市之间也没有直达高铁，若想回去，只能买绿皮火车票。

赶上春运，卧铺票老早就已售罄，宋银川下了好几个抢票软件，只辗转买到半程车票。后半程要么站着，等到了目的地补票；要么下车，多折腾一段时间，在当地改坐大巴。

陈绯他们不赶时间，选了后者。

娇拿了年终奖，去超市疯狂采购一整天，提了两编织袋的年货，也买了回老家的车票，1号晚上就兴冲冲地踏上了返乡之路。

陈绯他们2号早上走，没什么要带的，三个人统共就一个行李箱。

春运大潮，火车站人挤人，摩肩接踵，肖策护着陈绯，陈绯罩着宋银川，三个人排成一列在人群中艰难地挪动。

好不容易被推挤着上了车，情况也没有变得更好，车厢里塞满了行李和人，农副产品的气味混着车厢连接处的烟味，熏得人头晕。陈

绯昨晚没睡好，早上又贪吃，沾了油腥，胃里一阵阵翻江倒海，觉得自己一会儿可能要去洗手间吐，坚持要坐靠走道的位置。

哪知道刚一落座，旁边就来了个大爷，踮脚往行李架上塞行李，后头经过走道的乘客把他一挤，男人的裤裆直往陈绯脸上靠，陈绯没留神吸了口气，一股腌臜味顶过来。

在陈绯吐出来之前，肖策把她往靠窗的位置一拽，先把人拉到怀里，让她坐在了自己腿上。

陈绯把脸埋进肖策胸口，几乎是贪婪地嗅着他毛衣上的气味——淡淡的柚子香，是肖策家洗衣液和织物柔顺剂的气味。

舞蹈教室里最不缺爱美的女人，喷香水的不在少数，国际大牌、小众挚爱、地摊精灵啥样都有，什么浓香魅惑香高雅香她都闻过，反正最后跟汗味一混，都会让人生理不适。陈绯闻多了，突然来个返璞归真，心底由衷感慨：还是国产洗衣液好。

她吸鼻子的声音像小狗一样，肖策把外套敞开，给她包严实了，低头说：“我口袋里有薄荷糖，要不要吃？”

陈绯缓过来一点，还是头晕脑涨，只觉得刚经历的气味袭击比醉酒后劲还大。她点点头，随后听见剥糖纸的声音，眼睛下撇，看见肖策骨节微凸的长指捏着蓝色玻璃糖纸，上下一扭，从里面挤出来一粒圆润的半透明糖果。

肖策手指好看，干干净净的，该白的地方白，该粉的地方粉，每片指甲都长得饱满，甲沟也没有倒刺。

陈绯看他的手指动作，微微出神，想到他工作的时候十指飞速敲击键盘，也想到这双手在她身上游移……以前不喜欢被他那么弄，现在不知哪根筋搭错，禁欲久了，突然上瘾，每回都想要。

陈绯有点燥，试图赶走脑子里突然冒出来的黄色废料，把头探出去一些，恰好碰上肖策送到嘴边的糖。他食指中指并拢，配合拇指捏着薄荷糖，那手势不像捏糖，倒像是捏她……

真是疯了。

陈绯恶狠狠的，一口咬过去，肖策吃痛，却没应激地猛然抽回手指，反而垂头亲了亲她的头顶，声音低得只有他们两个人能听见。

“知道你难受，乖。”

哄小狗呢？陈绯把糖裹进口中，凶悍地瞪他。肖策这才把手指收回，说：“睡会儿吧。这一天还长。”

是还长，陈绯重新蔫回去。岁月不饶人，到底是动过手术，又劳碌多年，她的身体早就没有五年前那么扛造了。

本以为火车上睡不着，最多打个盹，可没想到一颗糖还没化完，人就失去意识了。

陈绯睡了四个多小时，口干舌燥地醒来，发现自己还在肖策怀里，不过双腿伸直，搁在旁边宋银川的大腿上。宋银川在睡觉，哈着大嘴，手指智障一样扭着，头快仰到后座人怀里去了。肖策也闭着眼，头抵着窗边的车厢壁，头发有日子没剪了，眉前软软地耷拉着细碎的额发，这么一来，看上去少了些老成，多了乖觉的少年气。

以前不觉得宋银川这么磕碜，现在有了对比，简直没眼看，陈绯真想一脚踹醒他。但又想到自己一动，也会惊醒自己身边人，就还维持刚才的姿势，继续有一搭没一搭地观察肖策。

等列车停靠下一站点，车厢又嘈杂起来，肖策才缓缓睁开眼。陈绯见他有醒的趋势，先一步收回目光，佯作刚睡醒，动了动身子。

这一动，陈绯整张脸都扭曲了。

保持一个造型太久导致全身僵直，稍稍转头，陈绯几乎听到了脖颈发出“嘎”一声响，她整个人好像才从仓库里翻出来的提线木偶那样，行动艰涩。

肖策一只手握在她颈后，不晓得找了什么穴位，给她按揉，另一只手托着她的后腰，扶她慢慢站起身活动筋骨。

克服了最初的酸麻，陈绯抖擞各处关节，只觉得饱觉之后浑身舒畅。她伸了个懒腰，突然想到什么，回头拍了拍肖策的腿说：“你还有知觉吗？”

肖策被她突然一巴掌拍得闷哼，一把捉住她的手腕，低语：“别，麻了。”

陈绯忍不住上另一只手，作势要戳他的腿，肖策眼疾手快，立刻擒住她，表情有一点崩塌：“绯绯……”

旁边的宋银川也因这动静醒了，揉着眼睛看过来，嘀咕：“绯姐，你就别作弄策哥了，人挺不容易的。”

车里人多，陈绯没再跟肖策闹，坐到宋银川和肖策中间去，拧开了矿泉水喝。

火车没过多久就到了站，三人下车去汽车站换乘大巴，等坐上大巴车，又是另一种折磨法。车子在城郊之间行驶时，碰上尚未修好的路段，几人颠得七荤八素，到了中途休息站，对着超市货架上堆满的食品，硬是半点胃口也没有。

最后三人到达S城中心旅游汽车站时，已是3号凌晨两点。

近二十个小时的颠簸结束，陈绯几人找了汽车站附近的酒店，开了两间房，决定不管三七二十一，先睡他个昏天黑地再说。

宋银川和肖策一个屋，他坚持贯彻开房前的约定，一进门蹬掉鞋子就往被子里钻，不过三秒，人就开始打呼噜了。

呼声震天响。没想到他这小小的身板，还有这么大的能量。

肖策给宋银川把被子拢好，去浴室冲澡。坐了一天，给陈绯当了大半天的人肉沙发，肖策腰酸背疼，他扶着浴室墙壁瓷砖，热水击打在脊背上，长长地呼了口气。

明早起来有的受了。

从浴室出来，肖策看见手机亮了下，走过去解锁，收到陈绯的一条消息。

女王绯：过来。

肖策蒙了一会儿，理智地评估之后，断定今晚自己这身体状况满足不了陈绯的需求。

就在求生欲驱使肖策拿开手机当作没看到的时候，陈绯的新消息进来了。

女王绯：少装睡。

肖策换好衣服，连袜子都套上了，才轻手轻脚地推门出去。陈绯的房间在他们斜对面，肖策几步走到她门口，轻轻叩了叩门。

陈绯很快从里面打开门，浑身热气蒸腾，显然也是才冲过澡。

肖策进门后，陈绯上下打量他，见他好端端穿着衣服，嗤笑：“怕我吃了你？”

肖策：“绯绯，要不我们改天？”

天地可鉴，他现在恐怕连手指头都抬不起来。

陈绯笑容都快兜不住，却虎着脸，努努嘴，说：“少废话，衣服脱了，床上去。”

肖策在生命安全和男人尊严的抉择中，选择了后者。他头皮一硬，走到床边，衣服裤子解开脱掉，人躺了上去。

陈绯走到床尾，居高临下看他，发现他袜子还没脱，于是一伸手给他拔了下来。

陈绯脱了浴袍，里面只剩个吊带和短裤，她单膝跪在床边，饶有趣味地打量肖策，说：“你别这副表情，好像我是个辣手摧花的纨绔公子哥。”

肖策决定跟她坦白，否则临到头了陈绯发现自己无枪无械，实在……

念头没转完，陈绯一巴掌拍在他大腿上：“躺得跟镇山似的，翻过去。”

翻过去是什么操作？

肖策迟疑道：“你要做什么？”

陈绯手里还攥着他的袜子，作势扬手，说：“再问我把袜子塞你嘴里。”

肖策蹙眉，还想问的时候，余光瞥见床边矮柜上放着瓶精油，突

然明白过来什么，老老实实地翻身过去趴在了床上。

随后，肖策闻到了精油的香气。跟着，陈绯踩上床，跨坐在他屁股上，双手合掌，就着精油搓了一会儿，将热乎乎的手掌心缓缓贴在肖策脖子两侧。

她在给他做按摩。

肖策心里一软，头埋进松软的枕头里去了。

精油是浴室里面配的，手法是陈绯回忆着美容院的美容师，自己瞎参悟的。所以下手没轻没重，起初还好，到后来越发控制不住。

陈绯听见肖策闷哼出声。

陈绯："你别叫得那么色情。平时没听你这么叫唤。"

肖策："那你轻一点。"

这话听上去，哪里怪怪的。陈绯噙着笑，手势放轻，嘴上配合道："原来你是第一次，放心，我们慢慢来，我会很温柔的。"

肖策猛地噎住。

陈绯："这样舒服吗？要不要快一点？"

肖策拿她没辙。

陈绯："都红了，阿策，你好敏感。"

肖策身上肌肉板结，僵得陈绯手都捏得疼，于是又换成胳膊肘，一边哄他："放松点，别那么紧，你想夹死我吗？"一边往下推油。

肖策在心里低声念了句女流氓，只觉困意袭来，慢慢地闭上了眼睛。

从上到下按过一遍，陈绯收工的时候，意识到肖策不知什么时候已经睡着了。他头发蓬着，脸侧趴在枕头上，露出半张睡颜安静又柔软。

男人的背宽阔坚硬，被她不专业的按摩弄得又红又紫，陈绯揉着手腕，看了一会儿，捞过被子给他搭上，自己去了旁边另一张床。

她没关灯，侧着身子，凝视着肖策。

阿策，我们回来了。

谁能想到，我竟然会和你一起回来。

陈绯嘴角浮起一抹笑，凉凉的笑意，里头并没有盛装喜悦。她心绪起伏，翻了个身，背对肖策睡了。

一觉醒来已经日上三竿。

陈绯侧躺在床上，一条腿架在被子上胡乱踢蹬，喊了声饿。肖策穿好衣服跑去宾馆二楼餐厅，却被告知已经过了早饭的点，赠送的早餐券作废了。他只好又下楼去，绕了两条街，拎回来几个鸡蛋灌饼。

他们吃完，收拾收拾就打车去了花雨巷。

车子从大路走，没有经过他们从前最熟悉的街巷，直接将三人拉去目的地——陈绯家楼下。

肖策这才得知，陈绯当初离开的时候，只变卖了茶楼。陈秋娥留给她的家，却空在了那里，甚至没有出租。

也就是说，陈绯并非如他所想，是带着一大笔钱去H市创业。自家房子没卖，她的旧物全在里面——这也就能解释得通，为什么她离开时，没有将全部银行卡都带在身上。加上手机号的更换，陈绯确实无法知道肖策曾将所有“工资”都还给了她。

小区外观陈旧，物业的不作为导致楼道里灰尘杂物堆砌，他们上到五楼，陈绯掏出钥匙把防盗门打开，宋银川弯腰把门边的小广告宣传单页一一捡起团成团丢进玄关的垃圾桶里。

屋里灰蒙蒙的，陈绯和宋银川每年最多回来几天，家具地板上蒙了一年的尘，肖策把行李箱靠在墙边，拉开全屋的窗帘，窗户也都打开。

花了近两个小时，三人把几个房间里里外外全部打扫擦拭一遍，陈绯把柜子里用真空袋包好的被褥和干净的四件套都掏出来。

两室一厅的房子，肖策和陈绯住在陈绯的卧室里，宋银川住陈秋娥从前的房间。

收拾完毕，宋银川累得半死，冲个澡回屋小憩去了。

肖策在铺床，陈绯盘腿坐在木板地上，翻自己的抽屉柜找银

行卡。

七零八碎的杂物全部都存在一个铁皮方盒里，陈绯把它从柜子最里层拖出来，放了五年，盖子和盒身之间已经锈得很难掰开。

“帮我一下。”陈绯叫肖策。

肖策走过来，拿着盒子，抠住盒盖用力往上一掀，盖子封得太紧，经这力道，一下弹起老高。

陈绯被蹦了一嘴的灰，拿手用力挥了挥，转眼看见肖策从盒子里拣出一张红色的纸钞。陈绯一怔，想到什么，急忙伸手去夺，哪知道肖策往边上一让，她扑了个空。

肖策手里捏着一张百元钞票，那张钱皱皱巴巴，虽然曾被抚平过，却仍能看出从前的破旧。

肖策若有所思，看向陈绯，后者觑他，说：“想要就送你了。”

一副“反正一百块现在我也不稀罕”的神情。

肖策没说什么，把钱重新折好，放回盒中。

陈绯的心怦怦跳了几下，面上却似不在意，专心地在盒子里翻找，终于抽出一张银行卡。陈绯将它夹在指尖，说：“找到了。”

盒子里收纳的都是重要物品，除了这两样，还有许多照片和其他证件。

看见肖策探究的目光，陈绯把盒子盖紧了，敲敲盒盖警告他：“好歹是个博士，不知道尊重别人隐私吗？”

肖策收回目光，没接这茬，只是问陈绯：“要出去走走吗？”

陈绯把盒子送回去，嗯了声：“行啊。顺便去趟银行改一下这张卡的绑定手机号。”

既然是出去走走，免不了要去花雨巷。

两人从银行办完手续出来，顺着巷落闲逛。临近年关，S大早就放了寒假，客流量瞬间减少大半，花雨巷里的大小商铺也挨个关了门。

五年过去，外头的世界日新月异，恨不得一天一个样地变化，这

里却还和从前没有多少差别，甚至不少店面招牌都没更换。“胖奶奶炸鸡腿”“小杨汤包”“一寸酒吧”……花雨巷真像一处世外之地，闭塞又落后，固守着原来的模样。

两人站在“一寸酒吧”门口，肖策的目光落在门前左拐的小巷子里——他就是在那里，第一次见到的陈绯。那时候觉得她弱小可怜，没忍住动了恻隐之心，谁能想到日后这些交集。

意识到肖策的脚步停顿，陈绯瞥了眼那巷子，心领神会，说：“我这个人，知恩图报，你看看，我从不让你卖酒，也不让你参与楼里那些钩心斗角，是不是很够意思？”

肖策有些意外，说：“原来你知道他们钩心斗角。”

肖策白天有空会在一楼前厅打打杂，时间长了，也能听到楼里的闲言碎语。有人的地方就有八卦，有利益的地方就有争斗，楼里几乎全是男人，可一点也不耽误他们暗地里较劲，明面上发难。

陈绯翻了个白眼，继续往前走，说：“我是不管事，但我眼睛和耳朵不是白长的。”顿了顿，说，“客人就那么多，也不是谁都像轩轩那样招人喜欢。其他人想赚钱，当然会争抢。”

肖策侧重点旁落，说：“轩轩哪里招人喜欢？”

陈绯说：“他身材气质好，腿长会跳舞，业务能力又强。”

听到“业务能力”四个字，肖策陷入沉默。

陈绯余光瞥了眼肖策，接着道：“最重要的是他会哄人啊，情商高，心思也细腻。这样的人，别说是卖酒，在哪一行吃不开？所以你看，人家现在照样混得风生水起。”

肖策还是不作声。

两人来到一家门关着的烧烤店旁，眼见四下无人，肖策驻足不走了。

陈绯回头看他，问：“怎么了？”

肖策：“我不喜欢轩轩。”

陈绯唇角隐有笑意，又被她强行忍了下去，说：“谁管你喜不喜欢，人家吸引的是女……”

话没说完，手被肖策一握，拉着进了烧烤店旁边的窄巷。男人背对着巷口，凭借身高优势，完完全全挡住陈绯和光，她陷入一片阴影里。

陈绯仰头看他，说："干吗，壁咚啊？"

肖策摇头："墙太脏了。"

陈绯扑哧笑出声，很愉悦的样子。

肖策脸上看不出情绪，说："你故意的。"

陈绯装傻："故意什么？"

肖策嘴唇微动，没说出口，倔强地盯着她。像是在说，你自己心里清楚。

陈绯推他："你不说的话，我就走了。再不买点晚饭带回去，银川要饿……"

肖策一把握住她的手，另一只手顺势扶着陈绯的脸，低头吻了上去。

男人的掌心温热，贴着她被冷风割得又疼又凉的脸，麻麻的痒很快由贴合处蔓延开去。

肖策听见陈绯的呼吸频率逐渐加快，垂眼看到她一向清明的眼睛蒙上一层水汽，最后情不自禁地合上了。

陈绯的意识被肖策不断挑弄的动作攫取，她身子发软，手滑下去。

肖策轻哼，捉住她的手，将她的胳膊往自己腰上一圈，惩罚似的咬住她的下唇："别闹。"

陈绯被他控着，也不急着挣扎，手顺势向下，用力捏了一把他的屁股，随后低笑："屁股挺翘的。比轩轩强。"

肖策头抵着她的前额，呼吸粗重。

"你故意气我……"

陈绯眼里有笑意，这笑容看得肖策心头发恨，他一下拉开她外套拉链。陈绯大口喘息，肖策的吻重新落下，比刚才更深。

伶仃腊月，长街萧条，两人却挤在小巷子里出了一身汗。

他不肯如她的愿，徘徊撩拨，就是不愿再进一步。陈绯咬他的耳朵，战栗着哆嗦着，说尽了好话。肖策在她煎熬失神之际问她："轩轩招你喜欢吗？"

因他的动作，陈绯完全没工夫思考："啊……"

肖策执拗地重复问话："他是不是还招你喜欢？"

陈绯浑身紧绷，手指揪紧了肖策的衣摆，指节几乎攥成了青白色，固执地望着他，就是不肯服输。

肖策的动作微微停顿，低头亲她的眼睛，压着声音哄她："乖，说喜欢我。不许说喜欢他。"

这个男人……陈绯微微侧头，掀开眼皮，双眸被他的吻惹得水光潋滟，她双唇樱红，道："喜欢你……最喜欢阿策了。"

肖策抱着陈绯，听着她的呼吸由疾变缓，渐渐平静下来。

陈绯收回神思，慢慢回过味来，抬脚踹了他一下，架势大，可落到他身上的力道不重。

陈绯恨恨道："狗男人。"她说，"别扭得要死……"

肖策亲亲她汗湿的额角。

陈绯一愣，就这么任他抱着，突然什么话也说不出来了。

巷子里还在营业的餐饮店寥寥，陈绯和肖策就近去了隔壁的烧烤店。

店面不大，一共就摆着三张桌子，蓝蓝黄黄的外卖宣传单倒是一沓一沓摞着。大堂没人，陈绯看见前台桌上放着个按铃，伸手拍了拍。

肖策低头翻阅菜单，听见里头传来脚步声，人快到跟前了，说话声也跟着响起："来了来了！"

声音有一点耳熟，肖策抬头去看，辨认了几秒钟，有点出神。

那人先一步认出了肖策，"惊讶"两个字几乎写在脸上。

"肖老师？"

是方宇，肖策从前在花雨巷兼职做家教时带的孩子。他和肖策印

象中的少年相差甚远，现在的他，体格健壮，肤色变深，唇边有胡楂，眉宇间一扫从前的阴郁。他腰间系着女士围裙，脚下踩着虎头棉拖，样子有一点滑稽。

算算时间，如果方宇按照寻常人的求学轨迹走下去，现在应该刚大学毕业。但看他这个状态，显然不是如此。

方宇见到熟人，笑容绽开，声音洪亮："你们先坐，想吃什么？肖老师，这你女朋友还是……媳妇儿？"

口音都偏北方了，肖策笑笑，和陈绯坐下，他说："女朋友。我们外带走，有什么推荐的菜吗？"

陈绯对方宇道："你看着做吧，三个人的量。"

方宇应了声，说："好嘞，我有数了。我让我媳妇儿给你们做，一会儿来！"

男人转身又进了里屋。肖策跟陈绯简单说了说方宇是谁，当他说到方宇的妈妈是楼里常客的时候，陈绯反应了一会儿，说："他妈是不是叫蔡萍？"

肖策："是。你有印象？"

陈绯："楼里的老客啊，她跟别人不一样，要回去看儿子。敢情这就是那个儿子？"

说话间，听到里面的动静，陈绯知趣地收声。

方宇提着壶茶走出来，他已经摘下围裙，给陈绯、肖策和自己各倒了杯茶后，坐在了他们对面。

"算起来，快七年没见了啊。肖老师你跟以前没什么变化。"

肖策说："你变了挺多，我都有点不敢认。"

方宇朗声笑道："是啊，我妈也说，我跟换了个人一样。"他说，"高中毕业，我没参加高考，看见征兵信息，就入伍当了两年兵。回来以后，经人介绍认识了我媳妇儿，就定下来了。这两年外卖火啊，我们盘了个店，干得还不错。"

他如此健谈，言语之间尽是幸福和满足，几乎看不到原来的影

子，从前的仇恨也都烟消云散了。肖策不知道是部队改变了他，还是婚姻改变了他——但不论是哪一样，他变得快乐就好。

方宇说了自己的近况，问肖策："肖老师你呢？中考之后就没见过你了，我还要好好感谢你，要不是你，我哪能考得上高中。"

肖策回答他："我后来去了H市。"

方宇眼睛一亮，说："你真的考研去了？！去了Z大？"

肖策点头。

方宇："了不起啊！当时你跟我说你要去Z大的时候我心里是不信的，没想到你还真成功了。"又道，"怎么想到要回来，看望以前的老师朋友？"

陈绯说："我住这儿，他陪我过来看看。"

方宇哦了声，但他从没见过陈绯，不由得好奇："你不住这一片吧？我送外卖两年了，看你还挺眼生。"

肖策在陈绯之前回答："她几年前就搬走了。"

陈绯似笑非笑地看了肖策一眼。她知道肖策怕自己在方宇跟前说出什么不该说的话来，比如自己原来是今宵茶楼的老板。

方宇："怪不得嘛，不是我吹，方圆几里的人我都眼熟。送外卖就这一点，哪家哪户住着什么人，有什么小道消息，几个人凑一起一聊，什么都晓得。"

陈绯插嘴问他："你妈妈这几年过得还好吧？"

方宇一愣："你认识我妈？"

陈绯喝了口茶，说："以前打过交道。"

方宇心大，没怀疑什么，直接回答她："挺好的，天天在家缝小抱被，就等着抱孙子了。"再多的私事也不便对外人说了，他抱歉地笑笑，"我没听她提过你哎。"

陈绯笑笑，没再问什么："可能不记得了吧，好多年以前的事了。那时候你还在上学。"

话音刚落，店门又被人推开，方宇正对着门口，扬头去看，下一

秒就起身迎上去。

“哎哟你怎么又跑一趟，这东西打个电话喊我去拿不就行了？”

回答他的是一个中年女人的声音：“店里海货不是快卖完了吗？我看见屋里头冰柜下层有，现在单子少，你年前就不要再进货了。反正我在家没事做，跑跑就当锻炼。”

女人把东西交给方宇，一偏头就看见有客人在，在方宇的胳膊上拍了下，埋怨道：“你是不是让蓉蓉烧菜去了？不知道她怀孕啊。”

“看到老熟人聊聊天，妈，你肯定不知道我碰到谁了！”他一边把女人引到陈绯和肖策身边来，一边碎碎念，“还记得我初三的时候，你给我找的家教老师吗？还有这位，肖老师的女朋友，跟你也认识。”

蔡萍穿着寻常的家居棉服，一听是老朋友，笑吟吟的，可等到陈绯和肖策一齐转过头来，顷刻间，那笑容僵在了脸上。

方宇站在蔡萍身后，个头比她高出不少，根本看不见她脸上的表情。

陈绯没有半点不自然，看向蔡萍，说：“还记得我吗？”

蔡萍的脸色以肉眼可见的速度变得难看，她勉强从喉咙里挤出一个音节：“嗯。”

方宇一听，知道她们真是旧相识，更觉得亲近：“肖老师，今晚我们一起吃一顿怎么样？这机会太难得了。”

肖策婉拒道：“我朋友有点不舒服，不愿意出来走动。”

方宇：“太可惜了，下次见面也不知道要到哪一年呢。”说罢，手提着冷冻海货往里走，“我先去放东西，你们聊。”

“你、你为什么到这里来？”

方宇刚一进去，蔡萍就开口问陈绯。她神情不太自然，语气干巴巴的。

陈绯抬眉，有些意外——按肖策所说，方宇不是不知道蔡萍在楼里那点事，怎么她看见自己，一副见到洪水猛兽的表情？难道是还有

什么她不知道的事？

陈绯没急着解释，存了个心眼，反问蔡萍："怎么，我不能来？"

蔡萍唇角一抽，陈绯注意到她的手在轻微发颤。

陈绯心生疑窦，又故意放慢语调："说起来，以前我们……"

里屋传来隐约的人声，蔡萍心里一紧，害怕方宇或者儿媳妇刚好出来听见什么不该听见的，连忙压低声音道："有什么话我们一会儿到外头说。"

陈绯心思几转，接肖策对视一眼，两人默契地选择了顺势而行。陈绯轻巧地点头，所有事都了然于胸似的，装模作样对蔡萍说："行，我等着你跟我把话说清楚。"

蔡萍听她这么说，脸色一白：瞒不过的，她果然是知道了。

方宇再出来的时候，把外卖盒递给肖策。拉扯一番，肖策还是坚持扫码付了钱，随后，两人跟方宇道别。

全过程中蔡萍一声不吭，等人走了，方宇有点奇怪，说："妈，你是不是哪里不舒服，怎么这个表情？"

蔡萍揉了揉额角："头有点疼。我回去躺会儿，你们要回家前说一声，我把饭菜热了。"

方宇："快去吧，这么冷的天不要在外面跑了。"

蔡萍离开店铺，没走几步，在街角看见陈绯和肖策。

她深深吸了一口气，朝他们走过去。

陈绯脸上做出一副等候多时的模样，心里却没底。她出来之后和肖策简单交流过，两人都倾向于认为蔡萍有其他事情隐瞒。这件事必然和今宵茶楼有关，和陈绯有关。

能让蔡萍露出这种惊恐神情的事情不多，陈绯心里隐有猜测，却毫无头绪。

他们注视着女人朝这边走来，看见她脸上难以遮掩的不安——蔡萍拽着家居外套下摆，鼓足了勇气似的，迈到陈绯跟前，说："只要

别扯上我儿子媳妇，我什么都告诉你。但有一点，我、我是不可能出庭做证的！你要是再让警察来，我一个字都不会说。”

陈绯微微抬眉，努力消化着蔡萍这句话。

出庭做证、警察，能扯到这些词的，只有那件事了。

陈绯舔了舔发干的嘴唇，听见自己慢声说道：“好，那你先跟我说说，你都知道些什么。”

蔡萍警惕地看了肖策一眼，突然说：“你们没有搞什么录音吧？”

陈绯皱眉，有点不耐烦，作势要往烧烤店走：“不肯说是吧，那我去找……”

“哎，我说！”

蔡萍连忙阻拦，吞了口口水，语速加快了许多：“我承认，我当年是帮李雅兰骗了警察。但是这件事，我赌咒发誓和我一点关系也没有，我一点也不想掺和到命案里头！李雅兰是疯子，我不是！”

听到“李雅兰”这个名字，陈绯的心猛然下沉，身体不由自主地晃了一下，那感觉很不好受，她眉头难耐地皱起。但很快，她的手被一片温暖包裹，肖策站在她身侧，握住了她的手。

陈绯努力调整呼吸，可仍难以克制起伏的心绪，她压低声音，问：“你帮她……骗了警察什么？”

蔡萍眼里的光闪烁不定，突然又犹豫了，她打量着陈绯，像是看出来她并不似她想象中知道的那么多。蔡萍正攥着心思，却见陈绯一个箭步跨过来，伸手揪住了她的胳膊。

陈绯没有耐心再等了，她凶狠地盯着蔡萍，疾言厉色。

“你要是不把你知道的全说出来，我马上就去找方宇和他媳妇！告诉他们，你以前不仅是我楼里的常客，而且现在关在监狱里的杀人凶手——李雅兰，就是你介绍到今宵茶楼来的！”

蔡萍本来平直的嘴角不自主地往两边一撇，登时慌了神，她想挣脱陈绯的钳制，却发现陈绯的力气大得惊人，她忙不迭道：“我、我告诉你！你别去找我们蓉蓉！”

“那你快说！”

蔡萍被她的神情骇住，声音发颤，哆嗦道：“大壮死的那晚李雅兰和我在一起，她有不在场证明！但她不让我告诉警察。她……她其实根本不是凶手！”

那晚，那晚。

陈绯闭了闭眼，喉咙像是被一口老痰堵住，什么也问不出来，说不下去。

“你们那晚一直在一起？”肖策感觉陈绯的虚弱，他上前一步，平静地望着蔡萍，追问道，“从几点到几点？”

蔡萍实在不想回忆当年的糟烂事——茶楼出事以后，今宵那些原本不为人道的营生街头巷尾全传遍了，谁也不想在那时候跟李雅兰这个疯子扯上半点关系。

所以即便蔡萍心里清楚，杀人的另有其人，她也半点都不愿蹚进这浑水里——何况，李雅兰根本不希望她说出实情。

蔡萍揣着这个秘密过了许多年，良心不是没遭受过谴责，午夜梦回时分也曾见过李雅兰那张惨白的脸，对着她说，萍姐，我求你个事，你一定要帮我……

你一定要帮我。

她知道，守口如瓶就是在帮李雅兰。

可如今，陈绯找上门来，还拿她最在意的东西威胁她。要是被人晓得李雅兰当初是自己带去那种地方，哪怕她最后平反了，自己要面对的闲言碎语肯定少不了。蔡萍可不想自己一无所知的儿媳妇和即将出生的小孙子忍受旁人半点侧目。

所以眼下，蔡萍只想快点说完早点了事。

她回答肖策：“我们那晚约了一起去市里吃晚饭，然后去美容院做了个脸。回家都快十二点了。”

肖策：“也就是说，可以证明她当晚不在凶案现场的，不只是你，还有城里美容院的工作人员。”

蔡萍："理是这么个理，但她们从来不过问客人隐私的，而且这么多年，人早不知哪儿去了，更不可能还记得当初的事。"

肖策又问："那你知不知道，李雅兰为什么不让你告诉警察？"

蔡萍摇头："我问她了，她也不肯告诉我……"

肖策沉默片刻，继续问道："李雅兰有跟你说过，她在楼里最喜欢点什么酒吗？"

肖策对今宵茶楼的习惯用词这么熟悉，蔡萍讶异地多看了他几眼："她没说过。不过，统共不就那几个。"

蔡萍说到这里，突然顿了一下，看向肖策："你们是不是知道谁是凶手了，要给李雅兰翻案？"

她说这句话的时候，眼神在陈绯和肖策的脸上乱转，肖策觉得她下一秒就要把她对于"真凶"的猜测给说出口了。

果然，蔡萍马上说："没准就是李雅兰这傻子喜欢那个杀人犯，为他顶的罪。我看哪，保不齐那人就是那几个之一……"

看来李雅兰真没有对她透露自己最喜欢楼里的谁，所以蔡萍的怀疑没有确切对象，只能模模糊糊地认定，凶手是今宵茶楼的某一个员工。

肖策没说话。陈绯自打听到蔡萍说出凶手不是李雅兰，就如木偶般立在了原地，始终未发一言。

蔡萍眼见两人沉默，叹了口气："也是，都过去这么久了，翻不翻的，意义不大。再有两年，李雅兰都要被放出来了。"

陈绯听见这话，终于有了点反应，她微微蹙眉，低声说："我记得当时她被判了十二年有期徒刑。"

蔡萍："我也是听人讲的，她在里面表现好，去年申请减刑获得许可了，减到七年。"

更多的关键信息，从蔡萍嘴里也问不出了。肖策拉着陈绯，跟蔡萍道别，后者惴惴不安地问："你们不会再来了吧？"顿了顿，又觉得自己这么说有点对不起李雅兰，"如果你们能保证不让我家人知

道，我……我也可以当那种不出面的证人。”

什么证人啊，肖策在心里叹了口气，多年前就了结的命案，相关人等早就失联，仅凭蔡萍一人之言，怎么可能翻得了案？更何况，如果蔡萍所说的话都是真的，那就意味着，凶手另有其人。

这五年来，杀害大壮的真正凶手，逍遥法外，隐藏在人群中，过着和正常人一样的生活。

听着确实叫人心寒。可是，如果连被“冤枉”的人自己都没有意愿翻案，谁还会为了她的事而奔走呢？

肖策想到这里，突然问：“李雅兰的家人呢？她的家人没有想过提出上诉吗？”

蔡萍嘴角往下一撇，说：“李雅兰她们全家都本本分分的，事情一爆出来，听到她平时相亲不上心，却经常去那种地方，恨不得立刻跟她撇清关系。更何况，她是自首的，到哪儿去上诉呢？判决结果下来，她进去（监狱）以后，那一家子，看都不看她一眼，当没这个女儿。”

肖策愣了愣，说：“他们家除了李雅兰，还有几个孩子？”

蔡萍：“两个，一个姐姐一个弟弟，都比她有出息。尤其是老大，已经在城里面买了房，把一大家子接过去住了。”

与蔡萍分开，肖策拉着陈绯往回走。肖策看见她脸庞发白，目光下垂，整个人魂不守舍。

她好像一点也不想知道真相，不想知道真凶是谁，不想知道李雅兰为什么要撒谎，为人顶罪。

肖策对当年的事情了解不多，可陈绯现在这个状态，他也没办法细问。

他们回到陈绯家里，陈绯饭也不吃，径直走到卧室，只说了声让我一个人静静，就把门带上了。

宋银川睡醒了，正饿得慌，翻着肖策带回的外卖盒子，听见房门

嘭的一声关上，愣了愣，抬头看向肖策，用气声说：“怎么了？你跟绯姐吵架啦？”

肖策从厨房里拿了只碗，冲洗干净后，给陈绯夹出一人份的饭菜放在旁边，对宋银川说：“你先吃吧。”

宋银川吸吸鼻子，乖巧地拆开一次性筷子，说：“你们现在这个气氛，特别像电视里演的那种，夫妻吵架，让小孩别管大人的事，吃自己饭的剧情。”

肖策坐在宋银川身边，思索良久，说：“我问你点事。”

宋银川捏着个蒜蓉粉丝扇贝，一边噘起嘴往里吸溜，一边含混不清地说：“策哥，我们谁跟谁，你问吧。”

肖策：“你能跟我详细说说大壮和李雅兰的事吗？”

宋银川一声猛吸，粉丝登时从他鼻孔里钻出来一半，他伸手去拽，一边呛得直咳嗽，而后惊疑不定地看着肖策：“咳咳……咳……你说谁的事？”

肖策：“大壮和李雅兰。把你知道的关于他们的事情都跟我说说。”

宋银川反复确认肖策的表情，才意识到他没跟自己开玩笑。

宋银川不自然地咧了咧嘴，嘟囔道：“都多少年前的事了，你现在问这些干吗？”

肖策没有跟他说起遇见蔡萍的事情，只道：“我不在的日子，和绯绯息息相关的事情，我都想知道。”

这个理由听着不太好反驳，但宋银川总觉得哪里怪怪的——问什么不好，哪怕问轩轩跟绯姐的情史也好过问那个血腥的命案啊。

他试探地说：“从哪里讲起呢？”

肖策：“从李雅兰第一次来茶楼讲起。你是管账的，肯定最清楚。”

宋银川心头微微一跳，他立刻掩饰地伸手去拿桌子上的矿泉水，拧开后喝了一大口：“好。你让我想想……”

“李雅兰是萍姐介绍来的，萍姐你知道是谁吗？算了你对楼里的

事情也不关心。她是茶楼的老主顾了，跟之前我们老板娘的关系都不错呢。

“李雅兰原来住在萍姐家附近，她二十七八岁，在镇上事业单位做文职工作，萍姐是她隔壁部门的小领导，两个人蛮熟的。

“我记得……她第一次来的那天，老板娘才刚住院不久，绯姐在陪床。那时候楼里基本都是我在忙，我印象蛮深的，老客带新客，萍姐当天的消费应该打五折，但我忙得昏了头忘记了，萍姐想起来这个活动，还来找我退钱给她。

“李雅兰和今宵的大多数客人都不太一样，她不喜欢说话，有点害羞。开始几次都是萍姐和她一起，后来时间长了，她才自己来。基本上都是找轩轩和娇喝酒，这也没什么，那时候楼里面他们俩最受欢迎。

“第一次选大壮在什么时候我记不太清楚，不过可以肯定的是，那会儿老板娘已经去世了，你也已经来了茶楼。

“再后来……哦对，有一天李雅兰过来跟我投诉，说大壮太过粗鲁……”

肖策听到这里，打断宋银川：“是第一次找大壮，马上就来投诉吗？”

宋银川：“不是，那之前找过他两三次吧。”

肖策：“这是大壮第一次接到投诉吗？”

宋银川想了想，说：“不是。大壮家里穷，就他一个儿子，他靠在楼里赚钱给他妈治病，经常透支身体，所以有时候会用些乱七八糟的药。他这人脾气不大好，药用多了精神亢奋，没轻没重的也有过。那天李雅兰来投诉的时候，我就按照店里面的规矩，扣了大壮三百块钱，他挺不高兴的。”

宋银川吸吸鼻子，眼神不自主地往下瞥，又说：“估计是对茶楼有点失望，那以后李雅兰好久没来——大概隔了小半年。再来的时候，就是命案前一两个月的时候了，她找过两次娇，两个人还喝了点酒。”

肖策的眉头微动，低声说："娇？"

"嗯，你知道的，娇最喜欢跟他聊天的女客人了。那之后，娇就来找我，说要是所有客人都能像李雅兰这样该多好。"

肖策没说什么："继续。"

宋银川的声音低下去："后来就出了命案。你知道的，我们的房间不常彻底清扫，里面有太多人的指纹，警方找不到有效线索。凶器找不到，大壮的手机失踪了，杀人动机也没确定下来——总之就是一头雾水。最难办的是那年头街上根本没什么摄像头，我们楼里面也还没来得及安，所以南二楼晚上有人上去我们也不知道。拖了一个多月，警察那边都没有头绪和进展，还搞得大家胆战心惊的。"

肖策目光沉静："可以再说说案发当天你能记得的事情吗？先从不寻常的事情开始说。"

宋银川借着喝水，偷眼看了肖策几眼，心里更奇怪了，但还是继续说了下去。

"有一点我们都很奇怪，也反映给警察了。我们谁也不知道大壮为什么会偷偷去207。直到后来李雅兰自首，我们才搞清楚。她说是她私自约大壮去207。"

肖策的食指轻轻点在桌面，说："她投诉过大壮，还去找他？大壮不会觉得奇怪吗？"

宋银川垂眸，手指在矿泉水瓶上无意识地轻抠，隔了一会儿，才说："大壮缺钱。如果李雅兰说要多给他钱，大壮肯定会同意。更何况，大壮人高马大，怎么也不会想到来约自己的柔弱女人是起了杀心的吧。"

基于"李雅兰是凶手"这个前提，宋银川这么解释似乎没有什么不对劲，但如果李雅兰不是凶手，大壮又有什么理由会被约到207去呢？

宋银川轻轻叹息，说："李雅兰自首的时候，说她厌恶大壮。李雅兰曾在楼里投诉害得大壮被扣了钱，导致大壮对她怀恨在心，威胁她给他钱，不然就把她来茶楼的事情告诉她父母。"

肖策眉心紧锁。这是来自一个女人口述的杀人动机，被伤害、被胁迫，而且这种见不得光的事又不可能向外人申诉——听上去似乎足够激起一个人的杀意。

肖策说：“她是突然去自首的吗？还是说，发生了什么事情，比如警察那边有了什么进展？”

宋银川说：“挺突然的吧。要说有什么进展，可能是警察找不到大壮的手机，所以去调查了他的手机号都和哪些号码有过联系……”

肖策追问：“结果呢？”

宋银川回想道：“联系大壮的不多啊，基本都是楼里的座机，私人号也都是绯姐、娇、晓飞他们的。还有几个大壮的老顾客，但都被警方约谈过排除在外了。那些号码里甚至都没有李雅兰的，她应该不是因为这个紧张到自首。”

肖策：“没有李雅兰的号码……她是怎么约大壮的？”

宋银川：“李雅兰跟警察交代说她是当面约的。”

死无对证。

肖策又问：“李雅兰是怎么自首的？凶器是在她的带领下找到的吗？”

宋银川说：“我也是听公安局的人说的——李雅兰是直接拎着凶器去自首的，大壮的手机和作案当晚她穿的衣服全都已经销毁。她说是她从厨房偷的西瓜刀，那把刀和大壮的伤痕吻合，上面有李雅兰的指纹。刀上残留的血迹也检验过，就是大壮的……而且，李雅兰所说的细节也都和当天发生的一切相符合。”

肖策：“既然手机和衣服都处理了，为什么刀上还有残留血迹？”

宋银川语塞，给了肖策一个我也不知道的表情：“可能不好处理？”

肖策在心里说，或许是因为手机和衣服能够直指真凶，所以才“被销毁”了吧。

凶手能从今宵茶楼的厨房里神不知鬼不觉地顺走一把西瓜刀，用它杀人后，又顺利带出去。这个人……大概率是茶楼的内部人员。

当然，以上的推测，也只基于一个前提——宋银川没有对他撒谎或者隐瞒。

和宋银川聊过，肖策陷入深思。

宋银川有一搭没一搭地吃着外带的烧烤串，食不知味，他问肖策：“策哥……是不是发生了什么事啊？”

肖策目光沉沉，看向宋银川，突然问：“如果凶手不是李雅兰，你觉得会是谁？”

宋银川有片刻失神，看见肖策打量自己的目光，连忙道：“李雅兰是自首的啊，自首哎！凶手不是她还能是谁？”

肖策这才注意到，宋银川只用一只手拿东西吃，另一只手始终握着矿泉水瓶子，瓶身都被他捏得有些变形。

他不露声色地移开目光，说：“那一个月，警方排查的时候，都发生了什么？关于不在场证明，楼里面那些人都是怎么说的？”

宋银川咽了口口水，说：“茶楼的生意一天比一天差，那晚客人很少，我记得入账的只有201和209两个房间。一个是娇，一个是晓飞。”

肖策说：“他们的客人都确定能证明他们不在场吗？”

宋银川摇头，说：“警察推定的死亡时间大约是晚上十一点半到十二点之间。询问的时候，娇和晓飞的客人原本都说，能证明他们那个时间是和自己在一起的。可是……”

“可是什么？”

“娇的客人在警察面前突然反口，说想起来自己当晚一直被蒙着眼，不知道几点睡着的，反正一觉醒来就听说隔壁发生了命案。”宋银川说，“所以，警方只能排除晓飞的嫌疑。甚至因为娇和大壮之间有过摩擦，反而把他列为头号嫌疑人，老是找娇问话。问也问不出什么来，娇说他那晚就一直在房间里没有出来过，但是他没办法证明自己始终在房间。”

娇和大壮确实不对付，这个肖策都有所耳闻。大壮这人，最看不惯的就是他口中那些“娘儿们唧唧的男的”，而他认定娇就是这样的人。

偏偏很多人就吃这一套，娇过生日的时候，有个叫孙姐的给他送了一块名牌手表，价值过万。这在茶楼里引起了不小的轰动。

大壮自那之后更加看他不顺眼，人前人后没少说娇的闲话，那帮女人都是瞎了眼。

娇受不了这个气，当面跟大壮吵过。那天肖策在场，听见大壮一口一个“你别以为我不知道你的那点破事”“那人是S大的吧，体育系的学生”。

娇气得满面涨红，死死攥着拳头，却没扑上去：“我喜欢谁跟你有什么关系？这是我自己的选择，你管不着！”

大壮讥诮道：“老子最恨你们这种妖怪！你们就是违反自然规律的产物！”

娇一头撞了上去，跟大壮撕扯扭打在一起，还是肖策和宋银川把两人拉开的。

娇被肖策拽着，衣服散乱，眼睛通红，声音里都带着哭腔：“我不是妖怪！我就喜欢他，我喜欢他有错吗！”

大壮被他说得气急败坏，用力指着他：“你给我等着！我迟早让孙姐看清你是什么货色！”

……

可如果说这样的积怨就能作为杀人动机，那楼里谁和谁之间没有矛盾摩擦呢，不只是娇，其他人一样有嫌疑。涉及切实利益，互相眼红，暗地攀比，彼此看不顺眼……一次两次或许能平息怒火，可是同在一个屋檐下，同在这么一个极度扭曲的环境中，时间长了，怨气也会慢慢化作具象，变成致命的刀子，扎进对方的喉咙里。

肖策收回心绪，问宋银川：“其他人呢？那晚轩轩没有客人？”

宋银川说："其他人警方都挨个盘查了，有一大半人能给出确切的不在场证明，像是绯姐、阿峰和叶子三个人去看电影撸串喝酒了，因为是熟客，所以串串店和酒吧的工作人员都记得他们；涛涛在网吧打游戏包夜；哨子和女朋友去市里开房去了……剩下的几个，有的在家睡觉，有的出去吃夜宵，都没人能证明。"

他又喝了口水，偷眼看了看肖策的表情，才慢吞吞说下去。

"至于轩轩，那个……你走以后，轩轩和绯姐他俩……"

宋银川还在斟酌措辞，肖策截断他："我知道，你往下说。"

宋银川松了口气："所以轩轩就不怎么工作了。"

肖策蹙眉，似乎对他这个说法不太满意："不怎么的意思是……还在工作？"

宋银川："嗯……"

肖策心头起火，拖过桌边另一瓶矿泉水拧开，灌下去小半瓶，说："那晚他在哪儿？"

宋银川一怵，连忙道："他在舞蹈教室跳舞，跳了一晚上。"

肖策微微挑眉："有人能证明？"

策哥这表情有点危险啊……该不会是希望轩轩是凶手吧。宋银川揣度肖策的心思，觉得他要失望了："有，孙叔能证明。"

孙叔是舞蹈教室外的门岗大爷。

肖策冷声说："我记得那个舞蹈教室，他们因为常去，几个人都有钥匙。里面没什么值钱的东西要看，那大爷常常不在岗。"

宋银川低声说："警察也是这么说的……然后发现舞蹈教室装了摄像头，就去调了案发当晚的录像，其中一个摄像头就冲着舞蹈教室门口，玻璃门，里面的人影都能看见。轩轩从七点多开始，连着五个多小时都泡在里面跳舞。"

肖策在的时候，舞蹈教室还没装摄像头，他自然不知道这些。

问了个遍，肖策沉默。就在宋银川以为他已经结束这个提问环节的时候，他看见肖策抬头，定定地望着自己。

“银川，那晚你在哪儿？”

肖策之前听娇说起陈绯目击命案现场，说她是因为在一楼没找到宋银川，所以直接上了楼，才会发现207门缝的血迹。

也就是说，宋银川那个时间，不在前台。

宋银川说：“我一直在前台坐着……就是绯姐来之前，我、我肚子饿，就出去买了份炒面。”

肖策：“也是没有人能证明吗？”

宋银川小声地嗯，又连忙说：“策哥，这都结案了，你怎么跟警察问话一个口气啊……吓死人了。你难道……不相信是李雅兰杀的人吗？”

肖策：“没有，我就问问。”

宋银川觉得肖策有点过分，命案发生的时候他又不在，现在倒好，时隔五年，回头来重新询问案子细节，难道是在玩推理游戏吗？但他敢怒不敢言，只好低头又喝了口水。

这个当口，卧室的门突然被陈绯推开了。宋银川手一抖，水洒了一摊。

陈绯看上去振作了一些，不再像方才那样恍惚，她对宋银川说：“银川，帮我查下S城女子监狱联系方式，打个电话问问三监区的会见日期和非亲属人员会见需要办什么手续。”顿了顿，道，“我要见李雅兰一面。”

没等宋银川反应过来，肖策直接上了省监狱管理局官网，很快在“狱务服务”一栏找到了S城女子监狱的电话号码、会见日期以及注意事项。

上个会见日刚过，距离三监区下一个会见日只剩两天。肖策浏览网页，看见上面写着，非亲属（或监护人）会见罪犯，必须经狱政科审核，监狱分管监管领导审批。

肖策打电话去确定审核时间和预约探监时间，得知今天太晚了，那边让他们明早八点带上身份证过去。而安排会见的时间，一般在会

见日当天上午08:00–11:00或是下午14:00–16:00进行。

这一系列操作惊呆了宋银川，他不知道为什么绯姐和策哥这两人逛个街回来后，突然对五年前的案子重燃兴趣。愣愣地又问了陈绯一遍。

陈绯没想过瞒宋银川，坐在桌边，把肖策给自己留的饭菜吃了个干净，一边将下午发生的事全都告诉了他。

宋银川的脸越听越白，到最后，失声说："李雅兰不是凶手？！那会是谁？"

肖策全程旁观宋银川的反应，此时淡淡道："凶手是谁，李雅兰心里应该很清楚吧。"

陈绯也这么想，所以她必须去见李雅兰一面。

晚上，肖策和陈绯洗过澡，平躺在床上，关了灯，谁也没有开口说话，但都知道对方没有睡着。

隔了很久，陈绯说："你都问银川了？"

肖策："嗯。"

陈绯侧了个身，背对肖策，说："其实你没必要了解那些事。跟你一点关系都没有。"

肖策说："你还在生气我那个时候不在你身边吗？"

陈绯："不，我不生气。你又不是事发之后为了避嫌才离开的。"

肖策能感觉得到，陈绯没有骗他。她这个人原则清晰，不生气就是真的不生气，但是肖策也很清楚，陈绯心里的芥蒂。

他永远忘不了陈绯喝多了的那晚，被娇背回去之后说的那些话。她说，我走投无路的时候，他在哪儿呢？我打落牙齿和血吞的时候，他在哪儿呢？

肖策听在耳中，觉得好像有把刀子一寸寸楔进心里，而后每回想一次，那把刀就往里送得更深一点。

如果这是他的过错，兴许还能改正。可惜不是，这只是个让人无

可奈何的巧合。

你怨不了人，更不可能让时间重来一遍，因为所有人都很清楚，即便一切重演，他们都不会做出更好的选择。所以横亘在心里的，就只剩下遗憾。

多可惜，最需要你的时候，陪在她身边的却是别人。

肖策侧身过去，对着陈绯的后背，抬臂拢上她的胳膊，半抱着她："这件事，你打算怎么处理？"

陈绯没有挣，任他抱着，可也没给他动作上的回应，只硬邦邦地说："我没想过翻案，李雅兰既然心甘情愿，那她去顶罪好了。我不是警察，也不是法官，收集证据维护正义不是我的职责。我只想知道，是谁杀了大壮。"

肖策问她："你知道了以后呢？你能当什么都没有发生过吗？"

陈绯被他问住，不耐烦地蹙眉："我为什么不能？"她说完这话，急急闭上了眼睛，截住肖策的话头，"我困了，睡了。"

肖策没有拆穿陈绯。

他觉得陈绯在回避一件事，如果凶手不是李雅兰，那么嫌疑人十有八九是楼里的其他人。而李雅兰能够主动替那人顶罪，说明嫌疑人和李雅兰关系密切。那么有很大概率，真正的嫌疑人会是轩轩、娇、晓飞他们其中之一。

月华隐没，肖策的眸子黯了黯，他在心里说，或者……嫌疑人名单里还应该多一个名字。他微微收紧了胳膊——如果真的是那样，肖策不认为陈绯真能如她所说的那样无动于衷。

第二天，陈绯没有让肖策和宋银川同往。

有些事情，女人之间还是比较好沟通，有男人在场，李雅兰或许更难吐露真心。陈绯打算自己去见李雅兰，所以只提交了自己的身份证进行探监审核。

她没想到，狱政科在审核的时候，说："李雅兰这个月的探监次

数用掉了。一般一个月只允许探视一次。”

陈绯讶异，但很快找到了自洽的理由：“她的家人来看的她吗？”

工作人员面无表情，说：“她家人两年没来看过她了。”

陈绯听他的话头，觉得事情没有定的那么死，赔笑道：“能不能帮帮忙？”她手往包里伸，就快把事先准备好的红包掏出来了。那人却摆了摆手，给她的申请单上盖了戳，留了第一张放在桌上，把最后一页回执给她，说：“行了，大过年的，去吧。”

陈绯连声道谢，手在包里转向，摸出两包烟来推过去给他，说：“新年好，辛苦了。”

拿到回执单后，又问：“今天才4号，怎么次数就用掉了呢？上一个来的人是谁啊？”

那工作人员脾气挺好，收了陈绯的烟，又就着大搪瓷缸子喝了口茶，头一歪，噗一声把茶叶吐进桌子旁边的垃圾桶里。

随后道：“上个会见日——2号来的。早上过审，下午就去看人了。”

陈绯一团和气，笑着问：“您知道叫什么吗？”

“也不是什么机密。”那人大大咧咧地靠在座椅上，随手在桌面上薄薄的几张本月申请单存档里一翻。

“找到了。三监区李雅兰，会见人：焦天傲。”

第十章

透明

陈绯回去后，看见肖策和宋银川已经穿戴整齐，就等着她一起出门了，他们早就打算好，要去超市买年货回来过除夕。

陈绯没进门，就站在楼道，肖策穿了鞋出来，问她："都办好了？"

陈绯："嗯。"

她脸上半点血色也没，肖策握了握她的手，皱眉，"怎么这么凉？"

明明穿得厚实保暖，来去也都是打车，按理说不该被冻成这样。

只有陈绯自己晓得，寒意是从骨血里渗出来的，遍及四肢百骸，穿得再多也无济于事。

陈绯笑笑，把自己的手抽了回去，插进口袋，"天多冷啊，这鬼地方……"她微微战栗，无意识地重复呢喃，"这鬼地方……"

宋银川拿了几个环保购物袋放进自己的小挎包里，迈出门后，回身锁门，应和道："真是冻死个人哦，S城湿冷，比北方还可怕。而且旁边就是正义山，阴气重，太不吉利了。"

陈绯听完他这后半句，抬手给了宋银川一个毛栗子，“少迷信这些。”

宋银川嗷了一声，委屈地捂着脑门，嘀咕：“这还是你以前跟我说的……”

还没完了？陈绯作势抬手，宋银川龟缩到肖策身后，闷闷道：“敲傻了我对你有什么好处？策哥智商高，他耐敲！”

陈绯嘁了声，目光根本不往肖策身上落，她收回手，转身下楼去了。

一进超市，兵分三路，宋银川推着购物车，脚下生风，直奔火锅底料区，然后杀往码放着牛羊肉卷的冷冻柜；肖策的目光投向了卖饺子皮的面食区，又配了一堆饺子馅原材料。

一个小时后，三个人碰头，两个男人神情复杂地看着陈绯面前的购物车，里面挤满了各种叫得上或是叫不上名字的酒。

宋银川：“不是……绯姐，你买个三五瓶意思意思不就好了，这是超市又不是批发市场。”

陈绯：“我没买什么酒啊，这两捆啤酒，今晚不就没了？其他的都是红酒，跟葡萄汁一样。”说着，目光在他们俩购物车里溜了一圈，有点嫌弃，“肖策，你上面这堆乱七八糟的塑料袋都是什么？”

肖策：“现成的饺子皮和未来的饺子馅。我配了三种馅。”

陈绯兴致缺缺，“我们没这习俗。太麻烦了，我不包。”

S城过年的习俗是炖老母鸡汤配炒米和锅巴，陈秋娥在的时候，每年都会提前去乡下村里买跑山鸡回来，肉嫩又紧实，炖出来的汤完全不需要加其他佐料，只搁一点盐，都能香得人恨不得连舌头一起吞下去。

可陈秋娥死后，她年夜饭要么去饭店解决，要么自己在家煮火锅。陈绯不喜欢下厨房，怎么省事怎么来。

宋银川摸摸鼻尖：“策哥，我也没这项技能。但我可以学。”

肖策问陈绯：“我包好以后，你吃吗？”

陈绯往收银台走，漫不经心道：“看心情。”

看心情的结果是晚上肖策把第一盘晶莹剔透的酸菜猪肉馅水饺端上桌后，第二盘还没出锅，就听见客厅里陈绯敲桌子的声音：“好了吗好

了吗？怎么还没好？”

肖策从厨房里往外伸头一看，桌上盘子干干净净，宋银川正觍着脸冲他笑，说：“策哥，你有这惊为天人的手艺，怎么不早一点展露？”顿了顿，由衷感慨，“我觉得咱们过年不作兴吃饺子，完全是因为这儿的饺子都做得太难吃了！北方水饺最棒！”

肖策做的是家乡最简单基础的水饺，难度高一点的，原材料这边超市没的卖，他没料到会这么受欢迎。厨艺被认可到底是一件让人欣喜的事，肖策把剩下的饺子全下了——吃不完的，明早也可以做锅贴。

肖策忙活完，上桌后，年夜饭才算正式开吃。

宋银川把电视音量调小，往沸腾的火锅里面下菜，餐桌旁，三个人各据一方，陈绯给他们面前的大号啤酒杯里都倒满了酒。

陈绯端起杯子：“走一个，新年快乐。”

捧场王宋银川嗷呜地呼喝一声，把酒杯举得老高，大喊：“干杯！”

三人在咕嘟咕嘟冒泡的辣锅上方碰杯，满溢的金黄色液体溅洒出来，落进锅里。

宋银川喝下一大口，感慨说：“真有缘分。绯姐，你和策哥第一天见面，赶上曹三酒局。H市再见，是在火锅店。现在你们在一起了，咱们三个能边吃火锅边喝酒，真好！”

第一次见面，根本不是曹三的酒局。宋银川这番没什么逻辑的强行真好，引得陈绯嗤笑。她闲闲地伸筷子进锅里夹烫熟的牛肉片吃，随后又喝了一口酒，面前的杯子就已经见底了。

陈绯伸手去够酒瓶，肖策先一步从地上拎起来，手紧握着瓶口，两根筷子并拢做杠杆，以大拇指的一点做支点，用巧劲一撬，瓶盖嘣的一声，飞落在地。

他给陈绯把酒倒满，又说：“慢点喝。”

不是担心她会醉，只是喝得太急，配辣火锅，容易呛着。

陈绯没搭他的话，好像全部心思都放在了火锅和酒上，偶尔闲聊，

也多是跟宋银川聊他工作室年前接的那笔服装定制的大单子。

“定金给得挺多啊。”陈绯说，“你们前期投入需要多少？”

宋银川喝得两颊通红，说起自己的服装工作室，俩眼睛灯泡似的：“量大啊，光买料子，都比定金多好几倍了。”

陈绯说：“那你们还有流动资金吗？”

宋银川摇头：“我们几个家底都翻出来了。这单子吃下来，明年一整年不开工都没压力！”

陈绯皱了皱眉：“靠谱吗？我那会儿忙尘嚣的事没工夫顾你，你别什么人都跟他乱签合同。”

宋银川忙说：“不会不会！对方大股东背靠一家上市公司，信誉很好的！相比他们的体量，我们这裁缝铺就是蚂蚁碰大象，他没必要跟我们玩花头。”

肖策问宋银川：“既然这样，他们为什么找你们合作？”

宋银川答得顺溜：“还不是多亏了绯姐，电视台跨年晚会服装提供名单里面有我们工作室，有了点名气嘛。”

肖策不说话了。

宋银川一副志在必得的模样，说话也有底气。和陈绯印象里，对她低眉顺眼、唯唯诺诺、话说不完、人先尿了一半的宋银川很不一样。

谁都有自己的心思，不管外表什么样，心里总有一双眼睛，眨也不眨地盯着自己梦寐以求的东西，蛰伏着、等待着，希望有一天，自己足够强大，能够离它越来越近。

连宋银川这么单纯老实的孩子，都有自己的一步步打算，其他人，陈绯还不够了解的其他人，当然也会藏着属于自己的秘密。

比如肖策，比如轩轩，比如……娇。

陈绯失神而笑，但肖策看在眼里，觉得她并不开心。

有了饺子和酒，几个人吃火锅的战斗力大大降低，最后汤底都快烧干了，索性关了火，全盛出来，当下酒菜吃。

陈绯没说错，两捆啤酒，根本不够喝，她又跑去拿开瓶器过来开红酒。宋银川情绪高涨，比平时在酒桌上喝得都多，最后歪坐在沙发上，两眼发直，嘴里念："绯姐，你要跟策哥……好好的。"

念着念着，眼睛就慢慢闭上了。

陈绯看了眼手机，才十一点多。她用脚尖碰了碰肖策的腿："醒着吧？"

肖策挑眉，说："肯定不会比你先倒。"

陈绯是故意的。肖策酒量比她好，这会儿顶多肚子胀，估计都没进状态。她起身，进了卧室，没一会儿，抱着个萝卜瓶出来。

肖策愣怔，看见"五粮液"三个字，心突然不受控地剧烈鼓动起来。

陈绯："还剩最后一瓶……便宜你了。"

陈绯不打算留在屋里，对肖策说："去台球室。"说完，努了努嘴，"把花生米带上，陪我喝两杯。"

台球室。

又是台球室。

肖策眼帘低垂，掩盖了不经意间，就要流出去的情绪。

陈绯没有看他的眼睛，如果她看见，会讶异这个时刻冷静克制的男人，眼里猝然亮起的光，燃着的焰。

六年前的情人节，陈绯抱着两瓶白酒，从今宵茶楼回去，去找肖策。而他接到宋银川的电话后，撑着伞，在雪夜出来接她。

那晚，陈绯站在小区里，睫毛上有细碎的冰晶，翘着嘴角，说："阿策，陪我喝两杯。"

她带他去了一家台球室。

说是台球室，其实就是小区自行车棚后面的两张无主台球桌，看自行车的老刘头在那周围用竹竿子搭了最简易的棚。红蓝条的塑料膜包在外面，顶上悬一盏灯，球杆不留神就会碰到。

那棚漏风灌雨，天气不好就用不了，冬天更是生意惨淡。不过老刘头也不指着台球室赚钱，权当多个地方给自己放张摇椅喝壶茶，偶尔与老朋友吹牛聊天。

每天天光一收，老刘头就背着手回家打麻将去了。也不锁劳什子门，一是压根没有可以称之为“门”的东西——就一张布帘子；二是没人会傻得来这里偷东西，球和杆子都摊开了放着，随取随用。五块钱一小时，钱爱给就给，就算赖账，老刘头半个字都不会骂。

陈绯带肖策过去，拽了下拉绳，暗黄的灯光盈满一室。她拖过两把小马扎，放在凳子两边，酒、酒杯和下酒菜都搁在凳子上。

陈绯大大咧咧地坐下，对着手心呵气，然后开酒。一抬头，看见肖策收了伞，还在帘子旁边杵着，眼一瞪，说：“坐啊。”

肖策走过去坐下，也开了一瓶，给自己倒满，一饮而尽。

再倒，再喝；再倒，再喝。

三杯下肚，脸上没有起色，眼睛却因为喝得太急，被熏红了。

陈绯也给自己满了一杯，细品慢咽地喝下去。末了，说：“悠着点。夜还长呢。”

男人闷着头，不开腔。伸手又要倒酒，被陈绯拦住，拽了他的手，硬是掰开，往他手心放了几粒花生米。

她看着他把手里的东西往嘴里一包，才扯了扯嘴角，主动给他倒酒。

陈绯语气寡淡，说：“陈秋娥走了以后，我就知道我爸是谁了。”

肖策的动作一顿，没有去拿酒，红通通的眼睛盯着陈绯看。

陈绯又说：“楼里讲闲话的多，你估计知道，我也是个父不详的，我猜是陈秋娥跟谁一夜风流以后才有的我。”

肖策不语。

陈绯喝下第二杯酒。这回喝得快了些，被酒气顶得眯了眯眼，她说：“陈秋娥瞒得好，到死都没提那个男人一个字，我还以为她真不知道谁是我爸。

“可后来，我整理她的遗物。看到了一枚金戒指，素圈，内侧刻的字母FT，不是我妈的名字。

“再翻下去，看到一本剪报，从我出生那年开始做的，时间跨度有十八年。记录的是什么呢，全是看上去没关联的新闻，但是逐条去读，你猜怎么着，每篇报道里都少不了一个名字。

“我就发现啊……这本剪报，根本就是咱们隔壁那个小县城的县长费同，如何勤政为民，敬业为公，一步步从县长升到地级市市长、市委书记、省助、副省长的政绩记录。”

陈绯嘴角一弯，露出个极其厌恶讥诮的笑：“我把那本册子和戒指放在一起烧，打算把残留物跟我妈一起葬了。结果，戒指被烧融了。可笑吧？陈秋娥这么精明的女人，藏了这么多年，藏了个假戒指。”

她说完，倒了第三杯酒，飞快地吞咽，呛得剧烈咳嗽。

肖策皱眉，终于贡献了进台球室后说的第一句话：“你慢点喝。”

陈绯擦了擦嘴，定定地看着肖策，眼睛也被熏红了，她还在笑，说：“然后我把烧出来的灰，全都扬了。”

而后便是长久的沉默。外头的雪越来越大，打在塑料棚上，簌簌作响。

他们对坐，一声不吭地给对方倒酒，喝得心沉气闷。

渐渐的，两瓶酒都快见底。陈绯白酒酒量也不过如此了，她站起身，步伐已经不稳，走到台球桌边，说：“捣一杆？”

肖策陪她，从一旁简易置物架上取了台球杆，对着桌上的白球戳了过去，却一下戳歪了，白球打着旋，落袋。肖策说：“我不会。”

陈绯乐不可支，笑他：“你喝醉了。”

肖策：“我没有。”

陈绯要来跟他抢球杆，嘟囔：“骗人。你没喝醉过吗？”

肖策：“喝醉过。”

陈绯的手握住了球杆，顺着往下，很快摸到了肖策的手。她抬头看他，另一只手爬上他的胸膛，往上，摸到他的脸颊。

陈绯轻声问：“是为妈妈醉的次数多，还是爸爸？”

肖策喉咙哽住，说不出话。他早该想到，陈绯突然来找自己喝酒，并不只是一时兴起。

陈绯又说：“我以前没有爸爸，可是还有爸爸可以想。现在，知道我有爸爸以后，我就真的没有爸爸了。”

她是真的醉了，说话没有条理，比绕口令还绕。可肖策觉得自己听懂了她的话。

“我已经把我的秘密全告诉你了，你还是要走吗……”陈绯靠上去，低声说，“没有人舍不得我……”

她的声音太小，脸闷在他的胸口，又说得含混，肖策下意识地低头问：“什么？”

陈绯仰头，球杆上的手也移到了肖策脸上，她踮脚，嘴唇与他的双唇相贴，试探地伸出舌尖。

肖策脑中微微一炸。

手无意识一松，球杆歪斜，顶端碰到吊灯，倒在地上，唯一的光源摇曳晃荡。

光影变幻，天旋地转。

这是他们认识以来，第一个真正意义上的吻。她脸颊红润，呼吸急促，想留住什么，又想付出什么，犹豫又渴望，清醒又沉醉，情绪好像要满溢出来，全部集中在这个吻里。

陈年佳酿，后劲十足。肖策觉得燥热，眼球都发烫，他重重出了口气，扯松前襟的衣扣。

随后，也解开她的束缚。

她哆哆嗦嗦的，身体并不很习惯，却没反抗。

这是某种意义上的第一次。

她又躺回去，张着眼睛，看着头顶那盏灯。

它不晃了，安静又坦然地注视着她，好像一切尘埃落定。

“阿策，你是我的第一个男人，没人比得上你。”

这是那晚，陈绯在沉睡之前，对他说的最后一句话。

肖策把她包进外套，抱在怀里，掀开帘子，微微讶异。

雪已经停了。满眼的白铺盖在地表，好像整个世界都变得柔软蓬松，而人惯会被表象欺骗，即便心里知道这是假象，也还是会在一刹那，被吸引，被感动。

皓月一弯，在纯黑的夜空悬着，夜风推动云霭，想把月辉遮挡。

这一夜，就要过去了。永远过去了。

肖策仰头遥望，摸索着掏出手机，先打开照相机，因为抱着陈绯，只囫囵拍下一张极其模糊的夜空。

没有重来的机会，风云涌动，将月光荫蔽。

肖策垂头，指尖戳开网页，登上初试成绩查询系统，输入了自己证件信息。

谁都有隐秘的心思。肖策不肯告诉陈绯，他最早来花雨巷，那一年多，觥筹交错，他无动于衷；肌肤相亲，他也清醒坚定。因他知道自己只是过客，这里留不住他，谁也留不住。

可那一夜，他曾因她神迷目眩，只差一点，就烧光了理智。

最后一瓶五粮液，多存了六个年头，还是拿出来给了肖策。

老刘头的台球室外，塑料膜不知换了几块，室内的吊灯也更新成节能灯，台球桌破旧不堪，球杆都被经年的潮湿气沤烂，发软发黑。

今夜无雪，只是冷，风顶开破布帘子，在棚内横冲直撞，引得整片塑料膜猎猎作响。

在共享单车即将取代自行车的今天，小区自行车棚几乎废弃，平时就没人会往这里绕，何况今天还是大年三十。

除夕夜，阖家团圆的日子。没有人能想得到，还有一对男女，挤在这偏僻一角的棚中对饮。

陈绯从家里摸了两个白酒杯带出来，杯子比标准的白酒杯大一号，肖策开了酒，先给陈绯倒上，小半杯，只铺了浅浅的一层。

她晃着酒杯，双眼被酒精沁得水亮一片，说："我们玩个游戏。"

肖策抬眼，安静地看着她："什么游戏？"

陈绯说："这是一两的杯子，这瓶酒能倒满十杯——我们就玩十局。规则很简单，向对方提问，每人连着问五个问题。如果对方答得出、答得好，就自己喝。答不出或者得不好，对方就得喝满一杯。"

肖策的动作微顿，继而将瓶口移到她面前，给那个杯子满上。

"好。"

"我先。"陈绯勾了勾唇角，望着他的眼睛，问，"第一个问题很简单。肖策，我们有多久没一起喝酒了？"

她是明知故问。上次两人在一起喝酒是2013年的情人节，就在此地。到如今，差十天就满六年了。这点运算太小儿科，肖策闭着眼都能一口报出具体的天数。

他却回答她："快六年了吧。"

陈绯蹙眉，似乎对他的答案很不满意，她一只手食指上下点着，一只手撑着下巴，抬头看着肖策。纠正道："是五年又三百五十五天。你答得不好。"

好，是他不严谨。

肖策一饮而尽。烈酒入喉，口感比当年更醇厚，他的喉结上下滚动，眉心轻皱。搁下酒杯时，呼气声都更粗重了，眼神还是一样清明。

陈绯大约知道肖策的酒量，所以她很清楚，如果只是拼酒，自己根本不是他的对手。哪怕晚上的啤酒和红酒混着灌他，她都有一点上头，他也不过六七分醉意。

所以……她要把赌注压在这瓶酒上。

她知道他总会输，因为她的游戏规则是"答得不好也要喝酒"，不管肖策答什么，她总有办法让他答得不好。即便刚才的第一题，肖策答出一个具体的天数，陈绯也会在包不包括今天这一天上做文章，让他

“答得不好”。

陈绯抬了抬下巴，示意他再满上。酒液缓缓注入杯中，直到因为水面张力而将溢未溢，肖策才收手。

陈绯清了清嗓子：“第二个问题，也不难。肖策，我最喜欢哪种酒？”

肖策垂眸：“烧酒。”

陈绯一拍凳子，说：“答得不好，是小曲烧酒。”

他牵牵嘴角，喝尽杯中酒。

陈绯微微吸气，站起身，半靠在台球桌边。

“第三个问题，这世界上，我最信任的人是谁？”

肖策的心微微一痛，嗓子发干，回答她：“宋银川。”

陈绯：“答得不对。还有我自己。我像相信我自己一样，相信银川。”

肖策一仰脖喝下第三杯酒，灼灼的目光对上陈绯的眼睛。陈绯问得快，他喝得急，双颊已经开始涨红。

陈绯眸光发冷：“第四个问题，我最痛恨的事情是什么？”

肖策的声音低下去：“欺骗。”

陈绯音量抬高：“错了！是背弃。”

肖策再次举杯饮尽。两颊的红不断蔓延，攀上太阳穴，侵入双眼。

陈绯深深呼吸，说：“最后一个问题。”

他倒好了酒，等着她。

“肖策，你觉得我是恨你多一点，还是恨轩轩多一点？”

肖策沉默良久。

你会怎么回答呢？陈绯玩味地看着他。

可是下一秒，陈绯抬眉，有些意外地看着他默认答不出而伸手端了酒杯，喝下第五杯酒。

酒精像是烧着他，他难受地揪了揪衣领，用力地咳了声，陈绯看见那红顺着他的脖颈爬进领口内。

陈绯的指尖抵着掌心，指甲一点点陷进去，她听见自己说：“这个问题的题设是‘你觉得’，所以无论你怎么回答，我都没法说你答得不

好。是你自己放弃的。”

肖策在短时间内喝了半斤酒，他慢慢站起身，却还是有些摇晃。他一手拎着半瓶酒，一手握着酒杯，走到她身边。

他的嗓音大变，喑哑低沉，他说：“我不喜欢轩轩，不想回答。”

陈绯心里轻轻一颤，面上却无动于衷。

轮到肖策提问了。

他拿着杯子，倒满，问第一个问题。

“小腹上的疤，是怎么回事？”

陈绯不自主地皱眉，指尖掐得更深，试图抵抗心里陡然涌起的陌生情绪。但是很难，她烦躁地甩甩头，语气跌到冰点。

“腹腔镜手术留下来的。”说完，要伸手去够那杯酒，“你要觉得我答得不好……”

肖策在她的手伸过来之前，把那杯酒喝光了。

陈绯吊着眉梢看他。

肖策往她身侧挪了一小步，再次倒满，问第二个问题：“为什么要做这个手术？”

陈绯看明白了，她知道就算自己像刚才那样糊弄地回答“因为医生让我做”，肖策也还是会自己喝下这杯酒。

她突然不想瞒他，只是转过视线，望着轻轻晃动的布帘子一角，言简意赅道：“卵巢囊肿，非囊性，不想死就要手术。所以去切了一侧输卵管。”

陈绯说完这句话，棚内陷入死寂，夜风也好似静止。肖策捏着酒杯的指节发白，屏息过后，更为沉重阻塞的呼吸声传来。

他喝干手里的酒，再也端不住，杯子按在桌上，握瓶的手在颤抖，倒酒进去，洒出一些。

他的声音像被扯碎了：“什么时候的事？”

这是第三个问题，他喝了这么多，居然还扛得住。

陈绯闭了闭眼，深深吸气，说：“你走之后发现的，手术是去H市做的，大医院嘛。”又想到什么，补充道，“这病跟你无关。我只是运气不好。”

肖策把酒灌进嗓子眼，抖着手又倒一杯。可这一次，陈绯眼见着瓶底空了。原来是肖策前八杯都倒得太满，还洒出去好些，所以只够倒九杯。

陈绯说：“这不怪我。你还能问最后一个问题。”

肖策丢开空酒瓶，他头晕目眩，脚下发软，撑着桌沿，往陈绯身旁靠。

这模样陈绯从没见过，但她知道他快要不行了，再等一等，酒劲翻上来，肖策应该就真的醉了。

她没亲眼见过这个男人喝醉，只在他刚来茶楼的时候，大家围在一起真心话大冒险，听肖策轻描淡写地说起，他醉了以后，会完全变样，失去理智。

当时没人在意，因为所有人心知肚明，根本不可能喝得过肖策。可陈绯留意起他这句话，惦记了许多年。

她想灌醉他，这个念头自重逢那天起就一直在她脑海中萦绕，她想彻底撕碎这个男人自持端正的外表，看透他骨子里的卑贱和虚伪，渴望窥视他的岸然躯壳里，是不是藏着破败与溃烂。

如今这男人近在咫尺，酒气扑面，眼睛红得像是受了天大的委屈。陈绯定了定神，观察他的变化，也想听听看，他接下去的问题。

或许他会关心她还能不能生孩子，男人嘛，大多都认定女人总会步入婚姻，走上生儿育女这条道路。

或许他想问她还交过几个男朋友，和多少人上过床，如果是这样，陈绯会告诉他，这些年林林总总的，自己已经记不清楚了。

又或许……

肖策佝偻着腰，下巴轻轻抵在陈绯肩上，他将撑着桌沿的那只手挪到陈绯腰间，她明确地感受到他难以抑制的颤动。

“绯绯。”她的耳郭被热气裹着，细密的痒顺着耳道爬进颅内，她听见肖策近乎呢喃，贴着她耳边问，“手术，疼不疼？”

陈绯喉头一哽，心脏在一瞬间蜷缩得厉害，像被人攥在手里，挤拧出汁。她下意识地想让开，最好……最好能去外头透透气。

可是下一秒，滚烫的液体顺着她的脖子滚向她的胸膛，速度越来越慢，最后几乎在她的胸口爬行，好像在寻找入口，以便剖开皮肉，钻进她的心里。

她不动了，像是被他的眼泪浇筑在原地，四肢躯干甚至五脏六腑全都动弹不得。

男人的另一只手隔着衣服在她腹部胡乱地摸索，嘶哑的哭腔顿显。

“对不起，绯绯……对不起，我是浑蛋，我是浑蛋！”

陈绯：“你浑什么蛋。我说了，跟你没……”

她没说下去，两眼睁得大大的，仰头盯着棚顶，一面长长地换气。

男人像狗一样，拱着个毛茸茸的脑袋在她脖间，“绯绯、绯绯”地喊她，呜咽着，一遍遍地说对不起。

他哭着喊：“我应该在的，绯绯，我应该在的……那晚上我应该在的，我在的话就不会起火，爸妈就不会死！大壮死的时候，我应该在的，我在的话，绯绯就不会害怕……对不起，对不起！”

他的眼泪成串地下坠，好像今晚上喝进去的酒，全都以另一种方式排了出来。

陈绯舔了舔干燥的嘴唇，轻声说：“肖策，你喝醉了。”

肖策对她给自己下的定论没任何反应，他的手终于突破衣料的阻碍摸到她细腻的皮肉，在伤痕处来来回回地摩挲。他跪下去，揭开她的衣服下摆，亲吻舔舐她那道陈年伤疤。

眼泪与口水混在一起，陈绯觉得痒，推了他一下，没有推动。

她玩大了。

肖策真的喝醉了，如他所说的那样，完全变了个样子。他变得没皮没脸，变得歇斯底里，变得狼狈脆弱……可原来他喝醉后，为之号啕、

懊悔的对象还有她。

最后这个问题，陈绯没答他，所以她抬手拿过桌上那杯酒喝尽。而后慢慢蹲下去，捧着他湿漉漉的脸，她问他："肖策，你是什么时候爱上陈绯的？"

她连续问了三遍，肖策才低声问她："哪次？"

"什么哪次？"

肖策似乎是觉得烦躁，挣开陈绯的手，猛地往后一躺，脑袋砸上台球桌腿，发出一声巨响。可怜年迈的台球桌已经经不起这会心一击，四条腿一齐打着哆嗦，剧烈摇晃，眼看就要一命呜呼。

陈绯顾不得看他伤势，连忙拖着死狗一样的男人到一边去。

轰隆一声！陈绯刚弄走肖策，台球桌倒地不起，声音震得陈绯头皮发麻。

"肖策你这个……"陈绯想骂他，又不知道跟这个烂醉的男人计较什么。一转头，听见他躺在地上呢喃："第一次，是那晚。"

陈绯："哪晚？"

"那晚！"肖策把手机丢在她跟前，囫囵地按了一通，又丢在地上。

陈绯看见一张照片。

一团黑，黑里夹杂着一坨糊了的白影。陈绯第一次看见这张照片时，放大细看，也只看到一大坨糊了的白影——这是肖策的微信头像。

陈绯皱眉："这是什……"她心里一个咯噔，突然悟了。

这是六年前台球室外的夜空。

陈绯索性坐下，脸上又惊又气，拎着肖策的衣领，咬牙切齿："你……真、是、浑、蛋！"

肖策脸上的表情痛苦扭曲，陈绯伸手一摸，摸到他脑后的点点血迹。陈绯扒拉过他的脑袋，翻开他头发检查，果然看见头皮被豁开个两厘米长的血口子，正往外渗着血。

什么破球桌！陈绯狠狠瞪了眼地上支离破碎的台球桌，手按着出血口，要把人扶起来。

他的头耷拉着，喃喃地说："第二次，是居酒屋。"

陈绯的动作停顿，终于明白过来他说的哪次，是什么意思。

两次，他说他爱上她两次。而不是始终如一地爱着她——当然，他若真说始终爱她，她也不会相信。

陈绯骗得他醉了，看见的全是真实的、血淋淋的伤口，却竟然没有她嫌恶的部分，没有她能拿来捍卫自己不断动摇的心的部分。

"肖策。"陈绯终于叹了口气，"我能拿你怎么办？"

陈绯把肖策架回去。

老式的楼房没有电梯，陈绯累得半死，把肖策丢进浴室，手撑着膝盖气喘如牛。

已经过了零点，今年全城禁烟花爆竹，陈绯半点响动都没听到，这年过得没声没息，屋里俩大男人还都倒了。

"我到底图什么呢？"陈绯喃喃扶额，突然心疼起自己最后那瓶五粮液来——真是赔了夫人又折兵！

给肖策冲澡的时候，他扒着马桶边吐了一通，然后不哭了，靠着陈绯哼哼，说头疼。

陈绯没好气，一边拿着淋浴头对着他的嘴巴冲，一边凶他："能不疼吗！"

肖策皱眉，挡了下："我不喝了……"

陈绯掰开他的手："漱口，谁让你喝了？"

他根本听不进去，不过好在他的反应是把嘴里的水往外吐，也算是达到了陈绯的目的，她不再跟他废话，专心致志地往他身上淋水。

最后拿着大浴巾把肖策身上的水擦干时，这男人已经缓过来些了，眼睛肿着，眯成一条缝看她，说："绯绯，你怎么在这儿？"顿了顿，发觉她在自己视野里总是蒙着一层似的，咧嘴笑道，"你分辨率好低啊。"

说罢，手指动了动，像是要来给她调高分辨率。

陈绯翻了个白眼，腾不出手来治他，只好任他的手指在自己脸上摸来摸去：“你这个人，酒品真是一塌糊涂。”

最后，她把肖策拖去卧室，撂倒在床上，整个人给他掀趴下，然后翻箱倒柜地找能用的药品。结果只摸出来几张过期的云南白药创可贴和一卷纱布。

陈绯拿剪刀减了截纱布，折得四四方方，盖在肖策脑后的伤口上，又撕开几条创可贴，当胶布使，把纱布固定。

忙活完，陈绯跑进浴室囫囵冲了下就回房间了。

肖策还是那个姿势横趴在床上，像是睡着了，陈绯把他往床的一侧赶，后者翻了个身，发出一声痛哼，眼看要疼醒了，陈绯只好又把他拨回来半拉。男人长长的胳膊搭在她腰上，脸贴着她，终于安静了。

陈绯靠在床头，翻了翻手机，看见上千条未读微信消息。都是尘嚣的学员、老师发来的新年问候。

还有一通未接来电，来自轩轩。

陈绯没回他电话，挑了些微信回复，手指在屏幕上划拉，最后停在一个对话框上。

娇也给她发了新年祝福，零点整发的。

除了祝福之外，还有几张照片，是他们老家新盖的房子，还有他和两个姐姐的自拍合照。

照片里，两个和娇有几分神似的女人笑靥如花，一左一右站在他身侧，被他搂着肩膀，正对着镜头比剪刀手。

陈绯注意到她们腕上都添了新首饰，那样式陈绯眼熟——娇前阵子还拿了图片来问哪款好看。

娇是他们村唯一成功走入大城市闯荡的男人，是他们全家的希望和骄傲，一直都是。他们都以为娇早就出人头地，在大城市当舞蹈演员，没有人知道娇真正在做什么。

陈绯回他：还没睡吧？

娇几乎秒回：没呢！在陪我外甥拼乐高！这小东西真聪明嘿！

陈绯想了想，问：你提前一天走，路上人多吗？我们快挤死了。

娇回复的口气没有半点异常：还行吧。而且我买的是卧铺直达的票，眼一闭一睁，不就到了吗？

陈绯的目光锁在他强调的“直达”两个字上，指尖颤了下，余光又瞥见屏幕最上方的照片，她没有再问什么，回他：早点休息，我晚上喝太多，睡了。

娇：晚安哦！

跟着发来一个全是玫瑰花的土味表情包。

陈绯无心再看其他消息，她扣上手机，伸手关了灯，就着肖策揽着自己这姿势，往下滑，直到枕上枕头，才捞了被子盖住两个人，长长呼了口气。

今晚总算是结束了，这一年也走到了头。下一年……不知道又有什么新的意外在等着她。

肖策的吐息落在她颈边，陈绯在被子里转身，抱着他紧窄的腰身，微微低头，用脸颊碰了碰他的额头。

声音很低，恨恨的。

“肖策，别以为你摆出一副可怜样，我就会心软。”陈绯闭上眼，叹道，“我不会……”

年初二，陈绯一早就起来了，今天是她去女子监狱看李雅兰的日子。

肖策还在睡觉——他后脑上缝了两针。昨天他一醒，陈绯就发现他的伤口愈合情况很不好，马上揪着他去了医院。回来后，任凭肖策如何问，陈绯对除夕夜发生的事也只字不提。

肖策喝断片了，只记得自己喝下最后那杯酒之前的事。他担心地追问当夜情形，换来陈绯一句“你喝大了把自己当成陀螺在地上旋，把人台球桌都旋倒了”。

肖策的脸色当时就不是很好看。

陈绯反而起了点兴致，斜眼看他，说：“哦对，你还让我抽你，好

让你旋得更快。”

肖策张张嘴，似是要反驳。

陈绯：“当陀螺，快活哦？”

肖策拿她没辙。

陈绯：“别脸红啊，走那么快干吗？敢做不敢认哦？”

打那以后，他一个字都不再问了。

这天陈绯独自出门，换鞋时，听见房门的声音，陈绯看见迷迷糊糊从卧室走出来的宋银川，有点稀奇：“这么一大早就醒了，难得啊。”

昨天他们三个人晚上打扑克打到十二点多，宋银川根本玩不过他们俩，输了个底掉，悲愤地表示自己今天要卧床一整日养精蓄锐。

“我上个厕所再睡。”宋银川揉揉眼，说，“你这就要去探监了？”

陈绯嗯了一声：“后天不就回去了吗？我跟李雅兰把话问清楚。”

宋银川打了个哈欠，站在厕所门前问她：“李雅兰说的话能信吗？万一是蔡萍说谎呢？”

陈绯说：“听听她怎么说吧，她也未必会把她知道的告诉我。”

宋银川道：“那你会追查下去吗？”

陈绯摇头：“我还一堆事要烦呢，哪有工夫管这些？”

也对，宋银川缩了缩脖子，钻进厕所去了。

等到宋银川上了个大号，舒舒服服从厕所走出来，却看见肖策穿戴整齐，一副要出门的样子。宋银川诧异道：“策哥，你去哪儿啊？”

肖策说：“去见个老同学，以前S大的。”

宋银川：“你同学还有在念大学的啊？”

肖策：“他留校任教了。”

宋银川哦了下，点点头表示理解，又说：“那你啥时候回来？”

肖策：“很快，他就住附近。”

宋银川又打了个哈欠，手拍着张大的嘴，进卧室里去了。

肖策穿好鞋，推门出去，低头给一个号码发了个短信：我出门了。

很快，手机屏幕一亮，他收到对方回复。

赵进：我在原来的今宵茶楼门口等你。

其实在李雅兰自首以前，陈绯对她印象一点都不深。这个女人太“淡”了，尤其是跟在蔡萍身后，几乎没有人会注意到她。

她常年穿着深色的职业装，还是她们单位发的。不爱说话，也不喜欢直视别人，最常做的动作就是闷着头往前走。

李雅兰给人的感觉，就像拥挤的地铁上永远站在最角落里的打工妹。穿着不出错也不出彩的工装，头发没打理过，但也知道绑起来，永远素颜，通常呈现出的神情是没精打采。总而言之，不丑也不美，就是没特色。人们的视线总是轻飘飘地从她们头顶掠过，压根不会停留。

所以陈绯在回忆起她时，就只能想起她低着头匆匆走进或是走出今宵茶楼的样子。

后来出了事，陈绯关注起这个人，才知道她是他们家老二，家庭条件尚可，算是一路顺风顺水走过来的：成绩中等，学历普通，工资虽不算高但工作稳定轻松。

风平浪静的人生，没有什么悲惨的过去，甚至连失恋经历都没有——她没谈过恋爱。唯一的挫折可能就是连续三次相亲失败，但警方从李雅兰家属那里打听来，知道这三次，都是李雅兰主动拒绝了对方。

她刚自首那会儿，楼里盛传一句话，说人不在沉默中变坏，就在沉默中变态。而李雅兰这种人，太蔫儿了，以至于不仅变坏，还很变态。谁能想到一个弱不禁风的女人，其实暗藏杀机，居然用那么一种血腥的方式杀掉威胁她的人。

因为是自首，所以大家都在给“李雅兰杀人”这个定论找合理性，而没有人从根本上质疑，李雅兰真的是凶手吗？

直到陈绯坐在会见室的凳子上，隔着玻璃看见李雅兰被狱警带来，坐在她的对面，她才收回纷乱的心思。

陈绯和李雅兰对视，心头一惊，觉得自己有点认不出她了。她剃了短发，也黑了点，整个人瘦得好像一阵风就能刮倒，一双眼睛却因皮肉

的削减而显得格外明亮、突出。

陈绯觉得她和自己所认知的李雅兰不同了，从前的她，不管身处哪种场合，总是能迅速把自己的存在感降到最低，好像天生自带一种会被忽视的气场。

可现在，陈绯的目光被她炯炯有神的双眼牢牢锁住，几乎完全无法移开。

李雅兰却并没有把陈绯当一回事，她的视线只在陈绯脸上停留了不到一秒钟，就迅速移开，往陈绯身后看。

可那里空无一人。

李雅兰的语气里有一种识破诡计的愉悦，她说："别藏了，让他出来吧。"

陈绯蹙眉，她在对李雅兰的精神是否正常做判断。但还是接了她的话，问："谁？"

李雅兰几乎要站起来了，似乎是认定那人正蹲在她的视线死角处，不肯冒头，想给她个惊喜。

她说："银川，我看到你了，你出来吧。"

肖策来到从前今宵茶楼店址前，赵进已经等在那里了。

他穿着深棕的棉夹克，头发被风吹得凌乱，手拢着打火机的火焰，在背风处点烟。看见肖策走过来，不紧不慢地吐了口烟雾，从兜里摸出半包烟。

肖策："我不抽烟，谢谢。"

隔着灰蒙蒙的烟气，赵进笑了笑，把烟盒揣回去，声音里带着懒散的倦意："新年快乐。"

肖策定睛看着他。

那晚居酒屋外，赵进在陈绯眼皮子底下偷偷给他递了电话号码。他在心里猜测，赵进可能是认出了陈绯。而单独给他联系方式，或许是想从他那里打听到什么。

所以肖策没有声张，第二天在陈绯走后，回了电话过去。

如他所料，赵进接到他的电话后，试探地向他打听陈绯的舞蹈工作室，甚至半真半假语带威胁，说如果他不据实以答，往后查出来什么，未必不会追究他的责任。

肖策不知道赵进还给多少人塞过电话号码——每个警察都有自己的办案习惯，赵进或许走的是广撒网多捕鱼的路子。谁能主动跟他联系，在他看来必是愿意提供“情报”。

肖策无“情报”可供，他只是对赵进的来历产生好奇。因为某个细节，肖策认定他知道陈绯从前是今宵茶楼的老板。

那天在电话里，肖策同他套话，想知道他打听陈绯的目的。赵进也不是吃素的，很快察觉到肖策不是单纯地给他提供线索，他索性率先挑明，对肖策说：“小伙子，我看得出来，你跟他们不是一路人。迷途知返，还有机会，希望你掂量清楚。”

这话一说，肖策瞬间明了。

原来赵进以为陈绯来了H市以后，依然在干老本行。或许居酒屋的纠纷，在赵进看来，其实是同行之间的摩擦。

肖策回他：“赵警官这话不是已经把陈绯钉在耻辱柱上了吗？难道你作为警察，判断一件事情，不遵理性主义，反而相信经验主义吗？”言下之意，从前做过什么，不能代表现在。

赵进被肖策这话回得一愣，脱口说：“你怎么晓得……”

肖策说到经验主义，意味着已经知道赵进对陈绯的前史有所了解，而赵进明明没有向他挑明这一点。

肖策知道的比赵进多，在谈话中占了上风，他有资格提条件了。

“你不用管我怎么晓得。只要你告诉我你和花雨巷有什么关系，我就跟你说说尘嚣到底干不干净。”

赵进在那头笑了声，意味不明道：“你跟我玩这招？”

肖策：“我知法、不犯法，跟你玩什么都不担心。何况……现在不是工作时间，我也不是你问讯的对象。”

赵进哈了声，低低地说了句有意思。

肖策听见那头打火机打着的声音，随后才传来赵进的回应：“我老家在S城，刚毕业那会分到当地刑警大队干过几年，前年调岗，来了这里。”

肖策不觉有异，既然赵进给了自己答复，他也并不食言，回答道：“昨晚只是一个意外。我们看得出那家店在做什么生意，但是不想惹事。尘嚣是绯绯一手创立的，清清白白，不怕任何人来查。”

……

那个时候，肖策还不知道今宵茶楼的命案，所以没有多想也没有多问。可当娇把大壮之死告诉肖策，他又从蔡萍、宋银川口中得知当年种种皆有蹊跷，就理所应当地想到了赵进。

赵进能在多年后一下子认出陈绯就是花雨巷今宵茶楼的老板，这表示赵进对陈绯印象深刻。可他一个在S城刑警大队工作的警察，为什么会记得陈绯?

肖策有理由怀疑，大壮出事的时候，赵进也参与了那个案子的跟进——即便不是直接参与，也必然熟知。所以他才会对当年出入公安局录口供、接受询问的陈绯印象深刻。

而赵进提过自己是S城人，肖策便想到，他或许回来过年了——于是，他在年初一的那天下午，联系了赵进。得知他果真回乡过年后，便约他今早在花雨巷碰面。

烟雾散去，赵进用食指和拇指拈着烟屁股，侧嘬着嘴又吸了一口，在肖策组织好措辞开口前抢先说道：“你先回答我一个问题，否则我什么忙也不会帮你。”

肖策：“你问。”

赵进：“那天我明明什么都没透露，没告诉你我知道陈绯原来在这儿开茶楼，你怎么知道我是用什么狗屁经验主义在判断？”

这人还真是挺较真。肖策也不藏着掖着，提示他：“你去H市之

后，没换手机号吧。”

赵进恍然，一拍脑门：“2017年开始不用交漫游费，我觉得改号码太麻烦就没换——真是没想到！”

肖策在看见赵进电话号码的那一刻，一下就认出号码的归属地是S城，因为号码前序数列与他自己当年在S城所办的电话卡号码如出一辙。

赵进叹完，紧接着又想到什么：“你对这片儿的号码挺清楚啊，你早先就认识陈绯了？可我不记得那会儿楼里有你这号人。”

肖策说：“命案发生的时候，我早已经离开了。所以有些事情，不如你们清楚。”

赵进呼了口气：“明白了，你找我来，是想问我那件案子。”

肖策：“能聊吗？”

赵进点头，扬了扬下巴：“找个地方坐坐吧。”

赵进带肖策去了附近一家小面馆，这面馆是近几年新开的，肖策从前没见过，老板看着也眼生。他心里疑惑：年初二还开张的馆子，实在是罕见。

赵进跟肖策解释：“面馆就是老板的家。她没孩子，和丈夫一起在这儿开了个店，可是两年多以前她丈夫因病去世了。她寡居，也无聊，所以一年到头，几乎天天开张。”

老板认识赵进，知道他的口味，只问了肖策要吃什么，就拐进厨房去了。

只有他们两位客人，赵进掐了烟，对肖策说：“这案子早就结了，你想问什么？”

肖策：“我想知道李雅兰自首的口供，具体是什么内容。”

很意外，肖策询问的对象是李雅兰，而不是赵进预判的陈绯。赵进打量肖策的神色，好像要从他的脸上看出什么线索。

未果，这人一张扑克脸。

赵进凝神望着肖策，语气发沉：“你跟李雅兰什么关系？”挑了挑眉，道，“你接待过……”

“没有。我只是知道有这么个人。”

赵进半信半疑，忖了片刻，说：“我那时候还在实习期，这是我跟的第一个案子，还是命案、要案，所以我印象很深。

“王思佳……也就是你们说的大壮，死于2013年7月，推定为17日晚23:30至18日00:30之间。案发地是今宵茶楼的207室，报案人是茶楼老板陈绯，据她描述，她约在18日00:50目击死亡现场。”

简单的案情陈述完毕，赵进微微蹙眉，似乎陷入回忆。

“案发后一个月，案子几乎毫无进展，凶器下落不明，疑点无法解释。今宵茶楼背后做的那些生意因为王思佳的死而曝光，这案子还上了报纸和本地论坛，到处议论纷纷，影响很不好。队长一遍遍地去现场勘查，梳理楼里每个人的口供、不在场证明，整天焦头烂额。”

“无法解释的疑点？”肖策问道。

这时候，面端上来了，赵进把牛肉面推给肖策，大肉面放在自己面前，跟老板道了声谢，老板冲两人笑笑，晓得他们聊正事，知趣地回了里屋。

赵进这才继续跟肖策说：“壮阳药啊。大壮那晚服用了过量的壮阳药。我们都觉得这是突破口，也想过凶手是不是女人，所以开始排查和大壮那半年内有联络的客人。”顿了顿，又说，“可也不见得就一定是女人——如果那药是被人骗着喝下去的呢？”

譬如，有人将药溶于饮料中，让他无知觉地喝下……都有可能。

肖策说：“那个时候，你们没有查问过李雅兰吗？”

赵进深深看了肖策一眼，说：“李雅兰和大壮发生矛盾，摆在明面上的只是一般性质的口角，而且发生在命案前半年多，很容易被忽视，所以楼里没有人跟我们提过这一茬，我们无从得知。何况那时候队长认定凶器来源于茶楼的厨房，近期内常出入茶楼的客人以及内部人员更容易窃取，所以我们根本没有往她身上想。”

这番话，前一半肖策完全能理解，可赵进提及凶器的那句话，他却听得心里一磕。

赵进没察觉他的异样，继续说了下去："她自首得很突然。我们刚排查完大壮手机的联系用户，着手筛查大壮服用的壮阳药来源，都还没有明确的结果，李雅兰就带着那把沾血的西瓜刀来了。一大早的，直接走进来，把东西往地上一放，说她什么都交代，想争取宽大处理。"

肖策凝神听着。

赵进吸了口面，说："她说得蛮详细，从她家里人的古板说到和大壮的恩怨、大壮怎么威胁她一直说到案发前夜。说她前一天晚上，瞅准没人的时候，从南边楼梯口去了厨房，偷出西瓜刀。

"第二天她找机会当面约了大壮，让他晚上在207等着自己，她会把钱带给他，希望他什么都别告诉她家里人。还说如果大壮能把她哄满意了，能多给他一份钱。大壮答应了她。

"那晚李雅兰十点四十多分从南边楼梯直接去了207，发现大壮因为服食了过量壮阳药引起副作用而倒地抽搐，近乎昏厥。她借机实施了杀人计划。害怕尸体很快被人发现，她捡了大壮的手机，逃回家中，焚烧丢弃了当晚所穿衣物和他的手机，那把刀却因为不知道如何处理而一直用布裹着藏在家里的天花板隔层上。"

他说完这么一通，没急着吃面，而是望着肖策，似乎在等他的下文。

肖策没让赵进失望，他说："这么漏洞百出的口供，你们信了？"

赵进这才捧着面碗喝了口汤，说："她说话颠三倒四的，听起来精神有点不大正常。这口供还是我们整理出来的。里面有几个很明显的疑点，队长负责问讯。

"第一，既然偷西瓜刀并不是一件难事，为什么非要增大风险，提前去偷，不在当晚直接取用？第二，大壮为什么恰好当晚就服食了过量的壮阳药，等着她来杀自己吗？第三，那把刀她就算不知道如何处理，怎么不擦拭干净或是丢弃掩埋，而是放在家中。"

肖策：“她是怎么回答的？”

赵进说：“第一点，李雅兰说她偷刀的时候没想好什么时候会用到，她想过把大壮约到家里来再谎称自卫杀人，但又怕演得不像，所以还是决定约去今宵茶楼。因为不容易怀疑到她。”

这个解释算是过得去。

“第二点，李雅兰说她当晚也带了过量的壮阳药前去，想要哄大壮喝下，以便动手。可没想到老天长眼，他自己竟然用药过度，已经半昏厥了。省了她一件麻烦事。”

肖策蹙眉。她用巧合来解释，荒诞却无法反驳。

赵进又说：“第三点，她说怕留下其他痕迹被查出来。这个解释站不住脚，但在实际案件中，确实有一些犯人会因为精神上受到刺激，做出一些有违常理的举动，这个疑点不足以推翻她的口供。”

肖策替他说完最后一句话：“因为是自首，有犯罪动机，也陈述了犯罪事实，交出了凶器。所以最后，定了案。”

赵进沉默，似乎想说什么，却只嗯了一声，又埋头吃起了面。

肖策说：“你们没有提出来的第四个疑点，我想她无论如何也无法解释。”

赵进一怔，动作顿在了那里，又慢慢抬起头来看着肖策。

肖策说：“你刚才说，李雅兰交代自己当天跟大壮约在207……她又不是宋银川，她怎么知道207当晚是空出来的？”

赵进的眼睛一点点张大，瞪得极圆。

肖策说：“李雅兰的口供为什么处处透着不对劲。因为她说的这些，不像是描述自己所做的事，而像是在复述自己听来的结论……”

“队长！她这口供真不像在交代犯罪事实，像是叙述别人的犯罪过程！”

赵进对着肖策那张脸，隐约记起还在实习期的自己，在队长孔铮面前极力争辩，他义愤填膺，不相信自己一个实习生都看得出来的事情，

队长会视而不见。

“像是、像是！赵进，你听听你在说什么？你是一个警察，你做事要摆证据，而不是靠感觉！”孔铮听他叨叨了太久，气得直敲桌子，“现在证据全在李雅兰手里握着，她要自首，是我能拦得住的吗？”

赵进不服，嚷嚷道：“可她就是代人……”

这话的后半句被孔铮狠狠瞪了回去。赵进恨自己没有证据，找不到真凶，也恨李雅兰太愚，这么心甘情愿地替人当了挡箭牌。

这是他职业生涯的第一个案子，加班加点跟下来，此时却好像一拳打在棉花上那么无力。

他像根木头似的在孔铮跟前杵了好一会儿，低声说：“能延期结案吗？”

“事件已经发酵到这个地步……”孔铮抬手揉着太阳穴，“我们捏着自首的嫌疑人。还不给出一个结果，说得过去吗？”

赵进从回忆里抽离，手按在头顶上，揪着自己的头发，低声自责：“我当时怎么没想到问她207……”

肖策：“你们没在楼里待过，没有注意到这个细节很正常。”

赵进轻声说：“其实，两年多以前我就想给李雅兰翻案了。但是她不肯说出真凶是谁，我就算掌握了所谓的证据，也不足以为她洗刷罪名……”

这个时间节点，和赵进刚才跟自己说的面馆老板丈夫去世的时间点一致，肖策心头一颤，不知道两者是否有联系，他问：“两年多以前是什么意思？”

这件事，赵进没有告诉过任何人。他以为会烂在肚子里一辈子，成为他一生的遗憾。可没想到还有机会说出来。

他的目光无意识地落在桌子边沿，呈放空状，声音里透着浓浓的沮丧。

“凶器根本就不是今宵茶楼厨房的西瓜刀。”

肖策眉头一跳——怪不得刚才赵进提起凶器的时候，用了那样的措辞。

赵进说："那个案子，我一直耿耿于怀。所以后来的日子，只要有空到花雨巷来，就会有意识地打听一些消息。刚开始没什么收获，大家的关注点都放在李雅兰的私生活和今宵茶楼做的生意上……后来他们说得少了，我也就慢慢淡了心思。

"直到有一天，这家面馆开张。我来这里吃面，听其他客人聊起来，才知道这家老板的丈夫，原先就在今宵茶楼厨房掌厨。

"当时也没觉得有什么，毕竟花雨巷就这么点大。何况我们当年调查的时候，例行询问，问过他刀具失窃和不在场证明的事情，整个过程没有任何不妥。但我这个人，你也见识过，我经常给人留我的号码，万一有什么事要找警察呢，我也许能帮上忙……

"所以后来有一天……老板打电话给我，说请我去医院看她丈夫一眼。我赶过去，才知道他重病在床，病危通知书都下了，却强撑着要见我一面。"

赵进深深呼吸，眼神有了焦距，转过头看向肖策，说："他告诉我，当年他说了谎。茶楼厨房的刀，被他不小心碰了个豁口，用着不顺手，他想让东家再出钱买把新的，所以偷着把那把刀带回家了。警方问到的时候，他一时心虚，说了假话。后来又怕翻供引起怀疑，就辞职走人，再也不敢掺和到这案子里了。"

肖策："那凶器……"

赵进苦笑："西瓜刀都大差不差，何况厨房那把也没有特殊标志，没有留下过照片证明。谁能想到凶器不是厨房恰好'失窃'的那一把呢？"

肖策说："可李雅兰却有声有色地描述自己在前一天偷了那把刀……"

"所以我在那时，就确定了李雅兰不是凶手。"说到这里，赵进很是懊恼，"可我去监狱里看她，希望她能告诉我真凶是谁，她却死咬不放，说就是自己偷的。而那个时候，大师傅的精神状态已经不可能

出庭做证了。我留了他的录音，却因为李雅兰的不配合而完全无用武之地。”

肖策陷入沉默。

赵进注意到他的神情不对，问道：“你在想什么？”

肖策：“我在想……如果是凶手教唆李雅兰顶罪，为什么要教李雅兰说一个这么有漏洞的偷刀过程。他根本没必要替真正拿刀的大师傅隐瞒，直接让李雅兰说她准备了一把刀去杀人不就好了。而且他教李雅兰这么说，风险太大，万一大师傅良心不安，真的很快翻供，岂不是把李雅兰这个替罪羊的嫌疑洗得干干净净？”

赵进顺着他的思路想，只觉得心口一跳一跳的，好像有什么答案呼之欲出。

肖策在脑中梳理逻辑，一字一句道：“两种可能。”

赵进盯着他。

肖策说：“第一种可能，这把西瓜刀经不起细查，在排除是厨房的刀之后，很容易就能顺藤摸瓜找到刀的真正主人。所以凶手干冒风险，赌大师傅不会翻供。但我个人觉得，这种可能性不大，不确定的因素太多。”

赵进脑中一团乱麻，嘴巴极干，问他：“第二种可能呢？”

肖策尽可能让自己说得通俗易懂：“教李雅兰说这些的人根本不是凶手。这个人也根本不知道那把刀并非厨房失窃的刀。”

肖策说完，和赵进同时陷入沉默。

如果第二种可能成立，那么这个案子，除了替人顶罪的李雅兰、真正的凶手以外，就还多出一个人来。这个人和李雅兰直接对接，却向她传递了错误的信息，导致李雅兰给出的口供出现了这么大的纰漏。

这个人是有意还是无意，他和凶手是什么关系，在这件命案里他充当了什么样的角色，他的目的又是什么？

赵进长叹口气，面也吃不下了，拄着筷子问肖策：“李雅兰是真傻

啊，到底凶手是什么来头，能让她甘愿代人蹲大狱？”

肖策没有回答，他心里隐约有几个备选答案，可没确定之前，他什么都不能对赵进透露。如果这件事不能处理好，对陈绯而言，会是个极大的打击。

赵进深思许久也没有新的头绪，只好对肖策说，春节过后，他会找S城从前的同事把当年的档案调出来详细看一遍，看能不能找到什么被忽略的线索。

肖策：“绯绯今天去见李雅兰了，如果她那边问出什么，我再联系你。”

赵进有点丧气：“问不出来的，李雅兰这人脑子有点轴，认死理那劲不是什么人都能轻易掰得过来。”

不过提到陈绯，赵进又看向肖策，抱歉地笑笑，说：“上次冒犯了，主要是王子芳那场子我们在重点关注，比较敏感，我看到陈绯在那儿，自然会有点联想。”

肖策顺着他的话问：“居酒屋背后是个会所？”

赵进眉头拧了拧，下意识接道：“不只是你以为的那样……”却没说下去，话头拐了个弯，对着肖策笑笑，“跟李雅兰的案子是两码事，不谈这个。我们的一致目标还是给李雅兰翻案，绝对不能让凶手逍遥法外。”

那不是肖策的目标。

肖策并非站在“伸张正义”的那一方，他不是为李雅兰翻案而来，只是出于私心，他想帮陈绯解惑，也想知道当年让陈绯深陷梦魇的罪案，到底是什么人在背后操纵。

再没什么可聊的，肖策吃完面条，起身和赵进道别。

出门后，没走几步，肖策接到陈绯打来的电话。

“肖策……”

电话那边，陈绯的声音有一点哆嗦，不知道是天太冷，还是她从李雅兰那里听到了什么不得了的故事。

肖策温声回应："绯绯。"

他听见陈绯在那头深深呼吸，随后，她的声音稳了些："打车来东阳山。"

肖策心头一跳，却只回答她："好。"

东阳山位处城市远郊，前不着村后不着店，可那里是S城人从前或未来的安息所。

东阳山陵园建于山间，园区辟了好几块，漫山遍野，墓碑林立。

陈秋娥就葬在那里。

非冬至清明，扫墓者寥寥无几。肖策从出租车上下来，远远看见山间立着的巨大招牌——东阳山陵园，人生后花园！

诡异的幽默，肖策扯扯嘴角，往前走了几步，就看到陈绯。她手里拎着几瓶酒，见肖策走过来，冲他一扬下巴示意他跟上。

肖策跟过去，问她："聊得怎么样？李雅兰说了？"

陈绯摇头，没正面回答他："不怎么样。"

肖策理解错了她的意思，说："李雅兰这么多年都扛下来了，不肯说出实情，也正常。"

陈绯不接他的话头，不想谈论李雅兰似的。从出租车下客点到陈秋娥的墓碑有好长一段路要走，肖策从陈绯手里接过酒后，两人深一脚浅一脚地在山间行走。

山风猎猎，鼓动着两旁的松柏枝叶，干燥的尘土纷纷扬扬，裹着未清扫干净的纸钱碎屑，直往人脸上扑。

肖策往陈绯前头走了两步。在思索怎么把赵进的事和她说清楚。

"肖策。"不料，陈绯先开了口，她把话题岔得很远，"先前我听韩越说到你的导师，你跟我说说她。"

肖策有些意外，摸不清陈绯为什么突然问起徐知涵。但他也没有什么可隐瞒的，既然陈绯问起，他也就一五一十地将自己对徐知涵的认知和了解、这些年如何跟着徐知涵学习的经过说给陈绯听。

尽量对陈绯坦诚，是获得她的信任的唯一办法。

陈绯始终没有插话，安静地听肖策说话。他这个人，话是不多，可有一句说一句，不含糊其词、藏着掖着，逻辑条理都在线，清晰明了。和他交流，陈绯不需要动心思猜忌，他给直球，她接着就好。

没听到最后，陈绯就完全明白了。

她知道肖策还没进入青春期，就已经失去双亲，他在舅舅舅妈家里长大成人，比同龄的孩子早熟早慧。后来出了高考那档子事，他和所谓的家里人也极少往来了，做什么事情，只能自己拿主意。

在他的成长道路上，从来就只有他这么一个摸索者，缺少引导也缺少榜样。

他缺少的这些，都是徐知涵给他的。

真正的恩同再造。

徐知涵没有孩子，她对肖策，抱有关怀与期待，所以倾注一腔心血栽培他。对肖策而言，她确实不能简单地定义为一个导师。他们两个人，听起来一样地倔强，一样地不爱拉帮结派，所以引起了同事的妒忌和猜疑。

肖策说到徐知涵年后用不了多久就会离开Z大，他希望带着组里的大家，把这个她很看好的项目拿下来；他希望在她走之前，能看到自己已经完全独立；他希望徐知涵放心离开。

说到最后，他也有些动情，陈绯歪着头，看见他眼底深藏的暗涌。和当初那个对她说，自己能考得上Z大的肖策一样。

这个男人，能受诋毁，能受凉薄，能受妒怨，能受嗔恶，独独难以招架一份沉甸甸的期待。

陈绯深受触动。

两人顺着台阶上去，来到陈秋娥的墓碑前。

陈绯敛了神色："我们到了。"

陵园有人定期打扫，她墓前没有垃圾堆叠，当然也没有祭品。墓碑上没有姓名，没有照片，只有两行墓志铭。

除了今宵茶楼的旧人，没有人知道陈秋娥葬在此地。

陈绯把几瓶酒挨个打开，倒一半留一半，酒瓶子排成一排。她只倒酒，没跟陈秋娥说话。

直起身子后，那口气反倒像是对着肖策。

“银川很小就来茶楼了，也就……十三四岁吧。第一次见到他的时候，我在外面跟人打架回来，衣服撕破了。脸上划了个口子。”陈绯说，“陈秋娥看到我这样子，马上去拿鸡毛掸子。”

肖策失笑：“你因为打架挨揍了吗？”

“怎么可能，陈秋娥不是那种人……她拿鸡毛掸子是帮我出气去的。那天她气冲冲出门，站在街上喊，谁欺负的小绯给老娘站出来，楼里就剩我跟宋银川两个人。”

陈绯想到以前的糗事，嘴角有笑：“宋银川明明只比我小俩月，但发育不良，足足比我矮一个头。他特别瘦，骨架子一样，跟那个《三毛流浪记》里面的三毛似的。但是人很乖，走过来跟我说的第一句话就是，你衣服破了，我帮你缝好。”

肖策垂眸，看见风吹着地上的酒液，洇得更深更远了。

“陈秋娥给他在茶楼一楼单独找了房间住。从那以后，只要我回花雨巷，宋银川就在，刚开始陈秋娥还不让他管账，就养着他，让他看书识字，做点杂事。我一回来就找他玩，说什么他就听什么，让他干吗他就干吗，我骗他、捉弄他，他也一点都不怪我。傻乎乎的，胆子还小，成天一惊一乍。

“但就这么个胆小怕事的宋银川，关键时候，竟然能第一个冲到前面。你能想象吗，曹三来楼里闹事的时候，这傻小子愣是提了板砖要往他脑门上招呼。后来在曹三家KTV，就是圣诞那次，要不是我拦着，银川还不知道要落下什么残疾。

“可你说他傻吧，他又把楼里账目管得清清楚楚。做手艺，那种我看都看不明白的针线活，他做起来游刃有余，年年都去买布料给我做各种款式的衣服。现在跟人合伙，工作室都能操持得有模有样。”

陈绯说着，叹口气：“可见，我看人其实一点也不准。”

肖策说：“人都会成长。”

陈绯不置可否，又说：“但有一点，我以为永远不会变的。我以为银川他什么都不会瞒我。”

肖策沉默。

陈绯说：“陈秋娥离开后，楼里走了大半的人，银川没走；大壮死后，楼里又走了一批人，银川留下了；我解散今宵茶楼，最后几个人也各奔东西，银川还在……只有他还在。

“当时我就在心里发誓，不论如何，不能让银川再吃苦。我要让他做他喜欢的事情，要送他去学他想学的东西，我不能辜负他对我的信任。”

肖策心里泛起说不清道不明的情绪，他很难深思，因为越深入，就越遗憾。

陈绯停下低诉，盯着墓碑上那句话看了很久很久，才慢慢开口。

她听见风把自己的声音扯碎揉散，但她还是说下去：“如果有一天，有人对你说，你的导师，你最信任的人，做出一件为人不齿、完全背离你自身原则的事，你会怎么办？”

肖策偏头与陈绯对视。

陈绯能对其他离去的人视而不见，可对宋银川，对这个永远追随她、不离不弃的同伴，无法以平常心对待。无关爱情，但宋银川在她面前坦诚透明，所以她也比全世界任何一个人都相信宋银川。

他守着陈绯心里最后那片净土。

肖策沉默片刻，回答陈绯：“我会当面问她，除非她亲口承认，否则别人说的任何话，我一个字都不信。”

陈绯心头一颤。

肖策这么聪明，陈绯想，他一定猜得出来，今天自己突然问起徐知涵，现在又问他这句话，是因为什么。

即便她没告诉肖策李雅兰同自己说了什么，肖策也应该能猜出大概。

可被肖策看破也没什么。

陈绯说：“我需要时间。”停了片刻，又开口，“宋银川的事，你不要插手。”

肖策说：“好。”

第十一章

破碎

陈绯缓冲的时间比肖策想象得更久，从东阳山回去，她面对宋银川，神情语气几乎和从前一样。宋银川问起李雅兰，陈绯也只说她不肯吐露真相。

宋银川没有半点怀疑，该干吗干吗，好像完全没有受到这些消息的影响。

肖策慢慢明白过来，陈绯不打算在S城就把事情都挑明。如果这件事与宋银川无关，那什么事都没有，可要真和他扯上什么不清不楚的关系，共处一室，陈绯会很难办。

等回到H市再开诚布公地谈，就算最后不欢而散，大家不至于落到个完全下不来台的尴尬局面。

而且，需要进一步询问、了解情况的人，想必不止宋银川一个。

留在S城的最后一天，陈绯去了当初常和轩轩、娇他们练舞的舞蹈

教室，肖策与宋银川陪同前往。去之前，陈绯绕道超市，买了箱牛奶和几袋子吃食。

舞蹈教室位于一栋两层高的楼房内。最早是个倒闭的厂房改建的，楼前有个大院子，被铁栏杆围起来，入口处设了个门岗室。

“我们去H市的第一年，这里就盘出去了，现在这儿叫新星辅导班。”三人站在大门口，宋银川小声给肖策同步信息，“因为附近新建了小学，这里挨得近，就装修成了辅导学校，搞些小饭桌什么的。”

年节时期，目之所及皆空空荡荡，萧条得很，唯独孤零零的门岗室窗口冒着腾腾热气。

肖策的目光追过去，原来是看门的大爷提着热水壶，正在往搪瓷茶杯里倒热水。

大爷面熟，肖策说：“这不还是以前的孙叔吗？”

“是啊，孙叔老伴早走了，他没地方去，那小门岗室和楼里面的储物间就是他的家了。”宋银川怪唏嘘的，“看门的工资再加低保，平时还收收破烂卖，孙叔也攒了点养老钱。但去年回来的时候听说，被他那个赌徒儿子全卷走了。”

陈绯走过去，笑眯眯地打招呼。

“孙叔，新年好。”

孙叔脊背佝偻，动作稍显迟缓，放下热水瓶之后的手微微打着战，等他看清来人，立即笑了。

“小绯啊，回来过年啦。”

肖策和宋银川也跟过去问好。陈绯接过肖策手里的大包小包，放在门岗室的桌子上。

“年年都买这么多，太破费嘞！”

“这算什么多，过年嘛。”

“还是你有出息啊……”

孙叔念喃着，颤巍巍地从抽屉里摸出几块花生糖，塞给陈绯。他看肖策眼生，不过很快就猜出来，笑意更浓：“结婚了？”

“没。”陈绯把花生糖都给了宋银川，只留了一块搁进嘴里，答得很快，“朋友。”

吃瓜八卦第一线的宋银川瞬间以余光打量肖策表情，暗忖：策哥是暗暗咬牙了吧，一定是，哼哼，肯定生气了。

他拉拉肖策，要给他分糖吃，后者没接，正直直地看着门岗室上方的监控头。

肖策上前一步，问孙叔：“这监控是新换的吗？”

陈绯皱了皱眉，看向肖策。

孙叔没想过会有人关心监控，啊了一声，回答他：“对，新换的，现在监控比以前高级多咯，跟公安直接联网。毕竟里头都是小伢子，怕不安全啊。”

肖策一怔，又说：“跟公安联网……难道以前那批监控没有跟公安联网吗？”

孙叔理所当然道：“没有没有，那是老板自个儿安的。”

陈绯听出端倪了，她拽了肖策一下，脸上写着不满和警告，又转头对孙叔说：“你别管他，头脑不好。”

肖策忍不住说：“如果是私人监控，根本佐证不了什么。”

陈绯怒视着他，一声厉喝：“肖策！”

宋银川被吓了一跳，摸着小胸脯瞅着陈绯，小声说：“绯姐，你怎么了？”

陈绯胸口起伏，拳头紧捏，恨恨地看了肖策一眼，转身就走。

回去的路上，陈绯始终冷着脸，肖策也一径沉默。

宋银川走在两人中间，看看这个，又看看那个，被低气压折磨得有点窒息。

回了家，宋银川灰溜溜地抱着包瓜子进了自己屋，合上门之前讨好地冲着两人笑：“和气生财，和气生财！”

陈绯脸上没有表情，转身往卧室走，肖策紧跟进来，把门带上，叫

了她一声：“绯绯。”

“肖策你什么意思？”宋银川不在，陈绯终于忍不住开口，“轩轩是和我在一起过，但你也没有必要在现在这种时候裹乱，再去怀疑他——轩轩的不在场证明是警察确认了的！”

“李雅兰的凶手身份也是警方当年确认了的，这不能代表什么。”肖策说，“我不是针对他，当年楼里的几个人都有嫌疑，我只是想了解得更全面一点……”

“对，连有不在场证明的都有嫌疑！那怎么不怀疑我？不怀疑我杀了人？”陈绯奓毛，语气尖锐，截断肖策的话，“肖大侦探，你不觉得你管得太宽了吗？这一整件事，和你有什么关系？”

“绯绯，你冷静一点。”肖策伸出双手，掌心向下轻压，并向陈绯慢慢靠近。

陈绯咬牙，瞪着肖策的双眼有些发红：“轩轩、银川、娇、大壮他们对你来说，不过只是简简单单一个名字，你当然能冷静，也当然能随心所欲地怀疑、调查他们。可我呢？你凭什么认为我能理智地去复盘还原案发那天的所有细节，去怀疑我身边的每个人，去抠他们的逻辑漏洞、证词谎言？”

肖策没有说话，只是深深望着陈绯。

“肖策你搞清楚啊，这不是一道题，不是找到正确答案就能圆满结束的。这是人命，一条人命！大壮死了，我亲眼看见他躺在地上，血渗进地板里，淌得满地都是！”

陈绯说着，肩膀不受控制地轻微颤抖起来，肖策跨步过去，将她搂进怀里，感觉到她更为真实的战栗和恐惧。

自打从蔡萍口中得知李雅兰并非真凶，这么多天以来，陈绯一直在压抑着自己的情绪。她不得不接受一个事实，从前她信任的、依赖的、朝夕相处的伙伴之中，潜藏着一个杀人凶手。

而她又从监狱得到了更多她无法接受的信息，如果可以，陈绯宁愿永远被蒙在鼓里——清醒并不是一件会让人感到快乐的事。

“绯绯对不起。”肖策说，他低头吻着陈绯冰凉的脸颊，“让我帮你扛，绯绯，我在你身边，你不用再一个人承担所有。”

陈绯长长地呼吸，逼迫自己平静，她闭上双眼，紧紧抓住肖策的胳膊，指甲深深地陷进去。

我该相信你吗？肖策。

我还能再相信一个人吗？

那天陈绯在后半夜因噩梦惊醒。

爱消失后，往往只留下痛。陈绯失神地想，放纵是一时的，人们需要花费更长时间忍受的还是痛苦。

肖策深深呼吸多次，把陈绯扶起来，掉了个个裹在怀里。他亲吻陈绯汗湿的发际线，轻轻抚摸她的脊背。

“绯绯。”他的嗓子发哑，“我会陪着你，会好起来的。”

陈绯扯扯嘴角，却发现自己连一个假笑都做不好了。

她也曾那么那么地信任着宋银川，她也曾以为这世界上所有人都离她而去之后，仍有宋银川还愿意陪伴，并对她坦诚无间。

可是单纯如宋银川，也会欺骗她，也有自己的小心思，也会在她已经脆弱不堪的时候，令她雪上加霜。

“他为什么不来看我？帮我问问他，为什么不来看我？”

“我为他做了那么多，难道还不够吗？”

李雅兰痴痴的声音在陈绯脑中徘徊，魔咒一般。

陈绯缓缓地仰起头，把最后一滴眼泪忍了回去。

她想，她已经做出决定了。

各自揣着心思，他们仨在正月初四那天夜里坐上了回程的火车。值得一提的是，宋银川买到了卧铺票，三个人回去没遭什么罪。

一觉睡醒，还有俩小时才到站，陈绯晕晕乎乎地从上铺翻下来，去

简单洗漱。

回来的时候，宋银川还在酣睡，肖策已经把早餐准备好了，是他们提前买好的自热饭。

陈绯坐在下铺肖策的床边，拆开一次性筷子挑了两筷子菜，嚼在嘴里，好像味觉失灵，尝不出半点味道。

陈绯提不起精神，脑子里乱糟糟的，她伸手拽过桌边的可乐，抠开易拉环，一口气喝得见了底。

肖策看得愣神，忍不住开口："一、二、三……"

陈绯："嗝——"

肖策发笑，下一秒，做好了被陈绯回击的准备。可是没有，她正默默地注视着他，脸上没有多余的表情，发现肖策看回来以后，陈绯悻悻地移开了目光，望向窗外。

那里有飞驰而过农田、树木、路标，也有明净广阔的天空和振翅远去的飞鸟，还有……模糊的肖策的倒影。

肖策问她："没有胃口？"

陈绯嗯了声，说："带耳机了吗？"

肖策从包里翻出耳机递给她，陈绯连上手机，就势往肖策床上一躺，侧身向里。她点开手机，先切到微信，给轩轩发了条消息。然后才戳到音乐APP，随手戳了首歌。

陈绯说："到站了叫我。"

"好。"

这可能是他最后一次对她说这个字，陈绯淡淡地想，突然觉得有点憋闷，她抬手按了按心口，自嘲：也不一定，或许很快还会再听到一次。

她闭上眼，音乐声顺着耳机线震颤她的鼓膜。

"送君千里直至峻岭变平川/惜别伤离临请饮清酒三两三/一两祝你手边多银财/二两祝你方寸永不乱/半醉半醒日复日/无风无雨年复年/花枝还招酒一盏/祝你娇妻佳婿配良缘……"

错位了，陈绯想，要是五年前肖策离开的时候她有这样的胸襟，不至于会有今天。抑或是如今的她若和五年前一样，也不至于会有现在。

火车终于到站，他们随着人流从南出口走出来。

寒风卷起细碎的尘埃，刮在裸露的体表，生疼生疼的，宋银川缩了缩脖子，感觉自己跟片皮烤鸭没两样。

“就到这儿吧。”

离开拥挤的人群，来到南广场开阔处，陈绯突然开口。

她语气平静，只是被风吹得头发乱舞，肖策一时没理解她的意思，还伸手要替她梳理乱发。直到陈绯让了一下，又往后撤了半步，肖策才觉出不对劲。

他的手僵在半空，突然有了不好的预感。

“什么意思？”肖策慢慢垂下手，声音发涩。

陈绯从随身的包里摸出个鼓鼓囊囊的小布袋子，放到肖策手上拎着的塑料袋里，她说：“你送我的东西在里面，还给你。”

肖策的脸颊肌肉都不会动了，他思绪凝滞，想不通似的拧着眉：“我不明白。”

陈绯艰难地咽了口口水，她想，一定是可乐喝多了。与肖策对视，她语气放松，轻佻地眯了眯眼，说：“肖工是跟我们厮混久了，降智啦？”她从外套侧兜里摸出张银行卡，在肖策眼前晃了晃，“你该不会忘了我为什么会找上你吧？银行卡我已经拿到了，现在我们之间的债也清了。所以，以后大家桥归桥、路归路……”

陈绯话没说完，手里的那张卡被肖策一把夺了过去。

肖策的手在发抖，紧紧盯着陈绯，当着她的面，猛地用力掰断了那张卡。而后，举着破碎的卡片，对陈绯说：“现在卡毁了，你说的，要回开户地重新补办。”他朝她靠近一步，“我包你路费和住宿费。”

陈绯根本没料到肖策会这么做，以她对他的了解，在这人来人往的公共场合，他肖大工程师无论如何不会舍弃脸面。

他应该克制又体面地回答她，好。

陈绯一时怔住，风沙撩得她双眼又痒又疼，她定了定神，说：“用不着，钱我转出来了。从今天开始，我不会再去找你，你也别来烦我，好吧？”

“不好。”肖策捏着那卡，断裂处扎在手心，疼得发麻，他执拗地盯着陈绯，“不好。”

陈绯皱眉，露出厌烦的神情：“你这样就没意思了。我从前就跟你说过，等我觉得烦了，我们就分开，是你心甘情愿答应的。”

是，是他答应过的。

肖策脸色发白，嘴唇翕动，像还有话要说，陈绯先一步截断他，谑笑道：“你不错，本来不想这么早跟你摊牌的。但你跟我说你打算买房子，这让我压力很大啊……你说你以后要真搬来我们小区，低头不见抬头见的，我多尴尬。”陈绯觉得自己已经适应了这样的说话节奏，她的语速越来越快，机关枪似的扫射着面前的靶子，“我话都说这么明白了，你该听懂了吧？房子别买，你要还是决定搬来，我就立刻搬走。”

“我、我以为……”肖策嗫嚅，语气虚弱。

“以为什么啊……你不会真以为我会跟你过吧？”陈绯好笑地看着肖策，轻描淡写地发问，“你有资格吗？”

肖策抿了抿唇，固执地望着陈绯，他眼底隐有红痕，可仍旧没有放弃。

陈绯突然有些害怕，怕他再度开口后会出现变故，怕明确的前路出现诱人的岔口，怕自己扛不住，会不顾一切顺着那条岔路冲进迷雾里去。

好在，轩轩及时地赶来了。陈绯两个小时以前给他发消息，让他来接自己。

尽管恶心人，但这是个正确决定。

发现肖策的脸色在看见轩轩的那一瞬间灰败下去，并再也不打算多说一个字时，陈绯在心里这么说。

“还杵着干什么？”陈绯与轩轩站得很近，她曲臂抱胸，语气寡淡，“各回各家吧。”

肖策收回自己的全部情绪，木着张脸不发一言，他深深地看了陈绯一眼，拖着两条腿转身离开了。

陈绯直挺挺地站着，望他的背影，他走得不快，但即便不快，也终于再怎么都看不见了。

轩轩去搂她，只觉得陈绯身体僵硬，他皱眉，低声说：“小绯，人不能总在同一个坑里摔倒。”

陈绯想说，你说得对。但是她没力气再开口了。

子弹打完，全数中靶，她只剩下一具空壳。

坐进轩轩的车里，宋银川才敢和陈绯搭话，他显然被吓坏了，惊疑不定地抱着陈绯所坐的副驾椅背，凑到她耳后，声音细如蚊吟：“绯姐，策哥哪儿不如你意了？他那么好……”

“小川，怎么这么多年过去了，你的情商半点都没长？”轩轩不冷不热地开口，凉凉地瞥他一眼，“当我的面夸别的男人，合适吗？”

宋银川一悚，坐直身子，噤声了。

轩轩软声问副驾的陈绯：“想去哪儿？我知道有一家不错的早茶店……”

“去尘嚣。”

“想跳舞？我陪你。”

“随你。”陈绯撑着额角，目光放空。

宋银川负责将行李送回501，陈绯和轩轩去了尘嚣。

陈绯在更衣室换上宽松轻便的衣服，回到舞蹈教室时，轩轩已经给她打开了音乐。

窗帘拉紧，灯光大开，节奏强劲的舞曲在环绕式音响的助阵之下，每一拍都好像撞进人心里。

轩轩没有衣服可换，他脱去大衣外套和皮鞋，穿着贴身的羊毛衫、黑色长裤和深色的袜子，高挑笔挺，气质夺人。

镜中二人相伴而立，应了“貌合神离”四个字。

轩轩叹了口气，说：“小绯，如果你早一点告诉我，我们不会错过这么多年。我允许你恨我，反正……我会把你追回来。”

音乐太响，陈绯只看见轩轩开口，但连半个字都没听见，可她一点兴趣也没有。

陈绯屈膝，右脚掌点地，收腹挺腰沉肩，一个滑拼步接跃跳，踩着音乐节奏动了起来。她擅长爵士舞，这种舞蹈糅合了拉丁、肚皮舞和古典爵士舞，对节奏感和乐感要求很高。而陈绯尤其喜欢细碎的节拍，因为她灵活性足够，对肩、胸、腰、胯的把控能力极强，能在强劲而迅速的动作中获得自己想要的某种释放和宣泄。

音乐渐入高潮，陈绯也步入佳境，她颤抖、扭动，让柔软又极富力量的身体在舞动中呈现出优美的波浪形，汗水顺着她颀长的脖颈滑落，坠进胸口，湿了她的衣衫。轩轩始终以欣赏的目光注视着她，在陈绯完成一组漂亮的拧胯组合后忍不住鼓掌叫好。

在第二支舞开始时，他也加入其中。

舞者之间有独特的交流方式，他们各自沉浸的世界有说不清道不明的交集，哪怕不言不语，两人也能在目光的交汇之中读到对方的情绪。

陈绯感受到他的侵略和压迫，充斥着让人不愉悦的霸道和野蛮，她立刻选择了逃避。轩轩很快注意到她的不应战，不慌不忙地选择了鸣金收兵，要与她握手言和。

他的低姿态是如此令人不忍，当陈绯逐渐心软，试探地重新与他建立关系之时，却惊讶地发现，所有退路已经在她的放松警惕之下被他堵得水泄不通，她感受到一种窒息，无从躲藏的窒息。

最后音乐结束，两人都大汗淋漓，时间已经过去了四个小时。陈绯撑着膝盖，一边喘息一边盯着轩轩，她说：“你赢了。”

轩轩低笑，说：“当然，只要我想，我总会赢。”

陈绯直起身子，往更衣室方向走。轩轩在她身后叫她：“小绯，再考虑考虑我吧。”

陈绯步子没停，也没回答他。

轩轩看着陈绯的背影消失在拐角处，嘴角上扬，低声自语：“不急。”

陈绯洗了澡，在更衣室换好衣服出去，轩轩已经等在门口了。

轩轩：“饿了吧，去吃点东西。”

陈绯：“你不换衣服？”

轩轩：“就在我家附近，我可以先回去换身衣服。”

他家……绯绯皱眉，拒绝的话还没说出口，口袋里的手机响了。陈绯摸出手机一看，已经有两个未接来电了，都来自李潇，这第三通电话，还是他打的。

陈绯接起，先头只是简单地回应，可突然，声音一下子拔高了几度——

“你放屁！给我说人话。”

不知对方说了什么，轩轩听见陈绯说：“李潇，你认真的？”隔了一会儿，声音发冷，“放假前你们就已经有这个打算了吧。”

又过了一会儿，陈绯的脸色以肉眼可见的速度变得难看起来，她唇角轻抽，最后对着手机说：“不用解释了。明天过来办手续吧，一个月的时间交接，直接走合同，该付的付，该赔的赔。”

说完这句，陈绯挂了电话，面色阴郁，捏着手机的手指一点点收紧。

而此时，李潇呆望着被切断通话的手机屏幕，对身边的萌萌道：“现在你满意了吧。”

即便他当着自己的面向陈绯提出离职，萌萌却并没有那么满意，她说：“你看上去好像还挺舍不得？”

自打回H市再见到萌萌，李潇就没安生过一分钟，昨天一整晚都被她吵着跟陈绯谈离职的事情，李潇实在无法忍受，才一气之下在今天打了这通电话。

现在电话都打了，萌萌还不肯罢休，李潇忍无可忍，回道：“你还想让我怎么样？我来的时候一无所有，没学历没经验，是绯姐给了我这个机会！可我干了什么？在尘嚣最需要老师的时候离开，我这是忘恩负义！”

萌萌反唇相讥：“职场之上哪有那么多道义可讲。员工不管在什么时候离职都是天经地义，陈绯她要连这个都接受不了，那这老板她也没什么可当的。再说了，你当初一无所有她为什么招你进来？你还说不是看上你！”

李潇没办法跟她沟通，他原地走了好几圈，几乎抓狂，话不过脑就蹦了出来：“你自己心里没数吗，绯姐要是看上我，能有你现在什么事？！”

萌萌被他这话激得两眼一红，尖锐的声音直抵他的耳膜：“李潇！你说的是人话吗你！”

尘嚣门口，轩轩担忧地看着陈绯：“出了什么事？”

“两个员工要一起辞职，年前吱都没吱一声。想等开完年会拿了红包再离职我能理解，但是临上班了打电话跟我说，未免太过分了！”

“说了什么原因吗？待遇问题还是……”

“电话里跟我说的是，出于对两人未来职业规划的考量。”陈绯复述这话，自己都被自己气笑了，“这不是屁话吗？李潇什么样的我心里没数？他就是不肯跟我交底。”

轩轩：“还有挽留的可能吗？”

陈绯冷哼道：“为什么要留？想走的人，我留得住吗？”

轩轩碰了个软钉子，却没恼，说：“他们的学员人数多不多。交接期过后，有能顶上去的老师吗？”

"人数不少，他们每个人都有两个大班。而且……尘嚣现在缺的就是老师。一下走了两个，哪还有人顶得上？只能在交接期赶紧想办法招人。"陈绯顿了顿，又说，"不论如何，影响都不好。先不说他们两个人走后，四个大班学员是不是会流失，就算人留下了，学员也不一定就能接受新来的老师。"

陈绯现在已经顾不上去想这两人为什么突然就要辞职，只能不断在脑中预估李潇和萌萌走后，尘嚣将面临什么样的困境，又该如何调配现有人员缓解压力。

突如其来的消息砸得陈绯心烦意乱，倒是没有闲心去思考其他事情了。

"这样好不好，我们先去吃饭。"轩轩垂眸看了陈绯一会儿，柔声说。

"我现在哪有心情吃饭？"

"先听我把话说完……"轩轩又道，"你陪我吃个饭，我就帮你解决老师问题，怎么样？"

陈绯一愣，终于把目光转移到轩轩脸上，迟疑道："你怎么解决？"

"小绯，你未免太小看我了。"轩轩失笑，"在H市，我也不吹嘘什么能呼风唤雨，但找几个舞蹈老师对我来说，实在算不上难事。"

陈绯眼前一亮，说："这事只要你能帮得上忙，全市各大酒店随你挑，想吃什么我请。"

轩轩愉悦地笑了："我当然帮得上。小绯，只要你开口，我就会尽最大能力帮你。"

从那天在电视台的状况来看，轩轩在H市这个圈子里足够有面儿，舞蹈老师肯定不难找。而且这也算不上什么天大的人情，她承得起，也还得上。

这么一想，陈绯坦然接受了轩轩的好意，说了自己对老师的具体要求，又道："特殊时期，酒量不过关也可以。"

轩轩听她这么说，才知道原来尘嚣招聘老师，还对酒量有要求。他摇头笑道：“小绯，你还是这么可爱。”

陈绯没接他的话茬，说：“这周六以前我能见到他们吗？交接期就一个月，只有四堂大课的缓冲时间。”

轩轩信心满满：“周三左右吧，我让他们跟你碰个面。小绯，我找的人，都是有资历有经验的好老师，你放一百个心。”

陈绯还有点迟疑：“他们什么来路啊？你不会是从什么地方挖人来吧？要因为这个得罪其他同行，我可不干。”

“放心好了。我把人带来，你尽管去查，要是能查到他们在H市任何一家舞蹈培训机构任教，我头都给你当球踢。”

“好！那我等你消息。”

轩轩微笑：“那……我们现在能去吃饭了吗？”

“当然。”陈绯说，“你挑地方。”

应酬回去已经很晚了。

陈绯跟轩轩喝了点鸡尾酒，没尽兴，打算回到家里再开一瓶。她进屋开灯，发现宋银川已经将她的行李都归置好了。

陈绯愣了愣神，看见桌上的果盘里面装着新鲜的苹果、芦柑，凉水杯里是满的，厨房保温热水壶里也是满的，冰箱一拉开，里头满满当当都是饮料和食物，还有一盒清洗过的草莓。

她深深呼吸，从冰箱抽屉里拽出两瓶冰啤酒，用酒扳子扳开瓶盖，就这么直接灌进去半瓶。

喝得太生猛，她有些发呛，于是坐在客厅沙发上，打开电视找青春偶像剧，就着电视剧一口一口地喝酒。

电视剧里，男女主因为一点阴错阳差彼此误会，陈绯看得不耐烦，把进度条往后拉，想看两人复合。一直拖了十几集，终于看到女主角命在旦夕，男主角去救她，当女主角躺在医院救护车上的时候，男主角悲伤又动情地解释清楚了他们之间的误会。

“早不说。”陈绯脱口骂了一句，往后快进。

骂完了，看着女主角伤好之后，和男主角你侬我侬互诉衷肠，又有些恍惚。

她忽然就觉得有误会也是件挺好的事情。至少两人之间有一个明确的死结，解开了，万事大吉，哪怕中间多耽误点时间呢，不影响最后结局。

怕就怕没误会。因为清醒过了头而分手，简直没有转圜的余地。

难免想到肖策。

陈绯又喝了口酒，觉得隐隐有些胃痛，没急着吞咽，酒含在口中，变得温暖，也变得更加苦涩。

他说爱她，陈绯是信的。她挺可爱的，肖策或者任何一个男人向她表白，她都愿意相信。

但爱，总有消失的一天。

言情剧里，主角们除了爱来爱去，好像没什么正事可做，没有了爱，整部剧都没有了存在的意义。但对陈绯来说，有太多比爱情更要紧的东西，没有了爱，生活还会继续，继续向你展现它的精彩，它的荒谬，它的残酷。

所以不要他的爱，没什么大不了的。

温热的啤酒顺着食道流进胃里，陈绯微微蜷起双腿。

也不是非得现在分手，她又想，也许可以拖着，拖到两人星火俱灭，不得不分手那天。

但那太不酷了。陈绯失笑，盯着电视屏幕发呆。

她不想再经历一次背弃。

很讨厌。

知道娇对她撒谎，她能忍下来；知道宋银川背着她做的事，她也忍住了。如果这个时候再被肖策玩一道，她觉得自己真的撑不住。

所以这算及时止损。

陈绯喝光手中那瓶酒，夸自己。

“陈绯，你可真有商业头脑。”

返工第一天是周一，早上虽然没有课，可陈绯定了十点半开员工会议。她在卧室收拾好，推门出去，看见娇已经回来了，正在客厅冲可可粉喝。

“绯姐，早啊。”瞥见陈绯身影，娇抬手跟她打招呼，又张嘴打了个大大的哈欠。

陈绯拿着马克杯，去饮水机里接了杯水，问娇：“连夜坐火车回来的？”

娇软绵绵地哼了一声，抬手揉着后脖：“是啊，一晚上都没有睡好。脖子疼死了，今天开完会，我要去做个SPA（水疗）。”

陈绯喝了口水，说：“怎么不早一天回来？”

娇：“没办法，我外甥缠着我陪他去县城玩。我的老天，小孩子精力那叫一个旺盛，就商场里的蹦床，我颠两下就没劲了，他！连蹦带跳四个多小时！”

“少来，你就是想在家多陪他们半天。”

娇哼哼哈哈几声，说：“讨厌。”

陈绯把李潇和萌萌离职的事情告诉了娇，在他美目圆瞪愤怒发作前又道：“轩轩答应帮我联系新老师，到时候你和大喵陪我一起去见见她们。”

“不是……他们这是为啥啊？！”娇气急之下，跟小品学来的东北腔都冒了出来，“萌萌走就走了，反正也不顶什么事，李潇怎么也要走？他不是喜欢你吗？”

陈绯动作一顿：“你说什么？”

娇大惊小怪道：“你不知道李潇对你有意思啊？”想了想，又觉得情有可原，“也是，你这人在感情上粗线条惯了，我估计除非人堵到你跟前把‘我喜欢你’四个字说全了你才能知道。”

娇是今宵茶楼的情感顾问，以过往经验来看，娇这么说了，十有

八九是真的。

“你怎么不早告诉我……”

陈绯扶额，也意识到自己太过于后知后觉了。她在男人堆里长大的，以前那帮人，对她示好的手段非常拙劣，一个个恨不得直接打包自己去她床上，李潇这样闷声不吭的，陈绯真没工夫细细琢磨他的心思。

娇说：“有啥好说的啊，他那不是癞蛤蟆想吃天鹅肉吗？你俩根本没谱，我告诉你还惹你心烦。”

陈绯说：“跨年晚会之后你在分部，跟他们俩打交道少，年会你也没去——你还不知道吧，李潇跟萌萌在一起了。”

娇惊讶地啊了一声，说：“是不是啊？李潇那人不像是移情别恋这么快的类型啊。”但很快也明白了陈绯的意思，“但要是这样，就能解释得通了，李潇是因为萌萌才离职的吧。萌萌肯定知道李潇原来喜欢你，她那德行，估计跟李潇闹呢。”

这样的理由，也难怪李潇说不出口。陈绯叹口气，知道这两人离开是板上钉钉的事了。

陈绯离开501去尘嚣开会的时候，肖策已经到了实验室。

新年第一天上班，徐知涵也从国外回来了。

肖策推开407的大门，没想到还有人比自己更早，他看见唐剑站在徐知涵身边，而徐知涵面前的电脑屏幕上显示的是他们这次和H・K的合作项目策划书。

她神情严肃，肖策心头微沉，猜到徐知涵已经从唐剑口中得知了项目的变故。

眼见肖策进来，徐知涵先皱了皱眉，问他：“没睡好？”

“有点失眠。”肖策说。

“别太有压力。”徐知涵误以为肖策是为项目烦神，“你们该早点告诉我。”

肖策看了唐剑一眼，后者说：“总瞒着也不是个事，徐老师早晚要

知道的。”

肖策不知道唐剑对徐知涵诉说的版本是什么，有没有添油加醋，他只说：“我们已经争取到了时间，宗元也透了口风过来，只要方案够扎实，对H·K而言，选谁都一样。”

唐剑叹口气，面色沉郁，看向肖策。

“你还不知道吧……”

“什么？”

“宗元今天一早去公司，开完晨会就接到通知，他被调去处理其他项目了。十分钟前，宗元给我发了消息，他说现在负责这个项目对接的，是方志城。”

肖策脱口道：“是前年和305合作人工智能项目时的方经理？”

“可不就是他。”唐剑说完，语气里不无嘲讽，“曹教授对韩越真好啊，都不等年过完，就跑去勾兑关系。”

肖策蹙眉：“是宗元告诉你的？曹教授出面做的这些？”

这一次，回答他的不是唐剑。

“曹林和H·K的项目总监苏畅原来是师兄弟，苏畅能有今天，有一半是靠曹林。什么关系不关系，这种小事，他打个电话就摆得平。”徐知涵明显不悦，实验室里除了她，只有两个关门弟子在，她也不避讳什么，“曹林以前小动作多，可从来不在项目上倾轧同门，何况是对小辈！他这次就是看准了我在学校留不长，存心要跟我、跟你们过不去。”

不等肖策接话，唐剑立刻说：“这个项目我和阿策还有大伙耗了大半年时间，如果真是305拿下来，他们不一定能做好，估计交付前还要跟院里申请，让阿策去做技术支持——他们也不是没干过这事。”

肖策知道唐剑在煽风点火，可当着徐知涵的面，他也不能多说什么，只道：“以前我还在读书，怎么调配都拒绝不了，现在……”

唐剑截断他的话：“阿策，那时候徐老师都出国了，院里还不是曹教授一个人说了算！他调你去他们组做苦力，让你把我们的成果共享出

去，你还能拒绝？你要知道，不是主创，只是作为技术指导，你能拿几个钱？凭什么明明你干得最多，到头来他们吃肉你连汤都喝不上？”

这话压根不是说给肖策听的，唐剑心里太清楚徐知涵多疼肖策，他只是把残酷的事实摆在她面前罢了。

唐剑眼看着徐知涵的脸色一点点沉下去，知道自己的话起了作用，又添砖加瓦道：“305把‘官大一级压死人’这一套学了个十成十，如果咱们组今年不能拿到一个足够分量的项目，反倒被他们拿走，那仰人鼻息的日子还在后头呢……”

话说到这里，门又被人打开。

“嗬，已经有人来了？你们好早呀！”邹宇骐愉快的声音从外头传来，“好久不见，我想死你们啦！”

“这事我知道了。”徐知涵声音压得很低，“我会处理的，你们干好自己手头的活。”

说罢，徐知涵若无其事地站起身来。

邹宇骐冷不丁看见她，惊讶极了：“徐老师！您也这么早？”

徐知涵态度和蔼，看着邹宇骐，说：“过年吃胖了啊。”

邹宇骐嗷一声：“有那么明显吗！我、我就是胖着玩玩的，很快就瘦下去了！”

徐知涵对邹宇骐笑笑，拍拍肖策的肩膀：“你来一下我办公室。”

随后，徐知涵径自往外走了。肖策出去前，回头看了一眼唐剑，后者给他递了个眼色，做了个把握机会的手势。

肖策微不可闻地叹了口气。

徐知涵的办公室在四楼走廊尽头，肖策跟她进去，徐知涵没急着说事，先从柜子里拿了一个包裹出来递给他。

“新年礼物。”徐知涵说，“一点蜜饯，我妈从老家寄过来的。我不爱吃甜，你拿回去吧。可以给你女朋友，小姑娘都喜欢吃。”

肖策顿了一下，接过来，说：“谢谢。”

徐知涵给自己拿了瓶矿泉水，拧开来喝了一口，问："恋爱谈得很顺利？我听唐剑说，你都在贷款买房了。"顿了顿，打趣道，"没想到你平时慢热，做事谨慎，在这方面倒很果断。"

肖策声音很低，说："怕错过。"

徐知涵说："供房子不容易，这个项目我希望你能拿下来，我会帮你们。"

她语气平静，好像放在面前的问题只是肖策选择拿或不拿这么简单。可肖策很清楚，现在宗元被换掉，他们其实很难再和305对抗。

肖策只能说："我尽力修改……"

徐知涵在他说完话之前打断他："你很清楚不是策划案的问题。"

肖策不说话了。

徐知涵坐在椅子上，语气平和，目光却坚定地望着肖策："我以前教你们，不要汲汲营营，要专注自身，实力过硬远比虚头巴脑地玩手段更值得尊敬。"

肖策有预感她接下去想说什么，低低地接了声嗯。

徐知涵说："但想赢得尊重，意味着你首先得赢。"

既然别人都欺负到头上来了，那么以其人之道还治其人之身，就再适合不过。

"我大概能猜得到您要怎么做。305找关系，只要您愿意，也同样可以。而且您从前的同门，就在H·K任高管，远比总监话语权要强。如果我猜得没错，您应该是想去找他。"肖策微微垂头，"我也听过一点八卦，说你们以前关系不算太好，这么多年，您从来没去找过他。就连之前和H·K的合作项目，也都直接让305接了……说明您根本不屑用这种关系。如果只是为了我们，让您向他开口，那我情愿放掉这个项目。我们又不是没有项目可做了，不和H·K合作，407也不会被305压在头上。"说到最后，几乎是赌气地又加了一句，"我们技术水平就是高过他们。"

他这一席话说完，办公室里陷入沉默。

良久，徐知涵才轻声开口："你情愿放掉这个项目，组里的其他人呢？你能帮他们做主吗？"

肖策咬了咬牙，回答她："不能。"

徐知涵说："大家也都辛苦了那么长时间，如果这个项目因为305用了下作的手段，就拱手让人，小邹啊、涛涛他们这些还有憧憬和梦想的孩子，会多失望。"

肖策忍不住说："他们年纪都不小了。要接受现实。何况他们要是知道是您开口求人才换来的项目，就算接了心里也不会好受。"

"你也知道要接受现实？现实就是，我们不能被动挨打不还手；现实就是，我们有比他们更能说得上话的人可以攀关系。"徐知涵微笑，"再说，毕竟是老同学，这个面子还是好卖的，我不至于低声下气去求人家。"

肖策心里不是滋味，可话说到这个份上，他再推脱就太自私，太不识相了。

"我能做什么？"肖策问。

"我找时间给他打个电话。之后我请人吃个饭，人别太多，你跟唐剑去一个就行。"

肖策说："我去。"

徐知涵私心里不太想让肖策去，她提点他："你再跟唐剑商量商量。这是个酒局，我记得你很少参与这种聚会……"

"我酒量比他好，我跟您去。"

徐知涵对肖策的认知又一次被刷新，扬扬眉道："我还真没看出来。"

肖策笑容寡淡："也不是什么值得炫耀的事。"

从徐知涵办公室出来，没走几步，就看见在走道抽烟的唐剑。后者见到他，掐灭烟头，迎上来，问道："怎么样？徐老师答应帮忙了？"

肖策不想废话："嗯。"

唐剑喜上眉梢，打了个响指："我就知道！她是不是要去找华总了？"

肖策像是不认识他："你让徐老师做这种事，真的心安理得吗？"

唐剑说："这种事？哪种事？放着关系不用，傻吗？都什么世道了，人脉就是财富啊。再说，这项目弄下来，徐老师好处能少得了？"

还有半句话，唐剑憋了回去。他还想说，她要是两袖清风，别待在实验室，做慈善得了。可是顾忌着肖策和徐知涵更亲密，怕他传话，还是忍了。

唐剑忍了，肖策没忍住，径直走开，不再跟他搭话。

周三中午，陈绯如约和轩轩推荐的两位舞蹈老师见面。

他们聊得不错，被陈绯叫去把关的娇和大喵都称赞不已。事情谈妥，陈绯心情好了些，当轩轩提出晚上一起吃个饭的时候，也就没有拒绝。

轩轩下午有事，提前把地址发给陈绯，是H市一家小有名气的私人菜馆，名叫"徽松客"。

娇也受了轩轩的邀请同往。自从他敏锐地觉察到陈绯和肖策分手之后，他原本就往轩轩那一头倾斜的天平索性直接压到了底。

打车去徽松客的路上，娇说："轩轩从前是做错过。但正是这样，他才更懂得珍惜你。"

陈绯面无表情："你喜欢轩轩啊，那你去追好了。"

娇气愤道："我是为你着想啊！不管是从什么角度考虑，轩轩都比策哥更优秀吧？"

陈绯没开腔。

"论经济条件，轩轩是成功人士，比程序员阔气多了；论兴趣爱好，咱们都喜欢跳舞，志趣相投对吧？再论出身背景，你们都认识多少年了，还谈过恋爱，大家知根知底……"娇打量陈绯神情，继续道，"我知道你是因为什么不跟轩轩复合。但是绯姐，你真的听我一句劝，就是因为有那事，轩轩心里对你有愧疚，会加倍对你好的。"

娇就差把话说白——你都为轩轩打过胎了，他肯定会倾尽全力补偿你。

陈绯误会了娇的意思，以为他指的是当年轩轩离开花雨巷，她挥挥手："别说了，我心里有数。"

徽松客坐落于市南区一个文创旅游小镇，位置并不显眼，从主干道的一个分岔往里，九曲十八弯之后，方见一大宅。经典的徽式建筑，不像菜馆子，像私人别院。

即便小镇平时往来游客众多，知道徽松客的也寥寥无几。这里是会员制，一天满席也只八桌，不搞花里胡哨的宣传，客人基本都是熟客介绍来的。私人馆子的老板基本上都有点臭脾气，每天指定菜单，只做几样，没的挑。

陈绯因为没有会员号而被拦在门外的时候，差点没破口大骂。

"什么玩意。"陈绯横眉冷对门口的侍者。

娇劝她："这地方一看就很高级。我以前跟一个制片人去过类似的地方，亭台楼阁，山水庭院，一顿饭好几万呢。"

"好几十万又能怎么样，最后还不是变成屎？"陈绯白眼翻上天，又低头看了眼手机，"三分钟，时间到我们就走。"

娇不敢再插话了。

好在饭店响应速度快，三分钟不到，有人从里面迎出来了。

"是东子的客人吗？"来人年纪不大，也就三十岁上下，高挑精瘦，气质儒雅，穿一身男士休闲唐装，笑容清减，说，"请进，给你们留了最好的雅间。"

陈绯反应了一会儿才意识到"东子"指的是赵承东。

伸手不打笑脸人的道理陈绯还是懂的，她嗯了声，和娇跟着那人进去了。

陈绯是看出来了，"最好的雅间"就是最里面那一间，反正越稀罕的东西就越藏着掖着呗。俄罗斯套娃似的，一层又一层。

赵承东还没到，有服务生上了茶，那人拿着两只茶杯，一只上头绘着青松翠柏，一只绘着粉桃翠鸟。

他手法讲究，斟了茶，放在二人面前，这才解释说："有点堵车，他让我先招呼着。"

陈绯捏着手里的杯子，转了转，把松柏图看了个完全，哦了声，说："你先把菜单给我看看。"

那人笑着跟陈绯介绍了一遍徽松客不支持自主点菜的待客之道，又说："等东子到了，就可以起菜。或者你们想先吃也行。"

行吧，既然是轩轩选的地方，他高兴就好。

"那等他来。"陈绯抬头看向那人，饶有兴趣地问，"你贵姓？"

"免贵姓陈，单名一个枫字。"

"哦？本家。"陈绯说，"你跟赵承东是什么关系？"

陈枫泰然坐下，一副闲聊的架势，说："我们……算是合作伙伴。"

陈绯扬眉："这家店是你们合开的？"

陈枫笑笑，轻描淡写道："那倒不是，这只是个交朋友的地方，我们一起合伙做点其他生意。"

陈绯点点头表示了解，也不再深问。后者含笑看着她，目光里满是打量。这眼神让陈绯觉得有点不舒服，除此之外还透着莫名的古怪，陈绯皱了皱眉，直直地望了回去。

"陈老板有话想问我？"

陈枫说："东子在这儿念过两年高中，那时候他就常和我提起你。今天终于见到本尊，我有点感慨。"

他们那么早就认识了？陈绯暗忖，轩轩可从没有跟她提起过陈枫。

在轩轩的描述中，自己会是以什么样的形象存在的呢？从前在花雨巷的那些事，他又会说出多少？

疑惑只是一闪而过，陈绯很快就自洽了：不管说多少，都是他的自由。

陈绯没那闲心跟陌生人八卦这些有的没的，她哦了声，说："我们很少聊天，我对他也不太了解，我都不知道他为什么没念完高中。"

陈枫一边摇头一边叹气，说："他生病了嘛，体检之后不能参加高

考，回乡下养病去了。”

陈绯差点被一口茶水呛死：“他跟你说他是……回去养病？”

陈枫一怔，玩味道：“你不是他的徒弟吗？你不知道？”

不管轩轩为了隐瞒自己在今宵茶楼的事，对陈枫扯了什么慌，她都不宜拆穿，陈绯故意吸了吸凉气，掩饰道：“茶有点烫……我不清楚啊，我就跟着赵老师学舞，其他的我也不过问的。”

陈枫眸光闪烁，嘴角扬起一抹逗趣成功的愉悦笑意。

他的表情被娇收入眼底。自陈枫出现，娇就没开口说过一个字。两人的视线也没有过半点交汇，好像他从来没见过这人，对陈枫没有半点兴趣。就连娇手边的花鸟杯盏里，也满满当当的全是茶水——他半点没沾。

陈枫似乎还有话说，可轩轩推门而入，打断了他。

“抱歉，我来晚了。”轩轩绅士地做了个表示歉意的手势，目光落在陈枫面上，微微蹙眉，却带着笑，“你们在聊天？”

陈枫哈哈笑着，站起来让位给轩轩：“就闲扯了几句，东子，名师出高徒啊。”

这话陈绯听在耳中，总觉得怪怪的。以她这些年识人的经验判断，这是典型的话里有话，故意这么说，是因为旁人听不明白，只有轩轩才能懂。

但如果真的是这样，难道陈枫本意是嘲讽？没道理，她刚才说的话也没哪句值得陈枫讽刺。

陈绯不动声色，脑内飞速运转，却怎么也理不出头绪，索性放弃了——也许是她想多了。

轩轩来后，陈枫很快就离开了，紧接着就起菜上酒。

陈绯虚头巴脑地说了两句感谢的话，一仰脖干了杯酒：“都在酒里了。以后有什么我能帮得上忙的，知会一声。你随意，随意。”

她这江湖气多年不变，轩轩看着陈绯，说：“你还和从前一样。”

陈绯啊了一声表示疑惑。

轩轩陪了半杯酒，说："小绯，我其实非常希望你欠我，欠我越多越好。"

陈绯嘴角一抽，随口接道："那你借钱给我，无限期归还那种。"

轩轩笑起来，夹了块毛豆腐放在陈绯面前的小碗里："好啊，你要多少，只要我有，都给你。"

陈绯一噎，岔开话题："哎，你这朋友说你当初不参加高考是因为生病？"

轩轩脸色微变："他跟你说这个了？"

陈绯笑他："别紧张，我的赵老师，我可没拆穿你。"

轩轩微微低头，扯了扯嘴角，说："高三嘛，压力大。有点躁郁，不过主要是我跟我爸天天吵架，我不想高考，就找关系开了证明。"

陈绯点点头，没再发散开去，淡淡评价道："厉害啊。"又把注意力转到娇身上去了，"你多吃点，今天怎么这么闷，不像你啊。"

轩轩若有若无地看了眼娇，说："菜不合胃口吗？"

娇连忙摇头，端起碗来给自己盛了两大勺牛肉羹，说："怎么会……合胃口，合胃口。"

陈绯倒是不太吃得惯，筷子动得少。可酒是好酒，她一杯接一杯的，自得其乐。

轩轩和娇的酒量比她差远了，轮着一人陪一杯都吃不消，到后期，娇兀自醉了，歪在椅子上。轩轩改喝茶，和陈绯有一搭没一搭地说话，都和尘嚣的经营脱不开干系。最后陈绯去前台结账，才知道轩轩早就结清了，服务生连消费金额都不肯告诉她。

"说好了是我请。"陈绯不太高兴，"你这样没意思。"

轩轩半托着娇，有点气喘，把他放在前厅的木椅上，说："我跟陈枫关系好，他不收我钱。"

"谁说的？"说话的是从里面出来的陈枫，"我不仅要收，还要收双份。我里头那间今天早预约出去了，这家伙一个电话打过来，我亲自

过来跟预订的客人赔礼道歉，还免了他们下一单，才把人请走。”

轩轩没好气，语气竟然带了点嗔怒：“陈枫！”

陈绯喝了半醉，此时看着轩轩被陈枫怼得破功，没了平时端着的模样，生动许多，她忍不住笑起来。

眸光流转，落在里间走出的另一行人身上后，脸上的笑容慢慢僵住了。

肖策半抱着一个中年女人，伙同一个喝得醉醺醺的中年男人、一个细腰长腿的小姑娘，正一边说着话一边朝着前台走来。

男人的手揽在小姑娘的腰上，嘴上在跟肖策囫囵地说着酒话，手里也不停，时不时向下移动，揉揉又捏捏。

而肖策怀里的女人年纪虽长，打扮得却极精致得体，她面色红润，双目微合，步伐不稳，想来也是醉了。

陈绯没出声，往后撤了几步，和醉倒的娇一起坐在等候区的椅子上。轩轩顺着她的目光看过去，低低地哟了一声。

“什么情况？”陈绯问。

“你想知道吗？我帮你问问。”

陈绯闭了闭眼，说：“不想。”

“这男人可以啊。”轩轩的语气无不艳羡，“顺着女人往上爬的本事，也不知道跟谁学的。”

陈绯觉得刺耳，不痛不痒地回敬了一句：“我能看到这一幕，比起巧合，简直像是有人精心安排。”

轩轩脸上一僵，嘴角微微抽搐，说：“你怀疑我？”

“没有。”陈绯说，“注意，我刚刚说‘像’。”

她发现自己跟肖策相处久了，连思维方式都开始无意识地趋同于他。

那边肖策扶着徐知涵，去前台支付了餐费，而后和华总与他的女伴道别。陈绯注意到肖策步伐不稳——估计没少喝。他头上的伤可能还没

好全，不知道拆线没有，出来应酬也不怕喝死自己。

喝死也跟她无关。

肖策没急着走，而是站在原地打电话，陈绯隐约听见他在拜托唐剑联系一个相熟的师妹，因为徐知涵喝醉，吐在了身上，需要个姑娘将她送回家，最好能守一夜，他不太方便照料独居的徐知涵。

听到这里，陈绯若有若无地看了眼轩轩。那目光落在轩轩眼中，像极了挑衅，好像在说：我就知道他不是那种人。

明明他们已经分手，轩轩看着肖策，心里却比从前腾起更多的厌恶感。

肖策应该是联系到人了，他将徐知涵家地址报给对方，约好一会儿见后带着徐知涵打车离开。

陈绯起身，手腕却被一股大力牵绊住，她回头看去，轩轩正握着她的手，似笑非笑地说："去哪儿？"

陈绯终于意识到今天看见陈枫打量自己，到底哪里不对劲了——他和轩轩，笑起来得真像啊。

"娇就托付给你了。"陈绯突然有些心慌，她拍拍轩轩的手，抽出手腕，"我还有点事，先走一步。"

这一次，轩轩没再留她。

陈绯离开后，轩轩还坐在木椅上，半张脸没在阴影里，目光发沉地看着空荡荡的店门口，一声不吭。

陈枫不知何时来到了轩轩身边，他的手指搭在娇醉得红扑扑的脸上，亲昵地剐蹭着，语气愉悦，对轩轩说："这就生气了？"

轩轩紧攥的拳头缓缓松开了，他说："没有。"

"你总这么沉不住气。"陈枫点评，"要是不想重蹈覆辙，哭着来求我，就不要再做五年前那种蠢事，连念头也不要有。法治社会，别像个野蛮人。"

轩轩额角青筋兀地一跳，低低地嗯了一声。

徐知涵住Z大的教职工公寓，距离Z大不远。

陈绯从出租车里下来，远远看见公寓门口，肖策半抱徐知涵，正和一个小姑娘面对着说话，而后，将徐知涵交给了那个姑娘。

陈绯看那姑娘眼熟，仔细一想，原来是自己舞蹈班的学生苏茜。就在不久前，陈绯跟苏茜还有她的朋友孟皖媛聊过天，陈绯还记得这个带着婴儿肥的女孩：本地人，Z大保研生，也是计算机系。

思及此，陈绯扯了扯嘴角，感受到了世界之小。

肖策离开后，往金安小区方向步行。鬼使神差地，陈绯尾随而上。

她很难解释自己此番行径，经不起细想，细细想了，连她都要瞧不起自己。可等到陈绯回过神来的时候，她已经跟着肖策穿过了金安小区、馨苑小区，来到了宿松小区。

是的，肖策没有回家，而是摇摇晃晃地走到了陈绯家小区。

陈绯离得很远，看着他绕去小区门口的烟酒小卖店买了点东西，看着他又走回来，手上多了个塑料袋，在她家楼下的花坛边找了个台阶坐下了。

而后，陈绯看见肖策从塑料袋里拿出什么东西，吧嗒一声脆响后，火光亮起又熄灭，在黑暗中留下一点红——烟被点燃了。

陈绯不知道自己想了些什么，她站着没动，目视着肖策坐在黑暗里抽完一支烟，又听他拍了拍手。

这声音一响，不知从哪里争先恐后窜出来两只狗，直奔肖策而去，尾巴摇得都快成螺旋桨了。

陈绯认出来，是“酒鬼”和“绯绯”。她胸口一痛，很快逼着自己岔开思路：这两只狗不是住在金安小区吗，什么时候搬过来的？

召唤出狗子，肖策又在塑料袋里摸索一阵，掏出几根火腿肠，拆了包装袋喂给它们。

陈绯突然意识到一件事——这不是肖策第一次在这儿喂它们。

她脑中突然有个荒唐的念头浮现：或许，这几个晚上，他每天都会来这里，所以两只流浪狗跟着他一起流浪到了这儿。

陈绯喉咙发涩，眼前泛起一片湿润水汽，她下意识抬步要往前走，口袋里的手机却振动了起来。陈绯这才急急收住脚步，接起电话。

是宋银川打来的，他焦灼不安，电话一接通就急切道："绯姐！我、我们被骗了！"

宋银川在工作室，陈绯推门进去，里头乌烟瘴气，烟灰缸上扎得像个刺猬。另外两个合伙人也在，脸红脖子粗地争执着。

陈绯听了一会儿，明白过来事情原委：甲方支付定金后与他们约定了交付样版日期，日期定在年前。而打版的样本并不难做，虽然日期紧张，宋银川他们还是在交付日期前赶工加班做好了。

交接之前不久，与他们对接的联系人却提出了附加的修改意见，并以过年为由，放宽要求，让他们年后再行交付。

这是口头商定，没有留下录音和文字凭证，合同也没有因此修改。等到年过完，他们要交修改后的样版时，对方却一口咬定他们未能按期交付样版，违约在先。

"他们打个电话让你改你就改啊？你不会让他们出一份电子版的修改意见稿吗？还有，就算要改，你在交付日期当天先发一份原始版本过去，能浪费你多少时间？"

"不是，大林，你现在说这话就没意思了吧？电话接到以后我是不是马上就告诉你们了？你还说这么小的改动算不上事，放年假在家的时候抽半天时间给改了就完事。这句话银川也听到了，你是负责修改的，你怎么也没想到要让他们出书面意见？"

这两人你一言我一语，翻来覆去就那么些话，宋银川闷在边上抽烟，没制止也没参与。

陈绯的头微微发炸，抬高声音说："行了，既然是人家故意做局整你们。不找这个疏漏，也会有后招。"

两人被打断，齐齐蔫炮，大林低迷道："我真是不懂了。他们那么大的公司，怎么就跟我们这个小作坊过不去？也没得罪过他们啊。"

另一个揪着头发，萎靡道：“就是。这点违约金对他们来说根本不值一提，怎么也不可能是为了钱来搞我们吧。”

陈绯说：“既然不是为了钱，那就是为了人呗。”

话一出口，那三个人齐齐一愣，连宋银川都愕然抬头看向她。

陈绯：“这笔订单的定金数额不算高，双倍赔付心疼是心疼，但你们真正在乎的，是压在手里的大量衣料。”

宋银川掐灭了烟，苦着脸说：“对。这些衣料全是按照他们的要求采购的，配合特定舞台剧使用，很难改制成其他服装。我们几乎把现有资金全垫进去了，如果这单做不成，我们几乎没法再找到对口的买家了……它们堆在仓库，跟废品也没什么两样。”

陈绯说：“所以，对方针对的只是你们罢了。想搞垮你们，让这个工作室做不下去。”

大林蹙眉道：“可我们从来没和他们公司合作过，也没有开罪他们公司的任何一个人。如果说是同行竞争从中作梗，那更提不上——我们这规模，也就勉强赚点小钱罢了。”

陈绯说：“你们不是说现在只是甲方公司法务要求违约赔偿。但没走到赔付的那一步，还有转圜的余地。”

大林眼里闪过一丝希望，连忙道：“绯姐，你最有办法了。我们这一次，可真的就靠你了。”

陈绯没搭腔，在屋里站了一会儿，对宋银川说：“银川，你跟我出来。我有话问你。”

外头夜风正盛，陈绯拢着衣襟，站在工作室外的走廊上。

工作室在公寓楼的七楼，楼道清洁人员似乎还没回来上班，走廊上杂物成堆，但空气质量比屋里好多了。

宋银川跟了出来，只有他们两个在，他的语气和屋里的大不相同，几乎有点哽咽了：“绯姐，我能怎么办啊？”

陈绯直奔主题，问他：“这个单子是谁介绍给你的？说详细一点。”

宋银川吸了吸鼻子，说：“最初，是电视台的冯老师，你在排练节目的时候，不是把我介绍给他，一起讨论服装定案吗？我们互相留了名片。”

陈绯一声不吭地听着。

宋银川说：“一开始，我也没想到冯老师能看上我们工作室。可是没有多久，冯老师给我打了电话，他给我介绍了一个叫钱丽君的人，她是电视台长期合作的服装道具公司的项目经理。我们的合同，就是和钱丽君谈成的。”

陈绯没听到自己想要的重点，于是追问：“没有多久是多久？冯老师是哪天给你打的电话，你把通话记录翻出来，给我看一下。”

“是圣诞节。”宋银川说，“我记得很清楚，冯老师是圣诞节那晚给我打的电话。我当时特别兴奋，还跟大林说，今天是个吉利的好日子。”

圣诞节，也就是电视台二轮彩排结束的日子。陈绯蹙眉，心里有什么抓不住的念头，她接着问：“你实话跟我说，最初和冯老师讨论服装定案的时候，她对你是什么态度？”

宋银川回忆片刻，如实道：“就公事公办，她对我的方案不是很感兴趣，采纳的也不多。老实说，我也没有想到她愿意把我引荐给钱丽君。”

陈绯沉默良久，才道：“那你们收到法务的告知函后，联系过钱丽君吗？”

宋银川说：“当然。可是她说家里有点事，自己还在休年假，等她回公司以后再来谈。这不就是推诿吗……”

陈绯：“行，你们先别急，不要自乱阵脚。事情还没到那么严重的地步。”

宋银川嗯了一声，手紧紧握着走廊栏杆，担心道：“绯姐，这次真的会没事吗？”

陈绯抬手拍拍他，这才意识到他只穿了一件单薄的线衣，手心贴

着他瘦削的脊背，陈绯的心一点点软下去，她说："你该早一点跟我商量。"她意有所指，"银川，如果你足够信任我，很多事情……你都该早一点跟我说清楚。"

宋银川头低下去，似乎没有听懂她的弦外之音，他声音压抑，说："我还以为这一次我能靠自己把工作室做起来……可到头来，还是要你帮我。"

陈绯叹了口气，慢慢地把手收回来，说："走一步看一步吧。我也没有那么神通广大，不是什么事都能帮得了你。"

这一次，宋银川听出了不对劲来，他看向陈绯："绯姐，你是不是还有什么话想说？"

陈绯与他对视，胸口堵着口气，声音也闷闷的。

"我以为你陪我来H市，是因为对我毫无保留地信任，不会瞒我任何事。"

"我当然相信你！除了你以外，我还能信得过谁？绯姐，这五年来，我从没有瞒过你任何事情。"他越说越急，生怕陈绯因为这次的事情怪他，"这次我也没有要瞒你，是因为你太忙了，所以我没及时告诉……"

"那五年以前呢？从前，你有瞒过我吗？"

宋银川的声音戛然而止，夜色隐匿了他的神情，陈绯只看得到他单薄的身子一动不动，她自己也一样，说完这句话后，便陷入了死一样的沉寂。

他们在这死寂中对峙，可谁也没有再开口，都生怕碰碎了什么似的。

风吹得陈绯的心一点点凉了下去。可就在她试图率先打破这沉默时，工作室的大门被人从里打开，大林一脚踏出来，他对宋银川说："我先回去了。这件事我还没跟我老婆说，你不要说漏嘴啊。"

宋银川语气低迷："我知道了。"

陈绯咬了咬牙，喉头发紧，忍住了千头万绪。

"如果这次扛不过去，可能我就要带我老婆回老家了，但出来打

拼这一遭，我一点都不后悔。”虽这么说，陈绯却听出大林满满的不甘心，他似有千言万语，最后也只冲陈绯用力一点头，“绯姐，这几年其实我们也都是跟着银川沾了你的光。真的，真的谢谢你。”

说完，转身走了。

陈绯在原地杵了会，见宋银川没有解释的意思，顿感疲惫，抬手挥了挥：“我也回去了，明天还要去尘嚣开会。钱丽君那里，你跟她约时间吃个饭，到时候我跟你们一块去。”

“嗯。”

陈绯张张口，最后什么也没再说了。她从宋银川身边离开，没再回头。

第十二章

表演

第二天，407全组的同事收到了一封来自H·K的邮件。

本次项目的新对接人方志城，让他们立刻登录系统，将该项目策划方案重新提交。并在邮件之中言明，他们会尽快评审，以便及时立项。

邹宇骐大喜过望，一拍大腿："H·K那帮人也还是有点头脑的嘛！知道跟305合作没有前途，哈哈哈，爽啊！"又喜笑颜开地转向肖策，"策哥，我本来还以为没机会了，多亏你让我们连夜赶评估报告，才能扳回一城！"

唐剑知晓内情，扬头给了肖策一个我就知道你们能成功的笑容。

肖策没有回应，他脸色难看，眼下发青，像是彻夜未眠。

徐知涵看了肖策一眼，语气波澜不惊："既然这一次我们拿下了项目，就要拿出与之匹配的一百二十分努力和专注。往后每周的周报必须在周末前上交，唐剑你汇总后发给我。"

唐剑："没问题。"

研究室里群情激奋，只有肖策面无表情，不过好在他平时也都是这么一副喜怒不形于色的模样，大家也没有太起疑。

肖策太阳穴跳得厉害，他伸手去揉，发现手指也在发抖。

昨夜501的灯一直没亮——陈绯彻夜未归。

熬了个通宵没有安睡的陈绯此时正坐在尘嚣大厅，她脸色铁青，看着面前的女孩子，目光笔直，锐利的刀子一样，似是能剖开她。

陈绯语气冰冷，重复了一遍刚才已经问过的话。

“大喵，你也要离职？”

这是周五，还没到开例会的时间，只有前台小妹子在值班。大喵一早打电话把陈绯约去了尘嚣，说有重要的事情跟她说，可没想到陈绯人已经在那儿了——她在舞蹈教室跳了一整夜的舞。

陈绯等来大喵，却听到她对自己说，由于私人原因，她只能做到这个月底，希望陈绯能尽快安排交接。

气氛跌入冰点，陈绯面如寒霜，大喵在她的目光直视下，再难平心静气，堪堪躲开她的审视，微微别开脸。

小妹子后背紧紧贴着墙壁，大气也不敢出一声，恨不得整个人都钻进墙里去。

她有点搞不清楚状况，明明电视台跨年晚会之后，整个尘嚣上下都跟打了胜仗一样兴奋，年会上也一团和气。怎么过了个年回来，一切都变了？先是李潇和萌萌双双离职，但大家私底下传小道消息，说是李潇以前喜欢老板，萌萌忍不了，逼着他辞的职——这是没办法的事。

可是，大喵姐怎么也要走？她不是才当上新分店的负责人吗？前途一片大好，小妹子在帮财务统计各个老师课时数，做工资单的时候，瞥见过大喵的工资——这还有什么不满意的？

面对陈绯的诘问，大喵有一瞬间的动摇，可她很快稳住了自己，硬着头皮回答她：“是。我很抱歉。”

陈绯想做表情，但脸颊肌肉完全不听使唤，她深深呼吸，先对身侧

的人说："小妹子，去给我倒杯水。"

"好、好！"小妹如蒙大赦，立刻贴墙逃进里间去了。

小妹子离开后，大喵听见陈绯问自己："什么条件？"

她心底一个咯噔，口齿含混："什、什么？"

陈绯桌下的手紧了又松，索性挑明了说："挖你的人，开了什么条件？是钱，还是其他机会？"

大喵支吾道："没、没有人挖……绯姐，我是自己……"

陈绯站起身，绕过前台，站在大喵面前，声音不大，却字字砸在她心口。

"苗诗雨，整个尘嚣，你是跟我最久的。我是什么样的人，你最清楚。同样的，你在我跟前，也藏不了半点心思。"

大喵是家里老幺，她爸妈不肯花钱给她学舞蹈。她就去餐饮店打工，去街头发传单，攒钱去学，可依旧不被认可。三流的舞蹈学校，老师说她没天赋，不肯收她。她又曲线救国，去报考编导班，这次考上了，可她无心学业，每天去蹭隔壁舞蹈班的课。到最后一事无成，因为挂科太多，被学校甄别退学了。

没念完大学，没有像样的履历，也没有后台，她在职场四处碰壁。后来，她误打误撞来了尘嚣。面试时她跳了三支舞，而后，和陈绯喝了一顿酒。她喝得酩酊大醉，最后坐在桌底下哭。

陈绯留下了她。不是因为她的眼泪，而是因为她说，只要最后的结果是好的，只要她能一直跳下去，走再多弯路都没有关系。

她真像一个人。陈绯当时想，哪怕身在泥沼呢，那双手也奋力扒着岸边，执着的、无畏的，不肯妥协，不肯放过任何一个机会。

陈绯望着大喵，说："我懂你的理想。如果不是碰到更难得的机会，你不会走得这么决绝。"

这样的人啊。可敬，也可怕。

他们目标明确，又聪明，所以少了不撞南墙终不悔的傻气，全是迂回前进的谋划。到了该决断的时候，总是最快放手的那个。

陈绯心里发空，空得她发慌。最近发生的事太多了，好像有一只看不见的手，要将她一点点逼到悬崖边，陈绯不知道什么时候，自己会一脚踩空，落入万劫不复。

大喵自听到自己的全名那一刻，已经周身汗毛竖立，她梗着脖子听完陈绯的话，用力一咬下唇，嗫嚅道："是……是迷叶。"

陈绯对这个名字并不陌生，这是H市规模最大的舞蹈工作室，他们长期与电视台合作，还经常组织参加外省的舞蹈类比赛和活动。

尘嚣中有迷叶跳槽过来的老师，陈绯也知道他们工作室的薪资待遇：对有名气的大咖级别老师确实很优待，可是对资历不够的新老师并不友好。他们缺乏系统的晋升培养体系，课时费抽成上也压得厉害。

陈绯皱眉。可还没开口，就听见大喵接着说："负责人跟我谈了，我收来的学生，跟我二八分成，我占八成。"

陈绯猛地一怔，脱口道："不可能。没有哪个工作室能这么干。"

大喵掐着指尖，说："是真的。他们也有开分店的计划，所以比较缺人手……"

陈绯冷笑："缺人手？再缺人手，也不会开出这种条件。他们看中的，无非是你能把尘嚣的学生带去，时间一长，你也……"

后面的话她没说出口。等到学员都去了迷叶，习惯了那里的教学模式，大喵这枚棋子或许就失去了它的作用。到那个时候，她怎么可能继续拿着这么高比例的学员学费？

这恐怕是电视台跨年晚会之后，迷叶防止尘嚣做大、竞争生源所做的下作决定，又蠢又坏。

"不是的绯姐！"大喵这一次抬起头来，直视着陈绯，她的声音有一些发抖，却坚定道，"我发誓，所有尘嚣的学员，我一个都不会带去。哪怕真的有跟着我的学生，我也绝对绝对不会接收。我不是那么不要脸的人。"

说完，声音又低下去一点："我知道我走了以后，会导致学员流

失，但我会最大限度地减少这种损失。绯姐……我有自己的追求，我希望你能放我走。”

陈绯身体的力气被一点点抽去，她明白自己无能为力，她留不住大喵的。

或许轩轩说的是对的，她能留住什么？人心易变，变得太快，所有人都有自己的秘密和欲望，唯利益能堪堪维系彼此。

什么狗屁真心，不过是酒醉之后，人们给自己编织的一场幻境。

她身心俱疲，挥挥手，不想再跟她废话了。

那天开会的时候，尘嚣整个气氛都不太对，陈绯也低气压。她把轩轩介绍来的两个老师带来和大家见面，简单说了说人员调度的安排。

为安军心，陈绯自然不可能直接在会上提起下个月有三个老师都要离开尘嚣，但她也心知肚明，这种八卦消息传得飞快，大家一碰头，什么都不是秘密。

会后，陈绯和娇去吃午饭，跟他说了大喵离职的事情，娇一直在走神，似乎没有把陈绯的话听进去。

陈绯用筷子敲敲他的碗，说：“你不问问她为什么走？”

娇情绪不高：“大喵是有野心的人。有捷径可走，她肯定不会拒绝。”

他倒是真懂。陈绯似笑非笑地问道：“那你呢？”

娇一噎，很快扯起面皮，说：“我已经吃一堑长一智了，绯姐。”又岔开话题，“今天情人节哎，轩轩约你了吗？”

陈绯目光如炬，直直地望着娇，没有顺着他进入下一个话题，娇一整张脸被陈绯的眼神烫得发红，他渐渐笑不出来了。

娇支吾道：“你怎么这么看着我，怪让人害怕的。”

陈绯微微低头，手里的叉子在牛排上划来划去，把酱汁拨得到处都是。

她的声音不起波澜，说：“你们也挺让我害怕的。”

陈绯的模样阴鸷陌生，这话也藏着满满的深意。娇吞了口口水，面对这样的陈绯，他的脑子好像都不会转了。

两人陷入诡异的沉默，只有不锈钢叉子在瓷盘上划拉的声音，刺耳得很。

娇终于忍不住了，打着哈哈说："就算……就算走了三个人，也不用害怕嘛。不是来了两个新老师吗？他们都很靠谱的。二道口分部我也能给你顶着啊。"

叉子尖端停住，陈绯没抬头。

娇心里打鼓，嘴上没停："而且，轩轩肯定会帮咱们的。绯姐，他在H市人脉这么广，又都是同一个行当的，你还担心什么呢？"

陈绯是看出来了，这人巴不得她和轩轩能修成正果。

陈绯终于放下了叉子，抬手拿过手边的水杯，喝了一口，给了娇一点反应，她问："娇，你认识陈枫吧？"

娇只感觉身子过电一样，从尾椎骨一路麻到后脑，整个人僵在座位上。他美目圆睁，话也说不利索了："我、我们昨天不是刚……"

陈绯纠正他的说法："不是。在这之前，你就认识他。"

娇手指弯曲，抠着手心，他的呼吸变慢，心跳却加快，大脑一团糨糊。

陈绯很有耐心地等着，娇自我挣扎了许久之后，手指终于放松开来。

"是，我几年前就认识陈枫了。"

陈绯说："你们……是我想的那样？"

娇点了点头。

"刚跟红欣签约之后不久，我们就在饭局上认识了，开始那两年就一直走得蛮近的，他不想让我们的关系被别人知道，所以我谁都没说。"顿了顿，百思不得其解道，"你怎么看出来的？"

陈绯说："我们去徽松客，上茶的时候，那两只杯盏并排放着。一只绘苍翠松柏，一只绘桃花与鸟，场上有男有女，我想正常人都会把那个粉色调为主的杯子给我吧？可是陈枫明明一举一动都那么讲究，却在

倒茶的时候，隔过我，直接把花鸟杯盏递给了坐得更远的你。他那动作行云流水，习惯自然，没有觉得半点不妥，像是知道你最喜欢的就是粉色。娇，你不觉得奇怪吗？反正，我是挺奇怪的。”

娇无话可说，玩脑子和心眼，他不是陈绯的对手。

陈绯说：“你们一直保持联系？”

娇摇了摇头，道：“后来，公司安排我离开H市，我以为会一直在北京发展，不会再回来，就找机会跟他断了联系。可去年我解约回来以后，又和他碰上了……但绯姐，我也是昨天才知道他和轩轩认识的！”

陈绯往后靠，换了个姿势，背抵着卡座的软垫，双臂环抱，审视着他的神色，判断他这话的可信度。

娇一抬眼，看到陈绯这么个架势，心头一慌，眼神游移，嘴上连声剖白：“我说的是真的。”

陈绯说：“姑且算是吧。”

娇眉心向里皱着，虽不敢直视陈绯，语气却很委屈：“什么叫姑且算是？绯姐，你不信我吗？我怎么会骗你……”

我怎么会骗你。

陈绯只觉得好笑，可她满脸木然，无法执行“冷笑”这个操作。陈绯没有办法再和娇心平气和地面对面吃饭了，拿了包起身，说：“我还有事，先走了。你慢慢吃吧。”

“绯姐！”

娇从没有见过陈绯对自己如此态度，她有什么脾气，从来都是当面发作，不会像现在这样满腹心事，眼里裹着浓重的阴霾。

在陈绯经过他身边的时候，他急切地拉住陈绯的手，仰头摆出他最擅长的可怜神情。

他惨兮兮地说：“我怎么了嘛？你干吗生我的气啊……还是你嫌弃我了？你也觉得我是个异类？”

陈绯费力抽出一只手来，说：“放手，你这像什么样子。”

娇不肯撒手，牢牢攥着陈绯另一只手，耍赖道：“除非你告诉我你

为什么不高兴。”

陈绯垂眼看他。

娇啊，今宵茶楼里最嘴甜，最讨人喜欢的娇娇，你是把这世界当成你的舞台了吧，随时随地都能活色生香地开始你的表演。

可真正的你，藏到哪里去了呢？

陈绯将抽出的手按在娇的手背上，盯着他的眼睛，试图看清楚这个人真正的样子，她说：“想知道原因？”

娇使劲点头，无辜地看着陈绯。

陈绯按着他手背的手一点点用力，同时，另一只手也慢慢往外抽，她说：“除非……你先告诉我，为什么要瞒着大家，一个人去看李雅兰？”

这句话说出口，陈绯眼睁睁看着娇的脸色以肉眼可见的速度变得煞白，他显然难以消化陈绯的这句话，惊疑、无措、心虚，错综复杂的神情在他那张白纸似的脸上交叠出现。而他的四肢僵直，好像被拆了电池的机器人，突然失去活力。

陈绯这次不费劲就抽回了自己的手。

“如果你不想说，就算了。”陈绯预料到了这个结果，她说，“如果你也想走……就走吧。”

陈绯一点点站直身子，像是在对娇说，也像是自言自语：“都走，都走吧。我也是蠢，既然打算重新开始，何必跟你们牵扯到一起？”

陈绯说完，转身就要离开。

“绯绯姐！”

娇在陈绯行将踏出餐厅大门之际冲了出来，一把拉住了她的手。

陈绯感觉到他手心的薄汗，和他控制不住的颤抖，她回过头，定睛望着娇。

当天下班的时候，肖策看见站在校门口冻得瑟瑟发抖的宋银川。

“策哥！”宋银川见到肖策，嘴角往下一挂，险些当场飙泪。

肖策皱眉，几乎是跑着到了宋银川身边，先问：“绯绯出什么事了？”

宋银川透明的鼻水挂在唇上，他用力一吸溜，可怜兮兮地看向肖策，说：“绯姐没出事，是我出事了……”

肖策松了口气，拍拍宋银川的肩，“找个地方说吧。”

五分钟后，肖策带着宋银川去附近上岛咖啡找了个独间，要了饮料和小吃，把门关上后，才示意宋银川可以开始说了。

宋银川于是絮絮叨叨地从自己接触电视台冯老师开始，将每一件事细细分析给肖策听，最后落脚点放在陈绯昨晚和他的对话上。

“你觉得……绯姐到底是什么意思？”宋银川一股脑说完后，抱着店家赠送的柠檬水，满脸不安，“她那语气我听着很害怕。”

肖策一直认真地听他倾诉，这会儿终于抬了头。

肖策在宋银川期待的目光中问出一句：“昨夜绯绯在你那里？”

宋银川不满道：“这不是重点！”

肖策精神振作了不少，他忖了片刻，问：“你真的希望我帮你？”

宋银川用力点头。

肖策瞬也不瞬地盯着他的眼睛，想了一会儿，才低声说：“那么从现在起，你对我说的每一个字，都不能有半点作假。”

“好……”

不知道为什么，宋银川被肖策黑沉沉的眸子望着，心里有些发虚。

“给你三次机会，如果你说谎三次，我立刻走人。我答应过绯绯不插手你的事，但既然她对你下不了那个狠心，问不出口，我愿意做这个恶人。反正……”

他的眼神黯了黯，没往下说完，只闭了闭眼，把情绪遮掩过去。

“好了，现在开始，我问你答。”

宋银川忍不住咽了口口水，紧张地看着肖策。

肖策：“杀死大壮的凶器是什么？”

宋银川：“厨房大师傅的西瓜刀。”

肖策：“案发当时你在哪里？”

宋银川："我……肚子饿，去买炒面吃了。"

肖策："你和李雅兰是什么关系？"

宋银川脸一白，说："她是茶楼的客人……"

"撒谎一次。"肖策目光如炬，"你和李雅兰是什么关系？"

宋银川的手指扣着玻璃杯壁："我们蛮谈得来的，算是朋友……"

"撒谎两次。"肖策辞色俱厉，"你和李雅兰是什么关系！"

咣当一声，宋银川手指脱力，杯子在桌上翻倒，水流了满桌，很快落在地上，淋漓滴答，但谁都没有去管。

宋银川眼神飘忽，不敢看肖策了。

良久，宋银川才轻声开口。

"我……瞒着绯姐，接待过她。"

肖策长长叹了口气，伸手将杯子扶正。

"绯、绯姐知道这事了？"宋银川望向肖策，"她去探监的时候，李雅兰告诉她的？"

肖策还是不搭腔。

"李雅兰为什么要跟绯姐说这个……"

宋银川喃喃，终于意识到什么不对劲，他腾一下站起来，脸上血色彻底褪得干干净净，他嘶声道："我是跟她睡过，但是我跟命案没有关系！真的，我发誓！策哥，你要相信我啊，我、我哪敢杀人？！"

"我没怀疑你杀了人。"肖策目光沉静，望着宋银川，"但要搞清事情真相，你必须把你做过的所有事情，一五一十地跟我说清楚。"

"我说，我什么都跟你说！"宋银川急急地绕到桌子对面，一屁股坐在肖策身边，像是怕他看不清自己的坦诚，"我就瞒了绯姐这一件事，我保证！"

肖策望着宋银川。这个瘦弱天真的男人胆小怕事，偶然迸发出的一腔孤勇也都不计后果，要让他相信宋银川执刀杀人还能瞒天过海，甚至教唆他人为自己顶罪，未免太过荒谬。

但肖策知道，宋银川和这案子关系密切，他所隐瞒的部分，很可能藏着更重要的线索。

“绯姐接手茶楼之后……楼里生意一天不如一天，她根本没心思开店，没当场解散也就是觉得楼里那几个真的太缺钱了。策哥你是缺过钱的人，你知道钱这东西，就是命。

“我们心里都很清楚，今宵是开不长的。所以，都在想着要怎么自谋出路……娇天天想着找人牵线搭桥，圆他的明星梦。而我，我想开裁缝店，凭我的手艺，应该能养活自己。

“我很早就跟着老板娘了，在店里是不愁吃穿，但是我不卖酒，几年下来，攒的钱不够开店，所以我就想，偷偷接私活，不走楼里的账。”

宋银川有点脸红：“那会儿不是李雅兰来投诉大壮吗，我就是在那个时候，跟她套了几句话。因为她看起来很文静，挺害羞的，应该不会把这事告诉绯姐……”

肖策想起来之前宋银川说过，李雅兰投诉过大壮后，有半年没去茶楼——其实不是没去，而是那半年，她一直都在和宋银川做私下交易。

“头一回那天，绯姐去市里刷夜了，所以我把李雅兰喊来我房间……”宋银川嗫嚅。

那天，宋银川其实很忐忑。可没有想到的是，李雅兰竟然还挺高兴，她摸了摸宋银川，然后问他：为什么选我？

宋银川说：“她问我为什么选她，我就实话跟她说了，我说我想开裁缝铺子。她又问我，想赚钱也可以找别人，为什么只找了她。我说因为她看起来很可靠，不会把这事说出去。她听完之后，还挺开心的。”

要换作别人，可能会说一大堆哄人的甜言蜜语，可是宋银川老实惯了，头回做这么出格的事情，哪还有心思扯谎。

只是没想到，李雅兰偏偏看上了这样的他。

肖策这个时候说：“那半年后，为什么她又去今宵找了两次娇？”

“我怕被绯姐发现……而且相处得越久，我就越能感觉到，李雅

兰根本不是表面上那么腼腆的人，她心思挺重的，总说些让我听不懂的话。”宋银川说，“钱攒得差不多的时候，我就想收手了。”

肖策怎么也没想到会是这个答案：“李雅兰生气了？”

“嗯，她特别生气。”宋银川说，“她骂我胆小鬼，说看不上我。然后她第二天就找娇去了。我现在知道她是想让我吃醋，但那会儿，我真的挺害怕的，我怕她把这事抖出去。所以……我给她做了件旗袍，当作生日礼物赔礼道歉。那之后，我们又和好了。”

肖策叹了口气，说：“说说案发之后吧，案发之后，你们碰过面吗？”

宋银川微不可闻地点点头。

“就、就在她自首前几天。”宋银川说，“那时候大家压力都很大，她来找我，我就……没忍住。”

“那天她有什么反常举动吗？”

“有的啊。她那天一直都很反常，比以往更心事重重的……所以后来知道她去自首，我再回想那天，就觉得一定是她想着大壮的事呢。我这几年都不敢深想这事，可给我吓坏了。”

“她不是凶手。”

“我这不是才知道吗……奇怪，她不是凶手为什么那么关心案子细节？”宋银川嘀咕。

“你说什么？！”肖策突然抬高音量，望向宋银川，“那天她问你案件细节了？”

“嗯……”宋银川被肖策吓了一跳，小心翼翼地回答，“她问得特别仔细，这要换作别人肯定不知道。但我和绯姐那段时间经常被警察叫去问话，又跟楼里每个人都很熟，对整个案子了解得最多，我就什么都告诉她了。”

“你跟她说凶器是厨房的西瓜刀？”

“是啊。就在案发前一天，我还跟绯姐说这事呢，西瓜刀不见了，我让绯姐安摄像头来着。”宋银川说，“可惜了，要是早点安摄像头，这事也不会这么难查。”

明白了。肖策在心里说，凶器的来源疑点出在这里。

宋银川以为自己知道的是真相，所以对李雅兰如实相告，而李雅兰为了替人顶罪，将听来的细节化作自己的作案过程。

可她为什么不直接询问真凶？

是真凶不愿让她顶罪，还是真凶根本不知道有李雅兰这么一个人预备出面顶罪？

又或者……

肖策目光沉沉地看着宋银川，在心里给出了第三种可能性。

李雅兰把一个清白无辜的人，误认成了凶手，并自导自演地完成了她的这场献祭。

“我想知道……”肖策盯紧了宋银川，一字一句道，“那天你们在一起的时候，尽可能多的对话和细节。”

宋银川呼吸有些发急，那段回忆并不算太美好，李雅兰入狱后，他就打定主意要把她忘得干干净净，但偶尔梦中，他还是会与她相见，会听见她叫他——胆小鬼。

是李雅兰先联系的他，宋银川觉得命案在前，推了两次，可后来他自己也有点顶不住楼里的压力和外头的流言蜚语。就趁着陈绯去舞蹈教室的时候，把李雅兰叫来了。

那天的她尤其热情，眼里都有光，最后宋银川都快哭了，抱着李雅兰哼哼唧唧：“我快撑不住了，救命……”

那时候，李雅兰说了些什么？

她说：“我会的。”

她捧着他的脸，柔情满溢。

“你选了我，我会的。”

……

与此同时，陈绯和娇坐在一家茶室的私人包厢之中。他们身下垫着蒲团，相对而坐，娇双眼红肿，脸上薄薄的皮肉现出淡淡的粉色，饱满

的双唇轻轻嘟起。

将开口时，被陈绯拦住："别撒娇，正经说话。"

娇咬着嘴唇，吸了吸鼻子，说："我可以把我知道的都告诉你，但你要答应我一件事。"

"跟我谈条件？"陈绯抬手给自己倒茶，冷笑，谈判似的看向娇，"说说看。"

"你要答应我，不要被过去绊住自己。"娇说，"不管发生过什么，也都过去了，我不想你的生活受影响，绯绯姐……你该怎么嚣张怎么快活就怎么活，那才是你。"

陈绯怔神，没料到娇说出的是这么一番话。

娇哀求般看着陈绯："你能答应我吗？"

陈绯掩饰地给自己倒了杯茶，囫囵地嗯了一声。

"这几年来……只要我有机会回乡，都会先去看看李雅兰。"娇整理思绪，开始说道，"我很可怜她，看到她，总想起我的两个姐姐。"

说到这里，娇又失笑："谁不可怜呢？想活着，想活出个人样，太难了。"

陈绯蹙眉，问他："为什么你会觉得李雅兰可怜？"

娇做了个吞咽的动作，担心地看着陈绯，说："因为她根本不是杀死大壮的真正凶手，她——是为银川顶罪入狱的。"

他果然早就知道了，陈绯凝望着娇。

娇没想到陈绯听到这些，竟然一点惊讶之色都没有，他反倒难受起来，眼圈又一红，说："绯绯姐，难道这些……你已经晓得了？"

"嗯。过年的时候，我去见过一次李雅兰。"陈绯说，"她这些年，一直在等银川去看望他，可她没等到。"

陈绯语气轻描淡写，但每一个字都剜在娇的心里："娇啊，原来你一早就知道，却不肯告诉我。"

"那件事对你打击太大了，绯绯姐，要是……要是银川再搭进去，我怕你扛不住。"

“真的只是这样吗？”陈绯低声问，“不觉得荒唐吗？因为怕对我打击太大，所以放任一个可能是凶手的人一直陪在我身边？娇，这不是你会做出来的事。”

娇眉头一跳，把嘴唇咬得更紧了。

陈绯的目光像一柄锋利的冰刀，抵在他的胸膛，却没有刺进去，而是这么久久地抵着，让他痛，却伤不了谁。最后她自己慢慢融成了水。

这就是陈绯，看上去很凶，可心底里还留着一片清湖。曾被很好地保护过的人，才能留下这样的湖。娇想，他真羡慕她。

“不只是这样。”娇终于松口，苦笑了一下，回答陈绯，“我很害怕……因为我做了伪证，说了谎。”

他双手交握，细长的手指绞在一起。

“其实那晚，大壮吃的过量壮阳药，是我给他的。”

终于说出来了。娇长舒一口气，看向窗外，街道车水马龙，路人行色匆忙，他慢慢放松了下来。

“那天我在隔壁。中途出来的时候，我在走廊看见大壮。你知道我们关系很不好……大吵一架之后，他常来要挟我，说要告诉孙姐我和阿辉的事。我被迫给了他几次钱，怕他把事情闹大，就狠心跟阿辉断了。我……真挺恨他的。”

阿辉是娇当初交往的对象，并不知道娇真正在茶楼做什么，两人分手后还来茶楼堵过娇两次，是陈绯把人劝走的。

那段时间娇一度很消沉，原本看似乐观得过且过的他，开始找机会面试，在舞蹈教室练舞的时候，手机里放的视频也多是选秀节目的。他还问过她和轩轩，问他们，他是不是比视频里那些人跳得都好？如果他有机会参加这样的节目，是不是也能火，是不是能签约一个好公司，变成大明星？说到“大明星”几个字的时候，娇的眼睛都在放光，紧跟着，他说，当了大明星，我姐姐就出人头地了，我想和谁在一起，就和谁在一起。

陈绯眼眶发热，问他：“所以，你对大壮做了什么？”

“那晚我看见他，以为他是有客人……他看到我，把我拦住了，但没跟我要钱。他心情挺好，我问他是不是接了个大主顾，他没否认。”娇说，“我心里很气，想搅黄这事，就跟他推荐我新买的药，说效果很好。大壮也蠢，他就是四肢发达，头脑简单，一听就问我要那药。我就、我就……”

陈绯接过他的话头：“你就给他吃了超量的药。”

“嗯。绯绯姐，我本意只是想让他吃大剂量的药，最好产生什么副作用，顶多也就是萎靡、头晕昏睡这些……我没想让他死。”娇语气沮丧，“我也是忍无可忍才会那么做，他吃完后我就后悔了，我怕他醒来之后找我麻烦。”

大壮会心无顾虑地吃下娇给自己的药，恐怕也是因为这个，他根本想不到娇胆敢给他下套，毕竟，在他眼中，娇处于绝对弱势，怎么都吃不消他的报复。

“我没心思再去找银川了。就待在房里，听隔壁动静……”娇说，“过了半个多小时吧，我记得是十一点左右，有人敲隔壁的门。又过了十分钟左右，隐约听到有音乐声，还有冲厕所的声音。”

“音乐声？”陈绯问，“警察说那晚室内音响没有使用。”

“声音很小。”娇说，“不是屋子里配的点唱机。有点像铃声，可能是有人打电话来。”

“还记得歌词吗？”陈绯脱口问，又觉得不太现实，改口道，“或者旋律。”

娇哼：“嗒——嗒嗒——咚，就记得这么多。屋里隔音挺好的，也就是我仔细在听，不然根本听不到什么动静。”

陈绯对乐声很是敏感，如果这是她听过的铃声，肯定不会忘记。但是没有，楼里没有人用这个做手机铃声。

“再后来，就一点声音都没有了。”娇看了眼陈绯，“直到……你发出那声惨叫。”

陈绯目击现场，看见207内的惨状后，脚下一软，摔在了地表凝固的血块上，继而发出惊惧的呼叫——是这声音惊动了娇。

陈绯脸色发白，很长时间没说话。娇担心地看她："绯绯姐，你还好吧？"

陈绯又喝了口茶，茶水已经凉了，舌根都泛着苦。

"我没事。你继续说。"

"我没说出壮阳药的事，警察就已经怀疑我了，这要是说了，我有再多的嘴巴也解释不清楚。"娇小声道，"本来，我也不知道谁是凶手……可后来李雅兰去自首，我就觉得事情有点不对劲了。"

陈绯皱眉："为什么不对劲？"

娇踟蹰了片刻，才说："我没有证据，但我就是知道，怎么也不可能是李雅兰！"

说得这么肯定，陈绯不由得看向他。

"大壮从来都没有要挟过李雅兰！她所说的那些什么作案动机，都是她自己编的。"娇语速飞快，有些气愤，"投诉大壮之后有半年吧，她来找过我。我还跟她一起吐槽过大壮，但那个时候，李雅兰根本对大壮一丁点都不上心，反而旁敲侧击地问我跟银川有关的事。我跟她套话，发现她对银川的态度大不相同，他们两个，他们两个肯定早就偷偷好上了！"

"就算是好上了。"陈绯嗓子发干，她听见自己问，"李雅兰疯了吗……就因为爱一个人，真的能到这种是非不分的地步？"

"不是爱。"娇一口喝完了面前的茶水润嗓子，又肯定地重复了一遍，"绯绯姐，这不是爱。"

陈绯困惑地看着娇。

"你不了解李雅兰。"娇深吸一口气，轻声说，"她有一个姐姐一个弟弟——你能体会到这在那种小地方意味着什么吗？"

你能体会到吗？

平心而论，她不能。

或许她也听说过身处于重男轻女家庭中的女孩子，在成长的过程中会受多少委屈，也能在听说的时候产生同身为女人的愤怒和同情。但这样简单的共情，远远不足。

有些事情，非经历不能体会。

“李雅兰……她和我二姐太像了。不，准确地说，她比我二姐痛苦得多。”娇说到自己的家人，情绪更添，“我二姐没机会念书，村里所有女人的地位都低，所以她很少觉得自己受到了不公正地对待，甚至察觉到，也不认为这有什么不对。可李雅兰不是，她很清楚，为什么家里只有姐姐和弟弟能有新衣服穿，她就只能穿姐姐不要的旧衣服。很清楚为什么妈妈喜欢弟弟，爸爸喜欢大姐，却没有人第一个选她。这样的人，自卑是刻在骨子里的，能让她疯狂的，只有一件事。”

陈绯心头微痛，她望着眼前严肃认真得有些陌生的娇，好像现在才第一次认识他似的。

“什么……”

“有人选了她。”娇很肯定地说，“只选了她一个。不是挑挑拣拣后找到她，不是排除了别人才轮到她，而是因为她就是她。”

陈绯被娇说得有些发晕，她低声说：“我没懂。”

“我二姐夫是个杀猪的，长得很难看。”娇话头一转，“我爸很不喜欢，想把我二姐跟村主任儿子撮合到一起去。但是我二姐说什么都要跟那人好，前些年我回去的时候，她跟我爸吵得不可开交，恨不得要拿剪刀扎自己来威胁。我问我二姐为什么要找那么个人，她跟我说，有回大伙几个在田里干活，他搞来半个西瓜，我二姐有事没在，他就是不许别人先碰一勺子，非得等她回来，等她从最中间挖了那一勺，才让其他人来吃。”

“只是因为这个？”

“只是因为这个。”娇说，“你能说她因为这勺西瓜就爱我二姐

夫吗？但她就能为了这勺西瓜，跟全家人翻脸。为什么？因为二十多年来，她从来就没在家里吃过中间那口西瓜。”

陈绯渐渐明白过来：“你是说……对李雅兰而言，银川就是那个给了她那勺西瓜的人？”

娇默认了陈绯的说法。

“我不知道他们之间究竟发生过什么……后来我去看过李雅兰几次，她也不肯告诉我当年的实情。但是绯绯姐，我一个旁观者都不忍心李雅兰的牺牲，银川他怎么能心大到这个程度，真就一次都不去看她？”

陈绯不说话了。这个问题，她也很想问银川。

和娇分开，陈绯看上去失魂落魄。

娇担忧地问她：“你要去找银川吗？想好要怎么问他了吗？”

想好了吗？陈绯觉得自己没有。

她本打算一回来就和他摊牌，可是李潇和萌萌突然离职，好不容易解决了眼前的困难，银川的工作室又出了事。

她要怎么在这个当口和他摊牌？如果她听到的结果是自己最不愿意相信的那个，她该怎么办？

“让我自己想想……我要好好想想。”

“你要去哪儿？看着怪让人不放心的。”娇跟上去，“要不你去尘嚣吧，我陪你跳舞。”

陈绯摆摆手，挤出一个安抚的笑：“不用，你别管我。我就顺着马路走走，前边不就是满汉街了吗……人那么多，还有什么可担心的？”

陈绯总要做一个决定，这不是别人能帮得了她的。娇停住脚步，目送着陈绯走远了。

离开上岛咖啡的时候，宋银川还哭丧个脸，问肖策：“你说绯姐会不会原谅我？”

肖策一时语塞。

无知的人真幸福。到了现在，宋银川也根本不知道李雅兰很有可能是一厢情愿地为他入狱。他还天真地以为把一切和盘托出，承认错误之后，就有资格祈求原谅。

肖策的心里浮起一丝荒谬感。

在此之前，他有过许多推测，但大部分推测中，宋银川都没有这么“纯白无瑕”，肖策甚至想过，宋银川是否包庇过真正的凶手。

但竟然没有。

肖策觉得，宋银川这次所说的大概率为真。他一直都不认为大壮这起案子到现在都没找到真凶和高智商犯罪有关——大家都是普通人，哪儿来那么多精巧设计和高超犯罪手法？

可为什么凶手能抗住警方的调查，能恰好从恢恢天网的孔缝之中逃脱？

他自身的掩饰是一方面，还有很重要的原因，就是巧合。

听上去有些滑稽，但无处不在且让人啼笑皆非的巧合和错位，让这个本来很有可能告破的案子陷入重重迷雾，又走向了一条让人始料不及的岔路。

可能躲在暗处提心吊胆的凶手自己，也不会想到半路会杀出一个李雅兰，大包大揽地将一切罪孽担下了。

叹息过后，肖策在心里问自己，可是李雅兰为什么会认为宋银川是杀死大壮的凶手，她又从哪里得来那柄沾血的凶器？

回溯宋银川刚才的话，他心头突地打了个磕巴，抬手拉住已经走到门口的宋银川，问他：“你说李雅兰是去阳台帮你拿的毛巾？”

宋银川没想到肖策还在纠结那事，左右看看，压低声音说：“对。”

“我记得你住的是今宵一楼那个小单间。”肖策语速很快，“阳台连着后院，楼里的人想进就能进。”

“是啊，所以我房间和阳台之间加了一道门。”宋银川不明白肖策此话何意，“谁要进我阳台……有病啊？那儿又乱又脏的，什么值钱东西都没有，我自己都很少进去。”

“你是怀疑，凶手趁人不注意，把凶器放在了宋银川房间的阳台……结果被李雅兰看见，误会是宋银川杀了人？凶手学心理学的？他怎么知道李雅兰看见那把刀之后就愿意替宋银川顶罪？”

当晚，肖策联系上了赵进，将今天得到的线索与他共享，赵进越听，眉头皱得越紧。

他们约在满汉街，还是之前和陈绯一起去过的那家捞面馆，肖策请客，算是回了在花雨巷的那顿面。

“要是凶手也没想到李雅兰这茬呢？”肖策将他的想法简单和赵进说了说，“案子一直没结，排查完大壮半年来接触过的所有女客人之后，肯定还是要回到楼里来。也许凶手想嫁祸宋银川——毕竟当晚他在茶楼值班，却没有不在场证明。也许凶手只是想混淆视听……”

“但这只是猜测。”

“对，只是猜测。”肖策说，“茶楼已经卖给别人，就算有痕迹留存，也都不复存在了。”

赵进神情凝重，想了很久，才说：“我认同你之前说的，高智商犯罪概率极低，很多看似古怪的案子，最后查明的缘由都让人哭笑不得。很多悬案告破，也是借着巧合和日益精进的检测技术。”他停了停，说出后半句，“但是宋银川这个人我不了解，我保留对他的怀疑。他和李雅兰关系这么密切，我很难相信他可以把自己择得这么清白。”

肖策完全理解他的怀疑。有了自己和赵进的对比，在这一刻，他终于更深切地体会到陈绯在面对宋银川时的心慈手软。

自己仅仅是和宋银川关系不错而已，就已经更情愿相信他完全无辜，更何况是陈绯……她迟迟摊不了牌，是还眷恋着那些过去相伴的日子吧。

肖策心头一痛。

那他呢？陈绯还眷恋着他吗？

“如果有更多的线索，我们俩再碰。”赵进把随身携带的年代感

十足的小笔记本合上，揣进兜里，对肖策说，“急不来的。都这么多年了……而且，翻案也不是一件容易的事。”

“对了。”肖策问赵进，“案发当天，轩轩跳舞的监控视频，你还有印象吗？”

“轩轩是谁？”赵进纳罕。

肖策这才意识到自己口快，说的是小名，于是纠正道：“赵承东，我说的是赵承东。”

赵进眉头一皱，蓦地看向肖策，神情有些古怪。

“你没有印象？”肖策想到赵进说他当初只是个实习警察，轩轩也不是重点嫌疑人，可能时隔多年已经淡忘了，于是给他进一步的提示，“他提供的不在场证明是舞蹈教室门岗大叔的证词，和监控视频。”

“你说的是那个……刘浩轩？”赵进看着肖策。

肖策一愣，他在今宵茶楼待的时间短，只听过轩轩这个“花名”，也是最近重逢，才知道他大名叫赵承东的。不过相比之下，赵进提供的这个名字，倒是更像轩轩的本名。

肖策迟疑地点头：“或许是他改过名字。”

赵进神情复杂，缓声说：“视频我没看，那监控是私人安装的，内容至多做参考，不会当成取证的依据。虽然刘浩轩那组排查我没跟，但办案同事都不会犯这种常识错误。当初我们觉得他嫌疑小，一是他没有作案动机，二是门岗的证词——门岗大叔很肯定当晚他一直都在舞蹈教室。”

“很肯定？”肖策重复，“可孙叔……我是说那位门岗，就我所知，他值夜班的时候，常不在岗。”

“具体怎么说的我也不清楚，但反馈回来的消息是他坚称那晚寸步不离岗位。”

肖策没再说什么。赵进离开前，看着肖策欲言又止，最后只抬了抬手：“走了。不打扰你过节。”

肖策沉默地点头。

又是一年情人节。

霓虹初上，华灯璀璨，肖策走在热闹喧嚣的满汉街，身边皆是出双入对、亲昵嬉笑的情人。肖策的手机亮了一下，他低头去看，是房东发来的消息。

拆迁在即，房东问他打算什么时候搬出去。

肖策回他：月底以前。

放下手机，他预备继续往外走，却看见攒动的人流之中，一个极眼熟的身影。

很好认，因为今晚出来逛街的几乎都是结伴的青年男女，即便不是情侣，也多是成群结队地组团出门，少有这样的落单者。

正因如此，陈绯也在几秒后一眼看见了同样落单的肖策。

隔着人群对视的感觉很奇妙，有一种说不清道不明的宿命感。陈绯想，怎么从前碰见肖策难如登天，最近却屡屡遇见。

如果说在徽松客是有人故意为之，那今天呢？他为什么会来满汉街，上回两人约在这儿的捞面馆吃饭时，他不是说自己几乎不来这里吗？

她的脑子这两天已经被接踵而至的坏消息和烦心事填满，这会儿才腾出空来想，陈绯终于意识到今天是什么日子。

2月14日，是肖策父母的忌日。

和这个日子相关联的回忆让她本就摇摇欲坠的心变得更加软弱，她几乎是下意识地往后退了半步，后背被一个横穿而过的行人撞了下。

“看路看路。”那人不满的声音将陈绯从短暂的失神中唤醒。

她扭头就走。

肖策脑子一蒙，等反应过来，已经抬脚跟了过去。

这一刻才感觉到街上如此拥挤，肖策差了她一截，又不比陈绯灵活，很快离她越来越远。他费力地拨开横亘在两人中间的阻碍，衣服不时被身边的东西剐蹭，有人转头骂他神经病，肖策充耳不闻，迈开大步直往前追。

他清楚地记得自己从前错过了什么，机会稍纵即逝，他没有时间去想这一切是否合适，是否体面。

陈绯像有感应，脚步越来越快。她不知道自己究竟在躲什么，她原本不是这样的人，自以为把爱恨看得坦荡，可碰到肖策，很多明晰的界线都变得模糊。

很烦，已经很烦了，他让她更加无所适从。

陈绯路过步行街广场上临时组搭的巨棚，是配合节日搞的露天式蒙面夜场派对，巨幅海报配色艳俗，口号响亮无比——情人一夜，一夜情人！

音响声大躁，棚内灯红酒绿，群魔乱舞，中央舞台正在上演火辣的钢管舞，女郎们不畏严寒，穿亮片吊带和短裙，翻身倒立之时，黑色的性感内裤包着挺翘的屁股，惹得台下群情激昂。

陈绯侧头，余光瞥了身后一眼，脚步一错，往棚里去了。

进场要缴费，每人二百九十八元，侍者给她发了张面具和一个手环钥匙。

“祝你玩得开心，相会有情人。”

陈绯进棚，里头乐声雷动、气氛火热，以舞台为中心的一圈最为喧闹，四周偏僻处设有简易的桌椅卡座与酒水吧台。

陈绯先找到储物柜，等她关上柜门之时，已经脱了外套扯散了头发，再戴上面具，很快便和身边的人别无二致了。

她往中央舞台的方向去，肖策在这个时候走进棚内，他没戴面具，也不跳舞，在忘情地甩着头发扭着腰的人群中显得格格不入。

射灯晃得人眼花缭乱，环形的舞池中挤满了人，而且不断有人加入、离开，摩肩接踵的，还都戴着面具——在这样的地方找一个人，无异于大海捞针。

一入舞场，只剩灯光和音乐，陈绯随着节奏动起来，可几个八拍过

后，她一个扭身，就看见场边的肖策，正直直地注视着她。

怎么认出来的?

陈绯心头掠过薄怒，几乎是挑衅地冲肖策扬了扬下巴，动作反倒更加放肆张扬。

肖策喉头微动，竟然一时不舍得上前打断。

他很久没有看到她跳舞了。

最早对陈绯改观，就是因为她的舞。肖策不记得那是哪年哪月的事，燕盛楼酒局之后，他顺利进了今宵茶楼，对陈绯的印象却停留在“玩世不恭”“嚣张跋扈”这几个非褒义的词语上。

直到他第一次去舞蹈教室，看见陈绯跳舞。

人会因为热爱而焕发光彩。沉浸在音乐和舞蹈中的陈绯，好像变成了另外一个人，她专注又沉醉，舒展肢体，虔诚却不被束缚，自在而又有度。

她真美，那个时候肖策脑中只剩下这么一个念头。

美得让人移不开目光。

陈绯比舞台上的女郎跳得更投入，也更性感撩人，身边又没有同伴，不多时便引来各路目光。

这里基本都是半吊子，一个个想把妹的心都快跳出嗓子眼了，没几个真冲着跳舞来。

但陈绯一看就是有真本事的，接不住她的舞，真没什么人敢往上凑。

旁人不知道怎么搭讪，在台下等着接在钢管舞后表演街舞的主舞倒是对陈绯起了兴趣，他招手叫来棚内的服务生：“那边穿红色卫衣的女孩，请她一杯加冰威士忌。”

“好的，坤哥。”

服务生把威士忌送到陈绯手上的时候，坤哥已经上台了。

他在台上对陈绯飞吻，目光炽热挑衅，对着话筒说：“今夜，我看见了属于我的凤凰。这支舞，送给你——耶！”

陈绯一时无语。

这话土得人脚趾蜷缩，偏偏他扬扬得意，嗨翻了天。而台下不明所以的年轻人也一股脑地起哄大叫，坤哥打了个响指，摆起动作，开始了他的表演。

陈绯刚想放下酒杯，余光又瞥见肖策的身影。她转念想，酒是无罪的，于是扬扬酒杯，喝完杯中威士忌，重新进场跳舞。

这一幕落在坤哥眼中，便是她接受了他的示好。他心花怒放，在台上的动作大开大合，像头发情的野兽。

下台后，更是立刻急吼吼地找到陈绯，要跟她更近一步，可陈绯对他爱答不理，嫌他碍事，往旁边撤了几步。坤哥心痒痒，觉得她是在欲擒故纵，笑着黏上去，随着陈绯的动作扭起来，但摆臀顶胯间，猥琐气挡也挡不住。

陈绯脸色难看，往左，坤哥拦住左边；往右，他又往右侧上了一步。

就在坤哥一个跃步，要往陈绯近前凑的时候，一条手臂伸进视野之中，精确地握住陈绯的胳膊，将她往外一拉，带离了舞池。

坤哥一愣，这才意识到陈绯是有伴的。

音乐声离得越来越远，陈绯没挣，任肖策拽到储物柜边。他一言不发，从她腕上摘下手环，把柜门打开，用外套裹好陈绯。

谁都没说话，谁都不想说话。

陈绯鼻尖充盈着杂劣的烟酒气息，她看见肖策的脸在扫来扫去的射灯灯光中变红又变绿，很滑稽，但又很迷人。

这个词在脑子里滚过一遭，陈绯想，自己只喝了一杯酒，怎么会醉成这样?

肖策再伸手过来的时候，就没握胳膊了，而是牵住了陈绯的手。

触手冰凉，肖策揉搓着她的每一根手指。

白天和宋银川道别之前，宋银川曾问肖策："你打算怎么办？再不出手，绯姐要被轩轩抢走了。"

肖策沉默，没有立刻回答他。

宋银川以为他要放手了，急吼吼地说：“你不知道她刀子嘴豆腐心吗？你跟她磨啊，死缠烂打啊，绯姐会舍不得的！”

“她是害怕了。”那个时候，肖策低声对宋银川说，“她害怕了就想把一切都甩开。”

宋银川一愣。

一开始肖策也没想明白，但这几天冷静下来，他开始回忆在 S 城陈绯的变化：偶遇蔡萍、预约探监、约见李雅兰……陈绯必定是受到了一连串的打击，才会在逼着自己强作镇定的同时，做出这样断尾求生般的决定。

陈绯只是害怕了。害怕人心难以捉摸，害怕最后被辜负的还是她。

她总喊着今宵有酒今宵醉，一晌贪欢听来是潇洒，但人哪是钢筋铁骨，爱恨恩怨，当真能一醉抵消吗？

也许不能，只是藏在心底，一次次、一层层地往上填埋。最后心里那块洼地看似平整，连自己都骗过了。

但她还是没能骗过肖策。

隔了很久很久，肖策终于感觉到陈绯的手心温度回升，她的指腹变得柔软。

“让我陪你吧。”肖策把她的指尖放在唇边亲吻，对她说，“陈绯，别害怕。”

因他最后这句话，陈绯的视线在一瞬间变得模糊。

她半仰着头，眼睛和灯光之间蒙上一层透明的液体，世界都变得混浊、遥远、扭曲。可肖策带给她的触动清晰、近密、真实。

她想，她终于又触摸到了“爱”。

爱一个人，怎么可能还会留有界线？

这夜陈绯跟着肖策去他的屋子，一切都好像重头来过，像那天陈绯

在火锅店与他重逢。

唯一不同的是，他们都非常清醒。

陈绯被肖策托着，吻着，缠着，被牵绊住了。

她一时慌了神。

肖策的身体对陈绯的记忆是深刻且长久的，这些年的许多个深夜清晨，他会因为梦见陈绯而情欲高涨，不得不苦恼着自行纾解。

可当一切欲望褪去，重归于寂，脑中的理智反噬而来，肖策会觉得自己很庸俗，一种男人爱慕女人不得自拔的庸俗。但很快，随着离别时间的延长，她的身体给他带去的一切欢愉感觉在慢慢变模糊，他发觉回忆里的陈绯，以另一种方式，变得越来越清晰。

尤其是那个夜晚。

她问他，你喝醉过吗？问他，是为妈妈醉的次数多，还是爸爸？

拂开岁月铺上的尘埃，原来刻印在最深处的是这句话。肖策终于明白过来，他爱她，这爱源于眷恋，缠绵不绝，透着酸也透着苦。

室内的温度在慢慢爬升，肖策也快到了极限，他压在她背上，陈绯呜咽着发抖。

在最后那刻，他的嗓子哑得不成样子。

“绯绯，我爱你。让我爱你吧。”

而后他抱着她颤抖，脑中炸开一片闪耀的白光，教人迷失昏聩。

那夜肖策将自己所知道的一切，原原本本地全部告诉陈绯。包括赵进的调查，宋银川的坦白和他自己的推测。

恐惧往往源于未知，肖策把整件事掰开揉碎了放在她面前，让她知道，人心没有那么好，但也没那么坏。

背叛、欺骗在生活之中的确随处可见，但若是因此误读真心，她会活得很痛苦。

“你真的认为银川没有参与到这件事当中？”陈绯听完肖策的话，轻声问他。

“最起码，他是凶手的概率极低。”肖策有意抛开人情关系，条分缕析地说，“首先，凶器是凶手从外部带入今宵茶楼的西瓜刀——这说明他早有预谋。这不是一起临时起意的案件。我们做一个假设……如果真的是宋银川，首先，他有什么非杀大壮不可的理由吗？”

“没有。他和大壮很难产生纠纷。银川是店里管账的，所有人都知道我和银川的关系，大壮巴结他还来不及，不可能跟他撕破脸。”陈绯顺着肖策的假设往下推，“退一步讲，就算是有纠纷，最严重的不过是大壮发现了银川和李雅兰瞒着我偷偷在一起，以此要挟银川，但这也不可能把他逼到杀人那一步——因为很显然，比起杀人，跟我摊牌的代价要小得多。”

肖策从背后抱着陈绯，手指摩挲她的手背，继续往下说。

“其次，就算他真的脑子搭错筋。他会在有充足思考时间的前提下，还选在晚上十一点多作案吗？”

“不会。那个时间太危险了，保不齐会有客人打电话来，甚至突然登门——以前不是没有过这种情况。对银川来说，风险太大。”这么一想，陈绯的心定了不少，略一停顿，她又补充，“你刚刚说你曾经跟赵进提出，李雅兰不可能知道207当天空出来……确实是这样，但并非只有银川一个人才知道房间安排情况。你在楼里待过，你晓得我们那管理松散，楼里的人随便翻翻预约表，或者随口问一句就一清二楚了。”

“嗯。”肖策点头，抚平她的担忧，“放心，赵进没有因为这个怀疑银川。”

陈绯在肖策怀里转了个身，面对面地看着他。

肖策：“怎么了？”

陈绯抬起下巴，亲了亲他的嘴唇。

“下午，我和娇摊牌了。”

陈绯也把娇告诉自己的信息同步给了肖策。

“娇说了很多，但他给到的有效信息其实很有限。”陈绯总结，“一，过量的壮阳药出自娇；二，娇猜出来了李雅兰不是凶手，是为银

川顶罪，他怀疑银川。”

“壮阳药这个点我和赵进讨论过……李雅兰的证词很有问题，如果娇也参与其中，倒是能说得通了。”肖策说，“我其实一直很疑惑，凶手为什么要给大壮吃过量的壮阳药。首先，寄希望于大壮因为过量壮阳药而丧失反抗能力，简直像是在赌运气，这不是正常人会做的事。其次，凶手要是能骗大壮吃下壮阳药，为什么不干脆骗他吃安眠药？所以我有想过，壮阳药这一环，不在凶手原先的计划里。”

“所以你觉得，这对凶手而言，又是一个意外？”

“嗯。我现在有一种感觉……凶手没被捉住，并不是他执行了多么精巧的杀人计划，他有漏洞，很多漏洞，他甚至因此惊慌失措，自乱阵脚。但是频出的意外，阴错阳差地将这些漏洞填补上了。尽管，补漏的同时，又给他捅出了其他娄子，但是已经足够混淆视听，让他趁乱脱逃。”肖策目色沉沉，低声说，“如果李雅兰没有自首，警方再继续扩大调查范围，未必查不到那个人。”

陈绯越听，眉头皱得越紧。

肖策说：“如果我们停止反证，顺着凶手的思路来想。一个人，产生杀意、预谋杀人，却又想摆脱嫌疑，你觉得他会先做什么准备？”

陈绯想了想，说：“如果有时间思考准备，那在杀人之前，肯定要尽量和被害人撇清关系，怎么也要让自己看上去与他无冤无仇。”她心里咯噔了一下，语速放慢，“还会……还会想尽办法，让自己有不在场证明。”

陈绯说完这些话，只觉得背脊发凉，她惊疑不定地睁大眼睛看着肖策，后半句话呼之欲出。

但她终究没有说出口。

“既然银川和娇都另有隐情，也许，也许他也有。”陈绯还是不愿相信，轻声说，“再说了，按这套逻辑，没有作案动机、有不在场证明的人都摆脱不了嫌疑的话，任谁都有可能是凶手，也不见得会是他。”

肖策敏锐地察觉到，这一次，当陈绯意识到他在怀疑轩轩时，情绪

与上次有了极大的变化。他不由得问："这几天，轩轩有做什么让你觉得不对劲的事吗？"

陈绯表情微滞，她把在徽松客遇到陈枫的事情跟肖策说了一嘴，提到陈枫，那种古怪的感觉又蹿上心头，她努力往下压了压，叹气道："其实仔细琢磨，也没什么特别不对劲的地方……可能是最近事情太多了吧，疑神疑鬼的。"

"搬家吧。"肖策低头亲吻她的额头，突然说，"搬来和我住。"

"什么？你这房子不是要拆了吗？"陈绯讶异片刻，很快明白过来，"你还是买了宿松的房子？"

肖策唔了一声："下周就能拿到钥匙。"

陈绯捶他的胸口："不把我的话当回事？让你别买你还买，真不怕我搬走？"

"怕。"肖策说，"所以本来不打算住进去，已经物色好其他租房了，就在尘嚣边上。跑得了和尚跑不了庙——尘嚣总不会搬走。"

陈绯憋笑："聪明不死你……你这是打算拉长战线？"

肖策认真说："我不想拉长战线。但是没到最后一刻，不能放弃。"

陈绯被他说得心头发软，但她还是语气生硬地将底线表明："我跟你说过我的身体状况。肖策，我不打算生孩子，甚至，不见得会跟你结婚。"

肖策没说话，他垂头深深地看着陈绯，眼眶渐渐发红。

陈绯问："你不能接受？"

肖策收紧手臂，低声说："我很高兴……很高兴你会跟我说这些。"

这表示，她以两人在一起为前提，设想过他们的未来。

"你真的很会读人的潜台词哎。"陈绯失笑，手指无意识地划拉着他光滑的胸肌，声音却放柔了，"所以，你的答案是什么？"

肖策说："我会找时间去医院预约结扎。"

陈绯一愣，她想得到他会答应，但是没想到他会直接告诉她，他打算为此做些什么。

肖策的声音在她耳畔响起："但是后面那一条……我们可以再商量

商量吗？”

陈绯没说话。

“如果领证让你觉得被束缚了……”肖策说，“我们可以只举办仪式，简单或者隆重都行，按你喜欢的方式来。但至少，给我一个叫你妻子的机会。”

陈绯觉得眼睛热热的，她闭上眼，轻轻抵着肖策的胸膛，眼泪溢出一点，濡湿了她的睫毛。她确信自己被肖策打动了，她也不想再隐藏情绪——承认被他打动，没什么可丢人的。

陈绯呢喃：“可以商量，看你表现。”

陈绯想，自己应该会答应他。

他们聊到很晚才相继睡下，肖策关掉卧室的灯——整栋楼终于完全陷入一片黑暗。

楼下停着的玛莎拉蒂却在这时亮起了车头灯，很快发动起来，在夜色中，如幽灵魅影，缓缓飘离小区。

第十三章

疯魔

接下去的两个双休日，尘嚣舞蹈过渡得十分太平，陈绯提心吊胆地等着被投诉，可是出乎她的意料，新来的两位老师和李潇、萌萌交接得非常顺利。

简直顺利过头了。

陈绯下课的间隙去看了几眼他们的课堂，他们讲课很有一套，动作眼神极其勾人，又都是长相帅气的男老师，深受女学员的青睐。陈绯丝毫不怀疑，这两位老师能直接顶替即将离职的三个人。

这样的人才，应该会有舞蹈机构任职经验吧。

陈绯把自己能想到的各个舞蹈学校的网站都翻找了一遍，连本地论坛、贴吧、微博都搜了，愣是没找到这两个老师的一星半点信息。

怪了，再怎么着也会有讨论吧……除非他们从前带教的时候，用的不是现在的花名。

可为什么要换名字？

陈绯越想越疑惑，去跟他们搭话，可这两人像是事先商量好了说辞，一致对外，说只是当过私人舞蹈老师，没有舞蹈机构的任职经历。

再问他们和轩轩的关系，两人就回答得更一致了，说他们都是轩轩的徒弟。

这个词让陈绯深感不适。

连带着，轩轩几次给她打电话约她吃饭，陈绯也推三阻四，以各种借口推辞了。

25号是周一，陈绯原本和肖策约好要去看家具。

肖策已经拿到了钥匙，给了陈绯一把，两人商量着在月底前把新房的软装再弄一弄，他知道陈绯周末很忙，所以打算周一下午请假，去501找她，一起去宜家逛逛。

哪晓得没等到肖策，宋银川先来了。

宋银川那边，原本和钱丽君搭上线，说是约出来吃个饭，对方也没拒绝。可不知怎么的，最近又反口说一切公事公办，态度分明，直接把吃饭的事给拒了。

宋银川折腾了一茬，还是没结果。急得像热锅上的蚂蚁，没办法，还是找上了陈绯。

再见陈绯，宋银川到底还是面皮薄，忸怩着，支支吾吾地说："绯姐……我、我……"

陈绯见不得他这个尿样，截断他的"认罪陈述"："我都听肖策说了。"

宋银川小心翼翼地说："绯姐……我对不起你。"

"你对不起的人不是我。"

宋银川失神地啊了一声，眼里现出迷茫。

陈绯看他这个稀里糊涂的样子，抬手用力给了他脑门一个毛栗，宋银川痛得呜嗷一声，又立刻抿起嘴巴，也不敢伸手捂，额头迅速红了起来，小声说："要是这样能解气，你就多弹我几下……但你别不理我。"

又可气又可怜，陈绯摇头叹气，虎着脸问他：“来找我干吗？钱丽君那事没搞定？”

宋银川说：“电话里她直接回绝了。我中午去她们公司楼下等她，在咖啡馆聊了两句……”

陈绯问：“包红包去了？”

宋银川点头，“嗯……她不肯收，说这事她做不了主。我又说不是想让她做主，就是问问，我要想求到真菩萨，该到哪里烧香，给指个路也好。”

陈绯被他逗乐了，问：“你从哪儿学来的词？”

宋银川挠挠头，脸颊发红：“你听出来了？我去之前，看了好多港片。”

从前有陈绯帮他打通关节，现在这个时候，宋银川实在不好意思麻烦她，只好自己硬着头皮上，临时抱佛脚，学了几句套话。

“那她收钱了？”陈绯问。

“这回收了。”宋银川说，“她问我是不是得罪了人。我说没有啊……她就提示我，说当时这个单子是有一个中间人介绍我们过去的，那人跟他们老板关系很不错，让我去找那个人聊聊。”

陈绯说：“还有中间人？不是电视台的冯老师把你引荐给钱丽君的吗？”

宋银川也满头问号，说：“我也以为是呢呀……我问钱丽君中间人是谁，她说的名字我连听都没听过，哪还有办法找她聊聊？”

“叫什么名字？”

“王子芳。”宋银川说，“说是都叫她芳姐，跟很多老板级别的人都熟呢。绯姐，我哪能认识这种人物哦，更别提得罪了……”

听到这个名字，陈绯脑子嗡地响了一下，好半天没缓过神。

与此同时，实验室里，肖策刚结束手头工作，正在备份数据，打算关机离开。

一周以前，H·K表态后，曹林没说什么，甚至韩越也没发作，305似乎默认了项目的归属，不想再使手段抢回去。

可不发怒反倒透着古怪，经过时间的发酵，很多事情，就全都变了味。

是邹宇骐最先发现的。

他上班摸鱼，经常在Z大论坛和树洞网吐槽小组闲逛。这天他浏览到今日爆帖的时候，一对眼泡子都快鼓出去了。所见的一切于他而言太过于魔幻，以至于平时碰到一点小事都大呼小叫的他反倒惊得半个字都说不出来了。

匿名人发帖扒皮，关于Z大省重点实验室博后肖大工程师的“前世今生”。

邹宇骐吞了口口水，还特地把电脑屏幕往角落里转了转，随后点进帖子，一个字一个字地看下去。

发帖人没有直接开扒，反倒先三言两语简单介绍起S城的S大，以及S大校外的风情街花雨巷来。随后笔锋一转，点名花雨巷里有一家名为今宵的茶楼。

帖子称：据知情者爆料，这家茶楼看着是做餐饮生意，其实背地里根本不是这样！不信你们去查S城2013年的新闻，那年茶楼还因为一起命案，导致背地里的勾当全部曝光，后来被警方查封了。

帖子到这里，已经有不少人留言，问楼主：这和你题目里要扒的人有什么关系？

楼主回复：别着急，狠料只会迟到，绝对不会缺席。

只见楼主随后更新：我们的故事主人公——大数据实验室407研究室的肖策。他本科就在S城念大学，并且，曾在“今宵茶楼”兼职。当然你们都懂得，这兼职可不是什么服务生哦，这位被各大院系女生疯传的禁欲系帅哥工程师，根本就是个“午夜牛郎”！这是他的“前世”。

邹宇骐瞪大了眼睛，捂着小心脏偷偷抻着脖子看了眼肖策的工位，见他若无其事的样子，又把头缩了回去，继续浏览帖子。

和他一样吃惊的人不在少数，那层楼多了不少回复，有人看热闹吃瓜有人开骂，但更多的是质疑的声音。毕竟这对当事人的影响太过恶劣，如果只是空穴来风，那岂不荒唐。

最帅小狮子：楼主这么说有点不负责任吧？有证据吗？

草草西：我认识肖工，他人特别好。你少诋毁他，躲在屏幕背后的蛆虫！

皖之缘：楼主你注意你的言辞，倘若这是污蔑，肖工完全可以对你的诽谤进行起诉。

草草西：就是！楼上这位可是学法的，怕了吧。我告诉你，你口评无据，别原地放屁！

楼主回复：我既然这么说了，当然不是空口胡诌，证据我手上多得是。那位说要起诉我的，快来，我根本就没在怕的。

而后又发：有人不相信，那“今生”部分稍后再说，下面先上一波锤。

首先，肖策从大三开始，晚上就很少留在宿舍睡觉了！这一点如想求证，可以去问他本科舍友。

其次，我可是有照片的哦，谁看到照片还能给肖策洗地？

随后，楼主更新上来两张照片。一张是今宵茶楼前的一张员工大合照，老板陈绯站在最中央，其他人都围绕簇拥着她，而肖策和陈绯挨得最近。除了陈绯和肖策，其他所有人的脸都打了马赛克。

第二张是2013年的新闻画面截图，陈绯作为命案的关键证人，面色苍白地出现在S城当地新闻中，而她的身份正是“花雨巷今宵茶楼老板”。

邹宇骐认出了陈绯，下巴都快掉下去了，他喃喃发出一声：“我的天哪……”

楼主接着道：我们学校搞技术的多，如果有人质疑这两张照片有修图痕迹，欢迎前来索要原图。我既然选择爆料扒皮，就绝对不会搞假料。

发了这么一句，楼主好像隐形了，任由事件发酵。邹宇骐看了眼时间，这照片是中午十一点发的，光是那一层楼的回复就已经高达八百条。

邹宇骐随便浏览了几页，发现回帖风向几乎一边倒。

山月知秋：呵呵，所以说千万别立人设，很容易崩塌！刚刚那两个狂吠的，脸疼吗？

杨树梢头一只皮卡丘：我天，我还把肖策当成男神，破灭了。

秦下黎明：还以为是什么高岭之花，居然是卖肉的。真恶心！

……

而楼主半小时前继续的更新，就开始细数牛郎肖策的“今生”了。他指出肖策异于常人的平顺晋升之路，从破格被徐知涵教授收入门下开始，到明明资质不够却还进入了大数据实验室，再到奇迹般地提前被评为高级工程师。

桩桩件件，都有据可查，而肖策从花雨巷出来之后，顺风顺水的这一切，全部和一个女人脱不了干系。

那就是他的导师，一位非常注重打扮的大龄寡妇——徐知涵徐教授。

邹宇骐口干舌燥，一路看到底，楼主更新的最后一条帖子，同样是一张照片。

楼主：最后一锤。我这个人，有图有真相，绝对童叟无欺。欢迎转载，搬运，无须注明出处！

那照片的背景是一家灯光昏暗的餐馆，徐知涵被肖策抱着，头靠在他的肩头，整个身子软若入骨，那角度刁钻，徐知涵的表情全都被肖策的后脑挡住了，只感觉两人耳鬓厮磨、无比亲密。

有了这等劲爆照片的加持，帖子顺利登上头条爆帖，经过不断转载，到现在为止，校内论坛和树洞网都已盖起了万层高楼。甚至已经有人搬运去了微博，还打上“Z大教授潜规则院草”这样吸睛的标签。

邹宇骐脑子蒙住了，他给唐剑发了一条微信：师哥，你看到今天的论坛和树洞网了吗？

唐剑：什么东西？

邹宇骐不好开口解释，可又说来话长，索性把帖子直接转发给了唐剑。

他眼睁睁看着唐剑的脸越来越黑。随后猛地拍了一下桌面，震得全研究室不明所以的人全部转过头去看他。

唐剑噌地站起身，大步走到肖策面前，双眼几乎在喷火了，直接抢过肖策的鼠标键盘，登录校内论坛，把帖子当着肖策的面打开，咬着牙一字一字地问——

“是真的吗，肖策？”

肖策先是诧异，等到目光捕捉到屏幕上“今宵茶楼”四个字的时候，整个人都怔住了。

他面色木然，指节僵硬，一个字也没有说。

就在唐剑想要逼问下去的时候，研究室的大门突然被人从外面打开，一个学生焦急道：“你们快去看看吧！徐老师在食堂被人气晕过去了！”

陈绯答应宋银川帮他再找时间问问电视台的冯老师，到底怎么回事。宋银川走后，陈绯心事重重地拨肖策手机号，但是没有人接。

她切出去，低头发微信的时候，轩轩的电话打了进来。陈绯的指尖停顿了两秒，接起电话。

“小绯。”轩轩语气温和，闲话家常似的，“起床了？”

陈绯心思还在王子芳身上，她嗯了声：“有事吗？”

“我介绍给你的两位老师还不错吧？”

欠人情就是这点不好。轩轩主动提起那两个老师，陈绯只能陪着干笑，说：“很好，他们看起来经验丰富，尤其是对女孩子，很有一套。”

话说到这里，陈绯心里突然有什么抓不住的念头一闪而过。

“那就好。来一趟尘嚣吧，有事情想跟你谈谈。”轩轩低笑，他开着车，缓缓驶入秦方大厦地下停车场，“重要的事儿，你可不能推脱。”

陈绯应了一声，挂过电话继续编辑微信，跟肖策说让他忙完了直接去尘嚣找她。

肖策还是没有回复。陈绯下楼往小区外走，嘀咕了句，在忙什么呢。但这疑惑并未往心里去，工作中的人时常有手机离身或者静音的时候，她自己是这样，自然也能理解肖策。

占据陈绯大脑的疑惑始终落在刚才宋银川带来的那个名字上。

王子芳，“晚枫の色”的老板。

陈绯对她印象颇深，这个女人笑容可掬，很有亲和力，但她那天来调解的时候，三言两语就搞定了难缠的“黄大衣”一伙人，显然是个很有手腕的——不然也不能在这闹市开了那么一家店，还让赵进无从下手。

对面就是秦方大厦，陈绯过马路的时候，心里想，这样的一个人，为什么要出面给宋银川的工作室牵线搭桥，又在临交付的关口摆了他一道?

总不会是因为那次在居酒屋的纠纷，让她记恨起自己，所以费这么老大劲七弯八绕地去搞自己身边的人。

如果真是这样，那这人也别当什么老板了，先去医院看看脑子吧。

这个猜测被陈绯默默否决，她又想，如果不是王子芳自己的主意呢？如果她只是替人出面，只是一个被推上舞台的提线木偶呢。

陈绯踏入大楼内，仍沉浸在自己的思绪之中。

什么样的人会和王子芳认识？她背地里在做那样的生意，所以她会结交的人，也应该……

等等，陈绯蓦地一怔。

那样的生意？还有谁也做过那样的生意?

她猛然一凛，突然间明白了自己的不对劲源于何处。她想起自己在电话里说的话，那两个新来的老师，对女孩子……很有一套。

就像——当年今宵茶楼里的轩轩。

陈绯走进电梯，揿下按钮，冰凉的触感顺着指尖直抵心头，她冷不

丁地一颤，鸡皮疙瘩顺着胳膊爬满了后背。

这一环扣上，大脑就好像上了油的机器，飞速地运转了起来：她记得，冯老师是在圣诞之后把单子介绍给的宋银川，那也就是说，圣诞之后，王子芳才介入了这件事之中……可是圣诞有什么特别的？

无非是那天有二轮彩排，而她又见到了轩轩。

轩轩，轩轩！他在电视台里面子可大得很，在H市也混得风生水起，他会认识王子芳这样的人，并不奇怪。那个居酒屋背后是一家会所，王子芳是会所的老板，轩轩要想从她手底下挑几个会跳舞又招人喜欢的员工来，那还不是轻而易举的事？

不，或许不只是这样！陈绯艰难地吞咽，她想到那两个新来的老师，说他们还要管轩轩叫一声——老师。

王子芳和轩轩，可能不只是认识那么简单。

轩轩想做什么？一边去搞垮宋银川的工作室，一边又对她施以援手？到底是想帮她还是想害她？

陈绯皱眉，摇了摇头，极力厘清思绪。

不对，不对，不能只看结果，要看根源。

最近为什么事端频发？宋银川那边出事，尘嚣也刚好缺老师——都赶到一起来了，不会是巧合。

如果李潇和萌萌的出走是意外，那大喵被迷叶挖走呢？

迷叶……迷叶和电视台一直合作紧密，而轩轩跟电视台的人又相熟至此……

陈绯背心发汗，手指发抖，她掏出手机，飞快地找到大喵的微信，问她，听过王子芳这个名字吗？

楼层数还在往上涨，陈绯盯着屏幕，心脏扑通扑通，几乎要跳到嗓子眼了。

手机在她掌心振了一下，陈绯看见新消息跳出来。

大喵：你认识芳姐？

陈绯的脑子一蒙，有片刻的窒息失重感传来，她这才意识到，电

梯停下了。泛着冷色银光的电梯门缓缓打开，陈绯先看见两条笔直的长腿，目光上移，轩轩站在面前，正冲她微笑。

此时的肖策和唐剑在救护车上，神情焦灼，却又帮不上手，只能看着医护人员忙碌，听着刺耳的救护车声音在耳畔循环。

十五分钟前，他们接到徐知涵晕倒的消息，忙不迭打了120，而后冲向了食堂。

食堂围满了学生，却不都是紧张徐知涵的身体，看热闹的更多，望向肖策的目光或多或少带着八卦的意味。更有甚者，偷偷举着手机，生怕漏拍了劲爆画面。

学校里藏不住秘密，肖策的帖子早就尽人皆知了。徐知涵也是中午过来吃饭的时候被人指指点点，莫名其妙之际，打开了好事者发给她的微信推送帖，看到了全部的扒皮内容，才会一口气没提上来，当众晕了过去。

苏茜和孟皖媛很早就看到了帖子，树洞网里的“草草西”和“皖之缘”就是她们俩，眼看事情越闹越大，甚至波及徐教授，苏茜也没心思回复什么楼主了，她直接杀去了孟皖媛宿舍。

“放屁！”门一推开，苏茜大骂，把手机拍在寝室内的桌上，指着上面肖策和徐知涵的照片，“这天晚上我在！徐老师喝醉了，肖策师兄怕不方便照顾，还特地让人联系了我过去，那晚一直是我陪着徐老师的！要是师兄真的和徐老师有什么，干吗还要让我去？”

她越说越气，嘴唇直发抖：“断章取义！胡言乱语！师兄是惹了什么妖怪了？要给他和徐老师泼这种脏水？！媛媛，你们是学法的，这样的人我们能告他诽谤吗？！”

孟皖媛比苏茜冷静很多，她拉拉苏茜的衣袖，说：“告诽谤，没那么简单的。”

“这就是假的啊！怎么不是诽谤？我能做证，我要做证！”

孟皖媛知道苏茜在气头上，不声不响地等了一会儿，见她气鼓鼓地

安静下来，才说：“现在肯听我说话啦？”

苏茜深吸一口气：“你说！”

孟皖媛把电脑打开，找出那帖子，点击“只看楼主”，先翻到后面那部分指给她看。

“这个人有自己说一句，学长和徐教授有不当关系的话吗？”不等苏茜回答，孟皖媛就说，“他没有，他甚至连一句以‘疑似’开头的结论都没有直接给出来。有关徐教授的部分，这个人放出来的物料，全部都有证可循：学长复试高分，研究生时期一直跟着徐教授走项目，破格进入实验室……这些都是事实，包括最后这张照片，也并没有作假。”

苏茜不服：“他自己是没说，但他把这些连在一起发，谁都会以为……”

孟皖媛说：“你要知道，构成诽谤罪，必须有捏造某种事实的行为，也就是说诽谤他人的内容完全是虚构的。如果散布的内容并非凭空捏造，而是客观存在的事实，即使有损于他人的人格、名誉，也不构成诽谤罪。”

苏茜这会儿才反应过来，气得脸颊通红：“太贱了，太贱了！怎么会有这么贱的人？我们就拿他没办法了？就这么看着徐教授和师兄被侮辱？”

“别急。我们再来看前半部分，我觉得这才是关键所在——正是有了前面这些内容的铺垫，才会让人毫无知觉地被引导，自动得出这个人想要的结论。”孟皖媛移动鼠标，把帖子往上拉，细细的手指点着屏幕上的一句话，“看这里。”

苏茜定睛看过去，是那句：“当然你们都懂得，这兼职可不是什么服务生哦，这位被各大院系女生疯传的禁欲系帅哥工程师，根本就是个‘午夜牛郎’！”

“如果能针对这个提交相应证据，证明这是子虚乌有的事，我们可以试着从名誉权侵权的角度提起诉讼。”孟皖媛转过头，望着苏茜，“但现在有一件事，我们要先明确。”

“什么？”

“对前半部分的内容真伪，你怎么看？”

孟皖媛的注视让苏茜有些发虚。

事实上，今天刚看到前面的“爆料”，苏茜惊愕地发现自己一直颇为崇拜的师兄和尘嚣舞蹈的飞飞老师竟然有这么一层关系。她难免想到自己和孟皖媛有一天在尘嚣舞蹈楼下看到肖策，当时还觉得奇怪，现在再一想，反而觉得能说得通了。

但还是存疑，于是苏茜第一时间就去查证了：先找院里的大拿从技术层面分析照片有没有修改痕迹，答案是没有。她又去搜索花雨巷当年的新闻，全部都与帖子中给到的信息应和上了。

要不是还有后半截离谱的造谣，恐怕她是不会这么跳脚的。

“就算……前半截照片是真的，也不能说明师兄就是、就是那个啊。”苏茜嘟囔着。

“你看，你自己也不能确信。”孟皖媛说，“你要是真想为你师兄和老师出头，应该先去问问飞飞老师，问她能不能提供相关证据。”

苏茜有些迟疑：“可我……我以什么立场去呢？”

就在这个时候，校园论坛更新了消息：徐知涵教授在食堂晕倒，肖策毫不避嫌，飞奔而至，焦急万状！

下头竟然有看热闹不嫌事大的学生匿名发：师生恋？小奶狗？嗑到了嗑到了！

苏茜一看到这评论，气血上涌。

她腾一下跃起，对孟皖媛说：“不管了！反正我要去找飞飞老师，什么立场都行，我要问个明白！如果是师兄的错，那也该他自己担，别连累徐教授！”

孟皖媛看她这个听风就是雨的模样，生怕她闯祸，站起来合上电脑：“别慌，我陪你去。”

“大忙人，我不来这里，想见你一面可太难了。”电梯门大开，轩

轩望着陈绯，低声感慨，“小绯，我真的不想你这么辛苦。”

还没到上班时间，现在只有他们两个人。

陈绯迈出电梯，下意识抬头看了眼走廊的监控，她定了定神，从包里把工作室钥匙拿出来开门。

“想喝点什么？”陈绯稳了稳心神，说，“饮料柜里有，自己拿。”

“上次我来这儿看到有咖啡机，能给我……”

“我不会整那玩意，放这儿给员工用的。”陈绯说，“你要喝的话得自己动手。咖啡豆、方糖、牛奶……都在休息间。”

轩轩愉快地笑了，他脱去外套，慢条斯理地卷起上衣袖子，往里间走：“我给你露一手。”

陈绯跟着轩轩去了休息间，看他打开咖啡机贮水、预热，又蹲下身从储物柜里拿出装着咖啡豆的袋子，熟练地取出，不疾不徐地研磨。

“咖啡机有研磨功能。”陈绯提醒他。

“我喜欢自己动手。”轩轩说，“有的事情，还是亲手去做比较有意思。”

他神情自在，陈绯又开始在心里犯嘀咕：是不是自己对他的揣测太恶意了？

“你说有要紧事找我，说说看。”陈绯决定先听听他怎么说。

“我来见你，就是最要紧的事。”

陈绯被他打岔打得有点无奈，她抱臂看着轩轩：“说正经的。”

“你跟肖策又复合了？”轩轩没看陈绯，专心致志地研磨咖啡豆，这个问题问得很是漫不经心。

“是，复合了。”陈绯笃定地回答他。

这个答案换来了轩轩一声低笑。

“小绯。”轩轩说，“给我一个可信的理由。”

陈绯说：“没什么好解释的，我还爱他，这就是理由。”

“听上去像是在赌气。”轩轩评价她，“怎么还是这么任性？”

“我跟谁赌气？跟你吗？”陈绯好笑，侧头看他，“我真犯不着。”

“犯不着？情人节那天，你让娇告诉我你在满汉街，可我赶过去找你，却看见你和肖策在一起。”轩轩像是洞悉孩子恶作剧似的，温柔地问，“为什么要气我，为什么在我跟前玩这种小把戏？”

陈绯一蒙，脱口说：“我没让娇告诉你这些。”又有些无语，“娇这个人，咋咋呼呼你又不是不知道，是他自作主张要说的。”

“好、好，不怪你，怪他。”

轩轩宽容地笑，将磨好的咖啡粉压实，安装咖啡手柄，将洗净的两只咖啡杯放在两个出水口，他动作顺畅，神情平和，好像根本听不进陈绯的解释，只是兀自选择了原谅她。

“轩轩。”陈绯皱眉，“我以为我的态度很明确，你应该知道，我不会和你在一起的。”

休息间突然变得很安静，只有机器萃取咖啡的声音嗡嗡作响。很快的，香气四溢，轩轩把其中一杯端到陈绯面前：“尝尝？”

“我对咖啡兴趣不大。”陈绯说，“太苦了。”

轩轩放下杯子，又去柜子里找方糖。

陈绯接着说：“其实在花雨巷的时候，我就想过，就算和肖策分开，我们也不可能。”

轩轩的动作顿了一顿，再站起身的时候，手里拿着方糖罐子，用镊子将方糖搁进陈绯的杯中，替她搅拌，重新递给她。

“这下不苦了。”

陈绯知道他看上去不争不抢，实际上做什么都比别人更有耐性，体现在平常小事上，就是水滴石穿，怎么都要达成目的；体现在舞蹈上，更是坚韧得可怕。

为了让对话进行下去，她只好接过咖啡杯。

“不和我在一起没关系啊。”轩轩也端起他的那杯，却没加糖，喝下一口之后，定定地看着陈绯，“不能是他。”

陈绯正抿着咖啡，闻言一愣，脱口问：“什么？”

“谁都可以，不能是他。”

"你不讲道理。"

"小绯，我是看着你长大的。"轩轩半靠在休息室吧台边，沉浸在回忆里，"你知道吗？很少有人能像你这样……自然生长。"

"什么意思？"陈绯越来越搞不懂轩轩的脑子里究竟在想些什么。

"如果我们都是树。"轩轩说，"最好的一种情况，当然是生长在野外，无拘无束，只需要受日照，受雨露，可以长成任何一种模样。小绯，陈秋娥就想让你成为这样的树。"

他脸上渐渐浮现出遗憾的神情："你本来很好。可惜，她去世之后，你就越来越不像样子了。更别提肖策出现之后，你看看你自己，束手束脚，瞻前顾后！短短一年多的时间，你就被他拖垮了！"

陈绯的脸色不太好看："我不是树，我是人。我愿意怎样就怎样。"

轩轩眼中浮现出怜悯，望着陈绯，又说："我有想过帮你回到正途，小绯，但你那个时候，简直无药可救。"他嘴角有笑，"本来我已经决定放弃你了。可没想到，你还能绝地逢生，重新长出来！小绯，你简直让人惊叹！"

轩轩眼中是不加掩饰的惊喜，他放下咖啡杯，在休息间轻盈地做了一个国标舞的经典动作"外圈转"，来到陈绯身旁。

饶是陈绯再熟悉轩轩，知道他说话的口气一向这么疯魔，还是忍不住皱眉："你正常点。"

"小绯，你是个好桩子，我在你身上，看到另一种可能……"

轩轩痴望着陈绯，与之同时，他的脑中响起另一个声音，说着相似的话——东子，我在你身上，看到了新的可能。

陈绯不解地望向轩轩。

"会让一棵树变得更有价值的可能。"轩轩越说越兴奋，一边凭空比画，"知道园艺修剪师吗？想让盆景更快成型，就要在生长期修枝，什么病枝、枯枝、弱枝，通通剪掉！"

陈绯背脊爬上一丝寒意，她难以置信地开口："你……把我当成，盆景？"

轩轩飞快道：“不好吗？小绯，我会给你足够的养分，成就你、滋养你，让你更具观赏性！”他说，“你相信我，我能做到。我已经出师了！”

陈绯往后退了一步，她在轩轩近乎狂热的目光中看到一种病态的执念，电光石火之间，她突然想通一件事。

“剪掉病枝、枯枝、弱枝……所以，银川、大喵他们，他们真的是你……”

轩轩露出为自己骄傲的笑，完全没有想过要否认。

“宋银川是个没用的废物，你早该甩掉他。其他几个，给一点好处就拍拍屁股走的，更该尽早摆脱。小绯，你没看到吗？我给了你更好的。”

“其他几个？萌萌和李潇也是你弄走的？”

轩轩耸肩：“那个女的自己要走，你不知道吧，年前她就找到迷叶，问跳槽的事。”他语气冷漠，很是嫌恶，“枯枝败叶……连扦插的价值都没有。”

所以大喵是被评为能再次扦插利用的，才被迷叶接收了？她冷笑着想。轩轩这种吊诡的逻辑自洽，让陈绯觉得更加荒诞。

“轩轩，你怎么变成这样了？”陈绯眼里尽是陌生和敌意，“你真可怕。”

她转身要走，胳膊却被轩轩握住了。

“放开！”陈绯说，“放开我！”

轩轩力气真大，陈绯被他钳制住，竟然无法挣脱。她怒极了，瞪着他，说：“这里到处都是监控，你想对我做什么？”

“再等等，小绯。”轩轩手下施力，神情却无比温和，他说，“再等等，这次我不能再让这根废枝毁了你。”

陈绯瞬间领悟，她双腿弹动，手拧得几乎脱臼，也要往外跑：“你要对肖策做什么？！”

她压根不是轩轩的对手，他整个人倾覆上来，轻而易举就将陈绯

按在了地板上。陈绯不安地扭动身体，大声呼救、尖叫，与之对抗、撕扯，可她很快就感到一阵眩晕，浑身的力气像是被一点点抽走。

陈绯用力甩了甩头，惊惶地盯着轩轩过于平静的脸，发出含糊的声音：“你……在咖啡里加了什么？”

“别担心，只是一点普通药粉。”轩轩俯身，在陈绯耳边轻声说，“副作用很小。”

陈绯的眼皮越来越重，视线渐渐模糊，她难受地挣扎，说：“你这是……犯罪……我不会、不会原谅你……”

轩轩叹了口气，说：“你知道吗？那天在火车站，我真的很高兴你能主动摆脱他，小绯，我以为你比以前有长进多了。可是呢？小绯，你太让我失望了……你自己不行的，非得我来帮你不可。”

陈绯眼前一阵阵发黑，她揪着轩轩毛衣的手指也渐渐脱力。

失去意识之前，她听到的最后一句话是——

“小绯，修枝是会痛的，但没关系，你的伤口会很快愈合……我会陪着你。”

苏茜和孟皖媛走到秦方大厦门口了，才想起来一件事。

“是不是还有半个小时才开门？”孟皖媛说，“我记得工作日值班的姐姐要到下午两点才到岗。”

“咱都走到这儿了，先上去呗，人要是没来，就在走廊等会儿。”苏茜说着，就要往里进，却被孟皖媛一把拉住了。

“怎——”苏茜刚想发问，却看见孟皖媛冲她使眼色。多年默契之下，苏茜心领神会，立刻顺着孟皖媛的视线看去。

一辆炫酷的深蓝色玛莎拉蒂从秦房大厦的地下车库驶出来，自两人眼前缓缓经过，副驾驶座上陈绯被安全带固定住身体，头歪着靠在椅背上，双目紧闭。

短短几秒钟，车子就拐过路口的弯道，消失得没影了。

“那、那个不是……飞飞老师吗？”苏茜愣了片刻，转头看向孟皖

媛求证，“你不是号称狙击手眼神吗！是她吧？我没看错吧？”

“没错。”孟皖媛思忖片刻，又说，“你不觉得奇怪吗？这个时间，飞飞老师怎么会从秦方大厦出来？”

“会不会是练舞练了一整晚太累了？我刚看她好像是睡着了。不过那个男的是谁，感觉很有钱的样子……飞飞老师和我师兄又是怎么回事啊？”苏茜后知后觉道，“哎呀！刚才怎么没叫住她。我们岂不是白跑一趟？”

“不像是睡着。”孟皖媛摇头，喃喃自语，“不像是睡着。”

“哈？”

孟皖媛问她：“从地下车库开出来需要多久？”

“三分钟呗，这个点基本没别的车。”

“三分钟就能睡成那样？”孟皖媛学了一下陈绯两只手不正常摆放的姿势，“这要说是深度睡眠，我倒还信。”

“没准……太困了？”苏茜迟疑。

“她嘴唇上，这里。”孟皖媛指指自己的上唇处，“有咖啡渍。”

苏茜啧啧惊叹：“你眼神是真好啊。”

“你认真点！”孟皖媛拽了她一下，有些急了，“她喝了咖啡，要是连嘴巴都没来得及擦就睡着了，你不觉得奇怪吗？”

“你到底想说什么啊？我可不是你们学法的，弯弯绕绕我搞不懂。”

孟皖媛深吸一口气，把自己的猜测告诉苏茜：“飞飞老师，像是昏迷了。”

苏茜试探地问：“所以她这是……也看了帖子，被气晕过去了？”

孟皖媛无语地看了苏茜一眼：“我可能会被你气晕过去。”

徐知涵被推进急诊室，初步诊断结果很快出来，是急性脑梗塞，心血管科的医生会诊之后，给出溶栓治疗的建议。

“需要手术吗？”肖策追问。

“血栓面积不大，可以考虑吃药调理。”医生看了看肖策和唐剑，

“患者家属什么时候到？”

徐知涵孤身一人，哪还有什么家属。

唐剑没吭声，肖策上前一步：“有什么跟我说就行。”

“收治住院，先去缴费吧。”医生把单子开给肖策，又忙着去看其他病人了。

肖策排队交钱的时候，才有工夫打开手机看消息。

未接电话一大堆，微信挤满了信息，全是问他有关帖子的事，肖策没管，直接戳进置顶的陈绯的对话框，看完之后给陈绯回了一个电话。

没有人接。

肖策蹙眉，低头给陈绯回微信，今次的变故牵扯到今宵茶楼的旧事，肖策言简意赅地解释给陈绯听，又说到徐知涵的病。最后说：很抱歉，今天下午不能和你去宜家了。

消息发过去却一直没有得到回应，肖策交完钱去拿药，再回到病房，重新打开手机，依然没有回复。他再次回拨电话，还是无人接听。

是生气了吗？念头一闪而过，被肖策否决了。

陈绯不是不讲道理的人，她没有回，大概率是被其他事情绊住了。

她的最后一条消息说要去尘器，让他去那里找她，或许是工作室有什么急事。

“你打算怎么办？”唐剑的话打断了肖策的思路，“这事一看就知道是韩越在背后捣的鬼。”

肖策锁屏，看向唐剑，说：“不只是他。”

韩越有再大的本事，也搞不来当年今宵茶楼外的那张合照，也想不到要提前去徽松客大堂蹲点拍照。树洞网的帖子，是有韩越的助推，但究其根本，到底是谁的手笔，已经一目了然。

肖策心中渐起疑窦：轩轩应该很清楚，如果陈绯看到这帖子，很容易就能想到照片来源。

轩轩一直在陈绯面前摆出一副正人君子的模样，如今竟然为了诋毁他，自甘撕破脸皮？

此举无异于两败俱伤，他若还想在陈绯面前维持自己亦师亦友的形象，怎么都不会走这么一步蠢棋。

除非……

肖策心念陡起。

除非他不打算再伪装下去了。

“你跟你女朋友到底是怎么回事？”唐剑还在追问，“那帖子，后半截我知道都是胡扯，前面那些说得有鼻子有眼的，你给我解释解释。”

“与你无关。”

肖策突然烦躁起来，额角的青筋微微跳动，一种不好的预感在心头萦绕。

“怎么与我无关？肖策你搞清楚，这是作风问题，要真是闹大了，别说你在实验室待不下去，徐老师也会晚节不保！”唐剑压低声音警告他，“你知道舆论压力是什么吗？要是闹得校方都知道了，你就是有一百张嘴都说不清楚。”

“唐剑，我知道你在担心什么。”肖策冷冷地看着唐剑，“你放心，是我的事，我会担下来，绝不连累研究室里的任何一个人。如果你还把徐老师当成老师，现在就把嘴闭上，要是做不到，就给我滚。”

“你……”唐剑咬牙，被说得急红了脸，“本来就是你捅出来的娄子，韩越是小人没错，但你要能管好自己，会被拍到那些照片？会被他这么容易抓到小辫子？想想自己的原因吧！”

肖策失笑：“逻辑满分。”

手机又响了一下，肖策立刻低头去看，不是陈绯，而是赵进打来的电话。

他离开病房，来到走廊尽头接起电话。

“赵警官，有什么事吗？”

赵进语气严肃，又隐隐透着激动：“还记得上次你跟我说的赵承东吗？”

“记得。”

赵进语速很快，对肖策说：“他的父亲赵吉风四年前涉嫌贿赂官员被逮捕，证据显示他行贿数额超过五百万，属于‘情节特别严重’，被判处九年有期徒刑。但早在有风声的时候，他就已经悄悄转移了部分资产。”

“你的意思是，赵承东继承了这些资产？”

赵进没有正面回答肖策，而是继续顺着自己的思路往下说。

“赵吉风当年生意做得很大，主要的盈利来源于一家餐饮娱乐公司，其中，枫林会所就隶属于这家公司。枫林会所是一家私人会所，会提供训练有素的商务男模、女模……因为赵吉风被捕，这家会所也被起底关门，但是很快，我们就发现它换了其他名字，又卷土重来了，这次他们低调、隐蔽了很多。”赵进咽了口口水，“那家居酒屋——晚枫の色的前身，就是枫林会所，名义上的店长兼老板王子芳负责打理相关事务。实际上，王子芳只是当初枫林会所的经理之一，我们最近查到，这家居酒屋背后真正的出资人，是赵承东。”

肖策愣怔，王子芳和轩轩……竟然还有这么一层关系。

“赵承东和赵吉风在法律上并非父子，从前我们的关注点都偏了。直到你那天跟我说，赵承东就是刘浩轩，我托花雨巷的同事重新查了刘浩轩，实地走访过后，才知道他是赵吉风的私生子！这下就都通了！

“在此之前，我们都以为赵吉风会把枫林会所留给他唯一的儿子——也就是他和前妻生的儿子陈枫。我们盯着陈枫，他在H市开了家舞蹈工作室和一家私房菜馆，可全都干干净净，抓不到半点把柄。

“我们还奇怪，这儿子真就转性了，放着老爹留下来的人脉和资源不用，拱手让人？

“谁能想到，他有两个儿子！陈枫是赵承东同父异母的哥哥！”

肖策的眼皮跳了一下，他听见自己问：“陈枫开的舞蹈工作室和私房菜馆，是不是迷叶和……徽松客？”

“你怎么知道？”赵进一愣。

陈绯在一阵天旋地转中醒来，只觉得异常颠簸，她四肢无力，脑子还很迷糊，迟缓地掀起眼皮，发觉自己被人扛在肩上，正走在一条又长又窄的小巷里。

四周寂静无声，连个过路人都没有。陈绯从香水气味判断出来扛着自己的人是轩轩，静心听了听脚步声，应该也只有轩轩。陈绯评估了一下自己现在的战斗能力，没反抗也没作声。

穿过深巷，入眼的是一条堆满淤泥的臭水沟，枯草烂叶随处可见。轩轩拐了个弯，带着陈绯进了旁边的一栋破旧小楼。

这楼比肖策租的房子还破，竟然还没有拆除重建，想必位置相对偏僻。

轩轩扛着她上了二楼，已经有点喘，他边走边歇，最后停在三楼，掏出钥匙把门打开。

极其老旧的小屋子，一室户，水泥地板开裂，墙壁掉粉严重，但奇怪的是，屋子里干净整洁，显然只做过清扫，没有重新粉饰装修过，像是在努力地保存着最原始的模样。

靠墙的铁架子床锈迹斑斑，不知道什么年头的了，轩轩把陈绯放上去的时候，她听见极其骇人的吱呀声。

轩轩端详着陈绯的“睡颜”，从床头柜里摸出一卷情趣捆绑绳。他手法熟练，很快以“双柱缚”将她双手捆牢固定在床头。

他动作温柔，陈绯全程都没有感觉到痛，她想，也许轩轩并不打算伤害她。

可他为什么要将她绑来这里？

“别装了。”轩轩对着她的耳朵吹了口气，“醒了就陪我说会儿话。”

“看来真是这样。”肖策想，这么一来，最近陈绯和宋银川碰到的那些污糟事，恐怕就都能解释得通了。他觉得有必要快点联系到陈绯，语气有些急，“赵警官，如果没有其他……”

“你先别挂，我还没说完。”赵进急吼吼道，“刚只是个铺垫，我

之所以告诉你，是因为这些和花雨巷的旧案有关！”

肖策心里一个咯噔。

“你不知道吧，刘浩轩当年在花雨巷，他们总去的那个舞蹈教室是陈枫的产业。旧厂房是陈枫买下来的，也是他出钱改成了舞蹈教室，后来大壮死了，隔了一年，他又把房子转手卖出去了。”

“你是说……那舞蹈教室，等于是轩轩自己家开的？”

“是啊！”赵进说，“现在再去想想刘浩轩给的不在场证明，监控吧，是自己家安的，人证呢，自家招来的员工……是不是古怪？我这边扫黑除恶专项组行动已经开始了，根本抽不开身，就让S城的同事帮我去查，尤其是那个姓孙的门岗，一定要好好盘问！我同事今天中午刚给我回了消息。”

肖策的手心一点点发汗，低声问：“孙叔……被买通做了假证？”

“不是！不是买通，是他坚信案发当晚轩轩真的在舞蹈教室跳了一整晚的舞。”

“他坚信？”

“那姓孙的，儿子好赌，自己天天晚上偷着出去拾破烂回来卖，又怕翘班这事说出去工作保不住。所以被我们调查之前，自己找了监控来看，他哪懂监控哦，以为拍到什么就是什么，信以为真，一口咬定自己亲眼看到轩轩跳了一晚上的舞。私人监控时间日期想作假还不是分分钟的事？更何况，连这厂子都是他们自己家的！”赵进语气激愤，“等把赵承东提回来，我还真是要好好问问他，搞不好这次能有意外收获。”

“你们去抓人了？”肖策一凛，声调都变了，“什么时候的事？”

花雨巷的旧案是赵进私人在查，所以有了实质性的进展，他可以第一时间告知肖策。可是抓捕赵承东、起底那家披皮会所的行动，赵进无法透露。

“两码事，我们警方的行动内容和旧案无关，我也不方便告诉你。反正我们已经掌握了足够的证据，来起诉非法经营、涉黑涉毒分子……”

“人是不是还没抓到？”肖策的心颤得厉害，心中越发强烈的预感几乎攫取了他的意志，“是不是还没抓到？”

为什么轩轩要走这步蠢棋?

为什么忍不了了，为什么要在今天放出照片，放弃在陈绯面前的伪装?

在这一刻，肖策终于彻底明白过来。

因为来不及了。

“是还没抓到。不过你要相信我们刑侦技术和……”

赵进的声音像是悬在空中，肖策脚下生风，飞快地往楼下冲去。他挂了赵进的电话，不断地拨陈绯的号码。

无人接听，始终无人接听。

肖策心乱如麻，跑到楼下，往医院门口的主干道边狂奔，打车的时候，他又调出号码，打去尘器前台座机。是小妹子接的电话，她不知道肖策为什么如此着急失措，小心翼翼地赔着笑，说自己才过来上班，工作室里没人，也没看到陈绯。

“肖策师兄！”

这个时候，路边水果花店里走出来两个女孩子，一个提着果篮，一个捧着花，像是要去医院看望病人。其中叫住了肖策的，正是苏茜。

热气拂在脸上，陈绯知道被识破了，她睁开眼，望着轩轩。后者好整以暇地坐在床边的木板凳上，手里捏着她的手机。

“为什么要绑我？”陈绯脱口问他，“你知道我失踪的事很快就会被发现，如果他们报警，秦方大厦和街头监控一调，很快就会查到你。轩轩，这是犯法的事！”

“我知道。”陈绯说的话丝毫不能触动他，轩轩神情平静，说，“但是你放心，他们一时半会找不到这里……等他们找来，我们已经安全离开了。”

他这番话信息量巨大，陈绯强迫自己冷静下来，逐一分析。

轩轩的目的是带走她，而不是绑架她以要挟别人，或是单纯地囚禁伤害她——也就是说，这里只是一个中转地。由于某些原因，他不能直接把她带去他设定好的目的地。

陈绯想到，他是徒步至此，恐怕中途早已弃车，这儿如果位置偏僻，没有设置监控探头……确实会给警方搜查造成很大难度。

如果自己的失踪没有被人及时发现并报警，如果报警之后没有很快立案侦查，如果立案之后警员没能及时找到这里……也许轩轩很快就会把自己转移到别处。

“你要把我带去哪里？”陈绯问他，“你能把我带到哪儿去？”

“你不用操心。”轩轩哄她，“那会是个好地方。你在那里，会长得比现在更好，我也会。”

陈绯受够了轩轩这个盆景的比喻，但她还是敏锐地注意到，轩轩最后那句——我也会。

他也会？也会长得比现在更好？

他不是自诩修剪师，疯魔一般要拿她当作他的盆景吗？怎么，他自己……也是别人的盆景？

陈绯脑子里冒出这个念头，令她心跳如擂鼓。

医院门口的主干道边，肖策被苏茜和孟皖媛叫住。他已是焦头烂额，本没有心情和她们多说，可孟皖媛一步跨过来，大声对他说她们看到陈绯被一辆豪车从秦方大厦接走了，才拉回了肖策的注意力。

“你亲眼看到的？”

“对。”苏茜赶紧补充，“是一辆深蓝色的玛莎拉蒂。而且媛媛说，副驾上的飞飞老师看上去不像是睡着了，像是昏了过去！”

“这是什么地方？老房子？看起来有些年头了，比我家还旧。”

陈绯深深呼吸过后，重新开口，她尽量放松自己，态度温顺，声音发软，一部分是药力作用，一部分是她处于劣势的自保策略。

“你猜猜看？”轩轩说。

“猜对了，有好处吗？”陈绯顺着他问，目光若有若无地落在自己的手机上。

“想要这个？”轩轩立刻察觉，把手里的东西冲她晃了晃。

“不，不用。”陈绯不傻，触怒疯子对她没有好处，她收回目光，扭了扭身子，转移话题，“这床好硌。”

“好吧。如果你猜对了，我让你舒服一点。”轩轩觉得陈绯很懂事，给了她一个鼓励的笑。

陈绯稳了稳心神，小幅度地转动眼球，她看见墙壁上挂着泛黄的写真照片，照片里的女人妆容复古，浓黑的发烫着很多蓬松的小卷，眉眼之间与轩轩有几分相似。

“那是你妈妈？”陈绯轻声问，“这里……是你们去花雨巷之前的家？”

陈秋娥说过，轩轩的妈妈怀上他之后，就打定主意要跟着轩轩爸爸。可是赵吉风已有家室，原配妻子给了轩轩妈妈一笔钱，将她和儿子打发了。

三言两语，当然无法把过往的旁枝末节囊括在内。

轩轩的妈妈生下轩轩后，到心灰意冷离开赵吉风之间那几年，究竟在这里过着怎样的生活，陈绯不得而知。

“原来你也觉得我和她长得像。”轩轩说着，将手机搁在床头柜上，俯身给陈绯身下垫了张薄毯子，算作奖励，“你说得对，这里是我的家，唯一的家。”

“你还留着这间房子……你很怀念那时的日子？”

轩轩的动作一顿，陈绯听见他冷哼了一声：“你知道这栋楼原来是做什么用的吗？”

陈绯没答。

“如果有人按前街的‘名片’或者各处张贴的小广告条上的电话号码打过来，她们就会让那些男人来这儿。”轩轩眯了眯眼，指着墙角的

一处空地，说，“我不记事的时候，就支一张摇篮床在那里。我能记事的时候，摇篮床换成学步车，给我发一根棒棒糖，我能在墙边跟自己玩两个小时……小绯，两个小时可够久了。”

陈绯心口一颤。

看来陈秋娥获知的也并非真相，或许是轩轩妈妈骗了陈秋娥，当初赵吉风的老婆根本没有给过她们母子一分钱，她带回花雨巷的那笔钱，是她在这里攒的。

“再后来，我得上学了，总看这些也不好。”轩轩顺势坐在床边，回忆道，“她就把我托管给隔壁，隔壁也有客人，就再往隔壁的隔壁送，小绯，她们都喜欢我，我打小就招人喜欢。”

轩轩话音刚落，陈绯的手机就嗡嗡地振动起来。

陈绯自刚才起就一直瞄着床头柜，此时看见屏幕上“肖策来电”的字样，一颗心更是提到了喉咙口。

但她没动，以她现在这个姿势，没有办法比轩轩更快地接近手机——更何况她双手被缚，反抗无益。

轩轩偏头瞥了一眼，当着陈绯的面将手机关机。

“他都已经自顾不暇了，倒还紧张着你……小绯，肖策比六年前，长进了不少。”轩轩低声评价肖策，顿了顿，想起什么似的，愉悦地笑了，“我也长进了很多。”

陈绯闭了闭眼，努力让自己平心静气，她问：“你对他做了什么？”

轩轩轻描淡写地说：“倒也不是什么了不起的事情。我没伤他半根手指头，不过找人办了点事，想看他倒霉的不少啊，我一点气力都没费，就轻而易举地毁掉了他最在乎的东西——脸面、前程……肖策这个人，虚伪又做作，还有什么比让他的真面目曝光更适合他的呢？”

陈绯心里一疼，她攥了攥拳头，问：“你就这么恨他？”

“我不恨他，我为什么要恨他？”轩轩脸上现出疑惑的神情，转向陈绯，“只要他不缠着你，我可以当作没有这个人。”

他困囿在自己的行事逻辑里，她如果找不到突破口，绝对问不出半

点有价值的信息。

陈绯指甲掐进掌心，她定了定神，强迫自己先不去想肖策。

片刻之后，陈绯重新整理思绪，问道："那你恨你爸爸吗？"

赵吉风破产离婚之后，恬不知耻地去投靠轩轩的妈妈，又在她死后，用她留下来的钱财做生意，把儿子留在花雨巷不管不问。

这样的父亲，怎么能让人不恨？

可轩轩并没有露出陈绯想象中的憎恶神情，他偏头，嘴角上扬，对陈绯说："赵吉风可恨，但他还是做了一件好事。"

赵吉风能做什么好事？给了他生命，留下一笔可观的财产，还是……

从陈绯这个角度看过去，轩轩的下颌线平直流畅，玩味的笑容也无比眼熟。她兀地想到一个人，陈绯额角青筋一跳一跳的，声音有些发哑。

"陈枫……是你的什么人？"

轩轩望向陈绯的眼神变得深邃，当她提起那个名字的时候，他脸上不由自主地浮现出堪称虔诚的笑。

"他是赵吉风和陈茹的儿子。"轩轩并不隐瞒陈绯，语气感慨，"赵吉风这辈子唯一做对的事，就是让他来到这个世上。"

果然。陈绯在心中暗叹，轩轩在陈枫面前反常的表现是有原因的。

"他是你哥哥。"

"不过，我从来不这么叫他……"

"你叫他什么？"

"老师。"轩轩语气亲昵，回答陈绯，"他是我的老师。"

又是这个称呼。

陈绯心里泛起一阵嫌恶，她想到和轩轩重逢之时，他对着众人，也称自己是她的老师。又想到那天在徽松客，陈枫意味深长的那句"名师出高徒"——显然，他们重新定义并扭曲了这个词。

她很费解，轩轩为什么会以如此态度面对陈枫，他们两个又怎么会没有嫌隙地走到了一起。

就在她想着要怎么问轩轩的时候，轩轩自己的手机突然响了起来。

很古怪的音乐，陈绯从未听过。像一支舞曲的片段，和轩轩平时使用的铃声并不相同，可能是为某个重要的人特别设置的铃声。

陈绯看见轩轩立刻从口袋里取出手机，她的余光瞥见来电人的备注——Tutor。

应该是陈枫。

轩轩站起身，没急着接通，而是往外走去。与此同时，那舞曲转入节奏更强的高潮部分，像是民乐器演奏，鼓声尤为突出：嗒——嗒嗒——咚！

“嗒——嗒嗒——咚，就记得这么多。屋里隔音挺好的，也就是我仔细在听，不然根本听不到什么动静。”

娇的声音回荡在陈绯脑中，她霎时浑身紧绷，过电一般睁大了双眼。

嗒——嗒嗒——咚！

轩轩走了出去，砰一声关上了大门。

第十四章

今宵

被肖策挂了电话之后不超过五分钟，赵进再次接到他的来电，劈头就是一句话，赵承东在大约两小时之前，绑架了陈绯。

肖策把孟皖媛记下来的车牌号报给赵进，根据她们提供的具体时间和地点信息，赵进立即派人去调取秦方大厦前的路口监控。

很快，车辆信息也来到赵进手中。

那辆车是陈枫名下的，自秦方大厦地下停车场开出后，在市区绕了一圈后直奔北郊，最后一次出现是四十八分钟之前，在北郊木兰林场外的公路路口监控中。

如果继续沿公路行驶，必定会被下一个监控探头拍到，所以赵承东只可能将车开进了林场，并且，没有再将车开出来。

警方迅速出警，很快在林场内找到被赵承东丢弃在路边的那辆车。并在车载储物箱内，发现了被研磨成粉状的可疑残留药物。

“依替唑仑，作用比普通的安定强五到六倍，一般用于神经症、

抑郁症以及睡眠障碍……只要几毫克，就能让人镇定下来。”赵进得到的鉴识结果佐证了孟皖媛的判断。

肖策也赶到了现场。警方在车辆被遗弃处附近找到一条小路，通往附近的矿山小镇，根据现场留下的脚印和痕迹，他们初步判断赵承东带着陈绯从这里离开了。

矿山小镇厂房多，杂户错落，多夹在矿场和农田之间，这里的居民有很大一部分在矿山公司上班，或是在田间务农，村镇巷落里也没安装探头，要想挨家挨户搜查，必定要耗费大量时日。

更难办的是，这里四通八达，每天都有大批量的运货卡车从各个矿山采矿场进出，稍有不慎，嫌犯就会带着人质转移。

警方成立的专项小组已经开始就这一突发事件调整行动计划，立案调查，向技侦部门提交申请，以获得工信部门提供的手机定位。

肖策站在林场小路边，不间断地给陈绯打电话，在某一刻，突然听到对面传来“你所拨打的电话已关机”的提示音，他止不住地发抖，蹲下身深深呼吸。

赵进走过来，试图安慰他，对方的反侦察意识不强，找到他是早晚的事。

早晚……说得轻巧。破案是有早有晚，可人呢？晚一步，绯绯会怎么样？

肖策脑子里突突直跳，听不进一个字。他很愤怒，如果赵进能早一点查出陈枫和赵承东的关系，如果在满汉街那晚，就如实告诉他，警方怀疑赵承东背地里在干些什么样的勾当，陈绯能提高对轩轩的警觉，事情就不会发展到这个地步。

但肖策同时也很清楚，基于自己的职业立场，赵进没有任何理由在事前跟他这个外人透露一星半点，没有人是上帝，没有上帝视角，他们也不可能会预估到赵承东会在穷途末路之际，还如此光明正大地开着陈枫送他的豪车，冒着被捕的风险在大白天挟持陈绯。

赵承东就是个疯子！

肖策的手指插进头发里，狠狠地抓了一把，他必须理智，这个时候最不能要的就是冲动。

如果陈绯醒过来，她一定会害怕，但就算害怕，以他对她的了解，她也会努力地让自己冷静下来，想尽办法脱困。

片刻后，肖策长长地呼了口气，他站起身，打开手机通讯录，翻到宋银川的名字，点击拨出。

短短十几秒的时间，一切都变了。

轩轩去又复返。回来的时候，他掼门的力度更大，似乎是带着气。

陈绯不知道这样的通话时长意味着什么。闹翻了，还是仅仅是为了防止被警方定位？

可她望向轩轩的眼神也再也无法维持平静，她无法遏制地发抖，数年前那个盛夏的夜晚，眼前所见的一切，倍加清晰地浮现在脑海之中。鼻尖仿佛还萦绕着那股浓重的血腥味。

陈绯感到一阵恶心和眩晕。

是他……竟然是他！

陈绯很难说服自己相信，杀了大壮的人，会是轩轩。

她紧张又恐惧地看着眼前这个已经完全陌生的男人，不，恶魔！她提防着他被触怒，怕他一言不合，对她也痛下杀手。

轩轩在房间里来回走动，有些不安、烦躁，和刚才判若两人。他喘着粗气，看向陈绯时，她注意到他的眼眶发红，不知道是愤怒到了极点，还是痛苦到了极点。

他箭步朝陈绯走来，她紧紧闭上双眼，耳边有风声掠过，陈绯很快听到巨大的响声。

轩轩把她的手机扔在地上，弯腰抬起板凳，狠狠地砸，不多时，就把它砸了个稀巴烂。

“我蠢？我让你失望、让你厌恶是不是！是不是！”

他歇斯底里地大吼，将手里的板凳也用力掼在地面。

陈绯心惊肉跳地听着那破碎声，却不知道轩轩突如其来的狂怒是对着谁，也不知道他下一秒，是不是就会迁怒到自己身上。

可是没有，他发泄过后，久久没再出声。

陈绯慢慢睁开眼睛，极力仰头看去，发现轩轩跪在一地的残骸中，肩膀抽动，无声地哭。

这样的状态足足持续了十分钟，轩轩才扬起上半身，他看似平静——如果他的脸颊没有不受控地抽搐的话。

“会好的。”他不断地重复着这句话，“这一次也会好的。”

而后，轩轩开始打扫房间，将所有垃圾清理到一个大袋子里。他全程绷着脸，神色阴沉，陈绯不敢和他搭话。

最后，轩轩再次加固了陈绯手上的束缚，拎着袋子出门了。

这一回，陈绯听到了轩轩下楼的声音——这间屋子的隔音很差。

事到如今，陈绯已经不能再寄希望于轩轩神志清醒地将她释放了，她必须另寻出路。

陈绯先尝试大声呼救，抱着侥幸心理，希望能有过路人或是邻居听见。

未果，四下一片死寂，这栋楼或许早就搬空了。

陈绯又试着动了动手，她被绑得很紧，但是绳子固定的位置是床头生锈的空心铁条，以她的力气，掰断是不可能的。但是凭她的腰腹肌力量，完全可以握住床头铁条，让自己整个人翻到床的另一侧去。

到时候，正面对着绳结，或许会好办很多。

陈绯深呼吸，紧紧把着床头的铁架子，提气用力，轻巧地抬起双腿，将身体翻过去。不算很费劲，但做完这些，她仍有点头晕，看来药效还没有完全过去。

陈绯打量绳结，试探地用牙齿按照捆绑缠绕的顺序反序拆解——很快就失败了。她又试着去猛踹床头的铁条，专攻连接处生锈的地方。

不知是年头已久还是什么原因，铁条靠床板的焊接处已经锈蚀严重，而上部根本没有焊接，是嵌插连接的。陈绯陡生希望，一边听着门外的动静，一边锲而不舍地对着铁条下部又拽又蹬，手腕因为这动作不断与绳索相磨，疼得几乎麻木了，可她还是一下下地用最大力气向那变形痕迹越来越明显的连接处踢踹。

别回来，别回来……

她在心里默念。

“轩轩妈妈原来是做小姐的……对，他爸爸就不是个东西！不知道叫什么，也没人问过。我去花雨巷的时候，他爸爸老早就走了。”

宋银川应肖策要求，在电话里把自己对轩轩的所有了解，事无巨细地说给他听。

“我听说轩轩是念高中的时候，被他爸接到H市念书，但不知道怎么搞的，高考前跑回来了，刚回来那阵子，天天闷在家里，好像……还闹过自杀。”

肖策打断他的话：“为什么？”

“传言而已，我也不是很清楚，那会儿都是老板娘跟他在接触。”宋银川说，“估计是精神受什么刺激了吧，后来跳跳舞，可能是找到了新的精神寄托，心情才调整过来。然后，他就到楼里来了……不过也是玩票性质的那种。”

“跳舞？那个舞蹈教室就是这时候开的？”

“对啊，差不多就是轩轩从H市回来以后那会儿。”

舞蹈教室，是陈枫送给轩轩的。

那也就是说，轩轩至少在高中时期，就已经和陈枫相熟了。

“再多的我也不知道了，娇跟轩轩都是跳舞的，有些细节，他可能更清楚……不过，策哥你为什么突然打听这些？”宋银川还不知道陈绯出的事，他说。

“晚点再说。”

肖策没空多解释，结束通话后，又给娇打过去。

娇说的内容和宋银川大差不差，肖策知道他和银川不同，直截了当地把陈绯目前的险境告诉了娇。

“把你能记起的一切都说出来，你少说一点，绯绯可能就少一分获救的希望。”

“轩轩……他、他怎么敢做出这种事！”娇在电话那头失声尖叫，而后，肖策听到他急促的呼吸声。

而后，隔了好一会儿，娇才抖着嗓子说：“有、有一点，是关于陈枫的，不知道有没有用。”

天色渐深，屋内没有开灯，陈绯仍在奋力对着床头铁条发起进攻，她腿脚酸软，偶尔有几下踹歪了，痛得直颤。

某一刻，陈绯听到嘣咚一声，那根空心铁条和床板的连接处，竟然真的被她生生踹断了！而后，她双手夹住那根铁条，往下用力一拽，便将整根铁条抽了出来！而她也顺势脱离了床头的禁锢。

陈绯心头一松，险些狂喜落泪，眼下只要再想办法将绳子……

一个念头没转完，黑咕隆咚的楼道里突然传来格外清晰的脚步声。

“快说！”肖策没想到娇还和陈枫认识，他心中一动，立刻追问。

“几年前……那时候我和陈枫还……联系得比较紧密。有天早上我听见他在卧室外面，给花店打电话订花。我还以为是他要给哪个相好的送，所以听得很认真，结果他在电话里说，那花，是替一个叫东子的人送的，地址很偏，在北郊。”

“北郊？你确定？”肖策音量不自觉抬高，引来了赵进的注意，“那么多年前的事，你怎么记得这么清楚？”

“知道不是陈枫自己送花，我就没当回事了，但后来摸到手机看了一眼，就全清醒了。那天——可是清明啊！我当时还在想，是不是

北郊有坟场，现在外卖送花都能往坟场送了？”娇说，“但现在知道轩轩改名之后，我再想东子这名，就不对劲……没准，没准那会儿轩轩人在国外，陈枫是在替他给他妈送花尽孝。”

“可是轩轩妈妈葬在S城，按照常理，怎么都该往S城送。”肖策快速道，“除非，除非北郊有一个地方，对轩轩和他妈妈来说，更有纪念意义。”

“是啊！有道理！”娇贡献了有用信息，心跳得噗噗的，嘴都快瓢了，“可、可我只晓得北郊，根本记不住确切地址啊……”

肖策看了一眼旁边的赵进，说：“把轩轩经常订花的花店名字和他的联系方式告诉我。”

大数据时代，知道日期，知道用户联系方式，还怕查不到具体的订单信息和地址吗？

脚步声越来越近了。

陈绯的心快要跳出嗓子眼，她飞快地将那根铁条藏在薄毯下面，而后躺上去，双手举过头顶，把手腕和绳子的连接处卡在床头另一根铁条上。

担心被看出床头缺了一根铁条，陈绯踢乱床褥，做出一副挣扎过的模样，又把床上的枕头推高，遮挡住那过于突兀的缺口。

有人开门，又关门，声音沉重，像是重重叩在陈绯心上。

“天黑了。”

轩轩的声音在黑暗中幽幽响起。

陈绯头皮一麻，她怕自己不吭声，让轩轩立刻开灯察看，于是立即开口说：“你回来了。”

轩轩没有开灯，直接走到床边，坐下了。

诡异的黑暗本该让人害怕，可此时，却让心怀忐忑的陈绯感到一丝平静。

“小绯，我们认识多少年了？”轩轩突然开口问。

陈绯迟疑了片刻，没有回答上来。

“二十二年。”轩轩说，“我刚去花雨巷那年，你才四岁，小丫头片子，凶得不得了。”

陈绯谨慎地嗯了一声，没有接茬。

“我认识他的时候，也四岁。”轩轩的声音有些发哑，黑暗给这一切裹上一层神秘的温柔，陈绯心头的恐惧减轻了分毫。

“你是说，陈枫？”

轩轩没有否认。

在轩轩小的时候，赵吉风偷偷来看过他。

赵吉风会给轩轩妈妈塞一点钱，然后把他抱走，带他和陈枫一起去兜风。

那个时候，赵吉风叫他东子。

小时候，轩轩很喜欢当“东子”，每当他被人叫作东子，就意味着，他能见到陈枫哥哥，能见到那个笑得很大声的男人，也能吃到平时吃不到的好吃的，玩平时摸都摸不到的玩具。

陈枫哥哥是他在这世上最羡慕的人。

他们扮家家酒，陈枫是老师，他是学生，陈枫问，你以后想当什么？

他就说，我当东子。

陈枫不让，他说，我喜欢会跳舞的人，你去当舞蹈家吧。

他问陈枫，当舞蹈家以后，我还能当东子吗？

陈枫说能。

好，那就当舞蹈家。

可是一回到妈妈身边，他又变成了轩轩。妈妈不允许他管自己叫东子。他想偷偷溜出去见陈枫，被发现了，还会挨打。

他想，也需要先当舞蹈家，才没有人阻挡他当东子。

所以他开始跳舞。

不会跳，就跟着隔壁的阿姨学，她很会扭。

轩轩也扭，找到机会，扭给陈枫看。

好看吗？我能不能评上舞蹈家？他问。

丑死了，陈枫不客气地说，你没看过电视吗？

电视是什么？轩轩不知道。

不过他很快就知道了。妈妈和赵吉风大吵一架之后，离开了那栋有很多阿姨的楼，把他带去了一个更破旧偏僻的地方。

但在这里，有电视，有零食，有豪爽大笑的陈秋娥，有牙尖嘴利凶巴巴的陈绯。

可是没有人叫他东子了，也没有陈枫哥哥。

那天，轩轩被陈绯抢走玩具之后，没有哭闹，他回到屋子里，打开电视，开始认真地学起了舞蹈。

后来，赵吉风又回来了。他回来的那天，妈妈哭了一整夜，但是没有赶他走。

赵吉风变了。他不再是记忆里那个大笑着喊自己东子的男人，也没有带回陈枫哥哥，而是整天酗酒抽烟，穿汗衫坐在马扎上，在巷口，一坐一整天，脚比流浪汉还臭。

轩轩想，如果恨一个人，就是希望他消失。那么他是恨赵吉风的。

妈妈死后，赵吉风真的消失了，带着家里所有的钱。

轩轩被陈秋娥接收，她管他吃喝上学，每个月还给他一些零用钱。三个星期的零用钱攒在一起，够买一盘歌曲磁带，他变着花样地把从电视上学会的舞步和动作，套进这些歌里。

多练一支舞，他就离舞蹈家更进一步。

可上了初中，零用钱突然多了起来。他从陈秋娥那里知道，赵吉风又发达了，还打算把他接到H市念高中。

陈秋娥来问轩轩的意愿。

轩轩反问她，这是妈妈来花雨巷之前待的地方吗？

陈秋娥说是，轩轩就答应了。

初三那年暑假，他终于再次见到了陈枫哥哥，终于又听到他们叫自己，东子。

时过境迁，陈枫哥哥有了天翻地覆的变化。但好像，又什么都没变。

陈枫还是会带“东子”去他从没见识过的地方，让他大开眼界，带他去吃形形色色的食物，去唱歌、轰趴……

陈枫的世界异彩纷呈，永远凌驾在他之上。

轩轩很高兴自己能得到他的关注。他努力地表现自己，在蹦迪的时候将最拿手的舞蹈跳给他看，可那个时候，他已经羞于启齿，自己想当东子这件事了。

陈枫说他跳得不错，不过，还需要专业指导。他给轩轩找了一个舞蹈老师，是从赵吉风开的枫林会所里挑的。

那是轩轩第一次知道枫林会所，第一次涉足这个让人目眩神迷的世界。

陈枫像个耐心又温柔的师长，手把手教他……轩轩很快发现，自己对这一切并不陌生，甚至乐在其中。

他尘封多年的儿时记忆，被陈枫唤醒了。轩轩想起小时候扮家家酒，自己也问过陈枫。

你呢？你以后想当什么？

陈枫说，我要当老师。

好啊，轩轩捧场，我一辈子是你的学生。

从那天之后，轩轩又开始叫陈枫，老师。陈枫很高兴，似笑非笑地看着他，说：“东子，你可真是一个好桩子。”

轩轩说得断断续续，可就算只是七拼八凑，陈绯也听懂了。扭曲的童年，深埋的执念，他本就和正常孩子不同，在意志最薄弱，最容易被引导、洗脑、塑造的年纪，偏偏又遇到了陈枫。

陈绯问：“高三那年，你真的是因病退学？”

轩轩在黑暗里，低声笑了："那是他第一次丢下我。"

陈枫和赵吉风之间本就因为母亲陈茹而矛盾重重，在轩轩成年之前，陈枫偶然得知，赵吉风预备培养轩轩来做枫林会所的接管人。他不服，与赵吉风大吵一架之后，将满腔戾气，发泄到了轩轩身上。

在高考前体检当天，轩轩第一次当众发病，嘴里喊着，老师，我错了，老师，我错了。可是在场所有老师，没有一个人批评过他。

轩轩被送进医院，精神科医生给出的诊断结果是抑郁性精神障碍。

赵吉风对轩轩失望透顶，轩轩也是如此。他放弃了高考，选择回到S城，度过了一段浑浑噩噩的生活。直到陈枫再次找上他，把他从泥沼里捞回来，并送了他一件大礼。

陈枫为轩轩买下了那个旧工厂，精装出几间舞蹈教室来。

我希望你能自由自在地生长，也许有一天，你能长成我想要的模样。离开前，陈枫这么对他说。

陈绯想，陈枫已经完全成了轩轩的精神寄托，他们相隔千里，可陈枫仍旧操控着他。

"小绯，你被丢下过，你知道那种感觉。"轩轩再次开口，"你知道吧？"

陈绯攥了攥拳头："我知道。"

"可我，我已经被丢下了三次……这已经是第三次了。"轩轩的身子晃了晃，声音听上去有些虚弱，"你觉得，我还能允许你也这么做吗？"

"什么意思？"

月光之下，轩轩转过头来，面向陈绯，她看不清他的表情，却无端地感受到他的悲伤。

轩轩慢慢俯身，向陈绯靠近了，他的手抚在陈绯的脸颊上，又继续往上，顺着她的胳膊一路摸到手腕。

陈绯头皮一麻，心狠狠下坠。

“小绯。”他在她耳边说，“我们认识这么多年了，你是什么样的人，我会不知道吗？”

他已经扣住了陈绯的双手：“一整个下午，我都在门外默默为你加油鼓劲。我就想啊，小绯什么时候把这铁条卸下来，我什么时候再发出声音吧。不然，总觉得让你白忙活一场，怪不好意思的。”

“查到了！地址查到了！”

赵进拿到娇给到的信息之后，立刻派人联系花店，调取数据库，查找当日订单信息。

幸运的是，陈枫选择的花店是拥有多家连锁的大品牌，多年前就已经开始电子化流程。检索的过程很顺利，地址很快发了过来。

“你们几个，跟小林。肖策，你跟我。”

山路崎岖，赵进骑的是摩托车，他一挥手，把头盔扔给肖策。车头灯大开，劈开夜色，两拨人顺着林场小路，往矿山小镇的方向疾驰而去。

沮丧和绝望几乎将陈绯的神志吞没。

陈绯手脚酸软发麻，冷汗自背心透出去，贴身的衣物湿透了，冰凉一片，紧紧裹着她。

“轩轩，你放了我吧。”她低声说，近乎哀求了，“看在我们相识多年的分儿上，看在陈秋娥帮过你的分儿上……”

“我会放开你的，很快。”

轩轩看似从善如流，一边安抚她，一边伸手去解她腕上的绳子。

陈绯反而更加颓丧，她已经熟悉他的套路了。

果然，轩轩一边解绳结，一边说：“只是绑着双手，还这么折腾，小绯，我给你绑漂亮的龟甲缚吧。”

“我不要！”陈绯猛地一挣，嘶喊，“你敢！”

龟甲缚，顾名思义，绳索会在身体上绑出龟壳般的花纹，若捆绑得当，能突出人体优美曲线，用在适当场合，能增添无限情趣。因为，一旦被缚者有任何挣扎，都会首先抽紧陷入下身的绳子。

“不喜欢？”轩轩轻笑，问她，“那你会乖乖的吗？”

陈绯被屈辱折磨得银牙咬碎，她从喉咙间挤出一声：“我会。”

“很好，我会奖励你。”

身心施压，不过是一种驯服或是取悦他人的手段，轩轩想，他是真的可以出师了。

“小绯，我不会伤害你……你想想，我对你那么包容，怎么会伤害你呢？正是我们相识多年，我对你知根知底，才会在你身上花费这么多的心血。小绯，如果不是我舍不得你，我又怎么会被他丢下呢？我是为你留下来的，我丢下过你一次，我说过要补偿你……说到做到。”

陈绯开始胃痛，下意识蜷起腿，抵抗阵阵痉挛。

这个时候又想起肖策，陈绯的心理防线几乎溃堤。

他在哪儿呢？他已经发现她被轩轩带走了吗？他会来找她吗？还是……被自己的事情牵绊住，再次把她的优先级往后调整？

轩轩拆下绳子，他贴近她，吐息就在陈绯颈边，他用鼻尖轻轻地蹭着陈绯的耳朵，说：“老天总是眷顾我的，这一次，我也会扛过去的。”

轩轩忘情地闭上眼，亲吻陈绯的耳垂，一遍遍地重复，好让自己深信不疑。

“我扛过去了，他会对我更加刮目相看。”

陈绯痛得产生幻觉，她好像听见肖策的声音。

他说：“陈绯，别害怕。”

他说：“让我爱你吧。”

他说：“我不想拉长战线。但是没到最后一刻，不能放弃。”

没到最后一刻，不能放弃。

他就是这么轴的一个人，哪怕被苛待，被按在泥里，也闷不作声地昂着头，想办法一点一点爬出来。

就算姿势不好看，就算一路摸爬滚打，沾染满身泥泞，但最后还是爬上来了。

陈绯神思渐渐清明，她咬牙挺着，想，情况还不是最坏。至少轩轩没有再给她喂药，她现在还有力气，还能够思考。

轩轩将那根绳索往她的肩头套，膝盖强硬地压着她的腿，不让她动弹。

陈绯绷紧身体，睁着眼望向窗外漆黑的夜空，不知道是不是她的错觉，在某一刻，她看到半空接连晃过两点白光光斑，极其微弱的光线，像是……车前灯。

陈绯双眼猝然大睁，心跳如擂鼓，瞬也不瞬地盯着楼外。

轩轩毫不知情，他背对着窗户，正在认真专注地穿绳捆缚。

没过多久，那两点光斑一前一后再次出现，这回更亮，显然是比刚刚离得更近了！

陈绯心念一动，暗想，三楼的高度如果能看到这样的光斑……恐怕窗外对着的，是高高低低的山坡。

会是来找她的吗？又或者只是过路人？可是这样的灯光和一闪而逝的速度——对方骑的应该是摩托。而且一前一后两辆……陈绯在心里说，会不会是警用摩托？

这个念头让她勇气倍增，陈绯调整呼吸。如果真的有人来救她，她绝对不能在关键时候掉链子。

这时，施加在她身上的压力减轻大半，陈绯整个上半身被轩轩托起，他的捆绕速度也加快了。

“我带你走。”轩轩说，“我们躲起来，小绯，我带你躲得远远的，像上次那样。这件事很快就会过去的。”

不，不能！如果被他绑住，再带去别的地方，获救的希望就会更加渺茫！

她不能再这么受他摆布。

陈绯趁他探手到她身后，用力屈膝，狠狠上抬！轩轩反应速度惊人，虽没有被陈绯踢中要害，但堪堪避让之际，也失了控制她的力道。

陈绯借势一个翻滚，脚尖触到地面，飞快地往门外跑！

长腿几迈，她就来到门边，在此过程中，陈绯挣开胳膊上还未打结的绳索，肩头捆紧的两股绳子不影响四肢活动，她也无暇去解，争分夺秒开门逃离才是当务之急！

眼看前方就是大门，陈绯刚要伸手，头皮一疼，她被几步抢上来的轩轩揪住满把的头发，往后用力一扯。

“啊！”

陈绯惊声尖叫，整个人被他推倒在地，头磕在床头柜角，登时眼冒金星。可经此变故，她反倒在激愤中生出无畏。

就算逃不掉也要想办法拖延时间，不能被绑住，不能被他带走！

陈绯忍着恶心和眩晕，撑起自己的上半身，看着面前那个黑魆魆的高大身影不断靠近。

他不是轩轩，不是和她从小做伴，教她舞蹈的轩轩！

他是披着人皮的鬼，丧心病狂的疯子！

“你刚刚，还少说了一次吧！”陈绯厉声道，“第二次，陈枫丢下你，是因为你杀了大壮！”

陈绯说完这句话，那个身影，蓦地顿住了。

“你、你怎么……”轩轩摇头，不肯相信陈绯会说出这样的话，他矢口否认，“不！你是故意的，你故意这么说！”

“那个晚上！”陈绯听出他急了，她终于找到他为自己筑造的牢固世界的缺口，陈绯揪住那缺口不放，她要将那口子撕得更大！

“那个晚上，是你把大壮约到了207，让他在房间里等你！”

“不是我，是李雅兰！”

“李雅兰不是楼里的人，她根本不知道楼里哪个房间会空下来！”

“宋银川告诉她的，是他、是他把这些告诉了李雅兰。是他们合谋作案！”

陈绯咄咄逼人，语速飞快：“银川为什么要告诉她？为什么要跟她合谋？”

“那是因为……你不知道他们早就搞在一起了！”

“我当然知道！宋银川和我是什么关系，我怎么可能不知道？倒是你，轩轩，看来你对这些很清楚嘛！”

陈绯冷笑，她知道自己在慢慢占据上风，她开始用自己的思路干扰他了。她记起肖策对自己说过，凶手没被捉住，并不是他执行了多么精巧的杀人计划，他有漏洞，很多漏洞！他甚至因此惊慌失措，自乱阵脚！

“我知道的可不止这些。我知道楼里丢掉的那把西瓜刀，是被大师傅偷偷拿回家了，根本不是真正的凶器！我知道大壮吃下的过量壮阳药是娇的恶作剧！我还知道，李雅兰口口声声说着自己杀了大壮，但是案发当晚她却和蔡萍在市里美容院做保养！”

西瓜刀的线索、壮阳药的来源、李雅兰的不在场人证，全都是真凶无从得知的内幕，陈绯丢出一个又一个炸弹似的真相，来扰乱轩轩的思路。

“如果是银川和李雅兰合谋，为什么她的证词错漏百出？”陈绯完全不给轩轩喘息的机会，她连珠炮似的接着说，“我来告诉你，为什么会这样！为什么李雅兰她满口谎言，揽罪上身……”

陈绯眼中渐渐蓄起眼泪，她抬起手指，指着轩轩。

“因为，凶手另有其人！轩轩，是你利用了他们这层关系，用刀子栽赃嫁祸，让李雅兰去顶罪！”

轩轩被陈绯接二连三抛来的惊人信息砸得发蒙，他脑中一片混乱，想找到陈绯的破绽，终于，他找到了！

“错了，你说错了！”轩轩急吼吼的，打开她指着自己的手，大声辩白，“就算凶手把刀子丢给了宋银川，又怎么算得到李雅兰会去

顶罪！”

陈绯的眼泪砸在地上，仿佛狂风骤雨将至，一切平静得诡异。

她说：“我什么时候告诉过你，凶手把刀子丢给宋银川了？”

屋子里静得可怕。

陈绯的背抵着床沿，屋内本就一直没开灯，此时她眼前更是蒙着一层水雾，什么都看不分明。

她感觉到轩轩蹲下来了，就在眼前。

“你是什么时候知道的？”

陈绯说：“那晚陈枫给你打电话了吧？你给他设置的铃声，娇听见了。”她冷哼了一声，“若要人不知，除非己莫为，你漏洞百出，就算他没说起这个，你也迟早会被查出来。”

轩轩舔了舔发干的嘴唇。

“谁让他……听了不该听的话，还不懂得闭嘴。这不是——找死吗？”

还要从肖策说起。

他来今宵茶楼之后，陈绯三魂丢了一半，旁人都看出来轩轩不太高兴。但自始至终，他也没对肖策做什么。

不是因为别的，是那个时候，他正在跟陈枫谋划一件事。

扳倒赵吉风。彻底扳倒他。

精神鉴定报告让他选择放弃轩轩，和前妻的嫌隙让他对陈枫的信任与日俱减。赵吉风又组建了新的家庭，或许，他想重新培养一个接替自己的孩子。

他就是这样的男人不是吗？能用的人，就是死皮赖脸他也要巴结上，不能用的，连多一个眼神都不想给。他对前妻陈茹是这样，对轩轩的母亲是这样，对两个亲生儿子，也是这样。

看透了赵吉风的本质，陈枫的主意变了，他发现轩轩不会成为他

的敌人，而是他最有力的盟友。陈枫来找轩轩，问他愿不愿意帮自己，把赵吉风的一切夺回来。

当然。轩轩没有理由拒绝陈枫的提议。

被大壮听见，是个偶然。

那天陈枫离开，轩轩把他送去火车站，在那里，他问陈枫，自己什么时候可以去H市。

再等等，陈枫对他说，你是我的最后一步棋，要放在最关键的地方。

不要着急，他劝轩轩，我们还有时间。

我打算送你出国进修。陈枫跟轩轩说，如果你能体面风光地回来，赵吉风一定还会用得到你，比起我，他更愿意信任你，东子。

好，轩轩一口答应，他望着陈枫，对他说，陈枫老师，我会做到最好，我会让你满意。

他们在候车室外抽烟，聊得尽兴，可送走陈枫之后，轩轩一转头，却看见冲自己嘿嘿笑着的大壮。

轩轩这才想起来，大壮前几天请假回家看望病重的母亲去了，这会儿，恐怕是刚刚回来。

“一开始，我没想杀他。”轩轩说，“他不过是要钱，我又不是给不起。我给了他要的好处，可是他呢？贪得无厌！”

轩轩最无法忍受的，是大壮要挟他说，那个陈枫老师，看上去更有钱，也许以后不在今宵干了，可以去H市投靠陈枫老师——反正，他有他们的把柄，也不怕陈枫老师不接收自己。

陈枫老师，陈枫老师。这个名字也是他能叫的吗？

想杀大壮，这个念头自那一刻起，就在脑中盘桓着。日夜折磨着他，让他兴奋又害怕，蠢蠢欲动又战战兢兢。

“我让陈枫找人给舞蹈教室安了监控。这东西，骗不过警察，还骗不过孙叔吗？我不过动动手修改了一天的时间，就能让他以为我是案发当天跳了一整夜的舞。这个老头，为了儿子夜夜溜出去捡破

烂，我又找人威胁了他几句，说要再听到他翘班的事，就把他开掉！他果然吓得对警察说自己当晚寸步不离，亲眼看到我在那儿待了一整夜。”

轩轩自以为想得挺周全，他以给大壮介绍新客人为由，约他去207。那晚，他带着足够剂量的依替唑仑，从后门的小楼梯上了南二楼。

大壮脚步虚浮，似乎有些精神不济。看到轩轩敲门，便让他进来，只是还有些疑惑，问他客人呢。

不要着急，轩轩接了杯水，背对着大壮，把药粉抖进去，说，再等等，她一会儿就来。

可是变故发生了。

那些粉末还没在水中消散，大壮已经头晕目眩，扑通一声，跪在地上。

轩轩扶住他，关切地问他怎么了。

大壮口齿不清地念着壮阳药的名字，而后，轩轩眼睁睁地看着他昏睡过去。

轩轩让他平躺在地上，只觉得今晚的一切都无比顺利，他心情甚好，给自己套上鞋套和手套，在室内轻盈地跳了几个八拍，将那杯压根没用上的水倒进马桶冲掉。怕被检测出来，他还涮了几遍杯子。

做好一切准备，他给陈枫拍了张照片。

他说，我会让你，毫无后顾之忧。

轩轩觉得这一切是值得的，他充满一往无前的勇气。

可他没有想到的是，陈枫很快就给他回了电话，在电话里，他怒不可遏，让他停手。

可是……

轩轩像个乞求表扬却被骂得手足无措的孩子，他看着满地的鲜血，愣怔地对电话那头说——

晚了。

陈枫几乎晕厥，他破口大骂，骂轩轩冲动，说他一定会被发现。到那个时候，没有人会去管他！陈枫简直暴跳如雷，在电话里，他说，把希望放在你身上是我做过最错误的决定。

血腥气冲鼻而来，电话被挂，轩轩惊慌失措。

不是因为他刚刚犯下不可饶恕的罪孽，而是因为，他又一次做错事，被陈枫舍弃了。

“可是小绯，没有人发现是我！我把刀子丢进宋银川的阳台，想把水搅浑，结果李雅兰竟然出来认罪了！她的口供错漏百出，可是没有人戳破西瓜刀的事，没有人去调查壮阳药的来历，没有人再来复盘我的不在场证明！你说，是不是老天都在帮我？”

“人侥幸过一时，不可能侥幸过一世。”

“无所谓！小绯，今宵有酒今宵醉，我躲得过一时，就贪一时的乐，哈哈哈，别人不懂我，你还不懂吗？”

“你也配？！”陈绯从没觉得这个词如此恶心，她没忍住，挥拳砸在轩轩的脸上，冲他低吼，“大壮为了妈妈的病，卖过几轮血，不断透支身体；娇想让父母姐姐们过得好一点，什么都能忍；银川、银川在这世上无依无靠，他只想当个小裁缝，想过好自己的小日子，有名有姓地活着……大家都是多么认真地想活下去！你凭什么在摧毁了别人的人生之后，还能说出这样的话？”

陈绯一边说着，一边往后退，她的上身折出一个诡异的角度，紧紧贴着床，越来越往里。

轩轩冷不丁被揍了一拳，他立时还手，一把掐住了陈绯的脖子。

“轩轩。”陈绯冷冷地看着他，声音随着他的力度越来越大而渐渐虚弱，“你已经病入膏肓了。”

“病？”轩轩尖锐地反问，“这个世上谁没有病？贪婪不是病？虚荣不是病？无知不是病？傲慢不是病？为什么别人都情有可原，只有我要被打入地狱！”

陈绯被他掐得说不住话来。

“这儿已经完全荒了！电子地图根本不准！”

赵进和同事的两辆警用摩托同时停了下来，他们一手拿着手电筒四下探找，一手对着手里的电子地图不断分辨。

“会不会是地址有误？根本不在这一块？或者……那房子已经被拆了。”小林在边上问，“这荒郊野地的，几片孤楼还互相离得那么远，都乌漆麻黑，没有一栋亮着灯，连人影都没。我怀疑……人要么已经转移了，要么根本没来这里。”

肖策一声不吭，他对着地图看了半晌——确实和实际情况差得有点多，没有参考价值。肖策转而打开手机，将警方查到的地址输到搜索引擎中，开始从末页往前翻阅，快速浏览相关消息。

终于，在第七十八页，肖策被一条十三年前的本地论坛消息吸引了。

“花满园是不好找，朋友们，想泡妞还得哥哥带。矿山小镇牛背山前湾，有三条岔路，地图上只有两条！要走最右边支出去的那一条，过了桥，就能到了。”

肖策拉住要跟小林理论的赵进。

“走错路了，上车，我来指路。”

小林莫名其妙：“几个意思？”

“赵进！”肖策断喝。

“来了来了。”赵进被肖策吼得心一颤，立刻跨上车，扭身对小林说，“听他的。”

屋里仍是一片漆黑，轩轩自始至终都没有开过灯。

他深深呼吸，慢慢松了手，一只手握住陈绯的下巴，另一只手伸到口袋里摸索。

“小绯……”他的语气又平缓下来，“把这个吃了，我不绑你，把这个吃了，我带你走。”

陈绯费力地咳嗽，再也不肯依他，她奋力踢蹬着腿，扭着头想要躲开他的钳制。轩轩已经摸出了药片，要往她的嘴巴里面塞。

陈绯咬紧牙关，宁死不肯松口，轩轩和她较上劲，她越是倔强，他越是强硬。

最后陈绯狠狠一偏头，死死咬住了他的手指，几乎是一瞬间，陈绯听见关节错位的声音，旋即，轩轩的痛叫声传来，手上的药片也落在了地上。

轩轩再顾不上半点体面，脱口骂了句，抬手用力扇了陈绯一巴掌，手再次卡在她的脖子上，勒得她几乎喘不上气。

陈绯被打得半边脸颊滚烫，她流鼻血了，流进嘴里，她尝到浓浓的铁锈味。

这一次他下了死手，压根不想给她活路似的。

陈绯很快就感到窒息，她痴望着窗外，盼望那光斑再次出现，彻底变成豁亮的光柱，将屋内的黑暗全部驱散。

可是没有，陈绯几度被掐得翻起白眼，也没能再见到那光。

她不能寄希望于别人的光。

能吸进肺部的空气越来越稀薄，陈绯的四肢痛苦地抽搐痉挛，她不肯认输，左手摸到轩轩的脸，想要抠他的眼睛，却被他一把捉住，用力压在床边。

“别怪我，你别怪我！”轩轩大喊着，“是你自己三番五次来挑衅我！”

陈绯的嘴巴张得大大的，眼球凸出，脸颊血丝满布，她的右手在床上漫无目的地乱摸，手指突然触到一根冰凉的东西，顶端尖利扎手。

是那根被她卸下来的空心铁条。

陈绯以仅剩的全部力气，握牢那根铁条，喉间溢出一声尖锐的哀鸣，狠命将它扎进了轩轩的胸口。

赵进一行改道之后，很快就来到肖策描述的那座“桥”边。

手电筒的光一扫，小林脱口道：“这也能算是桥？”

充其量是条厚木板，人走过去还差不多，摩托车——够呛！

得有人留下来看着车辆，赵进正要分配任务，百米开外一栋黑黢黢的筒子楼内，突然亮起微弱的光，像是迷你手电筒的光，在大约三楼的高度，正拼命地左右摇动着。

“绯绯！”

肖策跳下车，一把夺过赵进手里的手电，一边冲着楼上的光源挥动，一边以百米冲刺的速度往目标建筑狂奔而去。

铁条尖端锋利，锈迹斑斑，比陈绯想象中插得更深，一声骇人的痛呼过后，她眼睁睁看着轩轩往后仰倒。

沉闷的一声，他砸在水泥地板上。

陈绯大脑一片空白，她甚至忘了逃跑，声带受伤，她发不出完整的字句，陈绯双腿一软，跪坐在地，无法抑制地呜咽、打寒战。

轩轩就在她面前，正捂住心口，喉咙里不间断地发出“嗬、嗬”的抽泣声，痛得没有了行动能力，他像离开土壤的蚯蚓，怪异地扭动着身体。

陈绯从没经历过如此无助的时刻，她想去察看轩轩的伤势，却怕他再次袭击自己，她想离开这个鬼地方，却不知道该往哪里去——她已经没有力气了。

就在这个时候，窗边那抹消失许久的白光又再度出现了！

陈绯忙不迭地扑过去，可她一阵发晕，已经站不起来了，陈绯膝行至窗边，果然看见百米之外，如墨般的夜色里，两道明亮的光柱。除此之外，还有几道手电筒的光。

有人来了！

陈绯激动得挥舞手臂，可是她很快就意识到，对方根本看不见自己。轩轩之所以一直不肯开灯，就是怕突兀显眼，恐怕这附近的房子

都已经搬空了。

光、光……她需要光源！

陈绯扶着墙壁，摇摇晃晃地站起来，摸索卧室的灯开关。

吧嗒一声，她揿下按钮，可是毫无反应——这楼早已经停电了，灯哪还亮得了？

心慌之际，突然，陈绯感到裤脚被人拽住了。

是轩轩！他不知道什么时候挪到了她身边，揪住了她的裤腿！

他还想做什么？！

陈绯下意识惊叫，她的声音低沉嘶哑，在屋内荡开，显得尤其恐怖。陈绯屈肘攥拳，拿出和他拼命的决心，却见这个男人抖着手从裤子口袋里摸出了自己的手机，怕陈绯误会，他将手机丢到身边的地面上，才松开手。

“小绯，对、对不起……我害怕……”

轩轩呢喃，他每说一个字，都会牵动捅进身体内的那根铁条，脏器破裂、皮肉撕扯，都让他疼得发抖，最后，轩轩一口气没提上来，昏死过去。

陈绯顺着墙壁瘫坐在地，啜泣着，爬到轩轩的手机边，打开手机自带的手电筒，对着窗外用力挥动。

不多时，有人看见了她，陈绯看到一道与她应和的手电筒光柱，也在拼命摇动。

她看到那人飞快地靠近了，就在窗下，陈绯看见肖策的脸，听见他大声呼喊着她的名字。

“小绯！我马上上来！”

“不要怕。”

手机跌落，陈绯终于舍得撤掉所有气力，软软地倒下去。

陈绯想起从前，想起在花雨巷，她拿到医院诊断报告之后，又被迫面临大壮的死。

那些夜晚她一个人坐在家里，很无助。喝多了以后，想起肖策，也哭过。

陈绯比很多女孩强悍，她也确实不需要一个帮她荡平前路坎坷的男人。可是她希望，在她措手不及，在她狼狈慌张，在她苦苦支撑的时候，至少有一个人能舍不得她，不让她自己扛着一切。

陈绯确信，她找到了这个人。

尾声

在刺耳的警笛声和救护车声中，陈绯缓缓睁开眼。

她被肖策抱在怀里，看着轩轩被人抬上救护车。直到肖策的手指抚上她的脸颊，陈绯才意识到自己早已经泪流满面。

这眼泪是为什么而流呢？

是因为惊慌恐惧，因为劫后余生，还是因为他最后向她忏悔？

陈绯知道轩轩最后没说完的话是什么，这话他说过一次，他说他害怕被丢下。

他说你懂得被丢下是什么滋味。

陈绯无法原谅他的所作所为，但同时，又在理智之外，体味到一点心酸。

陈绯也被送去医院处理外伤，她已经完全不能发声，脖子上满布瘀青，医生让她用冰袋敷着，每隔几小时要更换一次。

看她这个情况，赵进也不便来问询，跟几个同事去那边盯轩轩的情况去了。

陈绯累得连根手指也抬不起来，索性由着肖策忙上忙下，最后把她带回自己家。抱她简单清洗过后，陈绯沾床即着。

不知道睡了多久，昏昏沉沉的，一直没做梦，中途嗓子疼得难受，有人把她上半身轻托起来，喂了点温热的蜂蜜水。

她又睡过去。

再醒来已经是第二天中午了。

睁眼就看到肖策，他通宵未眠，始终扶着冰袋，按医嘱更换。陈绯看他斜靠在床边，一只手搁在她颈边，身体却扭过去，原来另一只手在操作床头柜上摆着的笔记本电脑。

她动了动，肖策立刻侧身看过来。

“醒了？”他一开口，暴露了整宿的疲倦，肖策立刻清了清嗓子，抬手合上电脑，彻底转过来，紧张地盯着陈绯。

先伸手去探她额头，又以手背碰碰她的脸颊，说：“哪里不舒服？指给我看。”

陈绯想了下，指指肚子。

“胃疼？”

摇头。

“饿了？”

点头。

“我去煮面。”肖策说，顿了顿，又问她，“想出去吗？银川和娇都在外面。”

陈绯点头。

肖策把她抱去客厅。陈绯看见宋银川和娇并排坐在沙发上，忧心忡忡的。见自己出来，两人同时站起来，紧张兮兮地望过来。

“绯姐！”

“绯绯姐！”

他们异口同声，接连给陈绯腾地方。

陈绯拢着毯子窝上沙发，肖策去厨房了。剩下那俩都想往陈绯身边凑，可又都怕惹她生气，那两只跟大宅门前两尊石狮子似的一左一右蹲在跟前。

陈绯没好气，从边上摸了个iPad，调出备忘录，打字。

陈绯：你们都跟我一样哑巴了？

宋银川拨浪鼓似的摇头，连忙开口说话。

“绯姐……你还好吧？”

陈绯：还能揍得动你。

宋银川摸摸鼻尖，说：“我、我们都知道了。”

陈绯皱眉，手指动得飞快。

陈绯：轩轩怎么样了？

宋银川说：“昨夜就从手术室出来了，估计是没什么大事。警察在医院对他连夜问讯，他把什么都交代了。经营淫秽场所什么的，这个可能就是查封还有罚款……但是轩轩他弄的摊子太大了，听说还有什么涉黑涉毒的官司……”

“最严重的还是大壮的那个案子！光这一个，就够他牢底坐穿了。谁能想得到大壮是他……”娇说着，目光不由自主地往宋银川身上瞟。

宋银川脸色不是很好看，陈绯猜想他已经知道李雅兰的事了。

“不只这些，还有绑架伤人，绯姐这伤，都能定他个杀人未遂了。”娇又说，“还有哦，他把赵吉风搞进监狱的事……这个是不犯法，但是听着太瘆人了！真是人心隔肚皮，谁能想到他对自己亲爸都能下得了手？赵吉风是被轩轩匿名告发的，那些指控证据，也是轩轩搜集递送的。”

“这种消息你又是从哪儿听来的？”宋银川一愣。

娇说：“我朋友圈都传遍了。”

陈绯越听眉头皱得越紧，她把平板翻过去冲着他们。

陈绯：他说这些都是他一个人干的？

“难道还有别人？”娇纳闷地看着陈绯。

陈绯脸色发白，手指抠着平板，一动不动。

她早该想得到，轩轩会把一切都揽在自己身上。杀人绑架，他脱不了干系，但是赵吉风那件事，还有居酒屋背后的会所……怎么也不可能是他一人所为。

或许，陈枫从一开始就打算好了，要把轩轩推到台前，做一颗可以随时抛弃的棋子。

“但我听说……”宋银川开口，“轩轩是精神不正常，可能后续还会有正规机构对他的精神状态做评估吧，估计会影响判刑。”

“这个变态！”娇好像完全忘了就在几天前，他还在为轩轩追求陈绯这件事真情实感地加油助力。他如今的满脸厌恶也是真心实意，“要我说，就不应该搞什么精神病减刑的说法。他装得那么好，头脑比正常人好八百倍，哪像是有病？”

屋里好像又恢复了往日的热闹，两人你一言我一语，说个不休。陈绯曲起双腿，无意识地望向窗外。

守着陈绯吃完面，娇和宋银川默契地离开了。

宋银川走后，偷偷给肖策发微信。

银小川：绯姐情绪不太对，话都少了很多。

肖策：她不能说话。

银小川：我的意思是，她看上去好惆怅哦……策哥，你要好好安慰绯姐啊，这件事对她打击一定很大，死里逃生呢。

肖策：我知道。

肖策以为宋银川已经不打算发消息了，谁知隔了好一会儿，宋银川又发过来一长段话。

银小川：我以前总觉得，绯姐很厉害，和老板娘一样厉害。就算天塌下来，绯姐也能给我们撑住。可这几个月，我才慢慢意识到，绯姐再怎么能耐，她也有很多自己消化不了的情绪。我们是喊她绯姐，可她不

也就二十六岁吗？那些花着家里人的钱，念着书，高高兴兴跑去尘嚣减肥跳舞的小姑娘，也才二十多岁……绯姐不应该承担那么多。

银小川：我想好了，工作室倒闭，我不能再给绯姐添麻烦。我要回S城，开个小裁缝铺，先等李雅兰出来……不管以后会怎么样，我都要让自己独立起来，不能再什么事都依靠绯姐，就算刚开始很困难，我也要重新把我的店开起来。

银小川：策哥，你帮我跟绯姐说一声，我怕我当面跟她道别就舍不得走了。其实也不算道别，交通这么发达，我们会常见面的……而且，没准我的店很受欢迎，就冲出S城了呢。

银小川：绯姐以后就交给你照顾了，虽然她肯定觉得自己不需要被别人照顾。她喜欢你，我特别高兴她喜欢的是你，你们一定要好好的哦。

洗了碗出来，屋里异常安静，陈绯没开电视，还在靠着沙发发呆。

肖策坐到她身边，说："轩轩开去找你的那辆车是陈枫名下的。找不到你的时候，我们想过去问陈枫，可那个时候就已经联系不上他了。我猜，所有证据都指向轩轩，少不了陈枫在暗地里推波助澜，他早就想过有一天会和轩轩决裂，并且给自己找好了后路。"

陈绯望向肖策。他好像总是知道她在想什么。

肖策把手机拿过来，给陈绯看宋银川发的那些话。

陈绯眼圈发红，用肖策的手机，以他的口吻，给宋银川回复。

肖策：好。

这个字算是回答了宋银川的告别，也回答了他最后一句希冀——你们一定要好好的哦。

肖策搂着她，目色温柔，侧过头去吻她的脸颊。

肖策眼睛微热，他说："绯绯，我知道你很难过。但是那些人，那些恩恩怨怨，都不重要……你没事就好，你最重要。"

他下巴上有一点冒青的胡楂，陈绯伸出手指刮了刮，心软下来。她

蹭了蹭肖策，回吻他。

那些伤害她的、背叛她的、必将远离她的，都不值得花费太多时间和精力去琢磨惦记，身边还有更值得的人。

也许今宵有酒今宵醉，不是教人贪图一时欢惬，不顾后果，而是更珍惜眼前人，更懂得此刻的可贵。

肖策又说："绯绯，这些日子，其实娇一直在帮你。"

娇今天过来，是想给陈绯带来好消息，他刚进尘嚣那天，就从小妹子那里套了附近高校的舞蹈社团联系方式，几个月来，他一直没有闲着，一有空就往各个学校钻。用他的话是，凭借他的个人魅力，吸收了不少新鲜血液，不仅是学员，还有有实力、有意愿担当舞蹈老师的社团骨干。

这些人大多是在学校里已经有了一些号召力的，如果能招来尘嚣，必定能带来不少新生。

他已经进行了初步的考量筛选，只要陈绯的身体一有好转，很快就能安排面试。

"他说，走几个人算什么，就算是现在只有你一个，他也能跟你把尘嚣再做起来。"肖策对陈绯说，看着她动容的模样，肖策又开口，"娇和银川都向着你……"

他想了想，又郑重地加了一句："我最向着你。"

陈绯破涕为笑。她想起什么来，捞过平板问肖策，他那边的麻烦事怎么样了？

"师兄和师妹在轮流陪床。"肖策把整件事简单和陈绯说了说，"我在拟辞呈。"

陈绯一愣，不敢相信他会这么平静地说出这些话。

她在平板上飞快地打字：你就这么逃了，让那些小人得逞？

"不是逃。"肖策说，"离开之前，我会把真相公之于众。我做过的事，不打算隐瞒，没有做过的，也不会任别人泼脏水。你放心，有很多人会为我和徐老师证明。"

陈绯：那为什么要离开？

“两个原因。”肖策说，“一来，徐老师很快就会离职，实验室的学术氛围越来越淡，我留下无益，再和韩越那些人消耗下去，只会落个两败俱伤的后果。二来……”

他淡淡地笑，嘴角露出一点狡黠。

“很现实的原因。我收到了一份新的offer（录用信），比实验室的待遇更好。”

那天肖策和徐知涵为了项目的事，在徽松客约见了H·K的华总，他们相谈甚欢，华总很欣赏他。饭局过后没多久，肖策就收到了H·K抛来的橄榄枝。

如果他应下来，不出意料的话，他会成为韩越他们和H·K合作的项目负责人。

事情是韩越惹出来的，最后落到这么个结局，也算是他自己搬起石头砸自己的脚吧。

生活总让人沮丧，可时不时地，又丢来惊喜。陈绯顺着肖策的描述想了一下，觉得等到他入职之后接手项目，韩越他们的表情会很好看。

陈绯长长地呼出一口气。

她翻身坐起来，在平板上写：那就还剩最后一件事。

肖策疑惑地看着她。

陈绯：我们还没有去宜家，这个沙发不太舒服。另外，我还要一面顶天立地的镜子。

肖策倏地笑了，他说：好。

陈绯的伤痊愈那天，宋银川打包行囊返程。肖策、陈绯和娇都去送他。

尘埃落定，有轩轩提供的证词，赵进这些年不断搜集的证据，宋银川为李雅兰找到律师已经将翻案所需的资料准备齐全，宋银川相信她很快就能出狱。

“她刚出来，无依无靠的，我总要帮她度过前面这段日子。”宋银川说，“除了我，没人会去帮她了。”

“别给自己太大压力。”陈绯拍拍宋银川的肩膀，“选择是她自己做的，你没有必要非得负担谁的人生。”

“我明白。”

宋银川点头，跟陈绯拥抱：“绯姐，我会想你的。”

他攒着一包泪，手里捏着火车票，和他们几个挥手作别。

陈绯走出火车站，问娇想去哪儿吃午饭。

“小龙坎吧。”娇说，“说是成都正宗连锁火锅店，我还没去过呢。”

陈绯和肖策一怔，继而相视一笑。

“好吧，记得预订。”陈绯扬扬下巴，“我请客，不醉不归。”

“不醉不归！”

番外

2020年9月下旬，肖策履行自己对陈绯的“丁克诺言”，去医院做了个小手术。手术很简单，短短二十分钟就结束了，不需要住院，医生叮嘱他适度休息，大约一周之后可以恢复正常的工作生活。

10月初，肖策和陈绯登记结婚。

红本本到手，陈绯在市里最好的酒店订了几桌酒，给工作室员工放假，一起喝了一顿。她的意思很明白，不想办婚宴，身边的朋友聚在一起热闹一下就算礼成。

肖策没有意见。他和陈绯都没有父母长辈出席，俗套的婚宴流程也没有存在的必要，只要陈绯觉得舒适，他接受一切安排。

这样的场合，肖策不再克制，不管谁来敬酒，都照陪不误。他的酒量惊到了尘器的所有员工，但大家联想到陈绯对酒的热爱，又觉得肖策的存在合情合理。

酒过三巡，徐知涵来了。

之前徐知涵被校内传言气得住院，加上肖策也打算离开实验室，去H·K任软件工程师一职。学校里再也没有她留恋的人和事，徐知涵出院后，很快就提请了离职。

这一次，她是从国外赶回来参加肖策和陈绯的“喜宴”的。

肖策没想到的是，徐知涵只和他简单喝了两杯，就完全转移了目标——她是来找陈绯的。

肖策被支开，徐知涵和陈绯坐在一起，两人挨得很近，不知道说了些什么，肖策看见陈绯脸上一直挂着笑，但笑着笑着，又伸手去端酒喝。

最后酒宴结束，徐知涵临上车前，陈绯抱了抱她，这回肖策就站在她们身边，听见陈绯低声对徐知涵说了一句：“谢谢您。”

回去的路上，肖策几次想问徐知涵和陈绯说了什么，但都没有找到合适的机会。陈绯下午领完证发了朋友圈之后，就没再看手机，现在待处理的消息堆积成山，她在小区里一边摇摇晃晃地走着，一边看手机回复消息。

肖策只得一心顾好陈绯，怕她一脚踩空再摔着自己。

“呀！银川回来了。”陈绯翻到两小时前的一条消息，蓦地站住，“这熊孩子，我不是跟他说了过几天回去一趟，他怎么还跑来了？”

肖策问：“他现在到哪儿了？”

陈绯凑上去看手机，半天没说出个所以然。肖策见她已经有点酒气上头，便掏出自己的手机，给宋银川打了个电话。

原来人已经在陈绯和肖策家门口等了一个多小时了。

陈绯和肖策连忙上楼，楼道已经被宋银川和大包小包堆满了，宋银川坐在地上，满脸疲倦，看见他们上来，这才打起精神。

“绯姐！策哥！新婚快乐！”

陈绯没好气：“你都到了怎么不给我打电话？”

宋银川憨憨地笑，又说：“我这东西多，也不方便过去。”

肖策开门，帮他把那几个巨大包裹提进屋。

陈绯忍不住问：“这都是些什么？你来我这住，还用得着带被子？”

宋银川奔波了一整天，进门直奔厨房，从直饮水水管接了杯水喝，顺过气来才说：“你打开看看。”

陈绯狐疑地拆包裹，等看到里面露出的内容物之后，好半天没有说话。

包裹里蓬松的白纱堆挤着露出来，腰身衣袖是光滑的缎面，看体量，这必定是一条长拖尾的婚纱。

肖策拆的那一包是绯色的鱼尾婚纱和一件同色系的晨袍。

“我们……不打算办婚宴。”隔了好一会儿，陈绯喃喃道。

“办不办的，不耽误你有一套合身的嫁衣。”宋银川说，“老板娘这么宝贝你，肯定希望你漂亮又骄傲地嫁人。”

陈绯不确定自己是不是喝多了，她觉得眼眶发热，看什么都蒙上了一层不真实的滤镜。

“绯绯，去试试吧。”肖策说。

“对，快试试！我按照你之前的尺寸来做的，万一哪里有问题，我还来得及改。”宋银川放下杯子，扬声说，“不过绯姐，你身材保持得这么好，估计不会有问题。”

用不着量体裁衣，宋银川对陈绯的身体数据了如指掌，他用了近一年的时间，亲手为陈绯缝制了全部的婚纱礼服。

陈绯深深呼吸，弯腰从袋子里完全拎出那件婚纱。

“行，试试。”

等到陈绯换上婚纱，再从房里出来，客厅的两位男士眼睛都直了。

宋银川老泪纵横：“这就是我想象的样子！绯姐，绝了，你绝了！”随后一个箭步冲上去，帮陈绯整理裙摆，问她的试穿感受。

全过程肖策都没说话，直到宋银川事无巨细地叮嘱完，去了客卫洗

澡，他才跟着陈绯走进主卧。

陈绯背对肖策，头也没回："帮我拉一下拉链。"

没有人回应，陈绯只听到门在身后关上的声音，很快，男人的鼻息在耳后响起。陈绯顿了顿，缓缓闭上眼，感觉到肖策的两条胳膊环住自己的腰身，光裸的肩头落下湿润的吻。

"原来你也有婚纱情结。"陈绯语气愉悦。

他吻在她的后脖颈处，觉出什么不对劲来："也有？"

声音低低的，有那么一点醋味，在空气中弥漫。

"还有谁有？"

男人的心眼也大不到哪里去。

陈绯偏头看他，只捕捉到肖策的侧脸，她嘴角有坏笑，说："我数数。"

欻啦——

很顺畅的一声，拉链被拉下去了，后腰传来一片凉意，但很快，他的手掌贴了上去。陈绯感觉到腰间的压力，和他的手指。

"好，你慢慢数。"

陈绯感觉到他的动作，受了几轮，还是暗暗咬牙："肖策。"

"唔，你说……"男人的声音闷闷的，但是手下的动作半点没因为陈绯的话而停滞。

她哪里数得出来？

可不认输是陈绯的信条。

"从什么时候开始呢？"陈绯说，"初中、高中？茶楼里还是工作室？"

肖策已经麻利地把陈绯从婚纱里剥出来，面朝自己，他的手臂稍稍用力向上抬，就把她"端"了起来。

陈绯被肖策放在梳妆台上，她微微仰头与他对视，看见肖策眼底的红痕，以她对他的了解，这个男人酒醉之后，最容易动情。而他动情的时候，就是这样的温柔、委屈、别扭。

陈绯不再往下说了，她的指尖点在肖策的眉上，揉了两圈，叹气似的：“你越来越不禁欺负了。”

肖策握住她的手，她无名指上的戒圈硌着他的手心，他郑重其事：“和我结婚吧，绯绯。”

“阿策，你糊涂了吗，你求过婚了，我们也已经领过证了。”陈绯心软了一点，提醒他，“我们现在是法定夫妻。”

“不够。”肖策埋首于她的颈边，近乎撒娇了，低声耍赖，“这还不够。”

“怎么才够？”

肖策说不好，他小时候围观过家乡的婚礼，很热闹，结婚当天鞭炮噼里啪啦地响，新郎带着收拾得体体面面的伴郎去接亲。

选定吉时，大伙在远亲近邻的祝贺、起哄声中上楼敲响新娘子的家门。门当然不好进，丈母娘会带着亲朋堵住第一道大门，要塞够红包、讨够彩头才能进得去。

然后是被伴娘和新娘子的好友们守住的第二道房门。

闹哄声连天，伴娘隔着门，高声提问新郎，和新娘子第一次见面是在什么时候，第一次约会在哪里。

答对了，里外一片叫好和掌声；答错了，伴郎忙不迭地往门缝里塞红包。

往往有急性子的，会叫嚣着要去撞门，里头也不甘示弱，大喊：“诚意不够！这才哪儿到哪儿，也想把我们家新娘子接走？没门儿！”

嬉嬉闹闹、你来我往间，问题答完了，红包也散得差不多了，终于，新郎突破层层阻碍，来到了新娘子面前。

可是还没有结束，婚鞋藏在封好的箱子里，六把钥匙缺一不可。伴娘们坏笑着呈上刁难、捉弄新郎和伴郎的游戏菜单，新娘笑盈盈地望着新郎，说：“我帮不了你。想带我走，要接受考验。”

想带我走，要接受考验。

等到新郎终于过五关斩六将，完成所有的“试炼”，他才能够接走

自己的新娘。按照习俗，新郎不能让新娘双脚沾地，所以，他会把新娘抱在怀中，直到他们的新家。

在新娘上婚车之前，周围的小孩子们都会喊着“看新娘子喽”，然后蹦蹦跳跳地围过来，他们张着好奇的大眼睛打量新娘，等着大人来撒喜糖。

这一切，他都没能给陈绯，也永远不可能了。

尽管陈绯不在意，尽管她说她不喜欢这些繁文缛节，尽管她自嘲地说过，我连娘家都没有，接什么亲呢。

可是肖策仍旧替陈绯觉得委屈，换言之，他觉得很心痛。

明明他能做得很好，如果有这样的一个机会，他一定能够答出所有刁钻的问题，让陈绯看见他求娶她的诚意。

“阿策。”陈绯看见肖策眼中不断扩大的红痕，却没能领会他的情绪变化，只得轻声唤他，“你还想要什么？”

想要什么？

当爱变得明确可感，索取变得毫无吸引力，相反的，给予和付出才让人精神焕发。

“能给你你想要的。”肖策说，“才是我想要的。”

陈绯推他：“在说什么绕口令？”她料定他是喝多了，安抚地亲亲他的嘴角，“你醉了。”

“我没有，绯绯。”肖策说，他似乎陷入回忆，声音沙沙的，低沉又诱人，“我记得我们第一次见面，在花雨巷，我以为你是个误入迷途的小姑娘……”

陈绯在心里确定他是喝醉了，却也顺着他的话说：“可那时候，我很确定你只是个一穷二白的大学生。”

肖策说：“第一次约会，在燕盛楼，因为我会喝酒，所以你选了我。”

陈绯笑他：“这算是约会？肖策，你把那次当作约会？”

肖策在她耳边笑：“那天你说我……”

他凑过去，低声耳语后半句话，鼻息轻轻搔着她耳后敏感的软肉，弄得陈绯心猿意马。

陈绯被肖策唤醒记忆，她眼里泛着潋滟的光，带一点媚态，睨着肖策，伸手亲昵地捏了捏他的脸颊肉："你光记着这些了？"

"我都记得。"肖策说，"绯绯，不管什么样的问题，都问不倒我，我一定能把你接回家。"

"什么接回家？"

陈绯慢慢觉出不对劲来，等到肖策又念叨了几句，她咂摸出缘由，这才意识到，他介意的是没能给她一场世俗却完整的婚礼。

这一刻，陈绯终于承认，自己的酒劲是真的上头了。

她和肖策像两个红眼兔，互相对望着。

陈绯说："今晚徐老师跟我说了你很多事。我知道你心思重，做项目和做人都这样，做什么事，都想着要有万全的准备和长足的计划。"

肖策不喜欢意外，或许源于儿时的经历，他曾遭遇过的两次意外，都给了他近乎毁灭般的打击。一次，让他失去双亲；一次，几乎让他断送前程。

陈绯语气难得温和，她说："我想听听，你对我的计划。婚礼是其中一环吗？我不想办婚礼，是让你觉得……"

肖策低头吻她，把她剩下的话抿在唇舌之中。

"不，我对你没有规划。"

陈绯是意外中的意外，她不在肖策的规划里，可她出现之后，他的人生终于在不可知里焕发了新的生命力。

"如果非要有什么，也许是……"肖策偏头，轻轻咬住她的耳垂，"让我对你好吧，绯绯。"

奔向你，让我觉得自己充满力量。哪怕匍匐在你脚下，也不让人觉得难堪。爱比被爱更勇敢，更迷人，更有安全感。

臭男人……陈绯在心里念，他在外人面前一副什么都搞得定的样子，说话做事滴水不漏，回到家里关上房门，就花样百出。

陈绯向肖策靠近，隐去眼角滑落的泪水，手指沿着他的腰线顺下去：“肖策，是你招我的。”

今天是术后第八天，纱布早已经拆了，两人都在对方眼里看见了不加掩饰的欲望。

肖策低笑，化被动为主动：“不，是你招我的。”

陈绯知道他是什么意思。

是她把他招去今宵茶楼，是她在多年以后，一步步把他圈进自己的围猎区，一直以来，其实都是她在追逐。

可是现在，她不需要再主动了，以后都不需要了。

【全文完】

图书在版编目（CIP）数据

今宵有酒 : 全 2 册 / 粥小九著 . — 南京 : 江苏凤凰文艺出版社，2021.4（2022.5 重印）
ISBN 978-7-5594-5480-5

Ⅰ . ①今… Ⅱ . ①粥… Ⅲ . ①长篇小说 – 中国 – 当代
Ⅳ . ① I247.5

中国版本图书馆 CIP 数据核字 (2020) 第 241776 号

今宵有酒:全2册

粥小九 著

选题策划	北京记忆坊文化
特约策划	朱　雀
特约编辑	莫桃桃
责任编辑	白　涵
封面绘图	Fangpeii
封面设计	80 零 · 小贾
版式设计	天　缈
出版发行	江苏凤凰文艺出版社 南京市中央路 165 号，邮编：210009
网　　址	http://www.jswenyi.com
印　　刷	三河市国新印装有限公司
开　　本	880 毫米 ×1230 毫米 1/32
字　　数	363 千字
印　　张	14
版　　次	2021 年 4 月第 1 版
印　　次	2022 年 5 月第 2 次印刷
书　　号	ISBN 978-7-5594-5480-5
定　　价	59.80 元（全二册）

江苏凤凰文艺版图书凡印刷、装订错误，可向出版社调换，联系电话 025-83280257

MEMORY
HOUSE